De rivaal

Peter May

De rivaal

Zeven dode atleten
Twee onderzoekers
Een bloedstollend spel

Uitgeverij BZZTôH
's-Gravenhage, 2006

0 2. 03. 2007

Oorspronkelijke titel: *The Runner*
Copyright © 2003 by Peter May
© Copyright Nederlandse vertaling 2006,
Uitgeverij BZZTôH bv, 's-Gravenhage
Foto omslag: Photonica
Ontwerp omslag: Julie Bergen
Vertaling: Stina de Graaf/Vitataal
Redactie en productie: Vitataal, Oostum
Zetwerk: Niels Kristensen

ISBN 90 453 0250 0

Voor meer informatie en een gratis abonnement op de
BZZTôH Nieuwsbrief: www.bzztoh.nl

Voor mijn zus, Lynne

Dankwoord

Zoals altijd gaat mijn hartelijke dank uit naar al diegenen die zo gul waren met hun tijd en deskundigheid tijdens het onderzoek voor mijn boek *De rivaal*. Mijn hartelijke dank gaat in het bijzonder uit naar professor Joe Cummins, emeritus professor in de genetica, University of Western Ontario; Steven C. Campman, MD, patholoog-anatoom, San Diego, Californië; dr. Richard H. Ward, professor in de criminologie en faculteitsvoorzitter van het College of Criminal Justice van de Sam Houston State University, Texas; professor Dai Yisheng, voormalig directeur van het Fourth Chinese Institute for the Formulation of Police Policy, Beijing; professor Yu Hongsheng, secretaris-generaal van de Commission of Legality Literature, Beijing; professor He Jiahong, doctor in de rechtswetenschappen en professor in de rechten, People's University of China School of Law; professor Yijun Pi, waarnemend directeur van het Institute of Legal Sociology and Juvenile Delinquency, China University of Political Science and Law; dr. Véronique Dumestre-Toulet van Laboratoire BIOffice, Frankrijk; Mac McCowan, van ChinaPic, Shanghai; Calum MacLeod en Zhang Lijia, voor Beijing Snow World en het bevroren huisje in Dalingjiang; en Shimei Jiang, voor haar inzichten in *I Ching*.

'Ik vind dat iedereen gezond moet sterven!'

**Tom McKillop,
hoofd van AstraZeneca,
juli 2001**

Proloog

De zwemmers komen in de vroege avondschemer van Chengfu Lu via de zuidelijke ingang binnen. Het zijn er een stuk of twaalf, voorzichtig balancerend, terwijl de pijlsnel dalende temperatuur de gesmolten sneeuw onder de glibberende banden van hun fiets in ijs verandert. Het enige wat hun stemming voor de wedstrijden morgen kan drukken, is de dood die hen slechts enkele minuten verderop zwijgend staat op te wachten.

Maar nu concentreren ze zich slechts op de warme, van chloor doortrokken lucht, water dat moeiteloos over gladde, getrainde spieren glijdt, het gerasp van longen die lucht in de enorme galmende ruimte rond het zwembad pompen. Een laatste training voor de confrontatie morgen met de Amerikanen. Bij die gedachte fladdert er angst in hun maag, voelen ze een stoot adrenaline. Er hangt zoveel van hen af. De aspiraties van een natie. China. Meer dan een miljard mensen, die hun hoop vestigen op de inspanningen van die enkele uitverkorenen. Een zware verantwoordelijkheid.

Ze zwaaien naar de bewaker, die nors naar hen kijkt als ze langsfietsen. Hij stampt met zijn ijskoude voeten op de grond en trekt voor de warmte zijn met bont gevoerde grijze jas nog wat strakker om zich heen, terwijl zijn ijzige adem als rook om zijn hoofd wolkt.

Terwijl ze rechts afslaan, langs de roze appartementen, schreeuwen de zwemmers hun enthousiasme uit in de glasheldere nachthemel. De mistige wasem van hun adem trekt in hun kielzog op, als de vervuiling waarvan de autoriteiten beloofd hebben die uit Beijings zomerluchten te vagen, nog voor de wereld definitief voor de Grootste Show op Aarde neerstrijkt. Terwijl alle benen gelijk ronddraaien, rijden ze langs de oprijzende zuilen van de werktuigkundige faculteit en zwenken ze de hoofdstraat in. Voor hen schijnen koud de lichten van het tien verdiepingen hoge hoofdgebouw in de duisternis. Rechts van hen staan de door

schijnwerpers verlichte betonblokken van de faculteit der technologie, links is het imponerende bordes van de rechtenfaculteit. De
onmetelijke, uitgestrekte campus van de Qinghua-universiteit,
die van een Amerikaanse vicepresident de bijnaam de MIT van
China kreeg, ligt voor hen, in het donker omlijnd door licht dat
van de hopen weggeschoven sneeuw weerkaatst. Maar ze zijn hier
niet vanwege een uitmuntende reputatie in wetenschap en technologie. Het gaat om een ander soort uitmuntendheid, in sport.
Want hier blies John Ma meer dan zeventig jaar geleden de Chinese sport nieuw leven in, hier bouwde hij het eerste moderne
sportcomplex van China. Sneeuw rust nu op zijn hoofd en schouders, verzamelt zich in zijn schoot, een koud stenen beeld naast
een bevroren meer ergens links van hen.

Maar ze zijn niet eens op de hoogte van dit mooie stukje
geschiedenis, van het beeld, van het oude zwembad waarin Mao
helemaal alleen, met gewapende gardetroepen rond het gebouw,
placht te zwemmen. Ze interesseren zich slechts voor de lichten,
achter de sportschool en de sintelbaan, van het zwembassin. Want
daar hebben ze deze afgelopen weken doorgebracht, spieren opge-
brand, zichzelf tot de grenzen van pijn en uithouding gedreven,
onder aansporing van het onophoudelijke, schorre geblaf van hun
coach.

Terwijl ze onder de schaduw van de atletiektribunes door rijden, dribbelt een handjevol studenten met een bal over een verlicht basketbalveld, dat van sneeuw ontdaan is. Sport is voor hen
ontspanning. Op hen rust slechts academische druk, en falen stelt
alleen hun familie en vrienden teleur.

De zwemmers stallen hun fietsen tussen de honderden andere, die in rijen onder de studentenappartementen staan. Nog niet
binnengehaalde, gewassen kleding hangt reeds stijf bevroren op de
balkons. Ze draven over het plein, al zwaaiend met hun armen om
warm te blijven, en duwen de dubbele deuren van de oostelijke
ingang open. Warme lucht prikt op hun koude huid. Ze lopen door
de verlaten gangen naar de kleedruimte, zo saai vertrouwd geworden, synoniem met de pijn van de training, die naar ze hopen in

slechts luttele, heftige minuten strijd zijn beloning zal opleveren. De honderd meter vlinderslag. De tweehonderd meter borstcrawl. De rugslag, de vrije slag. De estafette.

Pas als ze zich uitkleden en zich in hun strakke zwempak hijsen, merken ze dat hij ontbreekt.

'Hé, waar is Sui Mingshan?'

'Hij zei dat hij ons hier zou treffen,' zegt iemand. 'Heb je hem gezien toen we binnenkwamen?'

'Nee...' Hoofden worden geschud, niemand heeft hem gezien. Hij is er niet. Wat eigenaardig is. Want Sui Mingshan is van hen allemaal misschien wel het meest gedreven. Beslist de snelste, en als iemand de Amerikanen kan verslaan, dan is hij het waarschijnlijk wel. En de meeste kans op uitzending naar de Olympische Spelen.

'Hij is waarschijnlijk opgehouden door het weer.'

Ze lopen door het desinfecterende voetenbad en beklimmen de treden naar het zwembad. Opgewonden stemmen galmen tussen de rijen lege blauwe stoelen van het auditorium, natte voeten kletsen op droge tegels. De elektronische klok boven de noordzijde van het bad geeft aan dat het tien voor zeven is.

Als ze hem zien, dringt het eerst niet tot hen door. Een ogenblik van onbegrip, een flauwe grap, en dan een stilte die zelfs niet door het geluid van ademhalen verbroken wordt, als ze ten slotte beseffen waar ze getuige van zijn.

Sui Mingshan is naakt. Zijn lange, fijngesneden lichaam draait langzaam rond op een beweging veroorzaakt door de airco. Hij heeft mooie, brede schouders, die toelopen naar een smal middel. Hij heeft nauwelijks heupen, maar zijn dijen daaronder zijn gewelfd en krachtig, gebouwd om hem sneller dan enig ander menselijk wezen door het water voort te drijven. Alleen hij leeft niet meer. Zijn hoofd staat in een onnatuurlijke hoek, waar het touw om zijn hals zijn val en zijn nek gebroken heeft. Hij bengelt bijna halverwege tussen de hoogste duikplank en het stilstaande water van het diepe bad eronder. Aan beide kanten wordt hij geflankeerd door lange repen witte stof, met rode getallen die de

13

meters van één tot tien aangeven, waarmee vastgelegd werd dat hij bij vijf stierf.

Het duurt enkele momenten voor alle zwemmers, de teamgenoten die hem het best gekend hebben, beseffen wie hij is. Want zijn volle bos zwart haar is afgeschoren, en dood ziet hij er vreemd onvertrouwd uit.

HOOFDSTUK EEN

I

De muren waren bleek pastelroze, vol posters waarop houdings- en ademhalingsoefeningen stonden afgebeeld. Het grijze linoleum onder haar voelde koel aan, de lucht was warm en overal klonken de geconcentreerde geluiden van diep zuchten. Bijna hypnotisch.

Margaret had de afgelopen paar weken last van pijn in haar onderrug en ze probeerde die te negeren. Ze zat met haar rug recht en haar benen gestrekt voor zich, boog vervolgens langzaam haar knieën, waarbij ze haar voetzolen tegen elkaar legde en naar zich toe trok. Ze vond deze oefening altijd bijzonder lastig. Ze was nu midden dertig, zo'n tien jaar ouder dan de meeste andere vrouwen hier, en haar gewrichten en spieren wilden niet meer zo makkelijk draaien en strekken als vroeger. Ze sloot haar ogen en concentreerde zich bij de inademing op het strekken van haar ruggengraat en vervolgens ontspande ze tijdens de uitademing haar schouders en nek weer.

Ze deed haar ogen open en keek naar de vrouwen die naast haar op de grond lagen. De meesten lagen op hun zij, met een kussen onder hun hoofd. Bovenarmen en -benen hadden ze opgetrokken, met een kussen onder hun knie. De onderbenen waren gestrekt en recht. Aanstaande vaders hurkten naast het hoofd van hun vrouw, de ogen gesloten, terwijl ze met de moeder van hun ongeboren kind mee zuchtten. Dat was het nieuwe 'Aardig voor het Gezin'- beleid in de praktijk. Werden vroeger mannen van de kraamafdeling van een Chinees ziekenhuis verbannen, nu werd hun aanwezigheid juist aangemoedigd. Op de tweede verdieping van de Eerste Onderwijskliniek van Beijings Medische Universiteit voor Vrouwen en Kinderen waren eenpersoonskamers voor moeder en kind beschikbaar, met een slaapbank voor de vader. Voor degenen die zich dat konden veroorloven. Het tarief daarvoor was vierhonderd yuan per dag, twee keer het weekinkomen van de gemiddelde arbeider.

Margaret voelde een steek van jaloezie. Ze wist dat Li Yan vast een goede reden voor zijn afwezigheid had. Die had hij altijd. Een gewapende overval. Een moord. Een ver- krachting. Een vergadering waar hij niet omheen kon. En ze kon het hem niet kwalijk nemen. Maar ze voelde zich zo alleen zonder hem; gefrustreerd, omdat zij van de twintig de enige was van wie de partner het regelmatig liet afwe- ten; bezorgd, omdat ze in de laatste maand van haar zwan- gerschap de enige van het groepje hier was die ongetrouwd was. De houding was in het Westen misschien veranderd, maar in China stond men nog steeds afkeurend tegenover alleenstaande moeders. In elk opzicht onderscheidde ze zich van de rest, en niet alleen vanwege haar Keltische blau- we ogen en blonde haar.

Ze ving vanaf de andere kant van het vertrek de blik op van Jon Macken. Hij grijnsde en knipoogde. Ze dwong zich- zelf te glimlachen. Het enige wat ze echt gemeen hadden, was hun Amerikaanse staatsburgerschap. Sinds haar terug- keer in Beijing, met de bedoeling daar voorgoed te blijven wonen, had ze haar best gedaan al haar vroegere landgenoten te mijden. Die hielden ervan in restaurants en op feestjes samen te komen, een zelfvoldane en arrogante kliek. Hoewel velen van hen met een Chinees getrouwd waren, deden de meesten geen poging te integreren. En het was een publiek geheim dat deze westerlingen door hun Chinese partners als een enkele reis naar de Eerste Wereld gezien werden.

Eigenlijk viel Macken niet in deze categorie. Als freelance fotograaf was hij vijf jaar geleden voor een opdracht naar China gekomen en hij was verliefd geworden op zijn tolk. Hij was ongeveer midden zestig en Yixuan was vier jaar jonger dan Margaret. Geen van tweeën wilde weg uit China en Macken had in China naam gemaakt als dé fotograaf als het op het fotograferen van bezoekende hoogwaardigheidsbekleders aankwam, of op het schieten van glossy foto's van de nieuwste joint venture.

Yixuan had zichzelf aangesteld als de onofficiële tolk van een verbijsterde Margaret, toen ze de eerste keer samen naar zwangerschapsgymnastiek gingen. Margaret had zich verloren gevoeld in een zee van onbegrijpelijk Chinees, want net als de meeste andere keren was Li er toen niet bij. Margaret en Yixuan waren vriendinnen geworden en dronken af en toe 's middags thee in een van de populairdere theehuizen van de stad. Maar Yixuan was net als Margaret een eenling, dus was het een vriendschap op afstand, niet opdringerig en daarom draaglijk.

Toen de les afgelopen was, waggelde Yixuan door het vertrek naar Margaret. Ze glimlachte meelevend. 'Nog steeds politieweduwe?' vroeg ze.

Margaret haalde haar schouders op, terwijl ze moeizaam overeind kwam. 'Ik wist dat het erbij hoorde, dus klaag ik niet.' Ze zette haar handen plat op de gewrichten boven haar billen en kromde haar rug. 'God (...)' zuchtte ze. 'Gaat dit ooit over?'

'Als de baby er is,' zei Yixuan.

'Ik weet niet of ik het nog wel een hele maand volhoud.'

Yixuan vond een stukje papier in haar tas en begon het vol kriebelige Chinese karakters te krabbelen. Ze zei zonder op te kijken: 'Een reis van duizend kilometer begint met één enkele stap, Margaret. Je hoeft er nog maar enkele te zetten.'

'Ja, maar die zijn het zwaarst,' klaagde Margaret. 'De eerste was makkelijk. Daar kwam seks aan te pas.'

'Had iemand het over mijn favoriete onderwerp?' Macken kwam aanschuifelen en voegde zich bij hen. Hij zag er ongewoon mager uit in zijn spijkerbroek en T-shirt, met zijn borstelige grijze haar en gemêleerde witte baard.

Yixuan stopte hem het briefje in zijn hand. 'Als je hiermee naar de winkel op de hoek gaat,' zei ze, 'doen zij het voor je in een doos. Ik neem een taxi en tref je daar over ongeveer tien minuten.'

Macken wierp een blik op het briefje en grijnsde. 'Weet je, daarom ben ik zo dol op China,' zei hij tegen Margaret. 'Want door China voel ik me weer jong. Ik bedoel, wie herinnert zich nog de laatste keer dat hij naar de kruidenier gestuurd werd met een briefje dat hij niet kon lezen?' Hij richtte zijn grijns op Yixuan en gaf haar liefkozend een kus op de wang. 'Ik zie je straks, schat.' Hij gaf een klopje op haar buik. 'En jou ook.'

Margaret en Yixuan liepen samen voorzichtig de trap af, waarbij ze als twee oude vrouwen de leuning vasthielden, warm ingepakt tegen de harde vlaag koude avondlucht die hen zou begroeten als ze naar buiten, het parkeerterrein op gingen. Yixuan wachtte, terwijl Margaret haar fiets zocht. Ze herkende hem tussen de tientallen andere fietsen die in de fietsenrekken gestald stonden aan het stukje roze lint dat ze aan het mandje aan haar stuur geknoopt had. Ze liep met de fiets aan de hand samen met Yixuan naar de hoofdingang.

'Je zou daar niet meer op moeten rijden,' zei Yixuan.

Margaret schoot in de lach. 'Je bent gewoon jaloers omdat jij dat van Jon niet meer mag.' In Amerika zou men het Margaret helemaal afgeraden hebben, fietsen tijdens de zwangerschap. En tijdens de eerste drie maanden, toen de kans op een miskraam het grootst was, had ze hem op het universiteitsterrein achter slot en grendel gezet. Maar toen de doktoren haar vertelden dat het ergste voorbij was en dat de baby stevig vastgegroeid zat, had ze de fiets weer tevoorschijn gehaald. Want ze had schoon genoeg gehad van de volle bussen en overvolle metrocoupés. Ze liep meer gevaar, dacht ze, in het openbaar vervoer dan op haar fiets. En hier bleven de vrouwen fietsen tot hun vruchtwater brak, en ze zag niet in waarom ze ook daarin van hen zou verschillen.

Yixuan kneep haar even in haar arm. 'Doe voorzichtig,' zei ze. 'Tot woensdag.' En ze keek hoe Margaret op haar zadel schoot en opgenomen werd in de stroom fietsers die over het fietspad westwaarts reed. Margarets sjaal bedekte haar neus en mond tegen de snijdende kou van de Beijingse avond. Haar wollen muts, diep over haar voorhoofd, hield haar hoofd lekker warm. Maar niets kon voorkomen dat haar ogen traanden. De weersvoorspellers hadden min twintig graden voorspeld, en het voelde alsof ze gelijk hadden. Ze hield haar hoofd naar beneden en negeerde het verkeerslawaai van de hoofdverkeersweg Xianmen Dajie. Aan de overkant van de weg, achter de hoge grijsgeverfde muren van Zhongnanhai, woonden de leiders van dit enorme land veilig en warm in hun villa's met centrale verwarming, die langs de oevers van de bevroren meren Zhonghai en Nanhai lagen. Daarbuiten in de echte wereld pakten de mensen zich in lagen kleren en verbrandden ze briketten in piepkleine fornuizen.

Onder de kale winterbomen, die de stoep flankeerden, deden de restaurants en eetstalletjes goede zaken. Door de avondlucht klonk over een intercom de blikkerige stem van een conductrice, die uitvoer tegen passagiers in haar bus. Het leek of er altijd wel stemmen uit luidsprekers en mega-foons kwamen, die de ene keer dit aankondigden en de andere keer dat verkochten. Vaak waren dat harde, nasale vrouwenstemmen, een afspiegeling van een samenleving waarin vrouwen het gezin, zo niet de politiek domineerden.

Het was niet voor het eerst dat Margaret zich afvroeg wat ze hier in godsnaam deed. Een knipperlichtrelatie met een Beijingse politieman, per ongeluk zwanger, gevolgd door een miskraam en tranen. Een beslissing die genomen moest worden, een verplichting die ze op zich moest nemen. Of toch niet. En toen een tweede zwangerschap. Hoewel niet helemaal gepland, nam die de beslissing voor haar. En daarom was ze hier. Ze had een goedbetaalde baan, hoofdlijkschouwer in Texas, opgegeven voor een slecht betaalde baan als docent aan de Volksuniversiteit van Openbare Veiligheid in Beijing, waar ze toekomstige Chine-se politiemannen de technieken van de moderne forensi-sche pathologie bijbracht. Niet dat ze haar nog langer lieten doceren. Ze was met gedwongen zwangerschapsverlof. Ze had hard gewerkt om zover te komen, en nu had ze het gevoel dat alles haar afgenomen was, zodat ze naakt en kwetsbaar in haar meest fundamentele gedaante stond – als vrouw en aanstaande moeder. En weldra als getrouwde vrouw, met de bruiloft al over een week. Dat waren geen rollen die ze zichzelf ooit had zien spelen en ze wist niet precies of ze haar ooit gemakkelijk zouden afgaan.

Ze zwaaide naar de beveiligingsman bij de poort van het universiteitsterrein en zag zijn sigaret opgloeien in het donker toen hij een trek nam, voor hij een begroeting riep en hartelijk terugzwaaide. Het was bijna een uur fietsen van de kliniek naar de witte torenflat van twintig verdiepingen in Muxidi, waarin de duizend personeelsleden van de Volksuniversiteit van Openbare Veiligheid gehuisvest waren, en Margaret was uitgeput. Ze zou iets eenvoudigs maken om te eten en vroeg naar bed gaan. Het piepkleine tweekamerappartementje op de elfde verdieping was net een gevangeniscel. Een eenzame plek, die ze officieel niet met Li mocht delen. Zelfs na het huwelijk zouden ze gescheiden moeten blijven wonen, tot het moment waarop het ministerie Li een woning voor een gehuwde ambtenaar zou toewijzen.

De lift klom langzaam de elf verdiepingen omhoog. De dik ingepakte, vrouwelijke liftbediende zat op een laag houten krukje doelloos door een felgekleurd tijdschrift te bladeren en negeerde Margaret nadrukkelijk. De lucht was doordrongen van de muffe geur van rook en uitgedrukte sigarettenpeuken, en rond haar voeten lagen overal hoopjes as. Margaret had er een hekel aan om met de lift te gaan, maar de trappen kon ze niet meer aan. Ze probeerde haar adem in te houden tot ze de gang in kon stappen en met enige opluchting stak ze de sleutel in de deur van nummer 1123.

Binnen maakte de gemeenschappelijke verwarming de kilte van het slecht geïsoleerde appartement bijna draaglijk. Door haar keukenraam kroop de weerkaatsing naar binnen van de stadslichten beneden, voldoende voor haar om bij te zien, de ketel op te zetten zonder dat ze de schelle, kale, ongezellige gloeilamp aan het plafond hoefde aan te doen. Als ze niet gedacht had dat dit slechts tijdelijk was, had ze misschien een poging gedaan om het gezellig te maken. Maar ze zag nu het nut daar niet van in.

Ook zag ze de schaduw niet die achter haar de hal overstak. De snelle gedaante van een lange man, die stilletjes door de deur glipte. Zijn hand, die vanachter over haar mond gelegd werd, voorkwam dat één gil aan haar lippen ontsnapte, en onmiddellijk ontspande ze zich toen ze zijn andere hand teder over de zwelling van haar buik voelde strijken en de zachte adem van zijn lippen voelde, die teder aan haar oor knabbelden.

21

'Jij klootzak,' fluisterde ze toen hij zijn hand van haar mond haalde en haar omdraaide, zodat ze hem aankeek. 'Je wordt niet verondersteld me de stuipen op het lijf te jagen.'

Hij trok een wenkbrauw op. 'Wie anders zou een lelijke, dikke buitenlander willen molesteren?'

'Klootzak!' siste ze weer. Vervolgens ging ze op haar tenen staan en pakte zijn onderlip zachtjes met haar tanden vast, en die hield ze daar tot hij ze met zijn tong van elkaar dwong en zij hem tegen haar gespannen buik voelde zwellen.

Toen ze elkaar loslieten, keek ze hem in zijn koolzwarte ogen en vroeg: 'Waar was je?'

'Margaret...' Hij klonk vermoeid.

'Ik weet het,' zei ze snel. 'Vergeet dat ik het gevraagd heb.' En vervolgens: 'Maar ik mis je wel, Li Yan. Ik durf dit allemaal niet alleen aan.' Hij trok haar tegen zich aan en duwde haar hoofd tegen zijn borst, met zijn grote hand om haar hoofd. Li was groot voor een Chinees, sterk gebouwd, onder zijn kortgeknipte haar ruim één meter tachtig, en als hij haar zo vasthield, voelde ze zich klein als een kind. Maar ze wilde zich niet afhankelijk voelen. 'Wanneer hoor je het van het appartement?'

Ze voelde hoe hij verstrakte. 'Dat weet ik niet,' zei hij, en hij liep bij haar weg toen het water begon te koken. Ze stond een moment in het donker naar hem te kijken. De laatste tijd merkte ze dat hij het vermeed over dat onderwerp te praten.

'En, heb je het gevraagd?'

'Natuurlijk.'

'En wat zeiden ze?'

Hij haalde zijn schouders op. Ze voelde het meer dan dat ze het zag. 'Ze hebben nog niets besloten.'

'Wat niet? Welk appartement we krijgen? Of ze ons er eigenlijk wel eentje gaan geven?'

'Margaret, je weet dat het een probleem is. Een hooggeplaatste politieman, die een verhouding met een buitenlander heeft... dat is nooit eerder voorgekomen.'

Margaret keek hem kwaad aan, en hoewel hij haar ogen niet kon zien, kon hij ze voelen branden. 'We hebben geen verhóuding, Li Yan. Ik krijg een baby. We gaan volgende week trouwen. Ik heb schoon genoeg van de eenzame nachten in dit verdomd koude appartement.' Tot haar ergernis voelde ze de tranen opwellen in haar ogen. Dat was slechts één van de vele ongewilde effecten die de zwangerschap op haar had. Een onverklaarbare neiging tot plotselinge diepe emoties, die vergezeld gingen van gênante huilbuien. Ze deed haar best zich te beheersen. Li was in deze situatie, wist ze, net zo hulpeloos als zij. De autoriteiten keurden hun relatie af. Nachten samen in zijn of haar appartement waren niet goedgekeurde, gestolen, heimelijke affaires en, als zij bij hem de nacht doorbracht, illegaal. Als ze naar een ander adres ging, al was het maar voor één nacht, was ze verplicht dat aan haar plaatselijke Bureau Openbare Veiligheid door te geven. Hoewel niemand zich in de praktijk daar tegenwoordig veel van aantrok, moesten zíj zich, juist vanwege Li's positie als hoofd van de Beijingse centrale recherche, aan die regel houden, terwijl die voor bijna niemand meer gold. Dat was moeilijk te begrijpen en ze hadden allebei gehoopt dat hun besluit om te trouwen dat zou veranderen. Maar tot nu toe hadden ze de zegen van boven niet ontvangen.

Hij kwam dichterbij en nam haar weer in zijn armen. 'Ik kan vannacht blijven.'

'Dat is je geraden ook,' zei ze. Ze draaide zich om en goot heet water over de groenetheeblaadjes in twee glazen mokken. Wat ze eigenlijk wilde was een wodka-tonic met ijs en citroen, maar ze had sinds ze zwanger was geen alcohol meer aangeraakt en miste de ontsnapping die alcohol soms bood aan die dingen in het leven die ze liever niet wilde accepteren.

Ze voelde de warmte van zijn lichaam toen hij zich tegen haar rug aan drukte, zijn handen onder haar armen door schoof en ze voorzichtig op haar gezwollen borsten legde. Ze rilde toen een seksueel ontwaken door haar lijf zigzagde. Seks met Li was altijd al een wonderbaarlijke ervaring. Zo was het met niemand anders. Haar buitengewoon verhoogde gevoel van seksualiteit dat met haar naderende moederschap kwam, had haar verrast; dat had nauwelijks mogelijk geleken. Ze was bang geweest dat de zwangerschap hun relatie in bed zou verpesten; dat een van tweeën zijn of haar interesse zou verliezen. Tot de verbazing van beiden was het tegenovergestelde waar geweest. Eerst waren ze uit angst voor een tweede miskraam voorzichtig geweest, maar nadat hun dokter hen gerustgesteld had, vond Li manieren om voorzichtig met haar te zijn, profiterend van haar toegenomen gevoeligheid. Hij schepte er behagen in haar bijna tot de rand van de waanzin te drijven. En hij had het zwellen van haar borsten en haar buik zeer opwindend gevonden. Ze voelde die opwinding nu tegen de onderkant van haar rug duwen, liet de groene thee voor wat die was, draaide zich om en vond met haar mond de zijne. Ze wilde hem verzwelgen, hem helemaal verteren.

De deprimerende, vertrouwde toon van Li's mobiele telefoon fibrilleerde in het donker. 'Neem niet op,' fluisterde ze. En een ogenblik dacht ze werkelijk dat hij dat niet zou doen. Hij reageerde hongerig op haar tong in zijn mond, terwijl zijn handen over haar billen gleden en hij haar tegen zich aan trok. Maar het schrille wijsje van de telefoon was meedogenloos en ten slotte zwichtte hij, en hij maakte zich rood en ademloos los.

'Ik moet wel,' zei hij. Hij haakte diep teleurgesteld de telefoon van zijn riem en bracht hem naar zijn oor. '*Wei*?'

Nog trillend en opgewonden richtte Margaret haar aandacht weer op de groene thee. Ze wilde wanhopig graag met hem vrijen, maar ze wist dat het moment alweer voorbij was. Ze was kwaad op hem, maar wist ook dat hij er niets aan kon doen. Hun leven werd steeds weer door zijn werk verstoord. Ze had altijd geweten dat het zo zou gaan. En er was zelfs een tijd geweest dat ze dat met hem kon delen. Maar het was maanden geleden dat ze aan een zaak gewerkt had, een lijkschouwing had verricht. Li had het verboden, bang dat er gezondheidsrisico's voor de baby zouden zijn, en zij had zich er niet tegen verzet. Gewoon een verdere erosie, nog een stuk van haarzelf dat weer in de zee viel waartegen ze zo ijverig een wering gebouwd had. Het was nu makkelijker gewoon toe te geven, en ze was niet langer in zijn zaken geïnteresseerd.

Hij haakte de telefoon weer aan zijn riem. 'Ik moet weg,' zei hij.

'Natuurlijk,' zei ze met een vlakke stem. Ze stak haar hand uit om het plafondlicht aan te doen, ze draaide zich om en in het plotselinge licht knipperde ze naar hem. 'Wat is het deze keer? Weer een moord?' Beijing leek te kampen met een misdaadgolf. De misdaadcijfers schoten omhoog. En er waren enkele bijzonder gruwelijke moorden geweest. Li's afdeling had net een etnische Koreaan gearresteerd voor de moord op een 29-jarige vrouw voor haar haar. Hij stak haar dood en hakte haar hoofd af met een bijl, omdat hij verteerd werd door het bizarre verlangen haar lange, zwarte lokken te bezitten. Nadat hij haar hoofd mee naar huis had genomen, trok hij de hoofdhuid er met haar en al af. Toen rechercheurs van Sectie Een zijn appartement binnenvielen, hadden ze hem aangetroffen terwijl hij haar gezichtshuid stond te roerbakken met de klaarblijkelijke bedoeling die te nuttigen.

'Nee,' zei Li. 'Geen moord. Tenminste, daar ziet het niet naar uit.' Hoewel hij glimlachte, was hij verbijsterd. 'Dood door seks, blijkbaar.' Hij boog zich naar haar toe en kuste haar teder op de mond. 'Misschien zijn we er maar net aan ontsnapt.'

II

Li's fiets lag achter in zijn jeep te rammelen. De Chrysler met vierwielaandrijving, die in de stad door een Chinees-Amerikaanse joint venture gebouwd werd, stond bekend als de Beijingjeep en was zeer geliefd bij de gemeentepolitie, die hem bijna geadopteerd had als zijnde van hen. Het voertuig dat Li als sectiehoofd toegewezen gekregen had, was een onopvallende donkergroene jeep met getint glas. Alleen ingewijden kenden de enige aanwijzing dat dit een politieauto was, namelijk het *jing*-karakter op het nummerbord dat gevolgd werd door een nul. Normaal gesproken liet hij hem bij Sectie Een staan en fietste hij naar huis, wat vaak sneller was dan te proberen door de steeds frequenter in de hoofdstad voorkomende verkeersopstoppingen te komen. Maar in de bittere kou was het een lange weg door de stad naar Margarets appartement, dus vanavond had hij zijn fiets achterin gelegd.

Veel van de zijstraten, waar nog sneeuw lag, waren verraderlijk glad. Maar toen hij de West-Chang'an-avenue insloeg, deze helder verlichte hoofdader die de stad in oost en west verdeelde, was die sneeuwvrij en er reed weinig verkeer. Hotels, ministeriële gebouwen en China Telecom werden allemaal door schijnwerpers verlicht en Li kon de lampjes van kerstbomen misplaatst voor de hotels zien twinkelen. Nog maar twee weken te gaan. Kerstmis in Beijing was voornamelijk voor de toeristen, maar de Chinezen verwelkomden elk excuus voor een banket.

Hij reed langs de indrukwekkende toegangspoorten van Zhongnanhai links, met rechts het grote zwarte gat achter de Grote Hal van het Volk, waar het werk aan de bouw van China's controversiële nieuwe Nationale Grand Theater voor de prijs van 325 miljoen dollar begonnen was. Voor hem lag de Poort van de Hemelse Vrede met het portret van

Mao, die welwillend over het Tiananmenplein glimlachte, waar het bloed van de mensen die in 1989 voor de democratie gedemonstreerd hadden, weggewassen leek door de zee van radicale economische veranderingen, die sindsdien over het land spoelde. Even vroeg Li zich af wat Mao gevonden zou hebben van het land dat hij al die jaren geleden aan de nationalist Kuomintang ontrukt had. Hij zou zijn land in deze eenentwintigste eeuw niet herkend hebben.

Li sloeg links af, onder de gewelfde poort door, Nanchang Jie in, en zag de lange, smalle, met bomen omzoomde straat, die zich voor hem in het duister uitstrekte. Voorbij de kruising met Xihuamen werd het Beichang Jie – Noord-Changstraat – en aan zijn rechterkant onttrok een hoge grijze muur de gerestaureerde huizen van mandarijnen en partijkaderleden aan het zicht. Die lagen aan weerszijden van deze eeuwenoude verkeersweg langs de oevers van de slotgracht, die de Verboden Stad omsloot. Verderop stonden twee surveillancewagens op een oprit die naar de hoge, geautomatiseerde poorten in de muur leidde. Li zag naast de stoeprand een jeep van Sectie Een staan, met de Volkswagen van doctor Wang daarachter. Er stonden enkele onopvallende busjes van de technische recherche uit Pao Jü Hutong. Bij de poort stond een agent in uniform, ineengedoken in zijn glimmend zwarte jas met bontkraag, terwijl hij een sigaret rookte en met zijn voeten stampte. Zijn zwartzilveren pet had hij diep over zijn ogen getrokken, in een poging zijn gezicht enigszins tegen de ijzige wind te beschermen. Hoewel het nieuwe zwarte, met wit en zilver afgezette uniform vlak voor zijn periode bij de Chinese ambassade in Washington DC geïntroduceerd was, kon Li er maar moeilijk aan wennen. De met rood afgezette groene legerkleuren van de politie in de eerste vijftig jaar van de Volksrepubliek waren praktisch niet te onderscheiden geweest van die van het volksleger. Alleen de gewapende politie droeg ze nu nog.

Rechercheur Wu's telefoontje naar Li's mobiel was cryptisch geweest. Hij had geen reden te geloven dat dit een plaats delict was. Het was een delicate zaak, misschien politiek gevoelig, en hij had geen idee hoe hij het moest aanpakken. Li was nieuwsgierig. Wu was een vrijpostige, zelfverzekerde rechercheur met zo'n vijftien jaar ervaring. Delicaat was niet iets wat je normaal gesproken met hem associeerde. Tact ook niet. Het enige wat hij Li over de telefoon had durven vertellen, was dat er een slachtoffer was en dat het ongeluk van seksuele aard was. Maar zodra hij Li het adres gegeven had, had het sectiehoofd geweten dat het geen gewone oproep was. Dit was een straat die bewoond werd door de machtigen en de bevoorrechten, invloedrijke mensen. Voorzichtig handelen was geboden.

De agent bij de poort herkende Li onmiddellijk. In een regen van vonken gooide hij haastig zijn sigaret weg en salueerde toen Li uitstapte. De poort stond open en op de binnenplaats erachter, onder een wirwar van grijze leien daken, stonden enkele sedans, een BMW en een Mercedes.

'Wie woont hier?' vroeg Li aan de agent.

'Geen idee, sectiehoofd.'

'Waar is rechercheur Wu?'

'Binnen.' Hij wees met zijn duim naar de binnenplaats.

Li stak de bestrate binnenplaats over en ging het naar alle kanten uitgebouwde, één verdieping tellende huis binnen, door de dubbele glazen deuren die in een serre uitkwamen. Er stonden drie geüniformeerde politiemannen tussen de dure bamboe meubelen. Op gedempte toon spraken ze met Wu en verscheidene mensen van de technische recherche. Wu's korte leren jasje hing open, de kraag stond omhoog, terwijl zijn crèmekleurige zijden sjaal los om zijn hals hing. Hij droeg een spijkerbroek en sportschoenen, en met zijn vingers vol nicotinevlekken plukte hij zenuwachtig aan de zwakke poging die voor snor doorging. Zijn gezicht klaarde op toen hij Li zag.

'Hé, commandant. Ik ben blij dat je er bent. Dit is een echte afknapper.' Hij leidde Li snel naar een smalle gang met een gewreven parketvloer en muren vol oude wandkleden, waarlangs overal antieke kasten stonden. Van ergens in het huis klonk het geluid van een snikkende vrouw. Uit de serre achter hem kon Li onderdrukt gelach horen.

'Wat is hier verdomme aan de hand, Wu?'

Wu's stem klonk laag en gespannen. 'De jongens van het plaatselijke Bureau Openbare Veiligheid kregen een uur geleden een telefoontje van het dienstmeisje. Ze was hysterisch. Ze konden maar weinig uit haar krijgen, behalve dat er iemand dood was. Dus stuurden ze een wagen. De jongens van de uniformdienst arriveren hier en denken: Verrek, het is niet iets voor ons, en toen belden ze ons. Ik kom hier en verdomme, ik denk eigenlijk hetzelfde. Dus roep ik doc en zijn bloedhonden erbij, en bel jou. Ik heb niets aangeraakt.'

'En wie is er dood?'

'Een kerel, Jia Jing genaamd.' Die naam kwam Li vagelijk bekend voor. 'De Chinese kampioen gewichtheffen,' verduidelijkte Wu.

'Hoe is hij gestorven?'

'Doc denkt dat het een natuurlijke dood was.' Hij knikte met zijn hoofd naar het einde van de gang. 'Hij is er nog.'

Li was verbluft. 'En wat is het probleem?'

'Het probleem is,' zei Wu, 'dat we in de woning staan van een vooraanstaand lid van de organisatieafdeling van het Chinees Olympisch Comité.' Li fronste zijn wenkbrauwen. Wu lichtte dat toe. 'Het comité dat de Olympische Spelen in Beijing organiseert. Hij zit momenteel in Griekenland. Zijn vrouw ligt in hun slaapkamer met een dode gewichtheffer van 150 kilo op haar. En hij zit, hoe zal ik het zeggen...' hij zweeg voor het effect, maar Li vermoedde dat Wu al precies had bedacht hoe hij het zou gaan brengen,

'... vast in de missionarisstand en er is nog steeds sprake van penetratie.' Hij kon een lachje niet weerstaan. 'Het lijkt erop dat zijn hart het begaf toen het net interessant begon te worden.'

'In hemelsnaam, Wu!' Li voelde de woede opkomen. 'Je bedoelt dat je hem zo hebt laten liggen? Al meer dan een uur?'

'Hé, commandant.' Wu stak zijn handen omhoog. 'We hadden geen keus. Doc zegt dat ze een soort reflexachtige spierverkramping heeft en dat ze hem vasthoudt. We krijgen ze niet van elkaar, zelfs al zouden we dat willen. En, hé, heb je ooit geprobeerd 150 kilo dood vlees te verplaatsen? We zullen iedereen hier nodig hebben om hem van haar af te krijgen.'

Li richtte zijn blik ten hemel en haalde diep adem. Wat hij zich ook voorgesteld mocht hebben, dit beslist niet. Maar het ging hier om een schandaal, niet om een misdrijf, en Li was onmiddellijk geneigd de handen van Sectie Een er zo snel mogelijk van af te trekken. 'Wat is docs prognose?'

'Hij heeft haar een kalmeringsmiddel gegeven en zegt dat, als dat begint te werken, de verkramping zou moeten verdwijnen en we hem los kunnen wrikken.' Weer dat vermoeden van een lachje, en Li wist dat Wu zijn woorden nauwkeurig koos voor het effect. Hij genoot van het moment, genoot ervan de verantwoordelijkheid af te schuiven.

'Haal die verdomde grijns van je gezicht!' zei Li kalm, en onmiddellijk verdween die ook. 'We hebben hier een dode man en een vrouw die vreselijk overstuur is.' Hij haalde nog een keer diep adem. 'Je kunt het me beter laten zien.'

Wu bracht hem naar een slaapkamer. Die was buitengewoon weelderig en smakeloos ingericht. Een dik hoogpolig rood tapijt, muren bekleed met karmozijnrode zijde. Zwartgelakte, met parelmoer ingelegde schermen stonden rond een gigantisch bed, dat opgemaakt was met perzikkleurig en roomwit satijn. Roze zijden kwasten hingen aan verscheidene handgeschilderde lantaarns. Het licht ervan werd onmiddellijk door de donkere kleuren in de kamer geabsorbeerd. De lucht was er plakkerig warm en doordrongen van de geur van wierook en seks.

De grote, weke billen van de 150 kilo zware gewichthefkampioen van China vormden ongerijmd het middelpunt van de kamer. Zijn dijen en kuiten waren kolossaal onder de brede taille en de enorm gespierde rug en schouders. Als een ouderwetse Chinese staart lag een vlecht in zijn nek gekruld. In tegenstelling tot Jia waren de benen waartussen hij lag, absurd breekbaar. De vrouw was bleek en dun, met kortgeknipt haar. Haar make-up was door seks en tranen uitgelopen. Het leek ongelooflijk dat ze niet door deze monsterlijke man, die voorover op haar lag, verpletterd was, letterlijk een dood gewicht. Ze zag eruit, dacht Li, alsof ze in de veertig was, misschien twee keer zo oud als haar dode minnaar.

Ze snikte nog steeds zacht, maar haar blik was vertroebeld als staar en staarde naar iets in de verte. Doctor Wang Xing, de dienstdoende patholoog-anatoom van het Centrum voor Crimineel Technisch Onderzoek in Pao Jü Hutong zat op een stoel naast het bed en hield haar hand vast. Hij trok een wenkbrauw op naar Li. 'Het toedienen van kalmeringsmiddelen en handen vasthouden is niet mijn gebruikelijke werk,' zei hij. 'Maar het is iets voor mijn memoires, als ze me die ooit laten publiceren.' Hij gebaarde met zijn hoofd naar de vrouw des huizes. 'Ik denk dat we misschien nu wel kunnen proberen hem van haar af te krijgen.'

Er waren acht man nodig om Jia Jing zo lang op te tillen dat dr. Wang zijn minnares los kon trekken. Door het kalmeringsmiddel was ze slap en krachteloos. Hij kon haar met moeite op een stoel krijgen. Li sloeg een zijden ochtendjas om haar naakte lichaam en stuurde iedereen weg.

'Dus je denkt dat het een hartaanval was?' vroeg Li.

Wang haalde zijn schouders op. 'Daar lijkt het wel op. Maar dat weet ik pas als ik hem op de snijtafel heb.'

'Nou, ik zou het waarderen als je hem hier zo snel mogelijk door je jongens vandaan kunt laten halen.'

'Ze zijn onderweg.'

'En de vrouw?'

'Dat komt wel goed, commandant. Ze is op het ogenblik enigszins versuft door het kalmeringsmiddel, maar dat gaat wel over.'

Li knielde naast haar neer en pakte haar hand. Haar kin rustte op haar borst. Hij tilde die met duim en wijsvinger omhoog en draaide haar hoofd enigszins naar hem toe. 'Is er iemand die kan komen en vannacht bij je kan blijven? Een vriendin misschien?' Haar blik was glazig. 'Begrijp je wat ik zeg?'

Er kwam geen reactie. Hij keek Wang aan. 'Weet jij iemand die vannacht hier kan blijven?'

Maar plotseling greep ze zijn pols en haar blik werd halfhelder. Haar ogen stonden nu donker en bang, met overal strepen zwarte mascara eromheen. 'Hij hoeft het niet te weten, hè?' Li hoefde niet te vragen wie. 'Alsjeblieft...' brabbelde ze. 'Zeg alsjeblieft dat je het hem niet vertelt.'

III

De Dongzhimenneistraat was een en al licht en vol levendigheid toen Li voorzichtig met zijn jeep westwaarts naar Beixinqiao reed. In de ijzige wind, die van uit de Gobiwoestijn in het noorden waaide, dansten honderden rode lantaarns aan de gevels van tientallen restaurants. 'Spookstraat' noemden ze deze weg. Terwijl het grootste deel van de stad sliep, hielden de jeugdige welgestelden,

China's nouveau riches, zich tot drie uur 's nachts, of later zelfs, hier in de restaurants en bars op. Maar in de verte, richting de kruising van Dongzhimen met de tweede ringweg, vervaagden de lichten van Spookstraat in de duisternis, waar de hamers van de slopers het ergste hadden aangericht. Hele gemeenschappen in eeuwenoude *siheyuan*-huizen rond kleine binnenplaatsjes waren ontmanteld en afgebroken om plaats te maken voor het nieuwe Beijing, dat geschikt werd gemaakt voor de Olympische Spelen. De fouten van het Westen werden hier na veertig jaar weer gemaakt, stadsgemeenschappen die uit hun vertrouwde omgeving werden weggerukt en in zielloze flats in de voorsteden geherhuisvest werden, een toekomstige broedplaats van sociale onrust en misdaden.

Li sloeg links af en zag boven het dak van de versmarkt de lichten van Sectie Een. Toen hij langs de One Nine Nine-bar reed, brandde daar ook licht, met schimmige gedaantes achter de beslagen ramen. Hij sloeg links af de verlaten Beixinqiao Santiao in en parkeerde onder de bomen tegenover de bruinmarmeren gevel van de Federatie voor Heel China van Teruggekeerde Overzeese Chinezen. Overdag zou er een constante stroom etnische Chinezen zijn, die papieren wilden om naar hun geboorteland, of het geboorteland van hun voorouders, terug te keren, om voordeel te slaan uit de kansen die de snelst groeiende economie ter wereld hun bood.

Hij glipte de zij-ingang binnen van het bakstenen gebouw van vier verdiepingen, waarin Sectie Een van de centrale recherche van de Beijingse gemeentepolitie gehuisvest was, en nam de trap naar de bovenste verdieping. De recherchekamer gonsde van bedrijvigheid toen hij zijn hoofd om de deur stak. Vaak was het 's avonds drukker dan overdag. Wu zat al achter zijn bureau. Hij blies nadenkend rook naar zijn computerscherm en stopte een vers stukje kauwgum in zijn mond. Hij keek op toen Li in de deuropening verscheen. 'Hoe wil je dat ik dit aanpak, commandant?' vroeg hij.

'Gewoon de waarheid,' zei Li. Hij was zich maar al te zeer bewust van de mogelijke reacties op wat ze vanavond gezien hadden. Een lidmaatschap van de Beijingse organisatieafdeling van het Chinees Olympisch Comité was een politieke benoeming. De burgemeester van de stad was de voorzitter, de vicevoorzitter was het hoofd van het Chinees Olympisch Comité. China beschouwde het succes van de Spelen van vitaal belang voor hun plaats in de wereld, en het comité zelf ging gebukt onder een enorm gewicht aan verantwoordelijkheid. Een schandaal waarbij een van zijn vooraanstaande leden betrokken was zou een schokgolf in de wereld van de macht veroorzaken. En het werd steeds moeilijker om een schandaal uit de media te houden. Ter aanvulling op dat van Wu zou Li zijn eigen verslag over het incident moeten schrijven.

Hij keek naar het kantoor van zijn plaatsvervanger. De deur stond op een kier en het kantoor erachter was donker. Hij had niet verwacht Tao Heng op dit uur achter zijn bureau te treffen en was opgelucht dat hij dit niet met hem hoefde te bespreken. Hij liep door de gang naar zijn eigen kantoor en knipte zijn bureaulamp aan. Hij leunde achterover in zijn stoel, zodat zijn hoofd buiten de lichtkring was, die de lamp wierp. Hij sloot zijn ogen en wenste vurig dat hij een sigaret kon opsteken. Maar hij had Margaret beloofd dat hij in het belang van de baby zou stoppen met roken, en hij ging die belofte niet breken. Bovendien had ze de neus van een bloedhond en zou ze het onmiddellijk ruiken.

Een klop op de deur bracht hem abrupt terug uit zijn mijmeringen over tabak en hij ging weer rechtop zitten. 'Binnen.'

Sun Xi kwam binnen. 'Ze vertelden me dat je er was. Heb je even, commandant?' Sun Xi was een jongeman van nog geen dertig, die onlangs van Kanton – waar hij een fan-

34

tastische staat van arrestaties en opgeloste zaken had –
overgeplaatst was naar Beijing. Hij was nu, net als Li eens,
de jongste rechercheur van Sectie Een, die gespecialiseerd
was in het oplossen van Beijings zwaarste misdrijven. En hij
had, net als Li eens, tijdens enkele korte maanden in de sectie al een indrukwekkend aantal zaken opgelost. Hij deed Li
erg aan zichzelf denken toen hij net zo oud was, hoewel Sun
extraverter was dan Li ooit was geweest. Hij lachte snel en
was zelfs nog sneller met zijn gevatte opmerkingen. Li had
onmiddellijk zijn kwaliteiten herkend en hem onder zijn
hoede genomen. Sun kleedde zich netjes. Zijn witte over-
hemden waren altijd keurig gestreken, zijn geperste broek
viel over zijn glimmend zwarte schoenen. Zijn haar was
boven zijn oren kortgeknipt, maar bovenop was het langer,
met een scheiding in het midden, en het viel naar twee kanten over zijn voorhoofd, boven dikke zwarte wenkbrauwen
en donkere ondeugende ogen. Het was een knappe jongeman, en alle meisjes op kantoor deden hun best zijn aandacht te trekken. Maar hij was al bezet.

'Trek een stoel bij,' zei Li, blij met de afleiding. En terwijl Sun op de stoel tegenover hem ging zitten, vroeg hij:
'En is Wen al op orde?'

Sun haalde zijn schouders op. 'Je weet hoe dat is, commandant,' zei hij. 'Een meisje uit de provincie in de grote
stad. Ze weet niet wat haar overkomt. En de kleine schopt
haar nu zowat beurs.' Net als Li hoopte Sun over een kleine
maand vader te worden, maar in tegenstelling tot Li had
men Sun al een appartement voor een gehuwde ambtenaar
aan de Zhengyiweg toegewezen, en zijn vrouw was net uit
Kanton aangekomen.

'Heeft ze alles al geregeld voor de bevalling?'

'Maak het een beetje! Je weet hoe vrouwen zijn. Ze is
nog aan het uitpakken. Ik heb nog een heel appartement
nodig om al haar kleren op te hangen.'

Li glimlachte. Hoewel hij Sun als zijn jongere versie

35

zag, waren ze met totaal verschillende vrouwen getrouwd. Margarets kleerkast kon slechts als Spartaans beschreven worden. Ze had een hekel aan winkelen. Hij zei: 'Margaret gaat al verscheidene maanden naar zwangerschapsgymnastiek in de kraamkliniek. Misschien kan zij Wen van advies dienen over waar ze naartoe moet, en naar wie.'

'Ik denk dat Wen dat zeker zal waarderen,' zei Sun.

Li zei: 'Ik praat wel met haar.' Toen leunde hij naar achter. 'En wat heb je op je hart?'

Sun haalde een pakje sigaretten tevoorschijn. 'Mag ik?'

'Natuurlijk,' zei Li aarzelend, en hij zag afgunstig hoe Sun een sigaret opstak en een long vol rook uit zijn sigaret zoog.

'Ik moest eerder op de avond naar een verdacht sterfgeval, commandant. Kort nadat jij was weggegaan. In het zwembassin bij de Qinghua-universiteit.' Hij grijnsde. 'Jij en ik noemen dat een zwembad.' Hij nam nog een trek van zijn sigaret en zijn glimlach verdween. 'Blijkbaar zelfmoord. Zwemkampioen. Hij werd verondersteld daar met het nationale team te trainen voor de wedstrijden morgen tegen de Amerikanen.' Hij zweeg en keek Li aan. 'Volg je sport?'

Li schudde zijn hoofd. 'Niet echt.'

'Nou, ze hebben de VS uitgedaagd en dat is deze week. Twee dagen zwemevenementen in het olympische dorp en drie dagen indooratletiek in het hoofdstedelijke, overdekte stadion. De eerste wedstrijden ooit tussen China en Amerika.'

Li had er iets over gehoord. Vaag. Naarmate het evenement dichterbij kwam, hadden de media er steeds meer aandacht aan besteed, maar hij had er weinig belangstelling voor.

'Hoe dan ook,' zei Sun, 'die knaap brak wereldrecords, van hem werd verwacht dat hij de Amerikanen met gemak zou verslaan. Maar hij komt die avond een halfuur eerder dan de rest voor de training opdagen. De beveiligingsman

bij de deur beweert dat hij hem nooit heeft zien binnenkomen. Er is niemand, ook de coach niet. De zwemmer gaat
naar de kleedkamer en drinkt een halve fles cognac om zich
moed in te drinken. Vervolgens kleedt hij zich uit en hangt
al zijn spullen netjes in zijn kastje. Dan pakt hij een touw
van vijf meter en loopt in zijn adamskostuum naar het
zwembad. Hij beklimt de hoogste duikplank. Die is tien
meter hoog. Knoopt het ene eind van het touw aan de leuning, maakt het andere eind met een lus om zijn nek vast en
springt. Vijf meter touw, een val van tien meter.' Sun maakte achter in zijn mond een knakkend geluid met zijn tong.
'Zijn nek breekt, zo netjes als wat. Meteen dood.'

Er verspreidde zich een ijzig gevoel door Li's maag. Als
digitale bytes op een computerschijf begonnen willekeurige
stukjes informatie plotseling in zijn hoofd onverwachte
reeksen te vormen. Hij zei: 'Zijn er afgelopen maand in het
Xuanwudistrict ook niet drie leden van het nationale atle-
tiekteam bij een auto-ongeluk omgekomen?' Hij had in *The
People's Daily* het verslag gezien.

Sun was verbaasd. 'Ja... dat klopt. Sprinters van het
estafetteteam.' Hij fronste zijn wenkbrauwen. 'Ik zie het
verband niet.'

Li stak zijn hand op, terwijl zijn brein de informatie
naliep, die het dagelijks opzoog, schiftte, catalogiseerde en
opborg onder *Klaarblijkelijk niet belangrijk maar de moeite van
het bewaren waard. Misschien.* Hij vond wat hij zocht. 'Er was
een wielrenner... ik kan me zijn naam niet herinneren... Hij
was vorig jaar tijdens de Tour de France tweede of derde.
Nog nooit eerder had een Chinees zo goed gepresteerd. Hij
stierf een paar weken geleden tijdens een raar verdrin-
kingsgeval.'

Sun knikte en fronste weer zijn wenkbrauwen. Hij
begon nu ook het verband te zien.

'En ik kom net uit een huis waar vanavond een
gewichtheffer tijdens de geslachtsdaad bezweek en over-

leed. Een hartaanval blijkbaar.' Het was dat het zo'n bizarre gebeurtenis geweest was, anders had Li mogelijk nooit gedacht dat er verbanden gelegd konden worden.

Sun gniffelde. 'Dus jij denkt dat de Amerikanen onze topatleten om zeep helpen, zodat zij alle medailles krijgen?'

Maar Li lachte niet. 'Ik denk niets,' zei hij. 'Ik leg slechts een paar feiten op tafel. Misschien zouden we ze moeten bekijken.' Hij herinnerde zich weer de woorden van zijn oom Yifu. *Onwetendheid erkennen getuigt van kracht. Kennis negeren getuigt van zwakte.* Hij zweeg een ogenblik. 'Je zei "blíjkbaar zelfmoord".'

Sun leunde in het licht van Li's bureaulamp. Sigarettenrook kringelde om zijn hoofd. 'Ik denk niet dat het zelfmoord was, commandant.'

Als een ongenode gast denderde het gerinkel van Li's telefoon de kamer binnen. Geïrriteerd greep Li de hoorn. '*Wei?*'

'Sectiehoofd, met procureur-generaal Meng Yongji.' Li's longen stokten halverwege een ademtocht. De procureur-generaal was in Beijing de hoogste ambtenaar van justitie en Li was het niet gewend door hem gebeld te worden. Het kantoor van de procureur-generaal besloot of er in een zaak tot rechtsvervolging overgegaan werd en nam in sommige gevallen een onderzoek helemaal over. Het duurde een ogenblik voor Li weer voldoende lucht had om te zeggen: 'Ja, procureur-generaal.'

'Ik ontving enkele minuten geleden een telefoontje van de secretaris-generaal van het ministerie van Openbare Veiligheid.' Hij klonk daar niet al te blij mee en Li wierp een blik op zijn horloge. Het was bijna halfelf en de kans was groot dat Meng in bed had gelegen toen het telefoontje kwam. 'De minister wil je blijkbaar spreken, sectiehoofd. Thuis. Vanavond nog. Er is een auto onderweg om je op te halen.'

Li begreep nu waarom Meng niet blij klonk. Het protocol vereiste dat een verzoek van de minister via een hoge ambtenaar doorgeven werd. Dat betekende in feite dat de procureur-generaal uit zijn slaap gewekt was om een eenvoudige boodschap door te geven, en hij was duidelijk niet blij met de rol van boodschappenjongen. Hij hoorde Meng aan de andere kant van de lijn luidruchtig door zijn neusgaten blazen. 'Wat heb je uitgehaald, Li?'

'Niets, procureur-generaal. Niet dat ik weet.'

Gesnuif. 'Ik word graag op de hoogte gehouden.' Een klik en de lijn was dood.

Li hield de hoorn verscheidene ogenblikken halverwege zijn oor en de telefoon, voor hij ten slotte ophing. Het ijzige gevoel dat hij eerder in zijn maag gevoeld had, was terug, en een verkillende mantel leek zich vanaf zijn schouders over zijn hele lichaam te verspreiden. Om halfelf op een koude decemberavond ontboden te worden in het huis van de minister van Openbare Veiligheid kon alleen maar slecht nieuws betekenen.

IV

Het was alsof de zwarte topklasse BMW over lucht gleed, terwijl ze langs de noordpoort van de Verboden Stad vlogen en Beichang Jie insloegen, waar Li nog maar twee uur geleden bij de dode Jia Jing geweest was. Li had zijn uniform in zijn kantoor aangetrokken en zat nu stijfjes en ongerust op het zachte leer achter in dit ministeriële voertuig. Toen ze langs de geautomatiseerde poorten van het vooraanstaande lid van de organisatieafdeling van het Chinees Olympisch Comité reden, zag Li dat ze gesloten waren en dat er geen licht meer brandde. De politiemannen waren allemaal verdwenen. Li was lang genoeg gebleven om te zien hoe het lichaam van de gewichtheffer in een lijkzak ging en in de lijkwagen afgevoerd werd, intussen proberend de groeiende hysterie van de overspelige vrouw te bedaren, aangezien het kalmeringsmiddel uitgewerkt begon te raken. Hij kon haar niet garanderen, had hij haar verteld, dat haar man niet te horen zou krijgen wat er die nacht gebeurd was, en ze was onbeheerst gaan snikken. Hij was vertrokken toen er ten slotte een vriendin arriveerde om er de nacht door te brengen.

De straten waren praktisch verlaten toen ze door de tunnel van bomen reden, die zich over de weg bogen, en bij de kruising met Xihuamen sloegen ze af naar het westen. De hoge muren van Zhongnanhai rezen voor hen op. Toen de auto bij de poort stopte, ging het elektronische raam automatisch naar beneden, en Li liet zijn kastanjebruine legitimatie van Openbare Veiligheid zien aan de gewapende wachtpost, die beurtelings nauwkeurig zijn gezicht en zijn foto bestudeerde. Toen gebaarde hij dat ze door mochten rijden en was Li voor het eerst van zijn leven binnen de muren van Zhongnanhai. Hij merkte dat zijn ademhaling wat oppervlakkiger geworden was. Achter de ramen van een ommuurd groepje regeringsgebouwen links brandde licht. Maar dat lieten ze snel achter zich, terwijl de auto hen langs een donkere, met wilgen omzoomde weg voerde, waarna ze de felle gloed van het maanlicht binnenreden, dat op bevroren water scheen. Het Zhonghaimeer. Het was wit van het ijs met een dun laagje sneeuw en weerspiegelde een bijna volle maan.

Hier, op de kusten van dit meer, woonden 's lands leiders en hoge ambtenaren in de luxe en afzondering van hun staatsvilla's en -appartementen. De bevoorrechten, die zich te goed deden aan de privileges van de macht. In het licht dat op de verre kust viel, zag Li naast een kleine aanlegsteiger een paviljoen waarvan de overhangende dakranden op alle vier hoeken naar buiten en omhoog krulden. Van het meer rees nu mist op en daardoorheen twinkelde aan de overkant achter nog meer bomen licht in huizen.

De chauffeur verliet de weg langs het water en draaide een oprijlaan op, die met een bocht door een bamboebosje liep. De dichte, hangende takken van de bladerloze wilgen schraapten zacht over het dak. Hij stopte voor een indrukwekkende villa, die in traditionele Chinese stijl over twee verdiepingen gebouwd was. Pilaren in de kleur van gedroogd bloed stutten het hellende dak van een veranda, die rond het huis liep. Eenmaal binnen liet de chauffeur Li zenuwachtig achter in een donkere gang met roodgelakte meubelen en gewreven hout. Toen verscheen er een jonge vrouw in een zwart pak, die hem vroeg haar te volgen, de trap met dik hoogpolig tapijt op.

Aan het einde van een lange gang vol hangende lantaarns liet ze hem een klein vertrek binnen dat slechts verlicht werd door een schaarlamp en het flikkerende licht van een televisie. Er werd een voetbalwedstrijd uitgezonden, maar het geluid stond zacht. De gewreven houten vloer was bezaaid met vloerkleden uit Xinjiang. Voor een raam, waarvan het uitzicht achter de houten latten van jaloezieën verborgen lag, stond een klein bureau met een laptop. De muren waren bedekt met ingelijste foto's van de minister in zijn officiële uniform, terwijl hij hooggeplaatste politieambtenaren en leidende politici een hand gaf. Hij stond glimlachend afgebeeld met Jiang Zemin; stak, terwijl ze elkaar een hand gaven, ver uit boven Deng Xiaoping; omhelsde Zhu Rongji hartelijk.

De minister zat op een zachte zwarte tweepersoonssofa. Bij het licht van de schaarlamp krabbelde hij op een stapeltje paperassen, dat op zijn knie balanceerde. Op de plaats naast hem lagen meer papieren en officiële publicaties. Hij had een zachte corduroy broek aan, een overhemd met open kraag en huispantoffels. Een half leesbrilletje balanceerde op het puntje van zijn neus. Hij keek verstoord op en gebaarde naar de versleten leren leunstoel tegenover hem. 'Ga zitten, Li, ik kom zo bij je,' zei hij, en hij richtte zich weer op zijn papieren.

Li voelde zich stijf en onbehaaglijk in zijn uniform en vroeg zich af of hij er verkeerd aan gedaan had dat aan te trekken. Hij zat ongemakkelijk op het puntje van de stoel en zette zijn met tressen versierde pet af. Hij wierp een blik op de televisie en zag dat China tegen Zuid-Korea speelde. Korea stond twee doelpunten voor.

'Hou je van voetbal, Li?' vroeg de minister zonder op te kijken.

'Niet in het bijzonder, minister,' antwoordde Li.

'Hmm... atletiek?'

'Niet echt.'

'Hou je dan helemaal niet van sport?'

'Ik vind schaken leuk.'

De minister tuurde hem over zijn leesbril aan. 'O ja? Speel je goed?'

'Vroeger speelde ik heel behoorlijk tegen mijn oom.'

'O ja...' De minister legde zijn papieren weg en richtte nu voor het eerst zijn volle aandacht op Li. 'Oude Yifu. Dat was een sluwe, ouwe vos, je oom, maar een goed politieman.' Hij zweeg. 'Denk je dat je ooit zijn niveau zult halen, sectiehoofd?'

'Dat is uitgesloten, minister.'

'Ah...' de minister glimlachte. 'Bescheidenheid. Daar hou ik van.' Zijn glimlach verdween. 'Maar dan, als je niet bereid bent je persoonlijke plannen te heroverwegen, bereik je geen enkel niveau.'

Li's hart zonk hem in de schoenen. Dus daarom was hij ontboden.

Maar de minister onderbrak zijn gedachten alsof hij ze gelezen had. 'Maar daarom ben je hier niet.' Hij leek enkele ogenblikken in gedachten verzonken, alsof hij niet wist hoe te beginnen. Toen zei hij: 'Een bepaalde vrouw van een bepaald lid van een bepaald comité pleegde vanavond, nadat jij haar woning verlaten had, een telefoontje.' De minister zweeg om Li's reactie te bestuderen. Li reageerde niet. Hij had moeten beseffen dat een vrouw in haar positie altijd wel iemand met invloed kende. De minister ging verder: 'Degene die dat telefoontje kreeg, belde zelf ook en toen ging bij míj de telefoon.' Hij glimlachte. 'Je ziet hoe de verbindingen gemaakt worden?' Li zag dat maar al te duidelijk.

De minister zette zijn leesbril af en frunnikte eraan terwijl hij sprak. 'Voor zover we weten, is er vanavond geen misdrijf gepleegd. Klopt dat?' Li knikte. 'Dan is het heel goed mogelijk dat een bepaalde gewichtheffer om redenen die we niet kennen bij het huis van een bepaald comitélid arriveerde. Misschien kwam hij namens zijn sport bij dat comitélid protesteren en was die helaas het land uit. Maar dat zullen we nooit weten, hè? Aangezien de arme kerel ineenzakte en stierf. Hartaanval. Klopt dat?'

'Dat zullen we na de lijkschouwing pas zeker weten.'

'En dat zal natuurlijk allemaal in het officiële rapport staan?'

Li aarzelde lang. Hij verafschuwde de gedachte dat hij op de een of andere manier bij een doofpotaffaire betrokken was. Hij had zich er misschien tegen verzet als hij gedacht had dat het meer was dan alleen voorkomen dat enkele officials in verlegenheid gebracht zouden worden. Maar onder de gegeven omstandigheden leek dat het nauwelijks waard. Hij kon zijn oom Yifu bijna naar de *Kunst van het oorlog voeren* van Sunzi horen verwijzen en naar het advies van 's werelds beroemdste oorlogsstrateeg dat *Hij die weet wanneer hij moet vechten en wanneer niet, altijd zal winnen.* En er lagen, wist hij, andere, belangrijkere gevechten in het verschiet. 'Daar zal ik voor zorgen, minister,' zei hij.

De minister glimlachte en leek zich te ontspannen. 'Daar ben ik blij om. Het zou heel jammer zijn, schadelijk zelfs, als bepaalde mensen door bepaalde ongegronde spe-

43

culaties in verlegenheid gebracht zouden worden.'

'Dat zou het zeker,' zei Li. Hij was niet in staat het vleugje sarcasme uit zijn stem te houden.

De minister nam hem scherp op, terwijl hij naar een spoor ervan op Li's gezicht zocht. Zijn glimlach ging alras over in afstandelijk gepeins. Na een ogenblik vouwde hij zijn bril op. Hij legde die zorgvuldig op de tafel naast de sofa en stond op. Li voelde zich onmiddellijk in het nadeel, nog steeds ongemakkelijk balancerend op het randje van zijn leunstoel met zijn pet in de hand geklemd. Maar hem was niet gevraagd op te staan.

'Maar,' zei de minister, 'de dood van Jia Jing vanavond roept andere, verstrekkendere zaken op. Misschien ben je je er niet van bewust, Li, maar het is de vijfde Chinese topatleet die afgelopen maand gestorven is. Allemaal klaarblijkelijk een natuurlijke dood, of het was dood door ongeval.'

'Drie sprinters van het estafetteteam,' zei Li. 'Een wielrenner en een gewichtheffer.'

De minister keek hem nadenkend aan en trok een wenkbrauw op. 'Je lijkt je oog op de bal te houden.' Hij leek verrast.

Li wilde niet graag toegeven dat hij die bal die avond pas voor het eerst opgemerkt had. Hij vond het veelbetekenend dat anderen, lang voor hem, hun oog erop gericht hadden. Maar nu was hij hun één stap voor. 'U zult dat getal moeten bijstellen, minister. Het aantal is nu zes.'

De minister had een jong, rimpelloos gezicht, met slechts een spoortje grijs in zijn haar, hoewel hij waarschijnlijk midden vijftig was. Hij leek plotseling tien jaar ouder te worden. 'Vertel op.'

'Ik heb alle details nog niet. Het lijkt zelfmoord. Een lid van het zwemteam. Hij werd hangend aan de duikplank van het oefenbad in Qinghua gevonden.'

'Wie was het?'

'Hij heette Sui Mingshan.'

Die naam had Li niets gezegd, maar de minister wist onmiddellijk wie het was. 'In hemelsnaam, Li! Sui was onze beste kandidaat voor olympisch goud. Hij had morgen tegen de Amerikanen moeten zwemmen.' Hij richtte zijn blik ten hemel en zuchtte diep. 'Hoe kunnen we in godsnaam voorkomen dat dit bekend wordt?' Toen bedacht hij zich wat anders. 'Dit kan geen toeval zijn, hè? Zes van onze beste atleten binnen een maand dood?'

'Volgens de kansberekening, minister, lijkt dat onwaarschijnlijk,' zei Li.

'Nou, dat moest je maar gaan uitzoeken dan, en snel, verdomme. En ik wil er niets over in de buitenlandse pers lezen, begrijp je? Het zal al moeilijk genoeg zijn de afwezigheid van zulke atleten bij dit evenement met de Amerikanen te verklaren, maar met de Olympische Spelen in 2008 in Beijing kunnen we ons zelfs geen zuchtje schandaal veroorloven. Het prestige en de internationale status van China staan op het spel.'

Li stond op. Hij had nog steeds zijn zwarte pet met zilveren tressen en het glimmende insigne van Openbare Veiligheid in zijn hand. 'Het onderzoek loopt al, minister.'

De minister moest tegen Li opkijken, die ruim vijftien centimeter groter was dan hij, maar hij liet zich daardoor niet intimideren. De macht van zijn ambt gaf hem opperst zelfvertrouwen. Nadenkend keek hij Li nauwlettend aan. 'We kunnen ons niet veroorloven politiemannen van jouw kaliber te verliezen, sectiehoofd,' zei hij. 'Dat... persoonlijke probleem dat je hebt... Hoe kan dat opgelost worden?'

'Met alle respect, minister, ik geloof niet dat ik degene ben met een probleem. Er is geen wettelijk vereiste...'

De minister onderbrak hem. 'Verdomme, Li, het is niet de wet, het is beleid.'

'Dan kun je een uitzondering maken.'

'Nee.' Zijn ogenblikkelijke antwoord klonk beslist. 'Geen uitzonderingen. Eén uitzondering en er volgen er meer. En als veel mensen één kant op lopen, komt er vanzelf een weg.'

'Dan moet ik de wapenstok misschien doorgeven voor de zaak is opgelost.'

De minister keek hem kwaad aan. 'Je bent een stijfkoppige klootzak, Li, net als je oom.'

'Dat beschouw ik als een compliment.'

Verscheidene lange ogenblikken staarde de minister Li zwijgend aan en Li wist niet precies of hij nu razend was of gewoon niets wist te zeggen. Ten slotte draaide hij zich om, pakte zijn leesbrilletje van de tafel en ging weer op de sofa zitten, terwijl hij het stapeltje papier weer op zijn knie legde. 'Hou me op de hoogte.'

En Li besefte dat hij kon gaan.

V

Wu's rapport lag op zijn bureau op hem te wachten toen hij terugkwam op Sectie Een. Het was bijna middernacht. Hij was te moe om zijn uniform uit te trekken. Hij gooide zijn pet op het bureau, liet zich vermoeid in zijn stoel vallen en begon het rapport te lezen. Hij herleefde weer de trieste absurditeit van het hele gore verhaal. Hij stond op, liep naar de deur en schreeuwde door de gang: 'Wu!'

Een ogenblik later kwam Wu uit de recherchekamer tevoorschijn. Achter hem wolkte de rook naar buiten. 'Commandant?'

Li ademde diep in, alsof hij misschien wat tweedehands rook kon stelen, gebaarde dat Wu moest komen en liep weer naar zijn bureau. Toen Wu binnenkwam, wierp hij hem het rapport toe. 'Doe het over.' Wu fronste zijn voorhoofd. 'Maar deze keer laat je eruit wat er in de slaapkamer gebeurd is.'

'Maar dat is juist het smeuïgste deel, commandant.'

Li negeerde hem. 'Onze gewichtheffer kwam ons comi-télid opzoeken, maar voor hij kon zeggen waarom, zakte hij in elkaar en stierf. Oké?'

Wu keek hem nieuwsgierig aan. 'Dat is helemaal niets voor jou, commandant.'

'Dat klopt. Doe het nu maar.' Wu haalde zijn schouders op en liep naar de deur, maar Li riep hem achterna. 'En zeg Sun dat ik hem wil spreken.'

Toen Sun binnenkwam, zei Li hem de deur achter zich te sluiten en het plafondlicht uit te doen. Zo bleef alleen de krans licht over die zijn lamp rond het bureau wierp. Hij gebaarde dat Sun moest gaan zitten, leunde vervolgens naar achter zodat hij hem van buiten het bereik van het licht kon bekijken. Zijn ogen staken en hij had het gevoel dat er zand in zat. Het was een lange dag geweest. 'Vertel me waarom je denkt dat deze zwemmer geen zelfmoord gepleegd heeft,' zei hij.

Sun kwam half overeind en zei: 'Ik heb mijn rapport klaar, als je dat wilt lezen.'

'Nee, vertel het maar gewoon.'

Li sloot zijn ogen en luisterde, terwijl Sun beschreef hoe hij en Qian Yi, een van de oudere rechercheurs van de sectie, kort na halfacht bij het zwembassin arriveerden.

'We werden meteen al achterdochtig toen de beveiligingsman bij de deur zei dat hij Sui niet had zien binnenkomen. Ik vroeg hem of het mogelijk was dat Sui gekomen was toen hij op het toilet zat. Hij zei dat hij twee uur onafgebroken op zijn post was geweest. Dus vroeg ik hem of er ook een andere manier was om binnen te komen. Het blijkt dat er zes nooduitgangen zijn, die alleen van binnenuit open kunnen. We hebben ze allemaal gecontroleerd. Een ervan zat niet goed dicht. Dus zo moet Sui ongezien binnengekomen zijn.'

Li dacht een ogenblik na. 'Waarom zou hij via een

nooduitgang naar binnen moeten sluipen? Waarom kwam hij niet gewoon door de hoofdingang binnenlopen? En als hij via de nooduitgang kwam, hoe heeft hij die dan van buitenaf open gekregen?'

'Diezelfde vragen kwamen ook bij mij op, commandant,' zei Sun.

'En heb je een antwoord gevonden?'

'Het enige wat ik kon bedenken was dat hij niet alleen was.'

Li fronste zijn wenkbrauwen en deed zijn ogen open. 'Wat bedoel je daarmee?'

Sun leunde naar voren in het licht. 'Ik bedoel dat hij daar niet uit eigen vrije wil was, commandant. Dat hij daar tegen zijn wil naartoe gebracht was, door mensen die hem eerst dronken gevoerd hadden. Mensen die ervoor gezorgd hadden dat de nooduitgang open was.'

Li trok twijfelend een wenkbrauw op. 'En al dit gespeculeer alleen maar omdat de beveiligingsman hem niet had zien binnenkomen? Iedereen weet dat ooggetuigen onbetrouwbaar zijn, Sun. Herinneringen zijn gebrekkig. Misschien ging hij naar de wc en herinnert hij zich dat gewoon niet meer. Misschien was hij aan het lezen en merkte hij niet dat Sui langskwam.'

'En de nooduitgang?'

Li haalde zijn schouders op. 'Deuren staan open.' Sun leek lichtelijk teleurgesteld. Li zei: 'Vertel me dat je je twijfels niet enkel op een beveiligingsman en een nooduitgang baseert.'

Sun schudde zijn hoofd, uitgeput door de twijfelzucht van zijn baas. 'Commandant, ik weet niet wat ik moet zeggen. Het vóelde gewoon niet goed. Alles eraan. Zijn teamgenoten zeiden dat hij nooit alcohol dronk. Echt nooit. Maar toch stonk hij naar drank en er zat een halfvolle fles cognac in zijn tas in zijn kastje. En, ik bedoel maar, als hij een halve fles cognac leeggedronken had, zou hij dan in staat zijn geweest zijn kleren op te vouwen en ze in zijn kastje achter te laten? En trouwens, waarom zou hij? En waarom zou hij zijn hoofd kaalscheren?'

Li ging naar voren zitten. Dat was nieuw voor hem. 'Hij had zijn hoofd kaalgeschoren?'

'Ja. Hij moet dat pas enkele uren ervoor gedaan hebben. Er zaten verse sneetjes in zijn hoofdhuid, opgedroogd bloed, en hij had de laatste keer dat iemand hem zag een volle bos haar.'

Li peinsde daar enkele ogenblikken over. 'Was er een patholoog-anatoom aanwezig?'

'Doc Zhu, een van Wangs plaatsvervangers van Pao Jü Hutong.'

Li kende hem wel. Hij was jong, niet erg ervaren. 'Wat zei Zhu?'

'Niet veel, commandant. Alleen dat er geen uitwendige tekenen waren die op een vechtpartij wezen, en dat de dood veroorzaakt leek te zijn door een gebroken nek ten gevolge van ophanging. Natuurlijk kon hij daar pas na de lijkschouwing zekerheid over geven.'

'Wie doet de lijkschouwing?'

'Zhu.'

Li schudde zijn hoofd. 'Dat gaat niet door. Ik wil niet dat iemand met zijn gebrek aan ervaring het lichaam aanraakt.'

Sun was verbijsterd, en een ogenblik wist hij niets te zeggen. Was zijn gevoel dan toch gerechtvaardigd? 'Je bedoelt dat je denkt dat ik misschien gelijk heb? Dat dit niet gewoon een ongecompliceerde zelfmoord is?'

Li dacht kort na over wat hij ging antwoorden. 'Hoewel ik aanvaard dat je veronderstellingen speculatief zijn, Sun, denk ik dat ze niet onredelijk zijn. Om twee redenen.' Hij stak zijn duim op om de eerste aan te geven. 'Ten eerste, we moeten dit in de context zien van zes topatleten die binnen een maand stierven. Dat is gewoon iets té toevallig.' Hij stak zijn wijsvinger op voor de tweede. 'En ten tweede, die haar-kwestie. Dat slaat nergens op.'

Sun leek verbijsterd. 'Hoezo?'

'Je vroeg waarom Sui zijn hoofd kaal zou scheren. Ik begrijp dat het onder zwemmers niet ongebruikelijk is je haar af te scheren voor minder weerstand in het water.'

Sun knikte. 'En...?'

Li zei: 'Nou, als je van plan bent zelfmoord te plegen, waarom zou je je hoofd dan scheren, zodat je sneller gaat voor een wedstrijd waaraan je helemaal niet van plan bent mee te doen?' Hij zag dat het Sun begon te dagen en voeg-de eraan toe: 'Maar dan blijven we met een zelfs nog onwaarschijnlijkere vraag zitten. Waarom zou iemand anders dat doen?'

VI

Margaret kon de slaap niet vatten. Ze hield graag de gordij-nen open, in de wetenschap dat er geen andere torenflats zo dichtbij stonden dat er iemand naar binnen kon kijken, zelfs niet als het licht aan was. Ze vond het heerlijk bij het licht van haar kleine televisie en de haar omringende stadslich-ten door haar appartement te lopen. Om de een of andere reden was ze sinds ze zwanger was, gevoeliger voor helder licht geworden, en de duisternis gaf haar een gevoel van veiligheid. Ze voelde zich veiliger. Ze hield er ook van op een heldere avond als vandaag over de stad uit te kijken. Je kon de achterlichten van auto's en bussen kilometers ver zien, terwijl ze door het hoofdstedelijke netwerk van wegen manoeuvreerden, tijdens het spitsuur in lange files en 's avonds laat, zoals nu, met grote vaart over de verlaten ringwegen.

Maar vanavond baadde de bijna volle maan haar slaapkamer in een helder zilver licht. Het viel door het raam in verwrongen, in tweeën gedeelde rechthoeken over haar bed, en hield haar uit haar slaap. En Li's vertrek had haar gefrustreerd en eenzaam achtergelaten, met knagende spijt om onvervulde seks.

Over ruim een week zou ze getrouwd zijn. Maar toch vervulde die gedachte haar met angst. Om de beproevingen die ze de komende paar dagen zou moeten doorstaan. Een verlaat verlovingsfeest. De hereniging met haar moeder. De eerste ontmoeting met Li's vader. En dan wat? Wat zou er anders worden? Tot Li een appartement voor een getrouwde ambtenaar toegewezen kreeg, zouden ze nog steeds gedwongen zijn veel van hun tijd apart door te brengen. En als de baby kwam... ze sloot haar ogen. Dat was iets waar ze niet aan wilde denken. Ze had tijdens haar co-assistentschap op de EHBO-afdeling van het Medisch Centrum in Chicago genoeg bevallingen bijgewoond om te weten dat het een ervaring was die ze liever niet persoonlijk opgedaan had. Ze vond het al moeilijk genoeg om met de pijn van anderen om te gaan. Haar eigen pijn maakte haar doodsbang.

Ze ging op haar zij liggen en trok de dekens over haar hoofd, vastbesloten wat te slapen, toen ze een sleutel in het slot hoorde krassen. Ze schoot overeind en keek op het rode digitale schermpje van de klok naast haar bed. Het was 1.14 uur. Hij was toch zeker niet op dit uur van de nacht teruggekomen? 'Li Yan?' riep ze. Haar slaapkamerdeur zwaaide open en ze zag hem daar in het maanlicht staan. Hij had zijn uniform nog aan en zijn pet op, met zijn jas over zijn schouder.

'Ik wilde je niet wakker maken,' zei hij.

'Ach kom,' zei ze ongelovig. 'Natuurlijk wel. Je bent bezeten van seks. Waarom ben je anders hier?'

Maar hij glimlachte niet. 'Ik kom je om wat gunsten vragen.'

'O ja?' Maar ze vroeg niet door. 'En kom je in bed of blijf je de hele nacht in de gang staan?' Ze grijnsde. 'Ik ben dol op mannen in uniform.'

Hij liep de kamer in, duwde de deur achter zich dicht en begon zich uit te kleden. Ze keek hoe het licht schuin over zijn borstspieren viel en schaduwen wierp op de musculatuur van zijn buik, toen hij zijn overhemd open knoopte. Hij bewoog met een gemakkelijke, energieke gratie, en ze voelde haar eerdere gefrustreerde verlangens weer oplaaien toen hij uit zijn broek stapte en voor driekwart tegen het raam stond afgetekend. Maar hij deed geen poging in bed te stappen. Hij zei: 'We hebben een jongeman op de sectie. Ik heb het weleens met je over hem gehad. Sun.' Ze wachtte zwijgend en vroeg zich af wat hij in vredesnaam te zeggen had. 'Hij kwam drie maanden geleden uit Kanton en ze hebben nu net een appartement voor gehuwden toegewezen gekregen.'

'O, ik snap het,' zei ze gepikeerd. 'Dus de ondergeschikte krijgt een appartement, terwijl zijn baas moet wachten.'

'Dat is gewoon iets administratiefs,' zei Li snel. Hij wilde geen discussie over appartementen. 'Het punt is, zijn vrouw is net uit het zuiden gekomen. Ze kent hier niemand, omdat ze Beijing niet kent. En ze verwacht ongeveer gelijk met jou een kind. Ik dacht... nou, ik vroeg me af of je haar misschien wegwijs kon maken, om het zomaar te zeggen.'

Margaret snoof. 'Ha! Alsof ik niet genoeg aan mijn hoofd heb, met mijn moeder die komt, een verlovingsfeest en een trouwerij...' Ze zweeg en nam hem scherp op. 'Je bent hier toch niet om één uur 's nachts naartoe gekomen alleen om me te vragen voor kinderjuffrouw te spelen voor het plattelandsmeisje van een van je rechercheurs?'

'Nou,' zei Li. 'Er was nog iets.'

'Wat dan?'

'Ik wil dat je een lijkschouwing doet.'

Lang zweeg ze. 'Ik dacht dat het me verboden was,' zei ze rustig. 'Je dacht dat er gezondheidsrisico's voor de baby konden zijn, en ik heb je niet tegengesproken. Vanwaar deze ommezwaai?'

'Ik zou het niet vragen als ik niet dacht dat het belangrijk was.' Hij zweeg. 'En ik vraag het niet als jij denkt dat er ook maar het minste risico bestaat.'

Ze wist dat als zijzelf geen risico liep, er in werkelijkheid geen risico voor de baby bestond. En ze was nooit geneigd geweest zichzelf in gevaar te brengen. 'Waar gaat het over?' Ze kon de opwinding nauwelijks uit haar stem houden. Dit was een kans haar leven terug te krijgen, zichzelf weer te zijn, om al die andere personages – vrouw, moeder, dochter – op een laag pitje te zetten, voor even althans.

Hij ging op de rand van het bed zitten en nam de gebeurtenissen van die avond met haar door. Ze lag lang na te denken. 'Wie doet de lijkschouwing op de gewichtheffer?'

'Wang.'

Ze knikte. Wang was oké. Ze had eerder met hem gewerkt. 'Hoe zit het met de anderen? De verkeersslachtoffers, de man die verdronken is; kan ik hun autopsieverslagen zien?'

Li schudde zijn hoofd. 'Er wordt niet op ieder verkeersslachtoffer lijkschouwing verricht, Margaret. Alleen als de omstandigheden verdacht zijn, of als niet duidelijk is waaraan iemand gestorven is. We hebben niet genoeg pathologen-anatomen.'

'Dat komt slecht uit,' zei ze niet erg onder de indruk. 'Ik neem aan dat we ze niet kunnen opgraven?'

Li zuchtte. Hij besefte hoe weinig ze hadden om mee te werken. 'Begrafenissen zijn verboden in de stad. Ik zal het controleren, maar ik weet bijna zeker dat ze allemaal gecremeerd zijn.'

'Je maakt het ons niet erg makkelijk, hè?'

Li zei: 'Hoe meer ik erover nadenk, hoe meer ik denk dat iemand geprobeerd heeft daarvoor te zorgen.'

Margaret snoof spottend. 'Voor het geval het ooit tot een onderzoek komt.'

Li zei rustig: 'Wil je de lijkschouwing op de zwemmer doen?'

Haar gezicht was in de schaduw, maar hij hoorde haar grinniken. 'Probeer me maar eens tegen te houden.' En na een ogenblik van stilte pakte ze zijn arm. 'Hoewel ik op dit moment hoop dat we met de derde reden voor je terugkomst kunnen doorgaan.'

'Is die er dan?' vroeg hij onschuldig.

'Die kan er maar beter wel zijn.' En ze trok hem in bed.

HOOFDSTUK TWEE

I

Ze was laat, maar wist dat haast gevaarlijk kon zijn. En daarom fietste ze met een langzame, gelijkmatige snelheid met de stroom fietsers mee die oostwaarts reed over het versmalde fietspad van de Chang'an-avenue. Aangezien het aantal automobilisten toegenomen en het aantal fietsers afgenomen was, hadden de autoriteiten het goedgevonden dat het verkeer oprukte op de royale fietspaden, die oorspronkelijk door de twintigste-eeuwse stadsvaders aangelegd waren. Door middel van een afscheiding was het fietspad nu de helft smaller en op het asfalt, dat eens het domein van de fiets was, stonden rijen taxi's vast.

Toen ze wakker werd, was Li vertrokken, maar zijn warmte en geur hingen nog aan de lakens en het kussen naast haar. Ze had zich omgedraaid en hem ingeademd, terwijl ze weer dacht aan hoe goed het geweest was nog slechts enkele uren daarvoor, toen hij langzaam en voorzichtig met haar vrijde. Ze had slechts één simpel verlangen gehad: volkomen door hem te worden opgezogen, zich in al zijn zachte, tedere goedheid te verliezen. Een beter mens te worden. En toen had ze gezien hoe laat het was en ze wist

55

dat Mei Yuan op haar zou staan wachten.

De hemel in het oosten was licht, bleek goudkleurig en verder omhoog uiterst diepblauw. Maar de zon had nog geen weg tussen de wolkenkrabbers gevonden en wierp hun lange schaduwen nog niet naar het westen. En het was zo koud dat ze haar spieren bijna niet kon bewegen.

Verderop was het verkeer bij Tiananmen tot stilstand gekomen vanwege het hijsen van de vlag, een dagelijks ritueel bij zonsopkomst. Ze zag de soldaten in indrukwekkende formatie vanaf de Poort van de Hemelse Vrede in hun langzame ganzenpas naar de vlaggenstok op het plein marcheren, en snel stapte ze af om met haar fiets tussen de stilstaande auto's door naar de overkant van de weg te lopen. Onder de hoge rode muren van het Zhongshanpark zat een oude man met een baret op ineengedoken op een bank naar de soldaten te kijken. Een straatveger in een te grote legeroverjas schraapte met zijn bezem over de bevroren straat onder de bomen. Margaret fietste naar de overwelfde poort en zette daar haar fiets neer. Vervolgens liep ze snel de entreehal in, met zijn karmozijnrode pilaren en hangende lantaarns, en ze betaalde haar twee yuan entreegeld aan het loket.

Achter de Zhongshanhal en het Altaar van de Vijfkleurige Aarde vond ze Mei Yuan op een plein voor het Yu Yuan-paviljoen. Een rij ramen boden zicht op aquaria met wel dertig verschillende soorten goudvissen, die zich van geen kou bewust rondzwommen in water dat tot tropische temperaturen verwarmd was. Op traditionele Chinese muziek, die zacht uit iemands gettoblaster kwam, bewoog Mei Yuan zich samen met nog zes anderen langzaam en beheerst. Tai chi zag er voor de omstanders bedrieglijk makkelijk uit, maar de ongehaaste beheersing vereiste iets van bijna elke spier. Het was een prachtige manier om zonder inspanning fit te blijven, vooral voor de ouderen. Of de zwangeren.

Toen Mei Yuan Margaret zag aankomen, stopte ze en ze omhelsde Margaret. 'Ik dacht dat je vandaag misschien niet kwam.' Ze zag eruit als veertig, maar was bijna zestig. Ze glimlachte en onder de zachte witte skimuts verschenen rond haar prachtig scheve, amandelvormige ogen plooien op haar gladde maangezicht. Ze was kleiner dan Margaret, gedrongen, en dik ingepakt in lagen kleren onder een gewatteerd groen jasje. Ze droeg een blauwe katoenen broek en plompe witte sportschoenen. 'Heb je al gegeten?' vroeg ze in het *putonghua*-Chinees. Dat was in Beijing de traditionele begroeting, die stamde uit de tijd dat voedsel schaars en honger een manier van leven was.

'Ja, ik heb al gegeten,' antwoordde Margaret, ook in het *putonghua*. Ze ging naast de oudere vrouw staan en een ogenblik later deden ze met de anderen mee in de langzame zwaai van tai chi, de intuïtieve methodische ritmes volgend die zich gedurende vijfduizend jaar oefening ontwikkeld hadden. 'Ik kan vanochtend niet lang blijven. Li Yan heeft me gevraagd een lijkschouwing voor hem te doen.' Ze keek Mei Yuan daarbij van opzij aan en wist dat ze dat niet goedkeurde.

'Natuurlijk zei jij ja.'

Margaret knikte. Mei Yuan zei niets. Ze wist wel beter dan Margarets beslissing in twijfel te trekken. Maar Margaret zag de afkeuring duidelijk op haar gezicht. Zwangerschap werd in het Middenrijk bijna met spirituele eerbied behandeld, en met de aanstaande moeder werd omgesprongen als met het delicaatste en kostbaarste Mingporselein. Zelfs na de bevalling werd de moeder vaak door familieleden en vrienden in een verduisterde kamer tot een maand van nietsdoen opgesloten. Ze hadden zelfs een uitdrukking om dat fenomeen te beschrijven: *zuo yuezi*. Letterlijk een 'maand van opsluiting' van een vrouw die net een kind gebaard heeft. Margaret was echter niet van plan zich tot zoiets te laten dwingen – niet voor de bevalling, of erna.

Een halfuur later ging de groep uit elkaar, toen de vrouw met de gettoblaster zich verontschuldigde en zei dat ze weg moest. Mei Yuan en Margaret liepen samen door het park terug, langs een grote groep die hun *wu shu*-meester volgde in de kunst van slow motion zwaardzwaaien. De rode kwasten, die aan het gevest van hun ceremoniële zwaarden hingen, vlogen met een boog door het zonlicht, dat nu schuin door de bladerloze takken van de stokoude pagodebomen in het park viel.

Mei Yuan zei: 'Ik heb een kamer voor de trouwceremonie gereserveerd.' Ze kwam in Li's leven zo'n beetje het dichtst bij een moederfiguur. Zijn eigen moeder was tijdens de Culturele Revolutie gestorven. Ook Margaret was veel van haar gaan houden. Ze dacht aan haar als haar 'Chinese' moeder. En ze vroeg zich af of haar echte moeder na aankomst wel met haar Chinese evenknie zou kunnen opschieten. Li had Mei Yuan gevraagd de regelingen voor een traditioneel Chinees huwelijk te treffen en Margaret had maar al te graag alles aan iemand anders overgelaten. Ze luisterde nu met een half oor naar Mei Yuan. Het huwelijk leek nog ver weg, alsof het een ander betrof.

'En ik heb de bloemen voor op de altaren besteld,' zei Mei Yuan. Ze had Margaret al uitgelegd dat er in de Chinese cultuur geen formele trouwbeloftes waren. Het paar gaf elkaar simpelweg een arm en dronk uit twee kopjes die via een rode draad met elkaar verbonden waren, een symbool van hun bindende verplichting. Dat gebeurde voor twee altaren, om de voorouders van beide families te eren. Ze hadden al besloten dit niet bij Li thuis te doen, zoals de traditie wilde, aangezien het appartement te klein was. 'Het is gebruikelijk op een van de altaren een rijstkom met eetstokjes te zetten, als er onlangs in een van de families een sterfgeval is geweest.' Ze liet dit in de lucht hangen. Het was niet zozeer een opmerking als wel een vraag. Margaret dacht onmiddellijk aan haar vader, maar ze wist niet hoe haar moeder daarop zou reageren.

'Misschien wil Li dat gebaar maken ter nagedachtenis aan zijn oom,' zei ze.

Mei Yuan zei: 'Yifu is al een paar jaar dood.'

'Ja, maar zijn dood werpt nog steeds een schaduw over de familie. Ik weet dat er geen dag voorbijgaat zonder dat Li aan hem denkt.' Ze herinnerde zich Li's beschrijving van de dood van zijn oom zo levendig alsof ze er zelf getuige van geweest was. 'Ik zal het hem vragen.'

Mei Yuan knikte. 'Ik heb Ma Yun gesproken,' zei ze, 'en ze wil graag voor het huwelijksbanket zorgen. Natuurlijk vraagt ze veel te veel, maar we kunnen wel wat van de prijs af krijgen. Maar er zijn een paar gerechten die wel op het menu móeten staan, en die zijn beslist duur.'

'O?' Margaret maakte zich niet al te ongerust. Hun beider definitie van duur was nogal verschillend. Mei Yuan verdiende haar brood met een verplaatsbare kraam, waar ze Beijingse pannenkoeken, *jian bing* genaamd, bakte en verkocht. Ze had geluk als ze in een maand zeventig dollar verdiende.

'Er moet vis zijn, geroosterd speenvarken, duif, in rode olie gebakken kip, kreeft, zoete broodjes gevuld met lotuszaad...'

'Dat klinkt goed,' zei Margaret. 'Maar waarom?'

'Ah,' zei Mei Yuan, 'omdat elk soort voedsel een symbolische betekenis heeft. Er moet vis zijn, omdat het woord voor "vis" in het Chinees hetzelfde uitgesproken wordt als "overvloed", wat betekent dat het zojuist getrouwde stel overvloed en weelde zal toevallen.'

'Daar drink ik op,' zei Margaret. En ze voegde daar snel aan toe: 'Alcoholvrij natuurlijk.'

Mei Yuan glimlachte toegeeflijk. 'Kreeft wordt in het Chinees letterlijk "drakengarnaal" genoemd,' zei ze, 'en als er op het huwelijksbanket zowel kreeft als kip is, wijst dat erop dat de draak en de feniks in harmonie zijn en dat de yin-yangelementen van de verbintenis in balans zijn.'

'En dat moet natuurlijk,' zei Margaret.

Mei Yuan negeerde haar. 'Het geroosterde speenvarken wordt gewoonlijk in zijn geheel geserveerd als een symbool van de maagdelijkheid van de bruid.' Ze zweeg plotseling, toen ze besefte wat ze zei, en de kleur steeg naar haar wangen terwijl haar blik naar Margarets dikke buik dwaalde.

Margaret grijnsde. 'Misschien zouden we het speenvarken weg moeten laten, Mei Yuan.'

Ze liepen haastig in de richting van het bronzen standbeeld van dr. Sun Yat Sen en passeerden aan de linkerkant de rode beslagen poorten van het Beijingse Centrum voor Communicatie en Onderwijs voor Gezinsplanning. En Margaret werd er weer aan herinnerd dat een kind een kostbaar goed was in een land waar de geboorte al tientallen jaren door de éénkindpolitiek beheerst werd. Haar handen bewogen als vanzelf naar de zwelling onder haar wollen cape en ze ervoer een gevoel van verwachting, dat zowel opwindend als beangstigend was.

Bij de poort pakte ze haar fiets weer en ze zei: 'Zeg Li gedag van me. Je zult hem waarschijnlijk eerder zien dan ik.' De kraam van Mei Yuan stond op een straathoek niet ver van Sectie Een. Daar had Li haar voor het eerst ontmoet. Hij nam bijna elke morgen nog steeds een *jian bing* als ontbijt.

Mei Yuan maakte haar tas open en haalde er een klein, vierkant pakje uit. Ze gaf dat aan Margaret. 'Een cadeautje,' zei ze, 'voor je trouwdag.'

Margaret pakte het verlegen aan. 'O, Mei Yuan, je hoeft toch niets voor me te kopen.' Maar ze wist dat ze het niet kon afslaan. 'Wat zit erin?'

'Maak maar open.'

Margaret maakte het zachte pakje voorzichtig open en vond daarin opgevouwen een grote, rode vierkante doek van zijde en kant. 'Wat prachtig,' zei ze. Het was echte zijde, en ze besefte dat die doek Mei Yuan waarschijnlijk een halve week aan inkomsten gekost had.

'Het is een sluier,' zei Mei Yuan. 'Die wordt tijdens de ceremonie over het hoofd gedrapeerd. Rood, want dat is de symbolische kleur van blijdschap.'

Margarets ogen vulden zich met tranen. Ze omarmde de glimlachende Mei Yuan. 'Dan zal ik die natuurlijk dragen,' zei ze. 'En alle blijdschap van de wereld wensen.' Want daar had ze de afgelopen tumultueuze jaren bar weinig van toebedeeld gekregen.

II

Vanwege de rook was het praktisch onmogelijk aan de ene kant van de vergaderruimte de andere kant te zien. De plafondventilator stond aan, maar slaagde er slechts in de rook te verplaatsen. Het was te koud om een raam open te zetten en Li was zowat de enige in het vertrek zonder sigaret. Hij vroeg zich af waarom hij de moeite had genomen met roken te stoppen. Op deze manier zat hij zo weer op dertig sigaretten per dag zonder er zelf ook maar eentje op te steken.

In het vertrek bevonden zich meer dan twintig rechercheurs. Sommigen zaten rond een grote, rechthoekige vergadertafel, anderen zaten op lage stoelen langs de muur. Er stonden kruiken gloeiend hete groene thee op tafel en iedere rechercheur had zijn eigen mok of thermoskroes. De centrale verwarming zwoegde om op te kunnen tegen een buitentemperatuur die er tot dusver niet in geslaagd was boven de min vijf graden uit te komen, en de meeste rechercheurs hadden een jas of jack aan. Enkelen droegen zelfs handschoenen. Iedereen wist nu waarom ze hier waren, dat dit onderzoek voorrang genoot.

De toon van de vergadering werd meteen aan het begin

al gezet door een conflict tussen Li en zijn plaatsvervanger, Tao Heng. Tao was een man van in de vijftig. Zijn haar begon al dun te worden en was naar achter over een vlekkerige schedel gekamd. Zijn uitpuilende ogen werden door een bril met een dik montuur vergroot. Niemand mocht hem.

'Ik zou het waarderen,' zei Tao, 'als iemand me vertelde waarom de lijkschouwing van de zelfmoord van gisteravond afgelast is.' Hij keek het vertrek rond. 'Aangezien ik hier de enige schijn te zijn die dat niet weet.'

'De lijkschouwing is niet afgelast, plaatsvervangend sectiehoofd,' zei Li. 'Ze is aan iemand anders toegewezen.'

'O? Wie gaat het nu doen?' vroeg Tao.

'De Amerikaanse patholoog-anatoom, Margaret Campbell,' zei Li kalm.

'Ah,' zei Tao. 'Je houdt het dus in de familie?'

Iedereen rond de tafel hield tegelijk de adem in. Nepotisme werd als een vorm van corruptie beschouwd, en in het huidige politieke klimaat kreeg corruptie bij de politie juist alle aandacht. Niemand maakte zich enige illusie over de onderliggende bedoeling van Tao's opmerking.

Li zei koeltjes: 'Doctor Campbell is de meest ervaren patholoog-anatoom die we tot onze beschikking hebben. Als je daar een probleem mee hebt, Tao, kunnen we daar na de vergadering over praten.'

De relatie tussen Li en zijn plaatsvervanger was op zijn best gespannen. Toen Li naar Washington DC vertrok voor de baan van liaison-officier aan de Chinese ambassade aldaar, was Tao hem als plaatsvervangend sectiehoofd opgevolgd. Hij kwam van de centrale recherche in Hongkong. Hij had geweten dat hij op geen enkele manier hoefde te proberen in de voetstappen te treden van de populairste plaatsvervanger die men zich op Sectie Een kon herinneren, dus stond hij van het begin af aan alleen en deed de dingen op zijn eigen manier. Gereserveerd en arrogant. Hij geloofde in kledingvoorschriften. Die impopulair waren. Hij was altijd in uniform en beboette rechercheurs voor het gebruik van grove taal op het bureau. Als iemand hem dwarsboomde, kon die het eerste halfjaar elke rotopdracht van de sectie verwachten.

Toen sectiehoofd Chen Anming eerder dat jaar met pensioen ging, was de verwachting dat Tao hem zou opvolgen. Maar Chens pensionering viel samen met Li's terugkeer uit Amerika en Li was over Tao's hoofd heen benoemd. De benoeming had hun verhouding van het begin af aan gekleurd. En met twee van zulke totaal verschillende persoonlijkheden was het een verhouding die gedoemd leek te mislukken.

Tao ging weer zwijgend zitten mokken, en ze luisterden terwijl Wu rapport uitbracht over het overspelige, ongelukkige avontuurtje de vorige avond van Jia Jing met de vrouw van het comitélid van de organisatieafdeling van het Chinees Olympisch Comité. Enig onderdrukt gelach werd onmiddellijk de kop ingedrukt, toen Li waarschuwde dat hij iedereen zou ontslaan die details over de zaak liet uitlekken. Om redenen die niemand hoefde te weten gaf het officiële verslag niet het hele verhaal weer, vertelde hij hun. En niemand twijfelde eraan wat dat betekende.

Vervolgens luisterden ze, met hun dossier open voor zich, naar Sun die verslag uitbracht over de 'zelfmoord' van de zwemmer Sui Mingshan. Hij had het een klein beetje veranderd en Li's gedachten over het geschoren hoofd erin opgenomen, en hij deed nu net voorkomen alsof die van hem kwamen.

Li nam het over. Hij zei: 'Ik wil dat het zwembad en Sui's woning als mogelijke plaatsen delict behandeld worden. We weten pas wat de doodsoorzaak is als we het autopsieverslag hebben. Dus behandelen we de zaak als verdacht ténzij of tót we reden hebben om anders te geloven.'

Hij bladerde door het dossier dat voor hem lag. 'Jullie hebben allemaal het rapport van het ongeluk waarbij vorige maand drie sprinters van het estafetteteam omgekomen zijn.' Er was toen geen reden geweest om aan te nemen dat het iets anders dan een ongeluk was. Drie jongemannen die laat op de avond te hard reden, vanwege de ijzel de macht over het stuur verloren en hun voertuig om een lantaarnpaal vouwden. Li zei: 'En de wielrenner, die bij een raar ongeval in een privézwembad omkwam.' Ze zochten allemaal dat rapport op en legden het bovenop. 'Drie getuigen zagen hem op de duikplank uitglijden en zijn schedel breken toen hij in het zwembad viel. Dood tegen de tijd dat ze hem uit het water haalden.' Hij haalde diep adem. 'We hebben geen autopsieverslagen. Geen lichamen. Maar in het kader van de sterfgevallen van gisteravond hebben we geen andere keus dan de bijzonderheden alsnog tot in het kleinste detail door te nemen. Ik weet absoluut niet wat we zoeken, óf er ook iets is wat gevonden kan worden, maar zonder enige twijfel vindt iedereen in dit vertrek dat de dood van zes atleten in ruim vier weken onze onverdeelde aandacht in elk geval meer dan verdient.'

Iedereen in het vertrek was het met hem eens.

'Dus laten we ermee stoeien,' zei Li. 'Iemand een idee?'

Wu had het rapport over de wielrenner open voor zich. 'Die drie getuigen,' zei hij. 'Ze hebben allemaal een adres in Taiwan. Zijn ze nog beschikbaar voor verdere ondervraging?'

'Waarom neem je dat niet persoonlijk op je en ga jij dat uitzoeken?' zei Li. Wu trok een gezicht en er klonk gelach rond de tafel. 'Praat met de dienstdoende agenten. Spreek alles nog eens met hen door, tot in het kleinste detail. Misschien is er nog iets wat nooit in het rapport gekomen is.' Hij richtte zich tot de rechercheur naast hem. 'En Qian, waarom praat jij niet met de agenten die bij het auto-ongeluk betrokken waren? Van hetzelfde laken een pak.' Qian

64

was ongeveer tien jaar ouder dan Li. Hij zou nooit voor een leidinggevende functie geschikt zijn, maar hij was evenwichtig en betrouwbaar, en Li kon goed met hem opschieten. 'Natuurlijk, commandant.'

'Zouden we niet ook met de familie moeten praten?' Dit kwam van Zhao, een van de jongere rechercheurs van de sectie, een scherpzinnige en intelligente onderzoeker, in Li's ogen bestemd om de toekomstige plaatsvervanger te worden. Maar hij was door Suns komst enigszins in de schaduw gekomen en had daar de laatste paar maanden wat zitten mokken.

'Absoluut,' zei Li, 'en de coaches, en andere atleten, zoveel vrienden als we kunnen opsporen. We moeten hun financiën bekijken, eventuele overgebleven persoonlijke bezittingen...' Hij keek de tafel rond. 'Ik ben ervan overtuigd dat plaatsvervanger Tao het allemaal zo kan organiseren dat jullie zo efficiënt mogelijk met jullie tijd omgaan.'

Er klonk hier en daar onderdrukt gelach. Tao was dol op grafieken, werkschema's en roosters.

'En hoe zit het met drugs?' vroeg Sang. Hij was ook een van de jongere rechercheurs in de sectie. Sang was begin dertig en had zich, toen hij nog in het stadscentrum werkte, onderscheiden tijdens het onderzoek naar een bijzonder bloedige serie moorden en was spoedig daarna naar Sectie Een overgeplaatst.

'Wat bedoel je?' vroeg Li.

'Nou,' zei Sang, 'als we een motief zoeken...'

'We zoeken geen motief, rechercheur,' onderbrak Tao hem scherp, en de eerdere spanning was onmiddellijk weer terug in het vertrek. 'We zoeken bewijs, zoveel als we kunnen verzamelen. Het maakt niet uit hoe moeizaam, of hoe langzaam. Alleen dan zullen we het grotere geheel zien. Een kortere weg is er niet.'

Dat was het oude argument, de traditionele Chinese aanpak van een strafrechtelijk onderzoek. Verzamel genoeg bewijs en je zult de misdaad oplossen. In tegenstelling tot de benadering van rechercheurs in het Westen zag men het motief hier als iets van ondergeschikt belang, iets wat vanzelf tevoorschijn kwam als er genoeg bewijs verzameld was.

Li zei: 'Plaatsvervangend sectiehoofd Tao vindt duidelijk dat je te veel Amerikaanse detectives leest, Sang.' Wat enig gelach uitlokte, waardoor de spanning wat afnam. 'Maar ik ben het met hem eens. Het is te vroeg om nu al naar het motief te kijken. We weten zelfs niet eens of er wel een misdaad gepleegd is.'

De vergadering ging uiteen en Li zocht zijn papieren bij elkaar. Toen merkte hij dat Tao achterbleef om hem te spreken, en inwendig zuchtte hij. Tao bleef zwijgen tot ze alleen waren. Toen deed hij de deur dicht, zodat ze niet afgeluisterd konden worden, liep vervolgens de kamer door en liet zijn kopie van Wu's rapport over de dood van Jia Jing voor Li op tafel vallen. 'Waarom ben ik hier niet over geraadpleegd?'

'Je was hier gisteravond niet, Tao.'

'En vanmorgen dan? Voor de vergadering? Kwam het niet bij je op, sectiehoofd, dat ik nog voor de rechercheurs ingelicht diende te worden? Heb je enig idee hoe dat voelt, als een mindere je vertelt dat een lijkschouwing afgelast is, terwijl je zelf van niets weet?'

'Het spijt me, Tao, dat je je geringgeschat voelt. Het protocol kent zijn tijd en plaats. Jammer genoeg was er vanmorgen geen tijd.' Li pakte zijn map op en wilde gaan, maar Tao was nog niet klaar. Hij hield voet bij stuk.

'Ik wil genoteerd zien dat ik ernstig bezwaar maak tegen het feit dat er met dit rapport geknoeid is.' Terwijl hij sprak, tikte hij met zijn vinger op het dossier.

Li begon zijn geduld te verliezen. Tao's pedanterie was in het gunstigste geval vermoeiend. Maar op dit moment raakte die een zere plek. 'Maak je bezwaar tegen het knoeien zelf of tegen het feit dat je daarover niet geraadpleegd bent?' Beiden wisten ze dat het het laatste was.

'Tegen allebei,' zei Tao uitdagend. 'Voor zover ik weet, is het in deze sectie geen gewoonte om onnauwkeurige rapporten af te leveren.'

'Je hebt gelijk,' zei Li. 'Dat klopt. Maar dit is een uitzondering, om redenen die ik niet met je wil bespreken. Ik stel voor dat je het verder met de minister bespreekt, als je er problemen mee hebt.'

Tao fronste zijn wenkbrauwen. 'De minister?'

'Of met Openbare Veiligheid,' zei Li vermoeid. Hij keek op zijn horloge. 'Ik weet zeker dat hij nu wel achter zijn bureau zit, als je bij hem langs wilt gaan om je afkeuring persoonlijk uit te spreken.'

Tao's lippen veranderden in een dunne, strakke lijn. 'En is de minister ook verantwoordelijk voor het toewijzen van de lijkschouwing op Sui Mingshan aan een ander?'

'Ik heb je de reden daarvoor al verteld.'

'Ah ja,' zei Tao. 'Doctor Campbell is het "meest ervaren". Je lijkt de mening toegedaan, sectiehoofd, dat alles wat Amerikaans is, beter is dan Chinees.' Hij zweeg een ogenblik. 'Misschien had je daar moeten blijven.'

Li keek hem kwaad aan. 'Jouw probleem is dat je te lang bij de Britten in Hongkong gezeten hebt, Tao, waar je geleerd hebt arrogant en verwaand te zijn. Misschien had jij daar moeten blijven.'

Hij streek langs zijn plaatsvervanger, maar bleef lang genoeg in de deuropening staan om te zeggen: 'Tussen haakjes, ik neem persoonlijk de leiding van dit onderzoek op me, en ik verwacht dat rechercheurs van hun andere taken ontslagen worden áls en wannéér ik ze nodig heb.'

Hij liep naar buiten, terwijl Tao inwendig ziedend in de koude, lege vergaderruimte achterbleef.

III

Li en Wu arriveerden in Pao Jü Hutong toen de lijkschouwing bijna afgerond was. Jia Jing lag op een roestvrijstalen snijtafel, met zijn borstholte opengesneden en wijd open als een karkas in een slagerswinkel. Van internet had Li de noodzakelijk informatie over Jia Jing gedownload. Hij was 1,73 meter en woog 333 pond. Drie drieën. Dat hadden geluksgetallen moeten zijn, maar ergens was het met Jia helemaal fout gegaan. Hij was de huidige Chinese recordhouder van het vanuit hurkstand omhoog brengen van een uitzonderlijke 914 kilo.

Zijn hart, longen, lever en nieren waren al verwijderd. Irrelevant lichaamsvocht sijpelde via de zijafvoer en druppelde in de afvoer eronder. Het lichaam was vers, dus was de stank niet overweldigend, en de temperatuur in de snijkamer was zo laag dat hun adem door hun masker heen condenseerde en rond hun gezicht wolkte. Door het kille witte licht dat verblindend van de geschrobde witte tegels kaatste, leek het zelfs kouder.

Li huiverde, terwijl hij neerkeek op het enorme kadaver van een man die eens de kracht had meer dan drie keer zijn eigen lichaamsgewicht te tillen, een prestatie gezien het feit dat er acht politiemannen nodig geweest waren om hem van zijn minnares los te trekken, en vier flinke obductieassistenten om hem van de verrijdbare brancard op de tafel te krijgen. Maar al zijn kracht was nu verdwenen, door de dood ontstolen. En het enige wat over was, was de berg uitpuilende spieren waaraan hij zo hard had gewerkt om die te cultiveren, slap en onbruikbaar.

Doctor Wang was in lagen beschermende kleding gepakt, terwijl zijn ogen achter de veiligheidsbril heen en weer schoten, en het zweet zich ondanks de kou langs de elastieken rand van zijn douchemuts verzamelde. Hij had de hoofdhuid van de dode man over diens gezicht getrokken en was bezig de oscillerende zaag klaar te maken om de bovenkant van de schedel eraf te zagen en de hersenen te verwijderen.

'Ik heb nog nooit zulke spieren gezien,' zei hij net. 'In al die jaren niet. Bij een man van zijn omvang zou je een hoop vet verwachten. Hij heeft nauwelijks een grammetje.'

'Is dat abnormaal voor een gewichtheffer?'

'Als ik er eerder een opengesneden had, zou ik het je misschien kunnen vertellen,' zei Wang op een lichtelijk vernietigende toon. 'Maar ik kan jullie vertellen dat al het gewicht dat hij droeg, en al het gewicht dat hij tilde, veel bijgedragen zal hebben aan zijn dood. Het hart is tenslotte gewoon een spier. Als je het te veel belast, beschadig je het.' Hij legde zijn zaag neer en liep naar de tafel waar de coupes van Jia Jings hart als dikke sneden brood, de een boven op de ander, dwars op elkaar lagen. 'In dit geval...' hij pakte een coupe van het hart, '... was de voorste linkerkransslagader verstopt, waardoor die simpelweg barstte. Waarschijnlijk aangeboren.' Terwijl hij de dwarsdoorsnede van de slagader omhoogield, voegde hij eraan toe: 'Er was ook sprake van een acute breuk in de arteriosclerotische plaque. Zien jullie dat gelige, kaasachtige spul? Bij oudere mensen verkalkt het en wordt het zo hard als steen. Het blokkeert, als bezinksel in een oude pijp, het lumen van de slagader, waardoor de beschikbare ruimte afneemt, zodat er minder bloed doorheen kan stromen. Jullie kunnen hier zien dat de diameter van de slagader ongeveer 0,4 centimeter is en dat hij voor ongeveer 75 procent verstopt is. En als jullie goed onder dit kaasachtige spul kijken...' Li trok een raar gezicht, maar kwam toch dichterbij, '... zien jullie een dun laagje rood. Bloed. Onder druk van de slagader is die in en onder de plaque uit elkaar geweken, zodat het lumen nog verder geblokkeerd raakte, en afgesloten werd zodat het bloed niet meer naar dat gedeelte van het hart kon stromen dat de slagader van bloed voorzag.' Wang zoog lucht tussen zijn tanden naar binnen. 'Dus feitelijk had hij een zware hartaanval.' Hij keek Li aan. 'Het feit dat hij op dat moment seksuele gemeenschap had, kan de oorzaak zijn. Heel wat mannen sterven tijdens de daad... om het zo maar te zeggen.'

'Mooie manier om te gaan,' zei Wu.

Wang keek hem taxerend aan. 'Ik vermoed niet dat je veel gevaar loopt, Wu.' De rechercheur trok een raar gezicht. 'Het verbaast me echter dat onze vriend de middelen had.' Hij liep naar het lichaam terug en ze volgden hem. Ze zagen hoe hij de penis optilde en de testikels schattend in zijn hand woog. 'Klein,' zei hij.

'Is dat van betekenis?' vroeg Li.

Wang haalde zijn schouders op. 'De spiermassa, de gereduceerde grootte van de testes, dat zou op steroïdenmisbruik kunnen duiden.' Hij zweeg een moment. 'Of niet. Hij kan gewoon kleine testikels gehad hebben en zijn spiermassa hebben opgebouwd door erg hard te trainen.'

'Ja,' onderbrak Wu hem, 'maar als zijn noten zo klein waren, zou dat zijn testosteronproductie verminderd hebben, en dus zijn libido, toch? Nauwelijks verenigbaar met een man die een verhouding had.'

Wang zei: 'Testosteron is vaak hét middel om meer spiermassa te kweken. Op korte termijn kan het libido er feitelijk door vergroot worden, alhoewel de krimping van de testikels een van de bijwerkingen kan zijn, en uiteindelijk een zeer verzwakte seksuele prestatie.'

'Is er een manier om definitief te kunnen zeggen of hij steroïden gebruikt heeft?' vroeg Li. Hij rook een schandaal. Enkele zeer bekende Chinese gewichtheffers en zwemmers waren in de jaren negentig positief uit de dopingtest gekomen en uitgesloten van nationale en internationale wedstrijden. De autoriteiten wilden dolgraag het imago van het land zuiveren.

'Ik heb speciaal gevraagd om op hormonen te testen. Als hij gedurende de afgelopen maand iets genomen heeft, zal dat uit de tests komen. Als het langer geleden was niet.' Hij haalde de oscillerende zaag langs de schedel en legde de hersenen voorzichtig in een roestvrijstalen kom. 'Natuurlijk zie je bij steroïdenmisbruik vaak gedragsveranderingen. Gebruikers kunnen humeurig, agressief worden. Ga praten met mensen die hem kenden.'

Li liep naar een tafel tegen de muur, waar Jia Jings kleren samen met de inhoud van zijn zakken en een kleine schoudertas die hij bij zich had, uitgelegd waren. De kleren waren immens. Een gigantische katoenen onderbroek met elastieken boorden, een enorm mouwloos hemd, een overhemd als een tent, een met de hand gebreid vest en een gewatteerde jas, die hij ongetwijfeld speciaal had laten maken. Hij droeg een raar blauw petje met een houtje erbovenop, en hij moet er wel heel vreemd uitgezien hebben met zijn vlecht, die tot onder zijn schouderbladen kwam. Li keek weer naar de snijtafel toen Wang de hoofdhuid terugtrok, die zijn gezicht bedekt had. Jia's trekken waren bijna net zo grof als de rest van hem, dikke bleke lippen en een platte neus, ogen als spleetjes in opbollende zwellingen onder zijn wenkbrauwen. Hij deed Li aan een Japanse sumoworstelaar denken. Het was een lelijke man, en alleen de hemel wist wat de vrouw op wie hij overleden was, in hem gezien had.

Uit zijn zakken was niet veel tevoorschijn gekomen. Er lag een leren portemonnee met wat muntgeld; een portefeuille met verscheidene biljetten van honderd yuan, enkele internationale creditcards en lidmaatschapskaarten van drie verschillende sportscholen; enkele taxikwitanties en een rekening van een restaurant; een kleine goudkleurige verstuiver met mondwater. Li vroeg zich af of je van steroïden een slechte adem kreeg. Hij spoot er wat van in de lucht, snoof en deinsde terug voor de scherpe menthollucht.

71

Er lag een koord van witte zijde met aan beide kanten een kwast. 'Waar is dat koord voor?' vroeg Li.

Wang schoot in de lach. 'Dat was zijn riem. Oneindig flexibel als het erop aankomt een broek over een buik als de zijne op zijn plaats te houden.'

Li pakte een beduimelde foto. De glanzende laag was op verscheidene plekken gebarsten, waar de foto gevouwen was geweest. De kleuren waren te sterk en de foto was enigszins onscherp, maar Li herkende Jia onmiddellijk. Hij droeg zijn wedstrijdhemd en een witte leren rugsteun, zwarte laarsjes die tot aan zijn kuiten geveterd waren. Er hing een gouden medaille aan een blauw lint om zijn nek, en die hield hij nadrukkelijk omhoog. Hij werd aan de ene kant geflankeerd door een kleine oudere man met dunner wordend grijs haar en aan de andere kant door een nog kleiner vrouwtje met een rond gezicht en diepe rimpels vanaf haar glimlachende ogen. Beiden stonden ze te stralen voor de camera. Li draaide de foto om. Jia had op de achterkant gekrabbeld: *Met mama en papa, juni 2000.* Li keek weer naar mama en papa, en zag de trots in hun glimlach, en een ogenblik voelde hij hun pijn. De mensen die hier binnengebracht werden om opengesneden te worden leefden en stierven niet in afzondering. Ze hadden een vader, moeder, man, vrouw, kinderen. Hij legde de foto weer bij Jia's bezittingen en vroeg zich af hoe zo'n klein vrouwtje zo'n reus gedragen kon hebben.

Hij wendde zich kordaat tot Wang. 'Je stuurt me je rapport zodra je de uitslagen van toxicologie binnen hebt?'

'Natuurlijk.'

Li zei tegen Wu: 'Je kunt net zo goed hier blijven. Ik ga nu met Sun naar de Qinghua-universiteit om met de teamgenoten van Sui Mingshan te praten. Hou me op de hoogte van eventuele ontwikkelingen.'

En hij haastte zich naar buiten. Hij voelde zich vreemd misselijk. De dood was nooit makkelijk, maar bij zo'n grote,

sterke man leek die op de een of andere manier extra wreed.
Hij was nog maar 23.

IV

Sun stuurde Li's jeep voorzichtig tussen de tweewielige en
driewielige bakfietsen door, die de smalle Dongzhimen Bei-
xiaostraat vulden. Ze reden van Sectie Een naar Spookstraat. Li zat op de passagiersstoel, ineengedoken in zijn
donkergrijze wollen driekwart jas, een rode sjaal om zijn
hals. Zijn gehandschoende handen rustten in zijn schoot.
Hij staarde naar het braakland links van hen. De straten en
binnenplaatsen, de wirwar van daken die zich eens uitge-
strekt hadden tot aan de verre bomen van het Nanguanpark
en de Russische ambassade erachter, waren allemaal verdwenen. In plaats daarvan lag er nu een vlakke, saaie
woestenij, waar torenflats en winkels uiteindelijk het leven
zouden vervangen dat hier ooit bestaan had. Maar nu stonden er tijdelijk honderden fietsen en karretjes gestald, die
aan de handelaren en klanten van de versmarkt ertegenover
toebehoorden. Li keek naar rechts. Aan de overkant van de
straat bestond nog als altijd het oude Beijing dat hij zo goed
kende. Alhoewel, hij niet wist voor hoelang nog.

In de deuropening van een kledingwinkel voor lagere
inkomens stond een jongen in zijn rode pantoffels noedels
uit een kom te slurpen. Voor de winkel ernaast stond een
vrouw, in een bruine jas gehuld, sinaasappelen in dozen
langs haar winkelpui te schikken. Een stel jongemannen
was versgebakken lotusbolletjes aan het afleveren. Ze haalden ze achter uit hun driewieler, met handen die blauw
waren van de kou. Een vrouw met een zwierige hoed en een
groene sjaal fietste langzaam langs hen heen, terwijl ze
geanimeerd in haar mobieltje sprak. Een oude man met

haar vol klitten, in een legerjas en -broek, zwoegde op zijn pedalen om een wankele stapel briketten vooruit te krijgen. Hij ging nog niet eens stapvoets.

Li zei Sun op de hoek te stoppen, waar een vrouw onder het aflopende dak van een glazen huisje achter op een verlengde driewieler *jian bing* stond te bakken. Ze droeg gewatteerde blauwe mouwbeschermers over een wit jasje, met daaroverheen een lang zwart-wit geblokt schort. Over haar haar had ze een ronde witte hoed getrokken, die haar wenkbrauwen bedekte, en rond haar hals had ze een lange rood-witte zijden sjaal gewikkeld. Jarenlang had Mei Yuan op de zuidoostelijke hoek van de kruising gestaan, maar alle gebouwen waren gesloopt en overal stonden schuttingen. Ze was gedwongen geweest naar de overkant van de straat te verhuizen.

Li omhelsde haar.

'Je hebt vanochtend je ontbijt gemist,' zei ze.

'Ik was te vroeg voor jou,' glimlachte hij. 'En mijn maag knort de hele ochtend al.'

'Nou, daar kunnen we meteen iets aan doen,' zei ze. Haar bruine ogen glommen van genegenheid. Ze keek naar Sun. 'Eén? Twee?'

Li wendde zich tot Sun. 'Heb je al eens een *jian bing* geprobeerd?'

Sun schudde zijn hoofd. 'Ik ben er vaak genoeg langsgereden,' zei hij, 'maar ik ben nooit gestopt om er eentje te proberen.' Hij klonk niet erg enthousiast.

'Dan is dit je kans,' zei Li. En hij wendde zich weer tot Mei Yuan. 'Twee.'

Ze zagen hoe ze door een grote opening aan de achterkant van haar huisje leunde en een soeplepel beslag op een grote kookplaat goot. Ze goot het in een perfecte cirkel, waarna ze er een ei op brak en dat over de pannenkoek uitsmeerde. Ze strooide er zaden uit een potje over en vervolgens draaide ze hem om. De hele tijd sloeg de damp eraf.

Boven het lawaai van het verkeer in Spookstraat en al het geclaxonneer uit konden ze het monotone, ritmische gedreun van voorhamers op beton horen, van slopers die hard werkten om de stad rondom hen tot puin te reduceren.

Mei Yuan bestreek de pannenkoek nu met hoisin- en chilisaus en strooide er meer kruiden over, uit potjes rond de kookplaat. Vervolgens deed ze er een handjevol fijnge-hakte lente-uitjes op. Ten slotte legde ze in het midden een vierkant stuk gefrituurd eiwit, vouwde de pannenkoek in vieren en schoof het geheel in een papieren zak. Li gaf de zak aan Sun, die er ongerust uitzag. 'Toe dan,' zei hij. 'Proef maar.'

Aarzelend beet Sun in de zachte, smakelijke, kruidige pannenkoek, die bijna onmiddellijk smolt in zijn mond. Hij glimlachte verrast. 'Wauw,' zei hij. 'Dat is lekker.' En hij nam nog een hap, en nog een. Li grijnsde. Mei Yuan was al met de zijne begonnen.

Ze zei: 'Ik weet het antwoord op je raadsel. Het was te gemakkelijk.'

'Raadsel?' Sun leek verbijsterd. 'Wat voor raadsel?'

Li zei: 'Mei Yuan en ik geven elkaar elke dag een raad-sel om op te lossen. Zij raadt dat van mij altijd meteen. Ik heb gewoonlijk dagen nodig om een raadsel van haar op te lossen.'

Sun keek ongelovig van de een naar de ander, voor hij nog een hap *jian bing* nam en zei: 'Oké, laat mij eens probe-ren.'

Li leek lichtelijk gegeneerd. 'Het is maar een dwaas spelletje, Sun.'

'Geef hem de kans het op te lossen,' zei Mei Yuan.

Li haalde zijn schouders op. 'Oké,' zei hij. 'Wat is zo oud als de wereld, maar nooit ouder dan vijf weken?'

Sun dacht een ogenblik na en keek toen achterdochtig van de een naar de ander. 'Is het een grap? Er zit een adder-tje onder het gras, hè? Dan sta ik voor gek.'

'Er zit geen addertje onder het gras,' zei Li.

Sun haalde zijn schouders op. 'Nou, dan is het wel duidelijk,' zei hij. 'Het is de maan.'

'Ha!' Mei Yuan klapte verheugd in haar handen. 'Zie je wel? Te gemakkelijk.' Toen keek ze Sun nadenkend aan. 'Weet je, voor jou had ik er een beter raadsel van kunnen maken.'

Sun was verbluft. 'Hoezo?'

'Jij heet Sun. In Romeinse letters wordt dat als S-U-N gespeld. In het Engels betekent dat de zon aan de hemel. Als je me wat tijd gegund had, had ik er met zon en maan speciaal voor jou een interessant woordspelletje van kunnen maken om op te lossen.'

'Spreek je Engels?' Sun was duidelijk verbaasd bij de gedachte dat een boerenvrouw die pannenkoeken op een straathoek verkocht, een buitenlandse taal kon spreken. Toen besefte hij plotseling hoe dat geklonken moest hebben. 'Het spijt me, ik bedoelde niet...'

'Spreek jíj Engels?' vroeg Mei Yuan.

Hij haalde nu verlegen zijn schouders op. 'Een beetje,' zei hij. 'Niet erg goed.'

Li grijnsde. 'Mei Yuan is aan de Universiteit van Beijing in kunst en literatuur afgestudeerd.'

'Maar het leven volgt niet altijd het pad dat we voor onszelf uitgezet hebben,' zei ze snel. 'Heb je Engelse boeken? Mijn passie is lezen.'

'Ik ben bang van niet,' zei Sun, duidelijk teleurgesteld dat hij haar geen plezier kon doen. Toen zei hij plotseling: 'Maar ik heb een vriend. Zijn Engels is uitstekend. Hij heeft veel boeken. Ik weet zeker dat hij je er wel een paar wil lenen. Waar hou je van?'

'O, alles is goed,' zei Mei Yuan. 'Geschiedenis, literatuur...' ze grijnsde en er verschenen kuiltjes in haar wangen, '... een goeie detective...'

'Ik zal kijken wat hij heeft.'

Li stak zijn hand uit en haalde aan de achterkant van onder haar zadel een boek tevoorschijn. Daar bewaarde ze altijd het boek dat ze aan het lezen was, af en toe enkele bladzijden tussen het pannenkoeken bakken door. 'Bon-a-part-e,' las hij. Onwetendheid groefde zijn voorhoofd. 'Waar gaat het over?'

Haar gezicht klaarde op. 'Ah,' zei ze, 'over het leven van Napoleon Bonaparte. Kennen jullie hem?' Haar blik schoot van de een naar de ander.

'Niet persoonlijk,' zei Sun.

Li schudde zijn hoofd.

'Het was een dictator in het Frankrijk van de negentiende eeuw,' vertelde ze hun, 'die bijna heel Europa veroverde. Hij werd verbannen naar een piepklein eilandje in het zuidelijke deel van de Atlantische Oceaan en stierf daar eenzaam. Sommige mensen denken zelfs dat hij daar vermoord is. Het is een fascinerend verhaal. Ik kan je het boek wel lenen als je geïnteresseerd bent.'

'Mijn Engels zou niet goed genoeg zijn,' verontschuldigde Sun zich.

'Zet het voor mij maar op de plank,' zei Li, en hij stopte het weer onder het zadel terug. Hij had zijn *jian bing* bijna op en veegde met de rug van zijn hand zijn mond af, terwijl hij zijn lippen aflikte. 'En wat heb je vandaag voor me?'

Mei Yuans glimlach verbreedde zich en er dansten ondeugende lichtjes in haar donkere ogen. 'Dit is een goeie, Li Yan,' zei ze. 'Het is het verhaal van Wei Chang.' En ze veegde haar koude rode handen aan haar schort af. 'Wei Chang,' begon ze, 'werd op 2 februari 1925 geboren. Het was een geweldige beoefenaar van *I Ching*, en de mensen kwamen uit heel China naar hem toe voor advies over hun toekomst. Op een dag, op zijn zesenzestigste verjaardag, kwam een jonge vrouw hem opzoeken. Allereerst begon hij haar uit te leggen hoe belangrijk cijfers en berekeningen waren voor een juiste interpretatie van haar situatie en vooruitzichten. Daarom, zei hij, zou hij haar niet naar haar naam vragen, maar haar in plaats daarvan een uniek getal geven. Op die manier kon hij haar uitkomsten bijhouden. Toen legde hij uit hoe hij aan dat unieke getal kwam.

Hij zou de datum van die dag nemen, haar leeftijd erachter zetten en het vervolgens omdraaien, zodat ze het makkelijk kon onthouden. Dus schreef hij de datum op, en toen ze hem haar leeftijd vertelde, kon hij het niet geloven. Hij keek haar verbijsterd aan en zei: "In al mijn 66 jaar is dit nooit eerder voorgekomen. En dan te bedenken dat dit op mijn verjaardag gebeurt. Het is voor ons beiden een zeer gunstige dag."'

Mei Yuan zweeg een ogenblik en keek hen beiden aan. 'Waarom zei hij dat?'

Li en Sun keken haar tot haar grote vreugde uitdruk-kingsloos aan.

Sun zei: 'Ik denk dat ik jouw raadsels prefereer, com-mandant. Die zijn een stuk makkelijker.'

Li stond in gedachten verzonken. 'Het heeft duidelijk iets met de getallen te maken,' zei hij.

'Denk erover na,' zei Mei Yuan, 'en dan vertel jij het me morgen, als ik een *jian bing* voor je klaarmaak.'

Li knikte. 'Heb je Margaret vanochtend gezien?'

'Ja.' Ze glimlachte treurig. 'Ik doe mijn best, Li Yan, om haar iets over de finesses van een traditionele Chinese brui-loft te vertellen, maar ze lijkt enigszins... afgeleid.' Ze zweeg weer. 'Ze zei dat ik je de gedag moest zeggen, maar ik weet niet waarom, want ze ziet je bij de lijkschouwing.'

Li hoorde onmiddellijk aan haar toon dat ze het afkeur-de. 'Tot morgen, Mei Yuan,' zei hij nadrukkelijk. Hij trok duidelijk een grens waar ze niet overheen mocht. Hij liet een briefje van tien yuan in haar blikje vallen.

'En je jonge vriend?'

'Probeer me hier maar eens weg te houden,' grijnsde Sun. 'Je vindt het niet erg als ik mijn vrouw een keertje meeneem? Ze klaagt altijd dat ik haar in de keuken hou en haar nooit eens mee uit eten neem.'

Li gaf hem speels een draai om zijn oren. 'Vrek,' zei hij.

Toen ze over de ringweg naar het noorden reden, zei Sun: 'Dus je gaat ermee door?'

Li keek naar hem, maar Sun hield zijn blik op de weg. 'Waarmee?'

'De trouwerij.'

Li vermoedde dat iedereen in de sectie het nu wel moest weten. Tao ook. Ongetwijfeld stond hij te popelen om zijn plaats in te nemen. 'Ja,' zei hij slechts.

Sun weerhield zich van commentaar. In plaats daarvan vroeg hij: 'Wanneer komen jullie ouders?'

'Mijn vader komt morgen uit Sichuan,' zei Li. 'Margarets moeder komt de dag erna met het vliegtuig uit Amerika.' Hij trok een grimas en blies tussen zijn opeengeklemde tanden. 'Ik kijk er niet naar uit. Twee mensen, ieder uit een totaal ander deel van de wereld, en van het tegenovergestelde uiteinde van het sociale spectrum. Ik kan me niet voorstellen dat ze met elkaar kunnen opschieten.'

Sun zei: 'Hebben ze elkaar niet bij het verlovingsfeest ontmoet?'

Li keek hem ongemakkelijk aan. 'Er is nog geen verlovingsfeest geweest.' De verloving vond gewoonlijk een halfjaar voor de bruiloft plaats. In dit geval zou het een kwestie van dagen zijn. 'De hemel zij dank dat we Mei Yuan hebben om de kloof te overbruggen.'

'Mei Yuan is een ongewone vrouw,' zei Sun. 'Hoe komt het dat iemand die afgestudeerd is aan de Universiteit van Beijing nu op een straathoek pannenkoeken staat te verkopen?'

'Dat komt door de Culturele Revolutie,' zei Li. 'Mei Yuan was een intellectueel en heeft bijzonder zwaar geleden. Ze namen haar haar baby af en stuurden haar naar het platteland om er te werken. Ze heeft haar zoon nooit meer gezien en ze is er nooit van hersteld.' Hij wist dat hij op vele manieren het gat in haar leven vulde dat de zoon die ze verloren had en nooit had kunnen opvoeden, achtergelaten had. Hij herinnerde zich plots iets en wendde zich tot Sun. 'Wie ken je in Beijing met Engelse boeken?'

Sun haalde zijn schouders op. 'Niemand,' zei hij. 'Ik dacht dat ik misschien wat boeken voor haar in de Engelse boekwinkel kon kopen. Dat hoeft ze toch niet te weten, hè?'

Getroffen door Suns attentheid keek Li hem aan. 'Nee,' zei hij. 'Dat hoeft niet.'

HOOFDSTUK DRIE

I

De coach van het nationale zwemteam was een klein mannetje van midden vijftig, pezig en nerveus, met kortgeknipt grijzend haar en schichtige zwarte ogen. Hij zag er niet uit als iemand die de kracht had om het zwembad van olympische afmetingen in de lengte over te zwemmen, laat staan als iemand die een goudenmedaillewinnaar traint. Zelfs onder zijn dikke sporttrui en trainingsbroek kon Li zien dat hij niet de bouw van een zwemmer had. Hij was tenger, bijna miezerig. Misschien had hij zijn huidige functie vanwege zijn motiverende kwaliteiten gekregen.

Ze zaten hoog tussen de oplopende rijen blauwe stoeltjes en ze hadden vanaf die positie een uitstekend zicht op het zwembad. De lucht was warm en vochtig. Li en Sun hadden allebei hun jas open geknoopt, en Li deed de sjaal om zijn nek wat losser. Rechts van hen had de technische recherche het gebied rond de duikplank afgezet. Eke centimeter tegel werd nauwkeurig onderzocht. Het bad zelf hadden ze leeg laten lopen, door grote filters die elk spoortje bewijs zouden opvangen dat in het water dreef. Op de duikplank en de trap was klevende folie gebruikt om eventuele vezelsporen veilig te stellen. Tot nu toe waren al hun inspanningen echter zonder resultaat gebleven.

Coach Zhang kon niet stil blijven zitten. 'Het is ongehoord,' zei hij. 'Mijn team heeft vanmiddag wedstrijden en ze kunnen nergens trainen, nergens opwarmen.'

Sun zei: 'Er zijn toch twee zwembaden in het olympisch dorp?'

'Die zijn allebei in gebruik,' zei Zhang geïrriteerd. 'Eén voor zwemmen, één voor duiken. We mogen geen van twee gebruiken.'

Li zei: 'Je lijkt het erger te vinden dat je nergens kunt trainen dan dat je topzwemmer dood is.'

Zhang wierp hem een gegriefde blik toe. 'Natuurlijk heeft Sui's dood me geschokt,' zei hij, 'maar de wedstrijden gaan door. Ik kan hem niet terugbrengen en we moeten nog zwemmen.'

Li glimlachte cynisch. '*The show must go on*. Hoe Amerikaans.'

'O, ik zou de wedstrijden graag afgelasten,' zei Zhang snel. 'Maar we mogen zelfs niet vertellen waarom Sui's naam van de lijst is gehaald. Dat hebben jullie mensen ons verboden.'

Daar had Li geen antwoord op. In plaats daarvan vroeg hij: 'Wanneer heb je Sui voor het laatst gezien?'

'Eergisteravond, tijdens de training.'

'Wat voor indruk maakte hij toen?'

'Chagrijnig. Maar dat was hij altijd. Niet een van de gezelligste teamleden.'

'Heeft hij het er met jou ooit over gehad dat hij zijn haar wilde afscheren?'

Zhang fronste zijn wenkbrauwen. 'Nee. Nee, nooit. En ik zou het niet goedgekeurd hebben. Zo'n kaal hoofd is zo lelijk, en ik geloof niet dat het een centimeter verschil maakt.' Hij krabde bedachtzaam aan zijn kin. 'Maar het verbaast me niets. Sui was een uiterst doelbewuste jongeman.

Ongeveer tien dagen geleden had hij een griepaanval. Hij was helemaal gevloerd. We dachten dat hij niet in staat zou zijn om deze week mee te doen. Maar hij heeft zo hard getraind...' Zhang was een ogenblik in zijn eigen, verre gedachten verzonken, maar toen keek hij Li en Sun weer aan. 'Hij was vastbesloten mee te doen. Absoluut vastbesloten. Ik kan gewoon niet geloven dat hij zelfmoord gepleegd heeft.'

Dat konden zijn teamgenoten ook niet. Li en Sun troffen hen allemaal in een van de kleedkamers beneden. Ze zaten op de latten banken met een sporttas tussen hun voeten te wachten op het minibusje dat hen zou ophalen en door de stad naar het olympisch dorp zou brengen. In tegenstelling tot de opgewektheid van gisteravond waren ze nu somber en stil. Niet echt bevorderlijk voor succes bij het zwemmen.

Hoewel ze gisteravond al door Sun en Qian ondervraagd waren, wilden ze nog steeds dolgraag op de een of andere manier meehelpen. Maar niemand van hen had op de dag van zijn dood contact met Sui gehad, dus had geen van hen zijn kaalgeschoren hoofd gezien voordat ze hem hangend boven het diepe bad gevonden hadden.

'Wat was het voor iemand, ik bedoel als mens?' vroeg Li.

Verscheidenen van hen waagden zich aan een standpunt dat niet afweek van dat van de coach. 'Vroeger was hij veel leuker.' Die woorden waren van een grote, breedgeschouderde jongen, Guo Li genaamd, op wie de hoop voor de tweehonderd meter vlinderslag gevestigd was.

'Je kende hem al lang?' vroeg Li.

'We zaten samen in Guilin op school. Je kon altijd vreselijk met hem lachen. Weet je, hij was altijd serieus met zwemmen bezig, maar het was leuk om met hem om te gaan. Recentelijk begon hij het allemaal veel serieuzer te nemen.'

'Hoe recentelijk?'

'Ongeveer een halfjaar geleden,' zei een van de anderen. 'Hij begon... ik weet niet, té serieus te worden.'

'En dik te winnen,' bracht een ander onder de aandacht.

'Hij was onuitstaanbaar,' zei iemand anders. En toen de anderen hem kwaad aankeken, zei hij verdedigend: 'Nou, dat was zo. Als je hem maar even verkeerd aankeek, snauwde hij je af.'

Li herinnerde zich Wangs opmerking tijdens de lijkschouwing op Jia Jing. *Je ziet bij steroïdenmisbruik vaak gedragsveranderingen. Gebruikers kunnen humeurig, agressief worden.* Hij vroeg: 'Kan hij doping hebben gebruikt?'

'Absoluut niet!' Guo Li liet daar geen misverstand over bestaan. En overal in de kleedkamer klonk instemmend gemurmel, zelfs van degene die zojuist had gezegd dat Sui onuitstaanbaar was. 'Hij behandelde zijn lichaam als een tempel,' zei Guo. 'Zijn dieet, zijn trainingen. Het is uitgesloten dat hij iets zou doen waarmee hij zichzelf schade zou berokkenen.'

'Maar toch,' zei Li, 'ziet het ernaaruit dat hij een halve liter cognac dronk en zich vervolgens ophing – niet echt gedrag van iemand die zijn lichaam als een tempel behandelde.'

En daarop had niemand iets te zeggen.

Buiten bleef de zon winterlaag aan de hemel en er lag nog sneeuw op het plein aan de schaduwkant van het gebouw. De weg beneden bleef ook wit en terwijl ze de helling af klauterden, reden studenten uiterst behoedzaam voorbij op hun fiets, die zonder waarschuwing onder hen vandaan kon glibberen. Sun had de jeep tegenover de studentenflat geparkeerd. 'Waar gaan we heen, commandant?'

'We gaan eens kijken waar een kandidaat voor olympisch goud woont.'

II

Sui Mingshan, China's beste kandidaat voor olympisch goud, huurde een appartement in een van duurste nieuwbouwprojecten van de stad, boven New World Taihua Plaza Beijing aan de Chongwenmenwaistraat. Drie glimmende, nieuwe, onderling verbonden torens vormden een driehoek om het plein beneden. Achttien verdiepingen luxe appartementen voor de rijken van het nieuwe China. Buiten voor de deur stond een enorme kerstboom. Die was versierd met lichtjes en in folie verpakte cadeaus. Daarnaast leek het vrolijke gezelschap plastic kerstmannen – net bovenmaatse tuinkabouters – in het niet te vallen. Over het plein dreef een hemels 'Komt allen tezamen' in het Chinees. Aan de buitenkant van het gebouw rezen liften in glimmende glazen buizen omhoog.

Sun parkeerde in een zijstraat en ze gingen het appartementengebouw op de noordwesthoek bij nummer vijf binnen. Marmeren trappen leidden hen naar een ingang van chroom en glas. Vanachter de deur zag een beveiligingsman in een lichtgrijs uniform hen aankomen.

'Kan ik helpen?' vroeg hij. Hij bekeek hen van top tot teen alsof hij dacht dat ze misschien terroristen waren. Sun liet hem zijn legitimatiebewijs van Openbare Veiligheid zien en onmiddellijk veranderde zijn houding. 'Jullie komen de woning van Sui Mingshan bekijken. Er is daar al iemand van jullie. Ik kan jullie wel naar boven brengen als je wilt.'

Hij ging met hen mee in de lift naar de vijftiende verdieping. 'Hoe lang heeft Sui hier gewoond?' vroeg Li.

De beveiligingsman zoog lucht langs zijn tanden naar binnen. 'Dat moet je bij het verkoopkantoor om de hoek vragen. Maar ik denk een maand of vijf.' Hij grijnsde op een soort onverklaarbaar kameraadschappelijke manier naar hen. 'Ik denk er zelf over om bij de politie te gaan,' zei hij, alsof hij zich daarmee geliefd bij hen zou maken. 'Vijf jaar beveiliging. Dat is, denk ik, wel bijna een voet tussen de deur.'

Maar geen van beiden beantwoordde zijn glimlach. 'Ik zou maar snel solliciteren,' zei Li. 'Ik heb gehoord dat er misschien snel een vacature komt.' En de deuren gleden op de vijftiende verdieping open.

Terwijl ze de hal in stapten, vroeg Sun: 'Kreeg hij vaak bezoek?'

'Geen enkele keer in al die tijd dat ik dienst had,' zei de beveiligingsman. 'Wat hem zo'n beetje uniek maakt hier.'

De deur van Sui's appartement stond open. Tussen de stijlen liep kriskras geel met zwart politielint. Li zei: 'We roepen je wel als we je nodig hebben.' En hij en Sun zagen hoe de beveiligingsman teleurgesteld door de gang naar de lift terugliep. Ze doken onder het lint door en stapten het appartement binnen, een totaal andere wereld in. Hun voeten zonken weg in hoogpolig tapijt met een reebruin patroon, dat op alle vloeren lag. De muren waren pastel perzikkleurig en roomwit geschilderd. Er was een zitgedeelte met dure zwartgelakte meubelen rond een raam dat een panoramisch uitzicht op de stad bood. Rond een zwarte eettafel met een glazen tafelblad stonden zes stoelen, die weerspiegeld werden in een grote, in ruiten verdeelde muurspiegel van geslepen glas. Een enorm stilleven met bloemen voor een raam versierde een van de muren, terwijl op verschillende plaatsen in het enorme zitgedeelte zorgvuldig echte bloemen in kristallen of aardewerken vazen neergezet waren. Achter een deur die naar de keuken leidde, klonk het geluid van stemmen. Li riep en een ogenblik later stak Fu Qiwei zijn hoofd om de hoek van de deur. Hij was het hoofd van de centrale recherche in Pao Jü Hutong, een klein verweerd mannetje met kleine koolzwarte kraaloogjes en een wrang gevoel voor humor. Hij droeg een wit tyvek pak, plastic schoenhoezen en witte handschoenen.

'O, hallo commandant,' zei hij. 'Welkom in het paradijs.'

'Moeten we ook een pak aantrekken, Fu?' vroeg Li.

Fu schudde zijn hoofd. 'Nee hoor. We zijn hier net klaar. Niet dat we iets gevonden hebben wat de moeite waard is. Nauwelijks een haar. Alsof het een geest was, volkomen zonder persoonlijkheid. Hij heeft nergens een spoor van zichzelf achtergelaten.'

'Wat bedoel je?' vroeg Li nieuwsgierig.

'Kijk om je heen.' Fu bracht hen naar de slaapkamer. 'Het is net een hotelkamer. Toen we hier kwamen, was het bed opgemaakt alsof het nooit beslapen was. Nergens een spoortje stof als je ergens je vinger langs haalt.' Hij schoof de spiegeldeuren van een ingebouwde kleerkast open. Rijen kleren, onberispelijk gewassen en gestreken, hingen netjes aan de roede. 'Ik bedoel, denk je dat iemand dit ooit gedragen heeft?' Eronder stonden gepoetste schoenen en vlekkeloos witte sportschoenen ordelijk op het schoenenrek. 'En ik dacht dat deze knaap hoe oud – negentien was? Ben je ooit in de kamer van een adolescent geweest die er zo uitzag? En kijk hier eens...' Hij bracht hen naar de keuken.

Elk oppervlak blonk je tegemoet. Het fornuis zag eruit alsof het nooit gebruikt was. Het aardewerk stond netjes in kasten gestapeld, in de laden glom zwijgend het bestek. Op een eiland midden in de keuken stond een schaal fruit. Dat was vers, maar zag eruit alsof het speciaal zo neergelegd was. De koelkast was praktisch leeg, op een open pak sinaasappelsap en enkele bekertjes yoghurt na. Er stond nauwelijks iets in de voorraadkast. Een pak rijst, wat blikjes groenten en gedroogde noedels. Fu zei: 'Als ik niet wist dat het joch hier woonde, zou ik gezegd hebben dat het een modelwoning was, je weet wel, om mogelijke kopers te laten zien hoe hun eigen appartement eruit kan zien. Volslagen verrekte zielloos.' Hij gniffelde. 'Het bleek dat het serviceappartementen waren. Elke dag komt er een meisje om het appartement schoon te maken, de lakens te verschonen, de was te doen, de bloemen te verversen. Ze hebben zelfs een boodschappendienst. Ongelooflijk, hè? En hé, kijk hier eens...' Ze volgden hem naar een kleine studeerkamer, waar een gewreven mahoniehouten bureau bijna alle beschikbare ruimte vulde. Op een van de hoeken stond een lamp naast een handjevol boeken tussen twee boekensteunen. Het zag eruit alsof ze daar door een stylist neergezet waren. Maar ze zagen voor het eerst het enige bewijs dat Sui hier daadwerkelijk gewoond had: de muren waren bedekt met ingelijste medailles, certificaten van uitmuntendheid, krantenartikelen die Sui's overwinningen prezen, foto's van Sui op het erepodium. Bijna een heiligdom. En Li herinnerde zich Guo Li's woorden: *hij behandelde zijn lichaam als een tempel.*

Fu trok een van de laden open en haalde daar een glanzende brochure uit van appartementen in New World Taihua Plaza Beijing. *Een perfecte woning in een wereldstad* stond er op de omslag. Fu sloeg de brochure open en las: 'Luister hier eens naar: *Helemaal boven aan elke torenflat ligt een exclusief dubbel penthouse voor beroemdheden, met prominent de extravagante verticale ruimten van hal en salons, overvloedig natuurlijk licht en open zonneschijnterrassen voor een magnifiek uitzicht over de stad – een levensstijl die slechts de allerrijksten en allersuccesvolsten verdienen.*' Fu keek hen aan en schudde verwonderd zijn hoofd. 'Ik bedoel, hebben jullie verduiveld aan toe ooit zoiets gehoord? *Een levensstijl die slechts de allerrijksten en allersuccesvolsten verdienen!* Heb ik de afgelopen twintig jaar geslapen of zo? Ik bedoel, is dit China? De communistische partij is hier nog steeds aan de macht, toch?' Hij schudde nog steeds zijn hoofd. 'Hoe is het mogelijk. Alleen rijke en succesvolle mensen verdienen dergelijke onzin? Gaat het tegenwoordig zo?' Hij gooide de brochure op het bureau. 'En ik dacht dat ik alles wel gezien had.'

Hij wendde zich tot de twee rechercheurs. 'Weet je, er zijn een privésportschool en een privézwembad beneden. Elk appartement heeft niet alleen een glasvezel internetverbinding maar ook internationale satelliet- en kabeltelevisie. Vertel me eens, Li. Dit joch zwom toch, nietwaar? Het was nog maar een jongen. Hoe kon hij zich dit alles veroorloven?'

'Er gaat tegenwoordig heel wat geld om in de internationale sport,' zei Sun. 'Hoog prijzengeld bij topevenementen overal ter wereld, miljoenen aan sponsorgeld van commerciële instellingen.'

'Weten we of Sui gesponsord werd?' vroeg Li.

Sun schudde zijn hoofd. 'Nee.'

'Dan moeten we dat uitzoeken.' Li trok zijn handschoenen aan en doorzocht de bovenste la van Sui's bureau. Er lagen wat rekeningen en kwitanties, netjes met een paperclip aan elkaar, een HSBC-chequeboekje, een vijftal bankafschriften. Li's ogen gleden snel over de getallen en hij schudde zijn hoofd. 'Nou, zijn bankrekening is gezond genoeg, maar niet voldoende om een dergelijke levensstijl te financieren.' Hij stopte het chequeboekje in een plastic zak en gaf het Sun. 'Ga bij zijn bank navragen of hij misschien nog andere rekeningen had.'

Ze namen vervolgens de tijd om door het appartement te gaan, terwijl ze alles nauwkeurig bekeken. Fu had gelijk: het was inderdaad alsof hier een geest gewoond had. Er waren hoegenaamd geen persoonlijke bezittingen. Geen boeken – behalve dan die er voor het effect neergezet waren – geen tijdschriften, geen familiefoto's. Geen kleingeld, geen kam met haar tussen de tanden, geen metrokaartjes of taxibonnen.

De badkamer was net als de rest van het appartement ontmoedigend onberispelijk. Het medicijnkastje onthulde een reservetube tandpasta, twee stukjes zeep, een ongeopend doosje aspirine en een pot met wattenschijfjes. Sun zei: 'Nou, als hij steroïden nam, of andere doping, dan bewaarde hij die niet hier.'

Op de plank boven de wasbak stonden een Gillette Mach3-scheerapparaat en een doosje met vier mesjes. Er waren ook twee spuitflesjes met aftershave van Chanel. Li fronste zijn wenkbrauwen; dit was een onverwachte aanwijzing over Sui's karakter in een overigens steriele omgeving. Een jongeman die van een geurtje hield. Li pakte een van de flesjes. Hij spoot er wat van in de lucht en snoof. Hij trok zijn neus op voor de bittere sinaasappelgeur. 'Ik zou dat niet gebruiken,' zei hij.

Sun zei: 'Het zou me verbazen als hij dat wél deed. Het ziet er niet naar uit dat hij zich schoor.' Hij pakte het doosje scheermesjes. 'Allemaal ongebruikt.' De Chinezen waren geen harig ras. Sommige mannen hoefden zich nooit te scheren. Hij pakte een kleine goudkleurige verstuiver, kleiner dan een lippenstift. 'Wat is dit?'

Li pakte het van hem aan en fronste zijn wenkbrauwen. 'Mondwater.' Het was er precies zo een als ze tussen Jia Jings spullen gevonden hadden. Hij spoot er een klein beetje van in de lucht, zoals hij enkele uren daarvoor in de snijkamer gedaan had. Dezelfde scherpe menthollucht.

Sun snoof en trok een vies gezicht. 'Ik denk dat ik liever een slechte adem heb.' Hij keek om zich heen. 'Nou, het ziet er ook niet naar uit dat hij zijn eigen hoofd kaalschoor. Tenminste, niet hier.'

'We moeten uitzoeken of hij een vaste kapper had,' zei Li. Sun knikte en maakte een notitie. 'En laat de plaatselijke politie in Guilin met zijn familie gaan praten. Zoek uit wanneer hij zijn ouderlijk huis verliet, hoe lang hij in Beijing woonde, of hij hier familie had.'

In de woonkamer trok Li de vitrage weg voor het raam en keek naar de zon, die schuin tussen de wolkenkrabbers van Beijings uitbottende skyline viel. In de straat beneden stond het verkeer vast, en in de verte kon hij de rijen voertuigen over de ringweg zien kruipen, die met een wijde bocht over de stad liep. Fabrieksschoorstenen braakten hun gifstoffen in een ongewoon blauwe hemel, met de verzekering dat het niet lang zo zou blijven. Hij vroeg zich af wat voor jongen Sui geweest was, die zijn ascetische, stofloze leven in deze rijkeluisluchtbel kon leven zonder een spoor van zichzelf achter te laten. Wat had hij hier in zijn eentje gedaan? Wat dacht hij als hij vanaf zijn modelmeubelen zat uit te kijken over een stad die vijftienhonderd kilometer van zijn thuis lag? Of had zijn hele leven zich om het zwembad afgespeeld, een leven doorgebracht in chloorwater? Was zijn leven in dit appartement, in deze stad, letterlijk als dat van een vis op het droge geweest? Liet hij daarom geen spoor achter? Behalve zijn eigen lichaam, zijn tempel, en een kamer vol medailles en foto's, zijn heiligdom?

Hij draaide zich om en zag dat Sun naar hem keek. 'Ik geloof niet dat deze jongen buiten het zwembad nog een ander leven had, Sun. Hij leefde alleen om te winnen. Als hij zelfmoord gepleegd heeft, kwam het doordat iemand hem die reden afgenomen had.'

'Denk je ook dat hij dat gedaan heeft?'

Li keek op zijn horloge. 'Margaret begint zo dadelijk met de lijkschouwing. Laten we dat gaan uitzoeken.'

III

Studenten, toekomstige politiemannen, speelden basketbal op het plein tegenover het Centrum voor Vaststelling van Concreet Bewijs aan de zuidzijde van de campus. De Volksuniversiteit van Openbare Veiligheid bood onderdak aan de meest geavanceerde faciliteiten in China op het gebied van de forensische pathologie, en die waren gehuisvest in een plomp, onopvallend gebouw van vier verdiepingen aan de rand van het sportterrein. De studenten waren warm ingepakt in trainingspak met capuchon. Ze schreeuwden en bliezen vuur de bevroren middag in. Door kleine raampjes hoog in de koude witte muren van de snijkamer kon Margaret hen naar elkaar horen roepen. Ook zij was goed ingepakt, maar meer ter bescherming dan voor de warmte. Een katoenen jasschort met lange mouwen over een plastic schort over een groene chirurgenpyjama. Ze had plastic schoenhoezen aan haar voeten, plastic beschermers om haar armen en een plastic douchemuts op haar hoofd. Losse plukjes blond haar waren netjes weggestopt. Aan haar linkerhand, de hand waarmee ze niet sneed, droeg ze een stalen handschoen van plaatgaas, en beide handen waren gehuld in latex. Ze droeg een veiligheidsbril om haar ogen te beschermen en had een wit, synthetisch, papierachtig masker voor haar neus en mond. Gewoonlijk kreeg een patholoog-anatoom van het Centrum een masker van katoen, maar de ruimten tussen de draden in het weefsel van de katoenen maskers waren relatief groot, zodat de kans groter was dat er bacteriën doorheen kwamen, of microscopische waterdruppels, of door de lucht zwevend stof van botten. Margaret was zich terdege bewust van de bolling onder haar schort en nam geen enkel risico. Ze had uit haar slinkende privévoorraad synthetische maskers geput, waardoor zij en de baby een veel betere bescherming hadden tegen het inademen van ongewenste en onwenselijke stoffen.

Ze werkte met twee assistenten, en terwijl ze nauwlettend toekeek, liet ze hen het monnikenwerk doen: het openzagen van de ribbenkast, het verwijderen en insnijden van organen, het in de lengte opensnijden van de darmen, het openzagen van de schedel. Ze deden wat hun opgedragen werd en Margaret kwam alleen dichterbij als iets haar aandacht trok en ze het persoonlijk wilde bekijken. Ze legde haar bevindingen vast via een microfoon aan het plafond.

Op dat moment was ze aan een andere tafel bezig het hart te onderzoeken. Dat was stevig en normaal van grootte. Zorgvuldig volgde ze de kransslagaders vanaf hun beginpunt bij de aorta, om het hart heen, terwijl ze elke vijf millimeter een incisie maakte om te zien of er een blokkade was. Die vond ze niet. Toen begon ze ergens coupes te snijden, waarbij ze de spieren op sporen van oude of recente verwondingen onderzocht. Toen ze bij de kleppen kwam die de hartkamers van elkaar scheidden, hield ze op coupes te snijden en onderzocht ze de kleppen. Ze waren goedgevormd en buigzaam. Hoewel de linker hartkamer – die het bloed uit het hart door de aorta pompt – enigszins verdikt was, beschouwde ze dat niet als abnormaal. Je kon in de linker hartkamer van een atleet enige hypertrofie verwachten. Het was tenslotte maar gewoon een spier, die hard werkte en zich door oefening ontwikkelde. Ze was ervan overtuigd dat deze jongeman niet aan hartproblemen gestorven was.

Ze begon vervolgens van alle organen coupes van één bij anderhalve centimeter te snijden, voor verder microscopisch onderzoek, hoewel ze niet dacht dat dat nodig was. Zorgvuldig legde zij ze een voor een in de minuscule bakjes. Daarin werden ze gefixeerd in formaline, ontwaterd in alcohol en doortrokken van paraffine, zodat er stukjes wasweefsel ontstonden die stevig genoeg waren om zo dun te snijden dat je er met een microscoop dwars doorheen kon kijken.

Haar concentratie werd verstoord door het geluid van stemmen op de gang, en ze keek op toen Li en Sun binnenkwamen en een schort aantrokken en een douchemuts opzetten. 'Je bent enigszins laat,' zei ze sarcastisch.

'Je bent al begonnen?' vroeg Li.

'Ik ben al klaar.'

Li zag er teleurgesteld uit. Ze wist dat hij elke minieme observatie graag stap voor stap met haar doornam. 'Ik kon slechts kort van de diensten van de assistenten gebruikmaken,' vertelde ze hem. 'En ik denk niet dat mijn lichamelijke toestand het zou toestaan zelf het lichaam om te draaien.'

'Nee, natuurlijk niet,' zei Li snel. Hij draaide zich half naar Sun. 'Je hebt Sun al ontmoet, toch?'

'Ik geloof het niet,' zei Margaret. 'Maar naar mijn gevoel wel, zo vaak als jij het over hem gehad hebt.' Sun bloosde. 'Je hebt er niet bij gezegd dat het zo'n knapperd was. Bang dat ik hem misschien ga versieren?'

Li grijnsde. 'Dat zou ik mijn ergste vijand niet toewensen.' Hij keek Sun aan. 'Kun je hier wat van volgen?'

'Een beetje,' zei Sun.

'Negeer haar. Ze houdt ervan mensen in verlegenheid te brengen.'

'Nou, hoe dan ook,' zei Margaret, 'het maakt niet uit dat jullie laat zijn. Je hebt het saaie gedeelte gemist. We kunnen meteen terzake komen.'

'En dat is?'

Ze liep naar de tafel waar Sui Mingshan, net als zijn medesporter aan de andere kant van de stad, opengesneden lag, koud en ontzield, ontdaan van organen, zonder hersenen. Zelfs nu was het nog een prachtig exemplaar. Brede schouders, fraai ontwikkelde borstspieren, lenige, sterke benen. Zijn gezicht werd verborgen door het stuk huid boven de Y-vormige incisie, die bij elk sleutelbeen begon. Margaret sloeg het terug en onthulde een jong, niet erg knap gezicht, onschuldig zo in rust, in de dood bevroren, met wangen vol acne. Zijn hoofd was erg slordig geschoren met hier en daar nogal wat stoppels. Li probeerde zich deze jongeman voor te stellen in het appartement, dat ze nog maar een uur geleden doorzocht hadden. Misschien was zijn geest daar teruggekeerd en spookte hij daar nog steeds rond.

Margaret zei: 'Zoals je kunt zien, is er geen sprake van petechie in het gezicht, de ogen of de nek. Hij is niet aan verwurging gestorven.' Ze tilde het stuk huid weer op, zodat de nekspieren zichtbaar waren en het open stuk waar ze de luchtpijp en slokdarm dwars doorgesneden had, en vervolgens van de ruggengraat losgemaakt en naar beneden, naar de borst toe getrokken had. 'Het tongbeen is net boven de adamsappel gebroken, en de nek is tussen de tweede en derde nekwervel ontwricht, zoals je kunt zien, waarbij het ruggenmerg finaal doorgesneden is.'

Ze draaide het hoofd heen en weer om hun de diep paarsrode schaafwonden te laten zien, waar het touw vlak onder de onderkaak zijn nek verbrand had. 'Dat is allemaal erg ongewoon bij een zelfmoord.'

'Hoezo?' vroeg Li.

'Meestal als iemand zichzelf ophangt, valt hij niet zo diep, dus vaak breekt de nek niet. In feite wordt iemand dan door het touw gewurgd en zouden er sporen zijn van kleine bloedinkjes ter grootte van een speldenprik, waar minuscule bloedvaatjes in het gezicht, ogen en nek gesprongen zijn. Petechiën. Zoals je zag, waren die er niet.'

Ze knikte tegen een van haar assistenten en liet hem het lichaam omdraaien. Ze zei: 'We weten dat hij leefde toen hij viel, omdat de schaafwonden van het touw aan zijn nek rood en bloederig zijn. Het lijdt geen twijfel dat zijn dood veroorzaakt werd door een ontwrichting van de nekwervels, waarbij het ruggenmerg doorgesneden werd. Dat is voor jou een gebroken nek.'

'Dus... je denkt dat hij zelfmoord gepleegd heeft?' waagde Sun in het Engels.

Margaret tuitte achter het masker haar lippen. 'Absoluut niet.'

Li keek haar aan. 'Hoe kun je dat zo zeker weten?'

'Aan de hoeveelheid alcohol in zijn maag,' zei ze. 'Kun je het niet ruiken?' Li vond het moeilijk een geur te ontdekken in de melange van feces, bloed en ontbindend vlees dat de lucht parfumeerde. 'Ik heb de jongens er bijna op uitgestuurd om wat sodawater voor een feestje te halen.'

'Een halve fles cognac,' zei Sun.

'O, veel meer,' zei Margaret opgewekt. 'Ik moest bijna om melk en brood vragen. Er hing zo veel alcohol in de lucht dat ik dacht dat ik dronken werd. Geen goed idee in mijn conditie.'

'Maar hij dronk niet,' zei Li. 'Zijn teamgenoten waren daar heel zeker over.'

'Nou, dan verbaast het me dat hij niet aan de alcohol doodgegaan is. Aan de geur alleen al zou ik zeggen dat het om vier promille ging, genoeg om een onervaren drinker uit te schakelen, te doden zelfs. Misschien moedigde iemand hem aan de eerste paar glazen zelf te drinken. Misschien met een pistool tegen zijn hoofd. En als hij niet aan alcohol gewend was, dan duurde het waarschijnlijk niet lang voor ze het in zijn keel konden gieten.'

'Hoe weet je dat hij het niet zelf gedronken heeft?' drong Li aan.

'Nou, misschien deed hij dat wel.' Margaret deed haar masker en veiligheidsbril af, en Li zag de zweetdruppels op haar voorhoofd parelen. 'Maar met zoveel alcohol in zijn aders zou hij niet in staat geweest zijn overeind te blijven, laat staan tien meter omhoog te klimmen naar de bovenste duikplank, het ene einde van het touw aan de leuning, het andere einde rond zijn nek te knopen en vervolgens naar beneden te springen. Iemand heeft hem dronken gevoerd, naar boven gebracht, de strop om zijn nek gedaan en naar beneden geduwd.'

In de stilte die daarop volgde, hoorden ze het gezoem van de airconditioning, en de jongens dribbelden nog steeds met de basketbal rond op het plein buiten.

Ten slotte zei Li dom: 'Dus hij is vermoord.'

Ze zei spitsvondig: 'Als je iemand van een tien meter hoge plank met een touw om zijn nek naar beneden duwt, Li Yan, noemen ze dat gewoonlijk moord.'

Ze richtte haar aandacht onmiddellijk weer op het

lichaam en vroeg: 'Heeft iemand al aan doping gedacht?'

Li fronste zijn wenkbrauwen. 'Hoezo? Gebruikte hij die dan?'

'Geen idee. Ik heb verschillende monsters naar toxicologie gestuurd en om voorrang gevraagd.'

'Maar je dénkt van wel?'

Ze haalde met een neutraal gebaar haar schouders op en streek met haar vingers over de bovenkant van Sui's schouders en bovenrug. Het hele gebied was met acne en littekens bedekt. 'Acne is een zeer gebruikelijke bijwerking van steroïden. Aan de andere kant kunnen jongens van zijn leeftijd het wel zo erg hebben.'

'Maar toxicologie zou het ons kunnen vertellen?'

Ze trok haar latex handschoenen uit. 'Eigenlijk waarschijnlijk niet. Hij had vandaag een wedstrijd, toch?' Li knikte. 'Dus de kans was groot dat er getest zou worden. Als hij al steroïden nam, was hij daar vast mee gestopt, en wel zo lang geleden dat een test dat niet meer kon aantonen.'

Ze haalde haar schouders weer op. 'Dus wie zal het verdomme zeggen?'

Buiten namen de basketballers net rookpauze. De damp sloeg met de rook van hen af, terwijl ze daar wat stonden te kletsen en een van hen op de bal zat. Dat bracht Sun in de stemming en hij stak er ook een op, terwijl Li Sectie Een met zijn mobieltje belde. Hij werd doorverbonden met de recherchekamer.

'Qian? Met Li. Zeg de jongens dat het officieel is. Sui is vermoord.' Hij zag hoe Sun aan zijn sigaret trok en benijdde elke haal. 'En Qian, ik wil dat je bij de verschillende sportautoriteiten navraagt wanneer een van deze atleten voor het laatst op doping gecontroleerd is.'

'Denk je dat het daarmee te maken heeft dan?' vroeg Qian.

'Nee, ik denk niets,' zei Li. 'Ik wil alleen elk stukje informatie dat we kunnen krijgen. Hoe meer pixels, hoe helderder het beeld.' Hij kon het niet langer verdragen. Hij legde zijn hand op het mondstuk en zei tegen Sun. 'Geef me er een.' En hij hield zijn hand op voor een sigaret.

Sun keek verbaasd, pakte toen een sigaret en gaf die aan Li. Li stak die tussen zijn lippen en zei tegen Qian: 'Die indooratletiekwedstrijden tegen de Amerikanen beginnen vandaag toch?'

'Ja, commandant.'

'In het hoofdstedelijke, overdekte stadion?'

'Ja, waar het hardrijden op de schaats gehouden wordt.'

'Oké, zorg voor een paar kaartjes voor de wedstrijden van vanavond.'

'Ik wist niet dat je een sportliefhebber was, commandant.'

'Dat ben ik ook niet,' zei Li, en hij verbrak de verbinding. Hij gespte de telefoon aan zijn riem en begon in zijn zakken naar vuur te zoeken. Maar toen herinnerde hij zich dat hij dat niet bij zich had. Sun knipte zijn aansteker aan en een blauwgeel vlammetje danste in het zonlicht. Li leunde naar voren om zijn sigaret aan te steken en zag over Suns schouder Margaret de trap van het Centrum voor Vaststelling van Concreet Bewijs af komen. Hij hoestte snel in zijn hand, waarbij hij de sigaret snel uit zijn mond trok en in zijn vuist verfrommelde. En daar stond Sun met zijn aansteker midden in de lucht. Hij keek verbijsterd. 'Doe dat verdomde ding weg!' siste Li.

Sun deinsde achteruit alsof hij een klap gekregen had, terwijl hij snel de aansteker weer in zijn zak liet glijden. Toen zag hij Margaret aankomen. Hij begreep het nu en langzaam gleed er een glimlach over zijn gezicht. Li ving zijn blik op en bloosde, fluisterde toen dreigend: 'Geen woord hierover!' Suns glimlach verbreedde zich.

Toen Margaret zich bij hen gevoegd had, vroeg ze: 'En waar gaan jullie nu naartoe?'

'We gaan een kijkje bij de gewichtheffer thuis nemen.'

'Ik dacht dat Wang gezegd had dat het een natuurlijke dood was.'

'Inderdaad,' zei Li. 'Maar ik hou niet van toevalligheden.'

Margarets haar zat naar achter in een staart en ze droeg geen spoor van make-up op haar gezicht. Maar ze zag er mooi uit. Haar huid was zuiver en zacht en geruwd roze van de zwangerschap. 'Ik ga naar het appartement terug,' zei ze, 'om te douchen en me om te kleden. Vermoedelijk ga ik daarna oefenen. Zie ik je later nog?'

'Ik krijg een paar kaartjes voor de indooratletiekwedstrijden van vanavond. Ik dacht dat je misschien wel mee wilde om te zien hoe de Chinezen de Amerikanen laten zien hoe het moet.'

Margaret trok een wenkbrauw op. 'Andersom zul je bedoelen. Jullie hebben in korte tijd veel bereikt, maar zijn er nog lang niet.'

Li grijnsde. 'We zullen zien. Dus je gaat mee?'

'Natuurlijk.'

En toen wist hij het weer. 'O ja, ik dacht zo, misschien kunnen we morgen met Sun Xi en zijn vrouw Wen lunchen. Dan kun je haar mooi een keer ontmoeten. En je kunt haar morgenmiddag dan misschien meenemen naar de kliniek, zodat ze weet waar ze moet zijn.'

Er stond moordlust in Margarets ogen, maar de glimlach bleef op haar gezicht. 'Misschien komt dat rechercheur Sun niet goed uit,' zei ze met licht op elkaar geklemde tanden.

Sun merkte niets. 'Nee,' zei hij in alle onschuld. 'Morgen is prima. Ik ben je zeer erkentelijk, mevrouw eh... mejuffrouw...'

'Doctor,' zei Margaret. Li zou dood neergevallen zijn

als blikken hadden kunnen doden. 'Maar je kunt me Margaret noemen. En graag gedaan.' Ze wuifde Suns sigarettenrook uit haar gezicht. 'Weet je, je had daar allang mee moeten stoppen. Afgezien van het feit dat het voor jou niet goed is, is het slecht voor je vrouw en jullie kind.'

Plichtsgetrouw keek Sun beschaamd. 'Ik weet het,' zei hij. 'Ik zou het voorbeeld van de commandant moeten volgen. Hij is enorm wilskrachtig.'

Li keek alsof hij hem wel kon vermoorden en toen zag hij dat Margaret hem een van haar blikken schonk. Haar ogen dwaalden naar beneden, naar zijn gebalde vuist waar Suns fijngeknepen sigaret langzaam in moes veranderde. 'Ja,' zei ze. 'Dat is hij, nietwaar?' En toen straalde ze gelukzalig. 'Tot straks dan maar.' En ze draaide zich om en liep de vroege middagzon in, naar het witte appartementengebouw aan de noordzijde van de campus.

Sun keek Li grijnzend aan. 'Dat was kantje boord, commandant.'

'Laten we maar gaan,' zei Li, met de vermoeide berusting van een man die weet dat ze hem doorhebben.

IV

Ook Jia Jing woonde in een nieuw, luxueus Beijings appartementencomplex, gelegen achter het Chinese wereldhandelscentrum aan het oostelijke einde van de Jianguomenwai-avenue. Terwijl ze met de lift naar de twaalfde verdieping gingen, zei Li: 'Er is iets mis met deze wereld, Sun, als je zo kunt leven, alleen maar omdat je meer gewicht dan een ander kunt tillen of harder kunt lopen of sneller kunt zwemmen. Ik bedoel, wat maakt hen beter dan de man die de straten veegt?'

'Mensen betalen niet om naar een man te kijken die de

straat staat te vegen, commandant,' zei Sun. En natuurlijk wist Li dat hij gelijk had.

Met de sleutel die de beveiligingsman aan de balie hun gegeven had, lieten ze zichzelf binnen. Sui's appartement was het toppunt geweest van de weelderigheid waarnaar de rijken streefden; Jia's appartement was totaal het tegenovergestelde. Het was groot, met een lange, rechthoekige woon- en eetruimte, met aangrenzend drie slaapkamers. Maar ze stonden vol koude, harde voorwerpen, onverbiddelijk en streng. Jia Jing was geen man geweest die comfort zocht, behalve misschien tussen de benen van de vrouw van iemand anders.

De vloeren waren van gewreven hout, waarin koud blauw licht van de ramen weerkaatste. De meubelen waren antiek, gekocht om hun waarde, niet om hun gemak. Er stonden gelakte houten stoelen en er waren een onverzoenlijke sofa en een magnifieke, met beuken ingelegde donkere houten spiegelkast. Op een zwaar onderstel stond zonder enig doel midden in de kamer een ouderwetse Chinese buitendeur, gerestaureerd en gelakt. Aan weerskanten stond een drakenhond. Daarachter lag het enige wat comfortabel was in het vertrek – een luxueus, dik Chinees geweven tapijt in bleke pasteltinten. De muren waren behangen met traditionele Chinese rolschilderijen. Onder een lange, antieke spiegel en een scène uit het oude China, in ivoor uitgesneden en achter glas, stonden kaarsen in sierkandelaars op een dressoir.

Een van de slaapkamers was leeg. In een andere hing aan de muur boven Jia's antieke bed een groot kleed, in een vreemd modern dessin van hoeken en cirkels geweven. Tegenover het bed stond een gigantische televisie, ook op een antiek dressoir.

'Het verbaast me dat het niet ook een antieke televisie is,' zei Sun.

Op het dressoir stond naast de televisie een videorecorder en in de bovenste la lag een nette stapel banden in blanco dozen. Li haalde er eentje uit, stopte die in de videorecorder en zette de televisie aan. Het duurde een ogenblik en toen bleken ze naar de flikkerende beelden van twee zwarte mannen en een blanke vrouw te kijken, die bizarre seks bedreven. Li vloekte zacht en haalde de band eruit. Hij probeerde een andere. Twee kronkelende vrouwen, in een blijkbaar onbevredigende jacht naar seksuele voldoening. Uit hun gevloek en wederzijdse vulgaire aanmoedigingen was duidelijk dat het Amerikanen waren. Li zette de band uit en keek Sun gegeneerd aan. 'Hij had wel veel zin voor een man met zulke kleine testikels.'

Sun fronste zijn voorhoofd. 'Kleine testikels?'

'Volgens Wang waren ze abnormaal klein.'

Van de derde slaapkamer was een studeerkamer gemaakt. Er stonden maar drie meubelstukken in. Een bureau, een stoel en een antiek cilinderbureau. De laden en kastjes van het cilinderbureau zaten vol persoonlijke papieren – rekeningen, kwitanties, brieven. De dood van Jia Jing was geen strafrechtelijk onderzoek, dus zouden zijn persoonlijke eigendommen ongemoeid blijven. Li zette de computer aan en toen Windows geladen was, nam hij zijn toevlucht tot een trucje dat Margaret hem geleerd had. Hij klikte op Internet Explorer en vervolgens op het icoontje voor GESCHIEDENIS, waar de laatste driehonderd websites opgeslagen waren die Jia bezocht had. Li scrolde snel naar beneden en zag dat Jia internet voornamelijk gebruikte om pornosites te bezoeken.

'Niet zozeer zin als wel een obsessie,' merkte Sun op.

Li zette de computer uit. Het had iets deprimerends, het graven in de donkere kant van het geheime leven van mensen wanneer ze eenmaal overleden waren.

De badkamer was Spartaans en functioneel. Koude witte tegels op de vloer, geen matten of kleedjes om de kou voor blote voeten te verzachten. In een medicijnkastje

102

boven de wasbak vonden ze twee spuitflesjes aftershave, identiek aan het flesje dat ze in Sui Mingshans badkamer gevonden hadden. Hetzelfde merk. Chanel.

'Denk je dat het hele Chinese team misschien een partij gekregen heeft?' zei Sun glimlachend. 'Misschien sponsort Chanel onze olympische inspanningen. We zouden het lekkerst ruikende team van de Spelen kunnen worden.'

Maar Li lachte niet. Er rinkelden waarschuwingsbelletjes in zijn hoofd. Hij wist dat er hier iets mis was. Hij pakte een van de flesjes en spoot wat van de parfum in de lucht. Ze snoven beiden en deinsden tegelijk achteruit. Het was een vreemde, muskusachtige geur, als van amandelen en vanille, met iets bitters. Niet zoet.

'Geen wonder dat hij, als hij zo rook, zijn toevlucht tot porno moest nemen,' zei Sun.

Maar Li kon zich niet herinneren dat Jia ergens naar rook die avond dat ze hem in de slaapkamer in de Beichangstraat gevonden hadden. Hij herinnerde zich slechts de zoete, zware geur van wierook en seks in de kamer.

Hij spoot een heel klein beetje van het andere flesje op zijn pols en rook dezelfde bittere sinaasappelgeur als uit het flesje dat hij in Sui Mingshans appartement geprobeerd had. Hij hield Sun zijn pols voor om te ruiken.

Sun trok zijn neus op. 'Dat ruikt hetzelfde als bij Sui.'

Li knikte. 'Laten we hier weggaan.' De geur leek de badkamer nu te vullen. Het beledigde Li's reukzintuigen en hij werd er enigszins misselijk van. 'Ik adem dit spul liever niet in.'

Ze openden de deur van het appartement en zagen in de gang een ouder echtpaar staan. Ze zagen er verward, enigszins verbluft uit. 'Is dit nummer 1205?' vroeg de oude man.

'Inderdaad,' zei Li behoedzaam. 'Wie zoeken jullie?'

'Dit is het appartement van onze zoon,' zei de vrouw, en Li herkende hen plotseling als het oude stel dat Jia flankeerde op de foto die ze tussen zijn bezittingen gevonden hadden. Zijn ouders. Sun wierp hem een blik toe.

'Wij zijn van de politie,' zei Li. Hij had geen idee of ze het al wisten.

'Vanmorgen hebben ze het ons verteld,' zei Jia's vader. 'We zijn met de bus uit Yufa gekomen.' Li kende Yufa. Het was een klein stadje aan de weg richting het zuiden, naar Gu'an. Met de bus duurde dat verscheidene uren. Hij kon zich voorstellen wat een deprimerende reis dat geweest moest zijn. 'Kenden jullie hem?'

'Ik ben bang van niet.'

'Het was zo'n lieve jongen,' zei zijn moeder. 'Niets was hem te veel. Hij heeft een kleurentelevisie voor ons gekocht, en een videorecorder, en een nieuwe koelkast...'

'Hij stuurde ons elke maand geld,' zei zijn vader. Geld dat nu niet meer zou komen. En Li vroeg zich af hoeveel ze van Jia's bezittingen zouden erven. De waarde van het antiek in het appartement alleen al was waarschijnlijk verscheidene duizenden dollars, meer dan ze in hun leven mochten hopen te verdienen. Maar de erfwetten bleven maar veranderen. Mogelijk ging alles naar de staat. Hadden ze enig echt besef gehad van hoeveel hun zoon verdiende?

'Weten jullie hoe hij gestorven is?' vroeg zijn moeder, en Li vroeg zich weer af hoe zo'n klein iemand een monster als Jia had kunnen produceren. Voor zijn geestesoog zag hij de gewichtheffer dood tussen de benen van zijn overspelige minnares, opengesneden op de tafel van de patholoog-anatoom. Beide beelden zouden voor dit oude stel schokkend geweest zijn.

'Hij stierf een natuurlijke dood,' zei Li. 'Een hartaanval.' En hij voegde er onnodig aan toe: 'Hij stierf in het huis van een vriend.' Hij zou ervoor zorgen dat ze de waarheid nooit zouden horen. Ze verdienden het veel meer beschermd te worden dan diegenen om wie de minister van Openbare Veiligheid zich zo bekommerde.

Maar toen hij en Sun hen verlieten en zij het appartement van hun zoon binnengingen, wist hij dat niets hen kon beschermen tegen wat ze in de bovenste la van het dressoir in de slaapkamer zouden vinden. Hij had medelijden met de arme ouders van deze dode, rijke jongen.

Buiten op straat schraapte een straatveger met een groezelige witte pet en een blauw gezichtsmasker met de twijgen van zijn bezem door de goot en veegde rommel in een blik met een lange steel, dat als een mond open en dicht kon om het afval te verslinden. Hij leegde dat in een grote vuilnisbak op wielen. Zijn ogen boven het masker waren doods en leeg, zijn huid was droog, gebarsten, doortrokken van het stof van de stad. En Li vroeg zich af waarom hij niet gewoon evenveel waard was als een gewichtheffer of een zwemmer. Maar de nieuwe overtuiging was, zo leek het wel, dat alleen de rijke en succesvolle mensen het verdienden beloond te worden. Hoewel de dood, dacht hij, waarschijnlijk nooit bij die afrekening hoorde. En hij dacht weer aan oom Yifu die een oud Chinees gezegde citeerde. *Hoewel je misschien tienduizend zilverstukken vergaart, bij je dood kun je zelfs geen koperen cent meenemen.*

V

Iemand had van een kantoor beneden een draagbare televisie mee naar boven genomen en toen Li en Sun terugkwamen op Sectie Een, zaten de meeste mannen in de recherchekamer eromheen. Uit een stel piepkleine luidsprekertjes klonken luid de opgewonden stemmen van enkele commentatoren, die boven het lawaai van het publiek uit kwamen.

'Wat is hier verdomme aan de hand?' blafte Li. En allemaal draaiden ze zich schuldig om naar de deur, als stoute kinderen die op iets ongeoorloofds betrapt werden. Iemand zette snel de televisie uit. Sun lachte zelfgenoegzaam naar hen. Hij was niet een van de stoute jongens.

Wu zei: 'Professionele belangstelling, commandant. Ze hebben de vierhonderd meter vrije slag en de honderd meter vlinderslag al gehad. De schoolslag en de borstcrawl moeten nog komen. Honderd en tweehonderd meter. We vonden dat we dat moesten zien.'

'O ja? En wat vindt plaatsvervangend sectiehoofd Tao daarvan?'

'Hij zei dat we de televisie uit moesten zetten,' zei Sang.

'En jullie hebben die opdracht genegeerd?' Li geloofde zijn oren niet.

'Niet zolang hij hier was,' zei Wu. 'Maar ongeveer een halfuur geleden ging hij weg. Hij zei niet dat de televisie uit moest blijven als hij weg was.'

Afkeurend keek Li kwaad de gezichten langs, die hem aankeken. 'Jullie zijn een stel stommelingen,' zei hij. 'Jullie hebben zelfs niemand bij de trap op de uitkijk gezet.'

En ze barstten allemaal in lachen uit.

Maar er was geen spoor van een glimlach op Li's gezicht. 'Ik stel voor dat jullie weer aan het werk gaan. We zijn hier met een moordonderzoek bezig.' Hij keerde zich naar de deur toen de rechercheurs naar hun bureau teruggingen, maar hij bleef staan en draaide zich weer om. 'Puur uit interesse... hoe doen we het?'

'We hebben de vlinderslag gewonnen, eerste en tweede,' zei Wu. 'En de vrije slag verloren, maar we zijn tweede en derde. We staan op punten voor.'

Li veroorloofde zich een glimlachje. 'Mooi,' zei hij.

Hij was halverwege de gang toen Qian hem inhaalde. Die had een stapel papieren in zijn hand. 'Een paar dingen, commandant.' Hij volgde Li diens kantoor binnen. 'Je hebt om dopinguitslagen gevraagd.'

Li was verbaasd. 'Heb je die nu al?'

'Het is een kwestie van administreren, commandant. Dat gebeurt bij alle sportautoriteiten op dezelfde manier. Het blijkt dat ze tegenwoordig allemaal buiten de competitie om testen, als ontmoedigingsbeleid, zodat atleten en andere sportmensen geen doping gebruiken om vaker te kunnen trainen. Ze laten het 24 uur van tevoren weten en dan ben je verplicht de benodigde urinestalen te leveren.'

'Kunnen ze niet gewoon een schone staal inleveren?' vroeg Li. 'Of de urine van iemand anders?'

'Tegenwoordig niet blijkbaar,' zei Qian. 'De man van de Chinese overheid met wie ik sprak, zei dat de atleet die getest wordt, een zogenaamde chaperonne toegewezen krijgt. Iemand van hetzelfde geslacht. Hij of zij blijft de hele tijd bij de atleet. Ze moeten kijken hoe ze in de fles pissen en vervolgens moet de atleet het spul in twee kleinere flesjes gieten. Ze plakken er een A en een B op. Die worden in een klein doosje verpakt, met een speciaal zegel verzegeld en voor analyse naar een laboratorium gestuurd.'

'En hoe zit het met de mensen in wie we geïnteresseerd zijn?'

'Sui werd twee weken geleden getest. Clean. Twee van de drie die verongelukt zijn, waren een week voor het ongeluk getest. Ook clean. De wielrenner was niet meer getest sinds de laatste keer dat hij een wedstrijd reed. Gewoonlijk worden de nummers één, twee en drie van een wedstrijd getest en dan pikken ze nog willekeurig iemand uit. Hij kwam de laatste keer als derde binnen en was toen clean. Jia Jing is zes weken geleden getest. Ook clean.'

Nadenkend ging Li zitten. 'Bijna te goed om waar te zijn,' zei hij. 'Er moeten manieren zijn waarop deze mensen de boel kunnen belazeren.'

'Het lijkt erop dat de internationale sportorganen elk trucje wel kennen, commandant. Wat die knaap me allemaal vertelde! In Europa was een zwemster die blijkbaar een scheutje whisky bij haar urinestaal deed, waardoor dat volkomen waardeloos werd. In de drank zeiken, noemden ze dat. Ze werd uitgesloten. Maar vrouwen kunnen makkelijker de boel beduvelen. Ik bedoel, jij en ik hebben onze lul eruit hangen, zodat de chaperonne die kan zien. Daar valt weinig aan te doen. Maar deze knaap zei dat ze vrouwen betrapt hadden met een schone urinestaal in een condoom, dat ze in zich verstopt hadden. Ze kochten zelfs honderd procent dopingvrije urine op internet.'

Li zei: 'Je neemt me in de zeik, hè?'

Qian grijnsde. 'Eerlijk waar, commandant. Maar er bestaat nu een mondiaal Antidoping Agentschap en de mensen die toezicht houden, kennen elke truc die er bestaat. Ze zijn moeilijk te bedotten. Erg moeilijk. En vooral in China, omdat de regering er zo op gebrand is dat we voor de Olympische Spelen een brandschoon imago hebben.'

Li knikte. 'Je zei een paar dingen.'

'Dat klopt, commandant. De agent die bij het auto-ongeluk was waarbij die drie atleten omkwamen? Hij zit beneden in een verhoorkamer, als je hem wilt spreken.'

De verkeersagent zat in een verhoorkamer op de tweede verdieping te roken. Zijn zwarte jas met bontkraag hing open, en hij had zijn jasje losgeknoopt zodat zijn netjes geperste blauwe overhemd zichtbaar was. Op de tafel naast de asbak lag zijn pet met witte bovenkant. Hij had brede, scherpgetekende, noordelijke trekken en kort haar dat zorgvuldig naar achteren geborsteld was. Hij leunde naar voren met de ellebogen op zijn knieën toen Li en Qian binnenkwamen. Hij ging onmiddellijk staan, terwijl hij zijn sigaret uitdrukte en haastig zijn pet van tafel greep. Hij voelde zich duidelijk slecht op zijn gemak, zo aan de verkeerde kant van een ondervraging op Sectie Een.

'Ga zitten,' zei Li tegen hem. Hij en Qian gingen tegenover hem aan de tafel zitten. 'We hebben hier het rapport dat je geschreven hebt over het dodelijke auto-ongeval in het Xuanwudistrict op 10 november. Drie atleten, sprinters van het Chinese estafetteteam, werden dood in het wrak van hun auto gevonden.' Li liet het rapport op tafel vallen. 'Ik wil dat jij me vertelt wat je vond toen je daar aankwam.'

De agent schraapte zenuwachtig zijn keel. 'Ik was op 10 november om 11.33 uur 's avonds met agent Xu Peng op patrouille in de buurt van het Taorantingpark, toen we een oproep kregen dat er in You'anmennei Dajie een ongeluk gebeurd was...'

Li onderbrak hem. 'Agent, ik wil niet dat je hier je rapport oplepelt. Ik kan lezen, en ik heb het gelezen. Ik wil weten wat er níet in het rapport staat. Wat je voelde, wat je rook, wat je dacht.' Hij knikte naar de asbak. 'Je mag roken als je wilt.'

De agent leek opgelucht en haalde een pakje sigaretten tevoorschijn. Nadat hij er eentje had opgestoken, kwam het wat laat bij hem op dat hij zijn ondervragers er ook een had moeten aanbieden. Hij hield hun het pakje voor. Qian nam er een, Li niet. De agent nam een stevige trek. 'Ik haat auto-ongelukken,' zei hij. 'Die kunnen godsgruwelijk goor zijn. Overal stukjes mens op de weg; armen, benen, overal bloed. Dingen die je niet wilt zien.' Het was alsof Li een sluisdeur had opengezet. Nu hij begonnen was, leek de verkeersagent niet meer te kunnen stoppen. 'Mijn vrouw blijft maar zeuren dat ik ermee moet ophouden. Zoek een baan in de beveiliging. Alles is beter dan verkeer.' Zijn blik schoot zenuwachtig hun kant op. 'Er zijn nachten dat ik thuiskom en gewoon op de grond lig te beven.'

'En dat was ook zo op de avond van het ongeluk in You'anmennei Dajie?'

De agent knikte. 'Nogal. De auto moet over de honderd gereden hebben. Het was een vreselijke puinzooi. Dat gold ook voor de inzittenden. Het waren er drie. Twee voorin, eentje achterin... tenminste, zo waren ze vertrokken. Ze hadden geen veiligheidsgordel om.' Hij maakte een grimas terwijl hij er weer aan terugdacht, waarbij hij beelden opriep waarvan hij waarschijnlijk gehoopt had dat die voor eeuwig verdwenen waren. 'Het is al erg genoeg als je ze niet kent, maar als het mensen zijn die je op de televisie gezien hebt, weet je, topsporters... nou, je denkt altijd dat hun zoiets niet overkomt.'

'Dus je herkende ze?'

'Niet meteen. Nou, twee wel. Ik bedoel, ze hadden toch altijd al kort haar, dus zagen ze er zo kaalgeschoren niet heel anders uit.'

Li had het gevoel alsof de kamer om hen heen zwart werd. Hij richtte zijn volle aandacht op de agent voor hem.

'Hun hoofden waren kaalgeschoren?' zei hij langzaam.

De agent leek verbaasd over Li's interesse. Hij haalde zijn schouders op. 'Nou, het is zo'n beetje de mode tegenwoordig, toch? Al die topsporters in het Westen scheren de laatste jaren hun hoofd kaal. Dat begint hier ook in te raken.'

'Dus je vond het niet raar?'

'Nee, niet bij die twee, nee. Maar het was die ander, daar was ik toch wel door geschokt. Xing Da. Daarom herkende ik hem eerst niet. Hij droeg zijn haar altijd tot op zijn schouders. Dat was zo'n beetje zijn handelsmerk. Je wist altijd dat hij het was op de baan, met al dat haar dat achter hem aan wapperde.'

'En zijn haar was er ook af?' vroeg Li.

'Helemaal,' zei de verkeersagent. 'Hij zag er echt vreemd uit.'

Toen ze weer de trap opklommen vroeg Li: 'Wat stond er in het doktersrapport?' Stukjes van deze bizarre puzzel leken plotseling op hun plek te vallen, maar Li kon nog steeds niet zien wat voor plaatje het werd. Maar zijn adrenaline begon ervan te stromen.

Qian zei: 'Dat heb ik boven, commandant. Maar het enige wat hij gedaan heeft, is de overlijdensaktes tekenen. Dood door veelvoudige verwondingen ten gevolge van een auto-ongeluk.'

'Verdomme!' vloekte Li hartgrondig. Een in scène gezette zelfmoord waarbij het hoofd van het slachtoffer kaalgeschoren was, drie doden bij wat toentertijd een auto-ongeluk leek. Ook alle drie kaalgeschoren en alle vier leden van het Chinese olympische team. De moeilijkheid was dat het bewijs van het auto-ongeluk – het voertuig en de lichamen – allang verdwenen was.

Wu wachtte hen op in de gang op de bovenste verdieping. 'Die kaartjes die je Qian voor vanavond hebt laten bestellen, commandant? Die zijn per koerier gekomen. Ik heb ze op je bureau gelegd.'

'Mooi.' Li streek langs hem heen, met zijn hoofd bij andere zaken, maar Wu riep hem iets achterna. 'En dan nog iets, commandant...'

Li draaide zich om en blafte: 'Wat?'

'Die drie atleten van dat auto-ongeluk?'

Hij had nu Li's aandacht. 'Wat is daarmee?'

'Maar twee zijn er gecremeerd, commandant. De ouders van de ander wonen in een dorp bij de Minggraven. Het schijnt dat ze hem in hun boomgaard begraven hebben.'

Li had bijna triomfantelijk zijn vuist in de lucht gestoken, maar het enige wat hij zei, was: 'Wie?'

'Xing Da.'

VI

Het dorp Dalingjiang lag vijftig kilometer ten noordwesten van Beijing, in de schaduw van het Tianshou-gebergte, op een steenworp afstand van de laatste rustplaats van dertien van de zestien Mingkeizers. Dalingjiang was een grillige verzameling bakstenen huisjes met leien daken en ommuurde binnenplaatsen, en men dacht dat het de beste feng shui van heel China had. Tenslotte, zo beredeneerden de inwoners, konden dertien dode keizers niet verkeerd zijn.

Li nam Sun mee om de jeep te besturen. Ze hadden de stad via de Badaling-autoweg verlaten, langs talloze nieuwbouwprojecten van pastelkleurige luxeappartementen met privézwembaden achter bewaakte omheiningen. Gebouwd om tegemoet te komen aan de eisen van de nieuwe bourgeoisie.

De zon begon al te zakken toen ze de graven naderden. De bergen hadden hun diepte verloren en zagen eruit alsof ze uit papier geknipt waren – waarna de een op de ander gelegd was – in afnemende tinten donkerblauw, tegen een bleekoranje hemel. De weg was lang en recht, omzoomd met lange, kale bomen met witgeschilderde stammen. In de bermen lagen hoge stapels stenen en hopen gouden maïsstengels. Ze passeerden een boer op een fiets, met een groot pak in zijn mand en zijn dochter in een provisorisch zitje boven het achterwiel. Misschien had hij zijn zuurverdiende geld aan een kerstcadeau voor zijn kleine keizerin besteed.

Links zag Li in de schaduw van de heuvels een groot wit litteken. Dat verstoorde zijn zwijgende overpeinzingen. 'Wat is dat in hemelsnaam?' vroeg hij Sun.

Sun tuurde tegen de ondergaande zon in en volgde Li's blik. 'Dat is Beijings Snow World,' zei hij.

'Beijings wat?'

'Snow World, dat is een kunstskibaan. Tenminste, het is echte sneeuw die kunstmatig wordt gemaakt. Hij smelt gegarandeerd niet tot het lente wordt.' Hij keek Li aan. 'Heb je er niets over gehoord?'

Li schudde zijn hoofd. Hij voelde zich een vreemdeling

in zijn eigen land. Een skibaan! 'Wie gaat er in hemelsnaam skiën in China?' vroeg hij.

Sun haalde zijn schouders op. 'Jongeren uit Beijing. De zonen en dochters van de rijken en succesvollen. Het is er nogal cool.'

Li was verbaasd. 'Je bent er geweest?'

'Toen ik hier net was, werd ik door enkele vrienden uitgenodigd.' Hij grijnsde. 'Ik vermoed dat ze dachten dat ik onder de indruk zou zijn, een boerenpummel uit de provincie.'

'En was je dat?'

'Reken maar.' Ze naderden de afslag. 'Je wilt het zien?'

Li keek op zijn horloge. Ze hadden nog tijd. 'Laten we dat doen.'

Een lange, onlangs geasfalteerde weg bracht hen naar een rijkversierd zwartgouden smeedijzeren hek tussen twee lage witte gebouwen met steil aflopende rode daken. Uit de bak achter op hun fiets verkochten straatventers fruit en groenten en toeristische snuisterijen, stampend met hun voeten tegen de kou. De gezichten stonden grimmig vanwege de slappe handel. Sun parkeerde de jeep tussen de ongeveer honderd privé-auto's voor het hek en ging het gebouw aan de rechterkant binnen om twee bezoekerspassen te kopen. Li stond naar de westerse muziek te luisteren, die door luidsprekers schalde die aan alle muren hingen. Hij kon door het hek heen aan weerskanten van een lange wandelweg naar het hoofdgebouw lantaarnpalen zien. Aan elk ervan bungelde een luidspreker. De lucht was vol muziek, alle met bomen omzoomde hellingen werden erdoor overspoeld. Misschien reikte het geluid zelfs tot in de graven van de keizers.

Hij viste zijn portemonnee uit zijn zak toen Sun met de kaartjes tevoorschijn kwam. 'Hoeveel krijg je van me?'

Sun wimpelde het af. 'Ik denk dat ik je wel op een kaartje van tien yuan kan trakteren, commandant.'

113

Bedienden in rode skipakken lieten hen door het hek. De wandeling over het geplaveide wandelpad bracht hen naar een lang gebouw met een groen dak. Het was warm binnen, met zowel een groot restaurant aan de linker- als aan de rechterkant, met ramen van het plafond tot aan de vloer, die uitzicht boden op de skihelling. Het restaurant links deed zo laat nog zaken. Om ronde tafels zaten groepjes rijke jonge mannen en vrouwen in trendy skikleding in de resten van hun maaltijd te prikken, terwijl ze hun laatste restje bier opdronken. Het andere restaurant was leeg en Sun bracht Li naar een café achterin. Dat was ook verlaten, op een jonge vrouw achter een gewreven houten bar na. Ze droeg het uniform van Snow World: een donkergrijze broek en een witte blouse onder een donker vest. Ze bestelden thee bij haar en gingen voor het raam zitten.

Li keek verbijsterd naar de tientallen skiërs, die langs de flauwe helling naar beneden gleden, vervolgens in de rij gingen staan om met een non-stop sleeplift weer naar boven getrokken te worden. Aan de overkant vlogen gillende kinderen, zittend op een enorme opgeblazen band, over een aparte baan naar beneden, terwijl op een verlaten helling rechts een motorslee non-stop heen en weer pendelde met sensatiezoekers die grote ogen opzetten. Hij zag hoe een beginneling, een jong meisje dat uitgedost was in het allerduurste merk skikleding, zich op het vlakke stuk met haar skistokken vooruit probeerde te duwen. Ze zag er onhandig uit in haar enorme, aan haar ski's gegespte plastic schoenen, en ten slotte belandde ze met een klap op haar achterwerk, waardoor haar waardigheid een flinke deuk opliep. Niets hieraan was erg gedistingeerd, maar voor Li was het een spiksplinternieuwe China-ervaring. 'Hebben al deze mensen daadwerkelijk hun eigen ski's?' vroeg hij Sun.

Sun schoot in de lach. 'Nee, de meesten huren alles hier.'

'Hoe duur is dat?'

'Een dag skiën kost ongeveer 360 *kwai*.' Voor de gemiddelde Chinees een half maandinkomen.

Li keek Sun verbijsterd aan. '360...?' Hij schudde zijn hoofd. 'Wat een ongelooflijke geldverspilling.' Hij was maar ruim een jaar in Amerika geweest, maar China was in die tijd op de een of andere manier gigantisch veranderd en hij had het gevoel dat hij achtergebleven was, ademloos op jacht naar veranderingen die hij niet kon inhalen. Hij wierp een blik op Sun en zag de afgunst op het gezicht van de jongeman toen hij naar de bevoorrechte kinderen keek die zich te buiten gingen aan hobby's die hij nooit zou kunnen bekostigen. Ze verschilden maar tien jaar, maar er zat zowat een hele generatie tussen. Terwijl Li Beijings Snow World als iets vreemds zag wat inbreuk pleegde op de cultuur van zijn land, was het iets wat Sun duidelijk ambieerde. Aan de andere kant van het glas liep een jonge vrouw met twee kleine witte hondjes voorbij, die om haar hielen dartelden. Een ervan droeg een roze jasje.

Sun schoot in de lach. 'Dat zal zijn om hem warm te houden. Ze gaat de andere vast het eerst opeten.'

De ondergaande zon was een gigantische rode globe geworden, die achter de rij heuvels begon te zakken. Li dronk zijn thee op en kwam overeind. 'We kunnen maar beter gaan,' zei hij.

Het schemerde toen ze Dalingjiang binnenreden. Het dorpsplein was een vierkant, stoffig, open stuk ruig terrein, waar de mannen van het dorp op versleten blokken hout zaten, die tegen de muur stonden van het nu vervallen hoofdkwartier van het productieteam van de oude woongemeenschap. Verscheidene dorpsouderen zaten bij elkaar in het stervende licht. Ze rookten een pijp, terwijl ze over koetjes en kalfjes praatten. Een roestig oud informatiebord op twee palen had niets te melden. Er gebeurde niet veel meer in Dalingjiang. In nieuwsgierige stilte keken ze naar de jeep die langs rammelde. Langs de andere kant van het plein stonden de houtblokken voor de vrouwen. Die waren echter leeg.

Sun stopte voor de dorpswinkel, een laag bakstenen gebouw met een bouwvallig dak en slecht sluitende ramen. Op de betonnen stoep waren maïskolven uitgespreid om te drogen. De deur kierde en kraakte en klaagde toen Li hem openduwde. Achter twee glazen toonbanken keek een vrouw van middelbare leeftijd hem glimlachend aan. Hij liet zijn blik over de halflege planken achter haar gaan. Ingelegde groenten in pot, Chinese specerijen, sojasaus, sigaretten, kauwgum. Onder het glas lagen pakjes gedroogde bonen, kookgerei, gekleurde krijtjes. Onder het raam stonden kratten bier gestapeld.

'Kan ik helpen?' vroeg de vrouw.

'Ik zoek het huis van Lao Da,' zei hij. 'Ken je hem?'

'Natuurlijk,' zei de vrouw. 'Maar daar kun je niet met de auto komen. Je moet aan het einde van de weg parkeren en verder lopen.'

Ze wees hem de weg. Ze parkeerden de auto verderop langs de onverharde weg en liepen door een doolhof van bevroren paden vol geulen, die hen tussen de hoge bakstenen muren rond de binnenplaatsen van de dorpshuizen door voerden. In de bredere stegen lagen aan weerszijden hopen afval, stapels rode bakstenen, en schoven maïsstengels om aan de ezels te voeren. In de toenemende duisternis blaften en huilden honden. Een broodmagere bastaardhond onder een stuk golfplaat gromde en jankte naar hen toen ze passeerden. Een ezel keek geïnteresseerd op van zijn avondeten en een toom kippen rende kakelend bij het kippengaas vandaan. In de lucht hing de zoete geur van houtrook en ze zagen rook drijven uit pijpen die horizontaal uit een gat in de zijmuur van huizen staken. Nergens stond er een schoorsteen op het dak.

Ze vonden het huis van Xing Da's ouders naast een vervallen huisje, dat lang geleden reeds verlaten was en weg stond te rotten. De kinderen van het dorp bleven niet langer om het land te bewerken zoals hun voorouders eeuwenlang vóór hen gedaan hadden. Ze waren bij de eerste de beste gelegenheid naar de stad vertrokken, en wanneer hun ouders stierven, lieten ze het huis instorten – of anders verkochten ze het aan een ondernemer, die er een plattelandswoning voor de rijken van maakte.

Li duwde een roestig groen hek open en Sun volgde hem, de binnenplaats van Lao Da's huis op. Bij het licht van de ramen konden ze stapels brandhout en kolen langs de muren zien. Bevroren dadelpruimen lagen naast elkaar op de raamrichels. Li klopte op de deur en een verweerde, oude man deed open. Hij was te oud om Xing Da's vader te zijn. Li vertelde hem wie hij was en wie hij zocht, en de oude man gebaarde dat ze binnen konden komen. Het was Xings grootvader, zo bleek later. Zijn vrouw, die er zelfs nog ouder uitzag, zat op een groot bed, dat bij het raam naast de deur van de keuken stond. Zonder enige interesse keek ze naar de vreemdelingen. Haar blik was leeg. In het licht zag Li dat het gezicht van de oude man net perkament leek, gedroogd en gekreukeld. Zijn handen, de kleur van as, leken net klauwen. Maar zijn ogen, donker en priemend, stonden levendig genoeg. Hij riep iemand in de slaapkamer en Lao Da verscheen. Met een achterdochtige blik keek hij Li en Sun aan. Hoewel *lao* 'oud' betekende, was Lao Da ergens in de veertig, half zo oud als zijn vader. Hij keek langs de politiemannen naar de keukendeur, waar zijn vrouw verschenen was. Ze hield het gerafelde gordijn dat ervoor hing opzij.

'Het is de politie,' zei hij tegen haar. En toen tegen Li: 'Wat komen jullie doen?'

'Het gaat over je zoon,' zei Li.

'Die is dood,' zei zijn vader, zijn stem beladen met alles wat hij voor hem betekend had.

117

'Dat weet ik,' zei Li. 'We hebben redenen om aan te nemen dat het auto-ongeluk waarbij hij betrokken was, misschien geen ongeluk was.' Hij zag hoe de frons van verwarring zich over Lao Da's gezicht verspreidde, als bloed dat in een vloerkleed trekt. 'We willen graag een lijkschouwing verrichten.'

'Maar we hebben hem begraven,' zei zijn moeder met een klein stemmetje vanuit de deuropening. Dat verraadde haar angst voor wat komen ging. 'Buiten in de boomgaard.'

'Als jullie het goedvinden,' zei Li, 'wil ik hem laten onderzoeken.'

'Je bedoelt dat je hem wilt gaan opgraven?' vroeg zijn vader. Li knikte en Lao Da keek zijn vrouw aan. Toen keek hij weer naar Li. 'Dat zal een hele klus worden,' zei hij. 'De grond daarbuiten is nog harder bevroren dan beton.'

HOOFDSTUK VIER

I

Ze reden westwaarts over Xizhimenwai Dajie, langs de hoog oprijzende door schijnwerpers verlichte neoklassieke gebouwen, waarin de Munt en de Chinese Graanreserve Onderneming gehuisvest waren, langs het paleozoölogische museum dat door een velociraptor bewaakt werd en het Franse warenhuis annex supermarkt, Carrefour, het nieuwste in Beijings chic. Li zat zwijgend in gedachten verzonken, en Margaret wilde die niet verstoren. Het beeld van het graf in de schaduw van de bergen was nog steeds op zijn netvlies gebrand. Lao Da had hen bij het licht van een zaklantaarn via een ronde doorgang van de binnenplaats naar een kleine, naastgelegen boomgaard gebracht. De bomen, die zomers beladen waren met fruit en bladeren, waren winterkaal, stille rouwdragers voor een jongeman die als kind hier gespeeld had, bewakers van een graf dat door een ruwe, rechthoekige steen gemarkeerd werd. Er leunde nog steeds een grote roze rouwkrans tegen de muur. Bij de grafsteen lagen bevroren fruit en groente, en er stond een kom rijst. De verkoolde resten van papiergeld – door arme mensen verbrand om hun rijke zoon in het hierna-

119

maals van middelen te voorzien om te overleven – waren door de wind verspreid en zaten nu overal aan de grond vastgevroren. Hij had de moeder horen snikken en had haar schaduw over de binnenplaats zien gaan. Ze had niet gewild dat de rust van haar zoon verstoord werd. Maar zijn vader had gezegd dat ze de waarheid moesten weten als er ook maar enige twijfel over zijn dood bestond, want pas als ze dat wisten, konden ze hem behoorlijk ter ruste leggen.

Li had gewacht tot hij en Sun het huis uit waren, toen pas belde hij met zijn mobiel om het opgravingsteam. Ze zouden pikhouwelen nodig hebben om de grond open te breken, had hij tegen hen gezegd, misschien zelfs een pneumatische boor. En hij waarschuwde dat ze schermen mee moesten nemen voor rond het graf; hij wilde de ouders niet nog meer leed aandoen dan hij al veroorzaakt had. En lampen, want het zou donker zijn.

Margaret had erin toegestemd de lijkschouwing te verrichten, maar opzettelijk had hij nagelaten haar te veel te vertellen; hij wilde niet haar bevindingen beïnvloeden.

Hij nam de ingang van de Chinese Schaatsassociatie en liet de man bij de poort zijn legitimatie van Openbare Veiligheid zien. Die waagde zich gehuld in een dikke jas onwillig uit zijn glazen hokje. Zijn capuchon zat strak over zijn hoofd, dat rood zag van de kou. Hij gebaarde dat ze konden doorrijden. Li reed noordwaarts langs de wedstrijdhal en de sportschool, en parkeerde voor het Shouti Hotel, waar de Amerikaanse atleten logeerden.

De rest van de weg naar het stadion legden ze te voet af. Ze sloten zich aan bij de stromen mensen die in opgewonden afwachting de atleten gingen bekijken, via een rijkversierde brug over een smal stroompje, waarvan het stilstaande water de omringende lucht met de geur van ongezuiverd afvalwater vulde.

Het stadion was een reusachtig ovaal. De hogergelegen terrassen leidden naar de achttienduizend zitplaatsen die om de binnenbaan lagen. Op uiteenlopende tijdstippen werd de vloer onder water gezet en bevroren om er een ijsbaan van te maken, en voor de deelnemersingang stond een massief zilveren beeld van een schaatser. In de onmetelijke ondergrondse ruimte onder het stadion was een populaire markt waar je kleren en luxeartikelen kon kopen. Er verdrongen zich nog steeds duizenden kopers.

'We komen hier toch niet echt alleen maar atletiek kijken, hè?' vroeg Margaret, toen ze de grote ornamentele muur naderden, met daarop de figuren van schaatsers en de vijf onderling met elkaar verbonden olympische ringen.

Li rukte zich los uit zijn gedachten. 'Ik wil met een paar atleten praten,' zei hij. 'En met hun coach.' Qian had voor hem wat biografische informatie van internet gedownload over de onlangs benoemde chef de mission van de Chinese atleten, een gecreëerde positie met meer macht, zelfs over de coach van het nationale team. Het was boeiende lectuur geweest.

Chef de mission Cai Xin was een lange, magere man met kort grijs haar en een vierkante bril met stalen randen. Li had hem in trainingspak en sportschoenen verwacht. In plaats daarvan droeg hij een donker zakenmanspak met glimmend zwarte schoenen, een wit overhemd en een rode das. Hij leek afwezig en helemaal niet blij Li en Margaret te zien. De technische nummers kwamen eraan en het eerste loopnummer begon over een klein uur. Hij vond dit een slecht moment voor een gesprek met de politie, en dat vertelde hij hun ook. Li verontschuldigde zich en stelde Margaret voor. Hoewel Cai niet blij was, bleef hij beleefd. Uit eerbied voor de Amerikaanse doctor sprak hij ongevraagd Engels, dat onberispelijk was. Hij ging hun voor door een lange, helder verlichte gang onder de hoofdtribune naar een privévertrek met leren sofa's, een grote televisie en panorama-ramen die uitzicht boden op de baan. Het stadion was enorm, rijen zitplaatsen die aan weerszijden naar een spelonkachtige dakruimte vol elkaar kruisende buis-vormige dragers omhoogrezen. Het polsstokhoogspringen, het verspringen en kogelstoten voor mannen waren al begonnen. Op het middenterrein, met daaromheen de zes-baans sintelbaan, krioelde het van de deelnemers en offici-als. De onoverdekte tribunes waren voor ongeveer twee derde gevuld, en de mensen bleven binnenstromen. Het rumoer van publiek en wedstrijden vulde het stadion en werd af en toe onderbroken door applaus.

Cai zei hun te gaan zitten maar nam zelf niet plaats; hij patrouilleerde voor het raam en hield constant een half oog op de gebeurtenissen op de baan. 'Hoe kan ik helpen?' vroeg hij.

'Ik wil met een paar van je atleten praten,' zei Li. 'In het bijzonder met sprinters van het mannenestafetteteam. Maar eigenlijk met iedereen die de drie sprinters kende die vori-ge maand omgekomen zijn bij het auto-ongeval.'

Cai nam hem scherp op. Li had nu zijn volledige aan-dacht. 'Hoezo?'

'Ik heb redenen om aan te nemen dat hun dood mis-schien geen ongeluk was.' Li hield nauwlettend zijn reactie in de gaten en zou zweren dat zijn wangen licht kleurden.

Cai zocht duidelijk naar een antwoord, maar dat bleef ten slotte uit.

Li zei: 'En ik zou ook graag een keer met collega's van Jia Jing, zijn coach en anderen in zijn gewichtsklasse spre-ken. Ik dacht dat het protocol vereiste dat ik eerst met de chef de mission zou spreken. Je weet dat Jia gisteravond dood is gevonden?'

Cai bleef nog enkele ogenblikken zwijgen. Toen zei hij kalm: 'Ik dacht dat het een hartaanval was?'

'Dat was ook zo.'

'Wat is het verband dan?'

'Ik weet niet of dat er is.'

Cai keek hem bedachtzaam aan. 'We lijken bijna al onze medaillekansen te verliezen,' zei hij ten slotte. 'Maar echt, ik denk niet dat ik wil dat je met welke atleet ook praat, nu ze op het punt staan de strijd met de Verenigde Staten aan te gaan. Ik geloof niet dat mijn meerderen, of die van jou, bijzonder blij zullen zijn als we onze deelnemers overstuur maken en van de Amerikanen verliezen.' Hij knikte daarbij even naar Margaret. 'Met alle respect.'

'Met alle respect,' zei Li. 'Ik wil pas met iemand praten als hij klaar is. Komen er vanavond ook sprintnummers aan bod?'

Cai zei met tegenzin: 'Zestig meter mannen en vrouwen, de vier- en achthonderd meter.'

'Dan kan ik straks enkelen van hen spreken,' zei Li.

Cai keek op zijn horloge. 'Was dat het?'

'Feitelijk niet,' zei Li. 'Ik zou graag willen dat je me vertelde wat je van stimulerende middelen weet.'

Cais gezicht betrok en er verscheen een frons rond zijn ogen. Zijn houding drukte afwerendheid en achterdocht uit. 'Waarom vraag je me dat?'

'Omdat ik zou denken dat jij als nationale chef de mission wel iets van dit onderwerp zou moeten weten,' zei Li kalm. 'Zelfs al was het maar om je ervan te vergewissen dat geen van onze atleten doping gebruikt.'

'Dat is onmogelijk,' zei Cai uitdagend.

'Hoezo?'

'Omdat we zoveel deelnemers hebben, zoveel disciplines en omdat er zoveel verschillende soorten drugs zijn.'

'Vertel me er dan maar iets over.'

Cai zuchtte diep. 'Er zijn vijf hoofdcategorieën drugs, sectiehoofd. Stimulantia, narcotica, anabole middelen, diuretica en peptide hormonen.' Hij scheen te denken dat dit voldoende was.

Li zei: 'Dat zegt me niet veel. Welke middelen worden het vaakst gebruikt?'

Cai keek weer op zijn horloge. 'Anabole steroïden,' zei hij. 'Meestal testosteron en afgeleide producten, waaronder clostebol en nandrolon. Ze vergroten de spierkracht door de aanmaak van nieuw spierweefsel.'

Margaret sprak, bijna voor het eerst. 'En botmassa,' zei ze. 'Ze stimuleren spier- en botcellen, zodat die nieuwe proteïne gaan aanmaken.'

Cai knikte. 'Daardoor kunnen de atleten harder en langer trainen. Maar gewoonlijk stopt een atleet minstens een maand voor een wedstrijd met innemen, omdat steroïden zo makkelijk op te sporen zijn. Ze worden voornamelijk door zwemmers en sprinters gebruikt.'

'En gewichtheffers?' vroeg Li.

Cai keek hem even aan. 'Ja,' bevestigde hij. 'Hoewel menselijk groeihormoon over het algemeen voor een gewichtheffer eerste keus is. Dat komt omdat het een natuurlijk geproduceerd hormoon is, dat daarom moeilijk te traceren is. Uitstekend geschikt om spieren en spierkracht op te bouwen, en de gebruiker kan vaker en harder trainen.'

Margaret zei: 'En het kan hart- en schildklierziekten veroorzaken.' Li keek haar aan en trok een wenkbrauw op. 'En,' zei ze, 'acromegalie.'

'Wat is dat?' vroeg Li.

Cai zei: 'Het groter en grover worden van de handen en het gezicht.'

Margaret zei: 'Wat niet per se zichtbaar is bij een gewichtheffer, die zijn lichaam al vervormd heeft door spieren te ontwikkelen die er niet meer natuurlijk uit zien. Maar als hij het lang genoeg inneemt, kan dat ook misvormingen in de groei van bot en inwendige organen veroorzaken.'

'Wat natuurlijk te prefereren is boven steroïden, waarvan je alleen maar acne krijgt en je testikels gaan verschrompelen,' zei Li.

'O, erger nog,' zei Cai, die Li's sarcasme negeerde. 'Ste-

124

roïden kunnen je lever en nieren beschadigen, de cholesterol in je bloed veranderen en het risico van een hartaanval of een beroerte vergroten. Vreemd genoeg krijgen sommige mannen er zelfs borsten van. En dan heb ik het nog niet eens over de psychologische effecten. Paranoia, psychose of *roid rage*, zoals de Amerikanen het noemen.'

'En dat zijn alleen nog maar de mannen,' zei Margaret. 'Vrouwen worden harig, het verziekt hun maandelijkse cyclus en ze krijgen er een lage stem van.'

Li luisterde met groeiend ongeloof. Het leek hem onvoorstelbaar dat mensen zich vrijwillig aan zulke gruwelen zouden onderwerpen. 'En wat nemen ze nog meer?'

'Epo,' zei Cai. 'Erytropoëtine. En de nieuwe, verbeterde versie, darbepoëtine. Dat is een natuurlijk hormoon dat in de nier geproduceerd wordt. Het stimuleert de aanmaak van rode bloedlichaampjes, dus gaat er meer zuurstof naar de spieren, waardoor het uithoudingsvermogen van de atleet vergroot wordt. Dat wordt door hardlopers en wielrenners gebruikt.' Hij keek naar buiten toen een Chinese polsstokhoogspringer over 5,72 meter ging en het publiek goedkeurend brulde. 'Toen er aan het einde van de jaren tachtig een genetisch gemanipuleerde versie van epo beschikbaar werd, werd het gebruik ervan onder wielrenners praktisch endemisch.' Hij draaide zich om en keek Li aan. 'Tussen 1987 en 1990 stierven bijna twintig wielrenners mysterieus in hun slaap.'

'Ik heb daarover gelezen,' zei Margaret. 'Ze stierven allemaal aan hartfalen. Vermeerder het aantal rode bloedlichaampjes en je verhoogt de stroperigheid van je bloed. Het wordt dikker, de snelheid van de bloedstroom vermindert, en als de atleet slaapt en zijn hartslag daalt, wordt het bloed zo dik dat het gewoon stopt met stromen. En dan stopt ook het hart.'

Li vloekte zacht.

'Natuurlijk vonden ze daar wat op,' zei Cai, 'door als ze

sliepen hun eigen bloed via een infuus met een zoutoplossing te verdunnen en hun hartslag te controleren. Iedereen was er vroeger dol op, omdat het toen nog niet traceerbaar was. Maar nu hebben we een zeer efficiënte test waarmee synthetische epo opgespoord kan worden en die het van het endogene hormoon onderscheidt.'

'En hoe zit het met bloeddoping?' vroeg Margaret.

Cai knikte. 'Dat gebeurt.'

'Wat is dat?' vroeg Li.

Margaret zei: 'De atleet neemt wat van zijn eigen bloed af en bewaart dat in bevroren toestand. Na de bloedafname gaat hij trainen, waarbij zijn lichaam aangespoord wordt de bloedvoorraad weer op peil te brengen. Dan, vlak voor een wedstrijd, injecteert hij zich weer met zijn eigen bloed, waardoor het aantal rode bloedlichaampjes nog verder omhooggaat. Natuurlijk kan hij zich zo dan makkelijk met iets akeligs besmetten, en als hij in plaats van zijn eigen bloed, bloedproducten van een ander gebruikt, riskeert hij een allergische reactie, nierschade, koorts, geelzucht, zelfs aids of hepatitis.'

'Er zijn nog genoeg andere producten,' zei Cai. 'Diuretica om gewicht te verliezen, of om andere stoffen uit je systeem te spoelen. Amfetaminen om je nog iets prestatiegerichter te maken, je alertheid te vergroten of vermoeidheid te bestrijden als je aan teamsport doet. Bètablokkers voor een vaste hand als je schutter of boogschutter bent. Narcotica als je de pijn van een verwonding wilt maskeren.'

Li schudde zijn hoofd. 'We wonen in een zieke wereld,' zei hij.

Cai haalde zijn schouders op. 'Zo is de mens nu eenmaal, sectiehoofd. Net als tegenwoordig bracht de overwinning bij de Olympische Spelen in het oude Griekenland rijke beloningen met zich mee. Geld, voedsel, behuizing, belastingvrijstelling, vrijstelling van dienstplicht. Dus begonnen de atleten prestatieverhogende middelen te

126

gebruiken – paddenstoelen en plantenaftreksels. Uiteindelijk was het druggebruik een van de belangrijkste redenen dat de oude spelen werden opgegeven. Dus is er in de afgelopen tweeduizend jaar niet echt iets veranderd, zoals je ziet.'

'Dat is nauwelijks reden om het nu niet hard aan te pakken,' zei Li.

'Natuurlijk niet,' antwoordde Cai. Hij keek Margaret aan, alsof hij het nodig vond dit punt te onderstrepen. 'Daarom werd het verschaffen van doping aan atleten in 1995 een misdrijf in China. Dat in tegenstelling tot de Verenigde Staten, waar de meeste doping vrijelijk via internet gekocht kan worden.'

'Waarom bewaar je het scoren van punten niet voor op de baan en in het veld?' vroeg Li ad rem.

Cai keek Li kwaad aan. 'Ik heb verder geen tijd meer voor jullie, sectiehoofd. Zijn jullie klaar, denk je?'

Achter het glas spoelde een collectieve zucht door het stadion. De Chinese polsstokhoogspringer kwam uiteindelijk met lat en al naar beneden.

'Op het moment wel,' zei Li.

II

Ze namen hoog op de hoofdtribune hun plaatsen in. Ze hadden een prachtig uitzicht op de baan eronder en de lay-out van het veld ertussen. Een gigantisch televisiescherm hield hen op de hoogte van wat er gebeurde, en op een constant veranderend scorebord flitsten digitale cijfers in rood, groen en geel op: lengtes die gesprongen werden, hoogtes die toenamen, afstanden die geworpen werden, de huidige stand bij elk onderdeel dat gaande was; de totale score op dat moment. Elke zitplaats was bezet, en overal in het stadion klonken verwachtingsvol geroezemoes en de monotone stem van de omroepster. Haar onophoudelijke, hoge, nasale commentaar snerpte door ieders ziel.

Om hen heen zaten officieren van het Volksbevrijdingsleger in hun groene uniformen te grappen, te eten en bier te drinken. Li had klaarblijkelijk kaarten gekregen voor een vak dat voor 'gasten' bestemd was. Het feit dat hij door een niet-Chinese vergezeld werd, had nieuwsgierige blikken getrokken.

Een reus van een Amerikaan met blond haar dat in een paardenstaart zat, gooide bij het kogelstoten meer dan 23,60 meter, waarmee hij de leiding nam. Het publiek kreunde van teleurstelling en er klonk hier en daar een beleefd applaus. De Amerikanen hadden het polsstokhoogspringen al gewonnen.

'Ik begrijp niet,' zei Li tegen Margaret, 'waarom een atleet zoveel zou riskeren, en dat alleen maar om op het podium te komen. Ik bedoel, het is niet alleen de kans om gepakt en als valsspeler gebrandmerkt te worden. De vernedering is al erg genoeg. Maar wat ze hun lichaam aandoen; de bijwerkingen van die middelen zijn afschuwelijk. Ze moeten wel gek zijn.'

'Nou, ik weet zeker dat het vooral de psychologie is,' zei Margaret. 'De druk om te winnen moet gigantisch zijn. En het gaat niet alleen om de verwachtingen van je familie en vrienden, hè? Of van je provincie. Het is je land. Miljoenen mensen die indirect via jou hun leven leven. Jouw overwinning is hun overwinning. Je wint voor China, of voor Amerika, je wint voor hen. Dus als je verliest...' ze sprak de consequenties daarvan niet uit. 'En dan is er natuurlijk nog de beloning. Hoog prijzengeld, miljoenen van de sponsor.'

Li dacht aan de appartementen die hij eerder die dag bezocht had.

'En dan de faam en de glorie. Het ene moment ben je niets, het volgende ben je een ster. Iedereen wil je vriend zijn. Je foto staat in alle kranten, je wordt op de televisie geïnterviewd.' Ze haalde haar schouders op. 'Ik kan begrijpen hoe zwakke mensen verleid worden.' Ze dacht een ogenblik na. 'En dan heb je nog het nationale prestige. Kijk eens naar alle moeite die Oost-Duitsland gedaan heeft om hun atleten met een gouden medaille thuis te laten komen.'

Li schudde zijn hoofd. Hij wist niets van Oost-Duitse atleten. 'Ik volg eigenlijk geen sport, Margaret.'

'Sport?' Ze schoot in de lach. Er klonk geen vreugde in, maar verachting. 'Het ging nooit om sport, Li Yan. De Oost-Duitse staat scheen te denken dat als hun atleten meer gouden medailles naar huis meenamen dan wie ook, dat op de een of andere manier een heel politiek systeem bekrachtigde, wat de rest van de wereld zou bewijzen dat hun corrupte, hardvochtige regime feitelijk werkte. Dus haalden ze hun meest veelbelovende atleten bij hun ouders vandaan – velen van hen waren nog kinderen – en pompten hen systematisch vol doping.'

'En die kinderen slikten dat gewoon? Zonder iets te vragen?' Li kon het nauwelijks geloven.

Margaret schudde haar hoofd. 'Ze wisten van niets. Twaalf-, dertien-, veertienjarigen, bij hun ouders vandaan gehaald, onderworpen aan het wreedste trainingsregime, terwijl ze elke dag kleine roze en blauwe pilletjes kregen, waarvan gezegd werd dat het vitaminen waren.'

'Maar het was doping?'

'Door de staat geproduceerde steroïden. Een stof genaamd Oral-Turinabol, waarvan het actieve ingrediënt chloordehydroalfamethyltestoron is. Ze hadden ook iets wat Turinabol-Depot heette, dat ze in een spier injecteerden. Dat bevatte nandrolon.'

'En werden de atleten gepakt?' vroeg Li. 'Ik bedoel, werden ze bij wedstrijden gecontroleerd?'

Margaret schudde haar hoofd. 'Vroeger bestond er geen eenvoudige urinetest voor testosteron. Toen vonden ze in het begin van de jaren tachtig een test uit waarmee ze het testosteronpeil in het lichaam konden vergelijken met een ander natuurlijk voorkomend hormoon, epitestosteron. Als de verhouding testosteron-epitestosteron groter was dan zes tegen één, wisten ze dat je je eigen natuurlijke productie met extra testosteron aangevuld had. Natuurlijk ging toen de hele corrupte machinerie van de Oost-Duitse staat uit alle macht proberen om een manier te vinden om die nieuwe test te omzeilen.'

'En lukte dat?'

Margaret trok een raar gezicht. 'Het was feitelijk erg simpel. Ze begonnen kunstmatige epitestosteron te produceren en dat gaven ze hun atleten in directe verhouding met de hoeveelheid testosteron die ze innamen. Op die manier bleef het evenwicht tussen die twee gehandhaafd, en de urinetests toonden niet aan dat ze doping gebruikten.'

Li keek haar verbijsterd aan. 'Je schijnt er heel wat van te weten.'

Ze glimlachte. 'Ik weet tegenwoordig niet veel over het innemen van drugs, maar in de jaren negentig kreeg ik er op de snijtafel rechtstreeks mee te maken. Een voormalige Oost-Duitse zwemster, Gertrude Klimt, die naar de Verenigde Staten geëmigreerd was.' Ze kon nog steeds het bleke, bloedeloze vlees van de jonge vrouw op haar tafel zien liggen. Kort, blond haar. Sterke, agressieve arische trekken. 'Ze was toen nog maar begin dertig. Ze stierf aan tumoren in haar nieren. Openbaar aanklagers in Berlijn betaalden me om naar Duitsland te komen, om voor de rechter tegen de voormalige Oost-Duitse coaches te getuigen. Dat deden heel wat voormalige atleten. Sommigen hadden tumoren, sommige vrouwen hadden kinderen met afschuwelijke geboorteafwijkingen, en een van hen was zo volgepompt met testosteron dat ze van sekse veranderd was. Heidi was Andreas geworden. Ik getuigde namens de arme Gertrude.' Ze slaakte een diepe zucht. 'Weet je, na de val van de Berlijnse muur kwam dat allemaal uit, toen de dossiers van de geheime politie, de Stasi, openbaar werden. Het bleek dat veel van die coaches en dokters zelf lid van de Stasi waren, met codenaam en al. Toentertijd waren de atleten het slachtoffer, en aan het einde van de jaren negentig presenteerden ze eindelijk de rekening, toen de mensen die hun toen ze jong waren op slinkse wijze steroïden hadden laten innemen onder het nieuwe, verenigde Duitsland werden veroordeeld.'

Li schudde verwonderd zijn hoofd. 'Daar heb ik nooit iets van geweten.'

Margaret trok een wenkbrauw op. 'Noem me cynisch, Li Yan, maar ik betwijfel ten zeerste of iemand in China er veel over gehoord heeft. En de Chinezen hadden in de jaren negentig hun eigen dopingschandaal, nietwaar? Er waren toen toch iets van ruim dertig Chinese atleten, geloof ik, die halverwege de jaren negentig tijdens de wereldkampioenschappen positief testten?'

Li haalde zijn schouders op, gegeneerd over de reputatie van zijn land bij internationale wedstrijden. 'Dat is veranderd,' zei hij.

'O ja?'

Hij keek haar zeer openhartig aan. 'Ik denk niet dat een land het tegenwoordig als een verdienste ziet om met bedrog te winnen.'

Margaret zei: 'Vooral niet als ze gepakt worden.' Haar glimlach weerspiegelde duidelijk haar sarcasme. Toen dacht ze een ogenblik na. 'Wat was dat tussen jou en Cai daarbeneden?'

'Wat bedoel je?'

'Je weet heel goed wat ik bedoel, Li Yan. Je prikte hem om te zien of hij zou gaan piepen.' Ze deed hem na: '*Omdat ik zou denken dat jij als nationale chef de mission wel iets van dit onderwerp zou moeten weten. Waar ging dat over?'*

Li keek naar de vrouwen die zich op de baan beneden

opwarmden voor de zestig meter sprint. Drie Chinezen, drie Amerikanen. Hij zuchtte. 'Aan het einde van de jaren negentig coachte Cai een team atleten uit een van de westelijke provincies. Verscheidenen van hen behaalden grote successen. Thuis en in het buitenland. Gouden medailles, wereldrecords. Toen begonnen ze een voor een positief uit dopingtests te komen. Ze werden bijna allemaal, Cai incluis, in diskrediet gebracht.'

Margaret keek hem verbijsterd aan. 'Dus maakten jullie hem chef de mission?'

Li zei: 'Hij bleef verscheidene jaren uit het zicht, ernstig in diskrediet. Maar hij bleef beweren dat hij niets geweten had van het dopinggebruik van zijn atleten, en er was nooit enig bewijs tegen hem. En hij had absoluut talent.' Alweer gegeneerd wierp hij steels een blik op haar. 'Ik vermoed dat hij vrienden op hoge plaatsen moet hebben, die geloven dat je niet om die talenten heen kunt.'

De knal van een startpistool sneed door hun gesprek. Ze draaiden zich om en zagen zes vrouwen uit de startblokken vliegen, met pompende armen en benen, voor enkele korte ogenblikken van explosieve kracht. Amerikanen en Chinezen, die met verbazingwekkende snelheid de afstand aflegden. En dit waren geen kleine, bedeesde Aziatische vrouwen. Ze waren net zo groot als de Amerikanen, krachtig gebouwd, de spieren op hun benen waren, als knoesten in hout, duidelijk zichtbaar. In amper zeven seconden hadden ze de zestig meter afgelegd en kwamen ze over de finish, waarna ze de helling oprenden om tot stilstand te komen. De Amerikanen hadden gewonnen en Margaret slaakte een schreeuw van vreugde. Maar toen ze de zwijgende gezichten om zich heen zag, die allemaal haar kant op keken, werd ze plotseling verlegen. 'Oeps,' zei ze zachtjes.

Li liet zijn voorhoofd in zijn hand zakken en sloot zijn ogen. Het zou een lange avond worden, daar twijfelde hij niet aan.

Margaret stond in de foyer, waar ze de aandacht van zowel atleten als officials trok. Vanwege haar dikke buik wisten ze allemaal dat ze geen atleet was. De beveiligingsman bij de deur bleef haar maar onzeker aanstaren, alsof hij zich afvroeg of ze hier al dan niet hoorde te zijn. Maar hij vroeg niets. Ze hoorde enkele vertrouwde klanken toen een groepje mannelijke Amerikaanse hardlopers in trainings-pakken, met een sporttas in de hand, vlak langs haar heen liep. Ze kreeg een vluchtige steek van heimwee toen ze hen hoorde lachen. Ze zag hoe ze de glazen deuren openduw-den en zich onder de stromen toeschouwers mengden, die bezig waren het stadion te verlaten. In de loop van de avond was het aardig gelijk opgegaan. De Chinezen ston-den met enkele punten voor, dus ging de menigte blij naar huis. En Li was in de kleedkamers met atleten aan het pra-ten.

Het was warm en bedompt hier. In de benauwde atmos-sfeer hing de zure lucht van zweet en voeten. Ze begon zich wat flauw te voelen, sloot een ogenblik haar ogen en merk-te dat ze stond te zwaaien op haar benen.

Ze voelde een hand op haar arm en een meisje vroeg: 'Alles oké?'

Margaret deed geschrokken haar ogen open en merkte dat ze in het bezorgde gezicht keek van een jonge vrouw met een lelijke paarse wijnvlek, die bijna haar hele wang bedekte. 'Ja, dank je.'

Het meisje was zenuwachtig. 'Ik heet Dai Lili. Iedereen noemt me Lili.' Even trok er een glimlach over haar gezicht, voor een schaduw die weer verduisterde en ze snel om zich heen keek.

'Jij bent atlete?' vroeg Margaret. Ze was haar flauwte alweer vergeten.

'Inderdaad. Ik loop morgen in voorrondes van drieduizend meter. Hoop dag erna in finale te zitten.' Ze aarzelde. 'Jij dame patholoog-anatoom, ja? Met Chinese politieman?'

133

Margaret was verbluft. 'Hoe weet je dat?'

'Iedereen praat erover in kleedkamer. Chef de mission Cai, hij zegt niemand mag met jullie praten.'

Margaret voelde haar nekharen overeind gaan staan. 'Is dat zo?' Ze keek het meisje aan. 'Maar jíj praat wel met me.'

'Ja,' zei ze. 'Ik wil met jou praten, dame. Ik moet met jou praten. He-eel belangrijk. Ik weet niemand anders om te praten.' Haar ogen schoten naar links, naar de gang die naar de kleedkamers leidde. Haar gezicht verbleekte zichtbaar en haar wijnvlek leek donkerder te worden. 'Niet nu. Later, oké?'

En ze haastte zich weg door de gang en met haar blik op de grond streek ze langs chef de mission Cai, toen die de foyer binnenkwam. Hij keek het meisje na en toen keek hij naar Margaret, waarbij hij zich duidelijk afvroeg of ze met elkaar gepraat hadden. Totaal tegen haar gevoel in glimlachte Margaret tegen hem. 'Gefeliciteerd, chef de mission Cai,' zei ze. 'De Amerikanen zullen het morgen beter moeten doen.'

Hij knikte nauwelijks merkbaar, maar zijn gezicht vertoonde geen spoortje van een glimlach. Hij draaide zich om en stapte door de dubbele deuren die naar de baan leidden.

De ontmoeting had Margaret verontrust achtergelaten. Het beeld van het gezicht van het meisje stond in haar hoofd gegrift. Een eenvoudig meisje met haar tot op haar schouders, dat in een losse paardenstaart zat. Lang en erg mager, met donkere ogen als van een bang konijn. De vreemde paarse wijnvlek. Margaret herhaalde de naam in zichzelf, zodat ze die zich zou herinneren. Dai Lili. Wat kon ze in hemelsnaam met haar te bepraten hebben?

Toen Li een kwartier later uit de kleedkamers kwam, had hij een humeur om op te schieten. 'Complete tijdverspilling,' vertelde hij haar. 'Ze hebben me niets nieuws verteld.' Hij leidde Margaret de koude avond in, en ze liepen richting de rijkversierde brug en de rioollucht.

'Ze waren niet erg spraakzaam zeker?' vroeg Margaret.

'Alsof je bloed uit een steen probeerde te halen,' gromde Li.

'Misschien kwam het omdat chef de mission Cai hen gewaarschuwd had niet met je te praten.'

Hij bleef staan en keek haar aan. 'Hoe weet jíj dat?'

'Omdat een jonge vrouwelijke atlete me dat vertelde. Ze loopt morgen in de voorrondes van de drieduizend meter. Ze zei dat ze me dringend over iets heel belangrijks wilde spreken en dat chef de mission Cai alle atleten gezegd had niet met ons te praten.'

Li was ziedend. 'Wat denkt die klootzak dat hij aan het doen is?' Margaret moest moeite doen om te voorkomen dat hij terugging om ruzie te zoeken.

'Hij zou het alleen maar ontkennen, Li Yan,' zei ze. 'Interessanter is te weten waarover het meisje me wilde spreken. Wat ze me te zeggen had.'

'Dat heeft ze niet verteld?'

Margaret schudde haar hoofd. 'Ze zag Cai aankomen en maakte zich uit de voeten. Maar wat het ook was, ik had niet het gevoel dat ze het me op dat moment ging vertellen.' Ze stak haar arm door de zijne en ze liepen snel met ingehouden adem de brug over. Toen ze aan de overkant waren, zei ze: 'Dus ze hebben je helemaal níets verteld?'

Li haalde zijn schouders op. 'Ze bevestigden slechts wat ik al wist. Dat van de drie die bij het auto-ongeluk omgekomen waren, niemand zijn hoofd kaalgeschoren had de laatste keer dat iemand hen zag.' Hij schudde zijn eigen hoofd. 'En iedereen vond het hoogst onwaarschijnlijk dat Xing Da dat uit eigen beweging gedaan zou hebben. Het was de vlag van onafhankelijkheid, zeiden ze, zijn verklaring van individualiteit.'

'En welke reden zou iemand anders gehad kunnen hebben?' vroeg Margaret.

Li was van zijn stuk gebracht. 'Geen idee, Margaret.

Maar het kan gewoon geen toeval zijn. Vier van de vijf atleten die de afgelopen maand gestorven zijn, die allemaal hun hoofd kaalgeschoren hadden?'

'En de gewichtheffer?'

Li zuchtte. 'Dat weet ik niet. Er lijkt geen twijfel over te bestaan dat hij een natuurlijke dood gestorven is. Misschien is er geen verband. Misschien is het gewoon toeval.'

'Maar je denkt van niet?'

Hij stak gefrustreerd zijn handen omhoog. 'Ik weet niet wat ik moet denken. Echt niet.' Hij keek op zijn horloge. 'Maar nu kan ik je beter naar huis brengen. Ik heb een afspraak met een dode hardloper.'

Margaret zei rustig: 'Kom je daarna nog naar het appartement?'

Hij schudde van nee. 'Ik moet morgen vroeg beginnen, ik heb meteen al een afspraak.'

'Wat voor afspraak?'

Maar hij keek de andere kant op, en ze wist dat als hij haar weigerde aan te kijken, hij ontwijkend ging doen. 'Gewoon een afspraak,' zei hij, en ze wist zeker dat hij iets voor haar verborg.

III

De rit naar Dalingjiang was verraderlijk. Er lag ijs op de weg waar de sneeuw door de zon gesmolten was en vervolgens weer was opgevroren. Li reed voorzichtig, met de verwarming hoog, maar zijn voeten werden toch koud. De temperatuur op het dashboard gaf min negentien graden aan.

Hij parkeerde de jeep aan het einde van de onverharde weg, waar Sun hem verscheidene uren daarvoor neergezet had. Alleen stond er nu een slagorde van voertuigen. Officiële auto's en de lijkwagen uit Pao Jü Hutong, en bij de ingang van de steeg naar Lao Da's huis hadden zich nieuwsgierige dorpelingen verzameld. Zelfs op dit uur, en met deze temperatuur, zegevierde de nieuwsgierigheid van de Chinezen.

Zodra hij de motor afzette, hoorde Li het geratel van een pneumatische boor. En toen hij de deur van de jeep opendeed, schokte het hem hoe hard het geluid in de stille nachthemel klonk. Het was nauwelijks verwonderlijk dat de dorpelingen nieuwsgierig waren. Als de punten van roodgloeiende naalden schenen boven zijn hoofd sterren aan de hemel, ongelooflijk levendig tegen een uiterst zwarte lucht. Hier ver van de lichten van de stad schenen ze zo helder dat je bijna het idee had dat je je hand maar hoefde uit te steken om ze aan te raken, je vingers kon prikken aan hun licht. De maan, nu bijna op zijn hoogste punt, was boven de bergen uit gerezen en zette de wereld in een zilver licht, dat alleen van daglicht te onderscheiden was door de volslagen afwezigheid van kleur. Li worstelde zich door de menigte en bij het maanlicht kon hij makkelijk de weg vinden naar de poort van Lao Da's binnenhofje, waar een geüniformeerde agent miserabel op wacht stond, terwijl hij zich afvroeg wat hij misdaan had, dat hij op zo'n nacht zo'n klus verdiende. Li liet hem zijn legitimatie zien, en de agent bracht bij wijze van wankele groet zijn gehandschoende hand stijfjes naar zijn bevroren gezicht.

Vanuit de binnenhof kon Li door de ronde opening de zwarte doeken tussen de bomen in de boomgaard zien, waarmee de activiteiten rond het graf voor Xing Da's familie afgeschermd werden. Booglampen erachter wierpen hun licht in de hemel erboven, wisten de sterren uit. De boor stopte, en Li hoorde het hakken van verscheidene pikhouwelen, die probeerden door de bevroren aarde te breken.

In het verlichte interieur van het huis kon Li door de ramen Lao Da in zijn eentje aan tafel zien zitten, met een fles en een glas voor zich. Hij keek op toen Li binnenkwam. Uit de slaapkamer kon Li het vage, schorre gesnik van Xing Da's moeder horen. Geen spoor van de grootouders. Misschien waren die naar een van de buren. Lao Da gebaarde naar de stoel tegenover hem en schonk een tweede glas vol heldere drank uit een buikige fles met *Mongolian King* op het label. Onder in de fles lag een grote witte gedraaide ginsengwortel. De alcohol had de scherpe, licht geparfumeerde geur van *mao tai*, gedistilleerd uit bitter smakende sorghum.

'*Gan bei*,' zei de vader van de hardloper zonder enthousiasme, en ze proostten en leegden hun glazen vervolgens. Li snakte naar adem toen hij zag dat Lao Da de glazen opnieuw vulde. Op tafel lag een ingelijste foto en Li draaide die naar zich toe, zodat hij hem kon zien. Het was Xing Da, die als eerste bij een belangrijke wedstrijd door het lint liep, met zijn haar wapperend achter zich aan, onmiskenbaar, de vlag van onafhankelijkheid, zoals zijn collega-atleten hadden beschreven.

Buiten was de pneumatische boor weer begonnen.

'Het trieste is,' zei Lao Da, 'dat wij veronderstelden dat hij ons eind oktober vanwege zijn moeders verjaardag zou komen opzoeken. Maar hij belde om te zeggen dat hij niet kon komen, omdat hij en enkele andere leden van het team tijdens een wedstrijd in Shanghai griep gekregen hadden. Hij klonk vreselijk. We waren allemaal erg teleurgesteld omdat we hem, weet je, bijna nooit zagen.' Hij pauzeerde om zijn glas halfleeg te drinken. 'Dat was ongeveer drie weken voor het ongeluk. We hebben hem nooit meer gezien.'

Li dronk zijn tweede glas leeg en stond op. Er was niets wat hij kon zeggen. Hij kon geen troost bieden. Hij voelde de *mao tai* helemaal van zijn mond naar zijn maag branden. 'Ik ga kijken hoever ze zijn,' zei hij. Hij wilde dat dit zo snel mogelijk voorbij was. Achter de schermen waren zes mannen met pikhouwelen bezig de laatste aarde rond de doodskist weg te breken. Die lag slechts onder een meter aarde begraven, en de grond was bijna tot onderaan bevroren. Li wist zeker dat er regels bestonden voor begrafenissen als deze, maar als die er waren, kende niemand ze. En als ze die wel kenden, dan negeerden ze die. De doodskist zelf was een onbewerkte, zelfgemaakte kist met een zwaar deksel, dat stevig dichtgespijkerd zat. De politiemannen die de doodskist hadden opgegraven, hadden verscheidene minuten nodig om alle spijkers los te trekken en het deksel te verwijderen. Het lichaam was in een witte deken gewikkeld. Li kwam dichterbij om het beter te kunnen zien, toen de patholoog-anatoom in het graf stapte om de deken te verwijderen.

Xing Da lag naakt, met zijn handen over zijn borst gevouwen. In het licht van de booglampen zag zijn huid bloedeloos blauwachtig wit, en afgezien van de afgrijselijke verwondingen die hij bij het ongeluk aan borst en hoofd had opgelopen, zag hij eruit alsof hij daar de dag ervoor neergelegd was en gewoonweg sliep. Er was nauwelijks een teken van ontbinding. De temperaturen waren een dag of twee voor zijn begrafenis gekelderd en hij was verser dan wanneer ze hem in de koeling van het lijkenhuis bewaard hadden.

Het was een grote man, met een goed ontwikkelde borst en armen, en dikke, stevige benen. Een sprinter. Gebouwd voor kracht. De schaduw van zijn haar lag over zijn schedel waar het afgeschoren was, schokkend door zijn afwezigheid, en er lag een vermoeden van een glimlach op zijn gezicht. Alsof hij hen bespotte. Ze hadden zoveel vragen. En hij had alle antwoorden. Alleen kon hij ze niet geven. Nu niet, nooit.

HOOFDSTUK VIJF

I

Li zat in het grote voorkantoor, ongemakkelijk op het puntje van een zeer lage sofa, die hem bijna opslokte toen hij er voor het eerst op ging zitten. Een jonge secretaresse achter een computer negeerde hem nadrukkelijk, en een beveiligingsman in een grijs uniform bekeek hem geïnteresseerd vanachter een glazen deur. Door het raam zag Li de zon, nog steeds laag aan de hemel, weerspiegeld in de zijkant van een glazen wolkenkrabber, die lange schaduwen wierp op de stadsstraten 23 verdiepingen lager. Hij keek voor de zoveelste keer op zijn horloge. Ze lieten hem nu al bijna een halfuur wachten.

Het duurde nog eens vijf minuten voor de telefoon ging en de secretaresse naar de deur van het kantoor gebaarde. 'Je kunt nu naar binnen.' Li stond op en streek de kreukels uit zijn beste pak. Hij trok ongemakkelijk aan de knoop van zijn stropdas. Hij had het gevoel dat hij gewurgd werd. Li droeg nooit een das. Hij klopte aarzelend op de deur en op aandringen van een stem daarachter stapte hij het vertrek binnen.

Het was een groot kantoor met een gigantisch bureau.

Dat stond voor plafondhoge ramen, die een spectaculair uitzicht in westelijke richting over de stad boden. Li kon scherp afgetekend tegen de verre hemel het Tianshougebergte zien, waar ze afgelopen middernacht het lichaam van Xing Da uit de grond gehaald hadden. De muren waren bedekt met foto's van beveiligingsmensen in allerlei uniformen op verscheidene locaties. Rechts van het bureau stonden een mannelijke en vrouwelijke etalagepop, die de nieuwste uniformen showden. De man droeg een lichtgrijze broek, dito overhemd met korte mouwen, een donkere stropdas en een baret. Op zijn epauletten zaten sterren en strepen. Zij droeg een lichtgrijze honkbalpet, met zilveren tressen en het embleem van Beijing Beveiliging. Abnormaal grote borsten duwden de vouwen uit haar blouse met korte mouwen. Ze droeg witte handschoenen, een rok tot op de knieën en zwarte laarsjes.

Achter het bureau zat een grote man op een zwarte leren directeursstoel, die hij droeg als een te grote jas. De man had zacht glanzend haar, dat naar achter gekamd was vanaf een voorhoofd als een klif. De brede glimlach die zijn dikke, bleke lippen straktrok, reduceerde zijn sprankelende ogen aan weerszijden van zijn gebroken neus tot houwen. Er was geen twijfel mogelijk, hij was oprecht verheugd Li te zien. Hij blies rook in de lucht en zei: 'Hoe gaat het verdorie met jou... hoe noemen ze je nu... commandant? Al vanaf het moment dat we je brief kregen, kijk ik hiernaar uit.' Hij maakte geen aanstalten overeind te komen, leunde alleen nog verder naar achter in zijn directeursstoel en gebaarde naar een nogal bescheiden stoel aan de andere kant van het bureau. 'Ga zitten, Li.'

Li bleef een ogenblik aarzelend staan. Hij bedacht dat hij zich gewoon kon omdraaien en weggaan, zichzelf de vernedering kon besparen. Maar op de een of andere manier wist hij dat Yi dat slechts meer voldoening zou schenken. Hij ging zitten.

'Sigaret?' Yi hield hem een pakje voor.

Li schudde van nee. 'Ik ben gestopt.'

Yi liet het pakje op het bureau vallen. 'Waarom verbaast me dat niets? Je was altijd al beter dan de rest. Sterker, slimmer, sneller. Meer wilskracht.' Hij grijnsde. 'En hoe gaat het op de sectie?'

'Goed,' zei Li.

Yi trok een wenkbrauw op. 'Zo goed dat je ermee op wilt houden en voor Beijing Beveiliging wilt komen werken?' Hij leunde naar voren. 'Weet je, ik pieker daar al dagen over. Je bent een belangrijk man, Li, je hebt heel wat zaken opgelost, die veel publiciteit trokken. De jongste rechercheur die ooit sectiehoofd werd.' Hij zweeg vanwege het dramatische effect. 'En dat wil je allemaal opgeven?'

'Ik heb mijn redenen,' zei Li.

'Daar ben ik van overtuigd. Zoals ik er ook van overtuigd ben dat je redenen had om mij uit de sectie te schoppen.'

'Je was een slecht politieman, Yi. Ik hou niet van mensen die zich laten omkopen.'

'Je had geen bewijs.'

'Als ik bewijs had gehad, zou je hier nu niet zitten. Je zou bezig geweest zijn je door arbeid te verbeteren. Je hebt geluk, zo moet je dat zien.'

'Geluk hebben?' Zijn stem schoot omhoog en zijn glimlach was nog een verre herinnering. 'Dat je mijn carrière bij de politie verkloot hebt? Dat ik een halfjaar werkloos was? Je weet dat mijn vrouw bij me weg is? Dat ze de kinderen meegenomen heeft?'

'Goed van haar.'

Yi keek Li kwaad aan, zijn vuisten gebald op het bureau voor zich. Li verwachtte half dat hij eroverheen zou springen om hem aan te vliegen. En toen ontspande Yi zich plotseling, leunde naar achter, de glimlach was weer terug. 'Maar ik heb zelf voor mijn eigen geluk gezorgd,' zei hij. 'Ik

142

ben onderaan begonnen bij Beijing Beveiliging.' Dat was een nieuwe joint venture tussen staat en privé-onderneming, om enkele van de beveiligingsaspecten van de oude Bureaus Openbare Veiligheid over te nemen. 'Ik ben helemaal aan de top gekomen.'

'Schuim verzamelt zich meestal aan het oppervlak,' zei Li. Hij had vanaf het moment dat hij Yi zag geweten dat er hier geen baan voor hem zou zijn. Noch dat hij zichzelf er ooit toe had kunnen brengen voor deze man te werken. Het was nu nog slechts een kwestie van wie er zijn gezicht verliezen zou. En Yi had bij deze wedstrijd alle kaarten in handen.

Yi bleef onveranderlijk glimlachen. Hij zei: 'Maar ik koester geen wrok. Tenslotte, als iemand met jouw ervaring en capaciteiten aanklopt, moet je wel stom zijn om die deur dicht te doen zonder je nogmaals te bedenken.' Hij drukte zijn sigaret uit en stak onmiddellijk een andere op. 'Natuurlijk kun je niet verwachten op de drieëntwintigste verdieping te beginnen. Je begint onderaan en moet je omhoogwerken. Heb je je ooit afgevraagd, Li, hoe het is om midden in december bij de poort van een regeringsgebouw nachtdienst te draaien? Ik hoef me dat niet af te vragen. Ik weet het. En weet je wat? Ik geloof dat het voor iedereen een goede ervaring zou zijn. Het bereidt je beter voor op een bestuurlijke functie.' Hij hield zijn hoofd scheef en keek Li taxerend aan. 'Je zou er in uniform weer goed uitzien.' Hij gebaarde met zijn hoofd naar de etalagepoppen. 'Tamelijk smaakvol, nietwaar?'

Li stond op. Het werd tijd om hier een einde aan te maken. 'Ik geloof dat je mijn tijd verspilt, Yi.'

Yi leunde plotseling in zijn stoel naar voren, de glimlach was onverwachts weer verdwenen, zijn ogen stonden vol haat. 'Nee,' zei hij. 'Jij verspilt míjn tijd. Zodra je sollicitatie op mijn bureau viel, wist ik dat er iets raars mee was. Waarom verduiveld zou een man als jij, op het hoogtepunt van zijn carrière, dat plotseling allemaal weggooien? Dus heb ik hier en daar navraag gedaan. Wat blijkt? Je hebt eindelijk die pathologieteef zwanger gemaakt, en nu wil je met haar trouwen?' Yi schudde zijn hoofd. 'En je dacht ook maar een ogenblik dat we je daadwerkelijk in dienst zouden nemen? Dit is een beveiligingsbedrijf, Li. En een Chinees die met een Amerikaanse getrouwd is, is een veiligheidsrisico. Jij krijgt in deze branche geen baan.' En plotseling was zijn gezicht weer een en al glimlach. 'Adieu.'

Yi deed de map voor zich op het bureau dicht, pakte de hoorn en draaide zijn stoel zo dat hij met zijn rug naar Li zat, terwijl hij over de stad uitkeek. 'Ja, bel de centrale dienst voor me,' hoorde Li hem zeggen.

Yi had zijn kaarten uitgespeeld en er bestond geen twijfel over dat Li verloren had. Hij stond daar een ogenblik, diep vernederd, draaide zich vervolgens om en liep het kantoor uit.

II

'Je bent alweer laat.' Margaret keek op door haar veiligheidsbril en bevroor midden in een incisie. Ze keek verbijsterd naar Li in zijn keurig geperste donkere pak, witte overhemd en blauwe stropdas. Li droeg nooit een stropdas, zelfs niet losjes. 'Je lijkt zo van een sollicitatiegesprek te komen,' grapte ze.

Li schuifelde ongemakkelijk heen en weer en keek Sun aan, die in een groene jasschort met een plastic douchemuts op tegenover Margaret aan de andere kant van het lichaam stond. Suns gezicht stond uitdrukkingsloos.

'Ik zei toch dat ik een belangrijke bijeenkomst had vanochtend,' zei hij.

'Een afspraak, zei je,' corrigeerde Margaret hem. Ze had

144

de gewoonte alles uiterst nauwkeurig te onthouden. 'Een geheimzínnige afspraak, waarover je me niets wilde vertellen.'

'Heb ik iets gemist?' vroeg Li, de hatelijkheid negerend.

'En nog steeds niet blijkbaar,' mompelde Margaret zacht. Ze richtte haar aandacht weer op Xing Da. Zijn lichaam was nog slechts een omhulsel, ribben doorgezaagd en opzij getrokken, het vlees van borst en buik aan weerskanten van de centrale 'Y' opzij gehaald. De organen, alsook de hersenen, waren verwijderd, terwijl de bovenkant van de schedel in een schaal naast de snijtafel lag. Xings geschoren hoofdhuid lag over zijn ogen en neus. 'Een echte puinhoop,' zei ze. 'Gebroken ribben, geplette lever en milt, waarschijnlijk door het stuur. Hij reed blijkbaar. Geen veiligheidsgordel, dus liep hij toen hij de voorruit raakte ernstige verwondingen aan hoofd en gezicht op. Je kunt voor een doodsoorzaak uit wel bijna een half dozijn verwondingen kiezen, hoewel de echte er niet bij zit.'

'Dus waaraan is hij doodgegaan?' vroeg Li geïntrigeerd.

'Geen idee. Nog niet. Maar ik kan je wel vertellen waaraan hij níet doodgegaan is.' Li wachtte, maar ze wilde dat hij ernaar vroeg.

'Waaraan is hij niet doodgegaan?' vroeg Li toen maar.

'Aan het auto-ongeluk.'

Li fronste zijn voorhoofd. 'Hoezo?'

'Ik bedoel dat hij al overleden was voor de auto de lantaarnpaal raakte. En aangezien hij reed, en we allemaal weten dat dode mensen niet kunnen rijden, moet men zich afvragen hoe de auto om elf uur 's avonds met honderd kilometer per uur door een straat in Beijing kon rijden.'

'Hoe weet je dat hij voor het ongeluk al dood was?'

'Dat zal rechercheur Sun je vertellen,' zei Margaret luchtig. 'Aangezien hij hier op tijd was, heeft hij het allemaal horen beschrijven. Ondertussen maak ik bevroren coupes van het hart voor microscopisch onderzoek.' Ze verdween door de snijkamer naar de plek waar coupes van de organen gesneden werden en sprak snel met een van haar assistenten.

Li keek Sun aan. 'En?'

'Hé, commandant,' zei hij, 'mijn Engels is niet zo goed. Ik denk dat ik het begrepen heb, maar...' Hij haalde zijn schouders op.

Li zei: 'Probeer het maar.'

Met enige afkeer wees Sun naar Xing Da's oppervlakkige verwondingen, de kneuzingen, schaafwonden en rijtwonden aan zijn hoofd, borst en buik. 'Dr. Campbell zegt dat als deze knaap geleefd had toen hij al deze verwondingen opliep, ze er anders zouden uitzien. Ze zouden roodachtig moeten zijn, of paarsachtig, weet je, als bloed onder het huidoppervlak. Blijkbaar bloed je niet al te goed als je dood bent, dus als je dit soort verwondingen oploopt als je dood bent, dan zien ze er ruw, goudkleurig en perkamentachtig uit.' En zo zagen ze er ook uit. Sun haalde diep adem. 'Hetzelfde geldt voor de inwendige verwondingen. Zijn lever was zowat geplet. Volgens doc zouden er dientengevolge minstens enkele liters bloed moeten zijn. Er was praktisch niets.'

Li keek nadenkend naar het lichaam van de atleet. Als hij voor het ongeluk dood achter het stuur van de auto zat, dan leek het onwaarschijnlijk dat de anderen in de auto nog leefden.

Hij draaide zich om toen de assistenten de cryostaat naar binnen reden, een diepvriezer zo groot als een wasmachine om bevroren coupes van organen te prepareren voor snel microscopisch onderzoek. Het duurde uren om gefixeerde paraffinecoupes te prepareren. Bevroren coupes waren een kwestie van minuten. Li liep naar de andere tafel en keek hoe Margaret een coupe hartweefsel prepareerde, door het met een klodder geleiachtige hulpstof op een

146

metalen klauwplaat te drukken. Hij zei: 'Waarom kun je niet zeggen waaraan hij overleden is?'

'Omdat ik nog niet al het bewijsmateriaal bekeken heb, sectiehoofd.'

'Hoe zit het met toxicologie?'

'Ik heb een monster urine, gal, hartbloed, de maaginhoud en een deel van de lever voor onderzoek opgestuurd,' zei ze. 'Morgen kunnen we pas de uitslag verwachten. En zelfs dat is snel.'

Hij knikte naar de monsters die ze voor de cryostaat aan het klaarmaken was. 'Waarom maak je preparaten van het hart?'

'Intuïtie,' zei ze. 'Ongeacht de oorzaak, uiteindelijk sterven we allemaal omdat ons hart ermee ophoudt. Op het eerste gezicht zie ik niet in waarom dit specifieke hart ermee ophield. Het was stevig, had het te verwachten formaat. Het epicardium was soepel en er zat de gebruikelijke hoeveelheid visceraal vet op. De musculatuur van zowel de linker als de rechter hartkamer was roodbruin en er waren grofweg geen door een infarct of fibrose beschadigde gebieden. Het endocardiale oppervlak zag er normaal uit en er waren geen murale trombi. De kleppen waren dun en buigzaam, niet vernauwd noch verwijd. De kransslagaders zorgden voor een normale circulatie en vertoonden weinig tot geen ateriosclerotische ziekten. Er waren nergens tromben, en de aorta was niet geblokkeerd, vertoonde geen letsel, en wederom was er sprake van minimale ateriosclerose.' Ze glimlachte naar hem, genoot van de gelegenheid haar kennis te praktiseren.

Hij trok een raar gezicht. 'En dat betekent allemaal...?'

'Dat ik niets kon vinden. Het hart mankeerde niets. Er was geen duidelijke reden waarom het ophield met kloppen.'

Ze zette haar monsters op een rek in het koude interieur van de cryostaat en drukte metalen koelplaten op het

147

weefsel om het weefsel te pletten en te bevriezen. Minuten later waren de monsters klaar. Ze bracht de eerste met klauwplaat en al naar een speciale snijplek, waar ze een superdun mes langs het oppervlak haalde. Ze legde de flinterdunne weefselcoupe op een glazen voorwerpglas en Li zag dat hij onmiddellijk smolt. Ze kleurde de coupe met chemicaliën, schoof het glas onder de microscoop en tuurde door de lens.

Een ogenblik later ging ze rechtop staan, terwijl ze beide handen onder in haar rug zette en zich naar achter boog. Ze leek Li aan te kijken, maar hij zag dat haar blik glazig stond. Ze keek dwars door hem heen, naar iets wat alleen in haar hoofd bestond.

'Wat is er?' vroeg hij.

Ze keek hem weer aan, maar al haar luchthartigheid was verdwenen. 'Ik weet niet of ik zoiets ooit eerder bij een gezonde jongeman gezien heb,' zei ze, en ze schudde haar hoofd. 'Bij pepgebruikers, ja. Cocaïne, methamfetamine, dat kan ja. Maar ik denk niet dat deze jongeman pepmiddelen gebruikte. Steroïden misschien, hoewel daar nog geen bewijs van is.'

Li zei: 'Een week voor hij stierf is zijn urine nog getest.'

'En?'

'Hij was clean.'

Margaret knikte.

Maar Li kon zijn ongeduld niet langer bewaren. 'Wat zag je onder de microscoop?'

Margaret zei: 'Over het hartoppervlak lopen grote kransslagaders, en we lijken er allemaal naarmate we ouder worden in te slagen die te laten dichtslibben. Het is de algemeenste oorzaak van wat je een hartaanval zou noemen.' Ze zweeg een ogenblik. 'Maar er lopen ook nog minieme slagadertjes door de hartspier. Microvasculatuur noemen we dat. Die kunnen verdikt zijn, terwijl het hart er nog gewoon uitziet, zelfs als dat ontleed wordt. Alleen een pre-

148

paraat kan het probleem aan het licht brengen.'

Li voelde zich onverklaarbaar teleurgesteld. Het klonk nauwelijks als een openbaring. 'En dat had Xing?' Margaret knikte. 'En waarom zaten ze dichtgeslibd?'

'Feit is,' zei ze, terwijl ze naar woorden zocht om te beschrijven wat ze gezien had, 'dat ze niet écht door iets geblokkeerd worden. Het is net alsof het gladde spierweefsel waarmee die kleine slagadertjes bekleed zijn op de een of andere manier verdikt geraakt is. Eigenlijk sloten ze zichzelf en ze veroorzaakten zo een zwaar hartinfarct.'

'En waarom gebeurde dat?'

Ze haalde onzeker haar schouders op. 'Ik heb geen idee.'

Li was ongeduldig. 'Kom op, Margaret, je hebt toch wel enig idee?'

Ze maakte een geërgerd geluid. 'Nou, als je wilt dat ik ernaar raad, dan kan het alleen maar zijn, zou ik zeggen, dat ze – misschien – een virusinfectie gehad hebben.'

'Als het een virus was, dan zou je dat in zijn bloed kunnen vinden, toch?'

'Misschien.' Ze draaide er weer omheen. 'Feit is, je moet weten waarnaar je zoekt. En als je zelfs niet weet dát er iets is...'

Sun was Li naar de tafel gevolgd en luisterde gespannen, concentreerde zich diep in een poging alles te verstaan. Maar het technische vocabulaire had hij niet kunnen volgen. 'Dus waaraan ging hij dood?' vroeg hij aan Margaret.

'In dit stadium is het slechts een theorie,' zei Margaret. 'En als je me citeert, ontken ik het. Maar in lekentermen lijkt het erop dat hij een zwaar hartinfarct gehad heeft, dat – misschien – door een virus veroorzaakt werd.'

Li's vruchteloze sollicitatiegesprek bij Beijing Beveiliging leek nu een mensenleven geleden, van weinig belang, en zonder relevantie. In plaats daarvan had hij nog slechts één enkele, verbijsterende vraag. Die stelde hij. 'Waarom zou je proberen het te laten lijken of iemand die een natuurlijke dood gestorven is bij een auto-ongeluk omgekomen is?'

Margaret stak een vermanende vinger op. 'Die vraag kan ik niet voor je beantwoorden, Li Yan. Maar ik heb ook een vraag, die we zeer snel kunnen beantwoorden.'

'En die is?'

'Leden onze zelfmoordenaar en onze gewichtheffer ook aan een verdikking van de microvasculatuur?'

Li keek verbijsterd. 'Was dat zo?'

Margaret schoot in de lach. 'Dat weet ik niet. Dat moeten we gaan bekijken, nietwaar?' Ze duwde haar veiligheidsbril op haar voorhoofd. 'Ik heb gefixeerde paraffinecoupes van Sui Mingshans hart gemaakt, om te bewaren. Ik neem aan dat dr. Wang hetzelfde met Jia Jings hart gedaan heeft. Waarom bel je hem niet om te vragen of hij coupes van Jia's hart onder de microscoop wil bekijken? Dan duikel ik de paraffinecoupes op die ik gisteren geprepareerd heb.'

Toen Li terugkwam van zijn telefoontje naar Pao Jü Hutong, had Margaret de glaasjes tevoorschijn gehaald, die het lab geprepareerd had van het weefsel dat van de lijkschouwing van de vorige dag bewaard was, en ze schoof net het eerste onder de microscoop. Ze liet haar ogen aan de lens wennen en stelde de scherpte in. Een ogenblik later deed ze haar hoofd omhoog en keek Li aan. 'Wel, wel,' zei ze. 'Als iemand onze knaap niet aan een duikplank in Qinghua geknoopt had, zou zijn hart het begeven hebben. Vroeg of laat. Hetzelfde als onze vriend hier op de tafel. Hij heeft een duidelijke verdikking van de microvasculatuur.'

Er viel niets te bediscussiëren. De feiten spraken voor zich, maar sloegen nergens op. En Li aarzelde, hij wilde geen overhaaste conclusies trekken voor ze dr. Wang gesproken hadden. Ondertussen had Margaret van het lab de toxicologische resultaten van Sui's monsters gekregen.

Ze waren er ondertussen aan gewend voor haar kopieën zowel in het Engels als in het Chinees te maken. Ze had haar jasschort uit- en haar schort afgedaan, haar handschoenen en masker verwijderd, en ze had haar handen geschrobd, hoewel ze zich pas schoon zou voelen als ze zich gedoucht had. Ze zat aan een bureau in het kantoor van de patholoog-anatoom en las de uitslagen, terwijl Li en Sun zwijgend verwachtingsvol wachtten. Ze haalde haar schouders op. 'Zoals ik al voorspeld had, denk ik. De hoeveelheid alcohol in het bloed was bijna vier promille. Afgezien daarvan was er niets bijzonders. En niets wat erop wijst dat hij steroïden nam. Tenminste niet de afgelopen maand. Maar ik moet hun vragen zijn bloed nog een keer op virussen te controleren. Hoewel je, zoals ik al zei, eigenlijk moet weten wat je zoekt.'

De telefoon ging en Li griste de hoorn zowat van de haak. Het was Wang. Hij luisterde bijna twee minuten zonder commentaar, en toen bedankte hij de doctor en hing op. Hij zei: 'Jia had ook een duidelijke verdikking van de microvasculatuur. Maar Wang zegt dat hij nog steeds aan de vernauwing van de hoofdslagader gestorven is.'

Margaret zei: 'Ja, maar de verdikking van de arteriolen zou uiteindelijk zijn dood betekend hebben, zelfs als zijn slagader niet geknapt was.'

Li knikte. 'Dat is wel zo'n beetje wat Wang zei. O, en toxicologie bevestigde het: geen steroïden.'

Sun had weer zijn best gedaan het Engels te volgen. En nu wendde hij zich tot Li en zei: 'Dus als Jia Jing geen hartaanval gehad had, was hij waarschijnlijk ergens bij een verkeersongeluk omgekomen, of zou hij "zelfmoord" gepleegd hebben?'

Li knikte nadenkend. 'Waarschijnlijk. En waarschijnlijk was dan ook die lange vlecht van hem afgeschoren.' Hij zweeg, ontsteld fronste hij zijn wenkbrauwen. 'Maar waarom?'

III

De instructiebijeenkomst duurde kort en was ter zake. De vergaderzaal was vol rechercheurs en rook. Nagenoeg iedere politieman van de sectie was er, en er waren niet genoeg stoelen voor iedereen. Sommigen leunden tegen de muur, nippend van hun groene thee. Plaatsvervangend sectiehoofd Tao Heng luisterde wrokkig en koesterde zijn grieven in deze koude, overvolle kamer.

De bespreking van de voorlopige autopsieverslagen op de sectie hielp Li de zaken in zijn hoofd op een rijtje te zetten, feiten in een soort van relevante volgorde te krijgen, die volgorde te creëren uit iets wat nog steeds chaos leek.

'Duidelijk is,' zei hij, 'dat we één moord hebben en ten minste drie verdachte sterfgevallen. De bevindingen van de lijkschouwing laten er weinig twijfel over bestaan: de zwemmer Sui Mingshan pleegde geen zelfmoord. Hij werd vermoord. Xing Da, die de auto bestuurde waarin de drie atleten stierven, was dood voor de auto verongelukte, dus was het ongeval in scène gezet. En hoewel we hun lichamen niet hebben om dat te bevestigen, denk ik dat we moeten aannemen dat de andere twee ook al dood waren. Maar het bizarre is dat Xing een natuurlijke dood gestorven lijkt te zijn. Waarschijnlijk een virus, dat de microscopische slagadertjes van het hart aantastte.'

Hij keek de gezichten in de kamer langs. Iedereen had het voorlopige rapport vast en luisterde met gespannen aandacht, terwijl Li de feiten als vreemde, onbegrijpelijke stukken van een gruwelijk raadsel uitlegde. 'Nog vreemder is het feit dat de zwemmer Sui Mingshan en de gewichtheffer Jia Jing aan precies hetzelfde leden als Xing. Hypertrofie – verdikking – van de microvasculatuur. Als moord en het lot niet tussenbeide gekomen waren, zouden beiden er vroeg of laat aan gestorven zijn.'

Hij zag Wu een trek van zijn sigaret nemen en hunker-de ernaar een mondvol rook in zijn eigen longen te zuigen. Hij stelde zich voor hoe dat onmiddellijk zijn hunkering zou stillen en een sluier van rust over zijn gekwelde geest zou trekken. Hij dwong die gedachte uit zijn hoofd. 'Maar het vreemdst van alles is misschien wel dat van iedereen het hoofd kaalgeschoren was. Jia uitgezonderd natuurlijk.'

Wu onderbrak hem. 'Is dat misschien omdat hij de enige was die werkelijk een natuurlijke dood stierf? Ik bedoel, zeker, die verstopping van de kleine slagadertjes zou uiteindelijk zijn dood betekend hebben, maar hij stierf voor iemand met hem kon rotzooien.'

Een van de andere rechercheurs zei: 'Maar waarom rot-zooide iemand eigenlijk met hen als ze al aan een virus overleden waren?'

'Ik zou denken dat dat nogal verdomde duidelijk was,' zei Wu. En onmiddellijk ving hij de afkeurende blik van plaatsvervangend sectiehoofd Tao op. Hij stak een hand in de lucht. 'Het spijt me, baas. Ik weet het. Tien yuan. Het zit al in het kistje.'

'Wát is verdomde duidelijk, Wu?' vroeg Li. Dat was een opzettelijke klap in het gezicht van zijn plaatsvervanger. Er klonk enig onderdrukt gelach in het vertrek.

Wu grijnsde. 'Nou, al die mensen hadden een soort virus, toch?'

'Misschien,' zwakte Li dat af.

'En blijkbaar wil iemand niet dat het bekend wordt.'

'Een samenzwering,' zei Li.

'Inderdaad.'

'En de kaalgeschoren hoofden?'

Wu haalde zijn schouders op. 'Jia's hoofd was niet kaal-geschoren.'

'Je zei zelf dat zijn dood je samenzweerders waar-schijnlijk verraste.'

Wu zei. 'En dan hebben we die wielrenner nog. We

weten niet of zijn hoofd kaalgeschoren was.'

'We weten helemaal niet of hij er feitelijk wel bij hoort,' zei Li.

'Ik denk van wel, commandant.' Dit kwam van Qian. Alle hoofden gingen zijn kant op.

'Wat bedoel je?' vroeg Li.

Qian zei: 'Ik heb de dokter gesproken die zijn overlijdensakte getekend heeft. Hij herinnerde zich heel duidelijk dat het hoofd van de overledene kaalgeschoren was. Onlangs, dacht hij. Hij had verscheidene sneetjes in zijn hoofdhuid.' Het was lang stil in het vertrek, tot hij eraan toevoegde: 'En dan is er nog iets.' Hij wachtte.

'Ja?' vroeg plaatsvervangend sectiehoofd Tao ongeduldig.

'De drie "vrienden" die bij hem waren toen hij in het zwembad viel, zijn allemaal terug naar Taiwan. Dus niemand is beschikbaar voor verdere ondervraging.'

'En dat is het?' Tao was niet onder de indruk.

Qian keek Li onzeker aan. 'Nou, nee... Ik heb een vriend bij de politie in Taipei... en ik heb hem de namen gegeven.' En hij voegde er snel aan toe: 'Heel onofficieel.' De betrekkingen tussen Beijing en Taipei waren op dat moment bijzonder gespannen. Tussen de respectievelijke politiekorpsen bestond geen officiële samenwerking.

'Ga door,' zei Li.

'De drie zijn bij de politie aldaar bekend.' Hij zweeg even. 'Alle drie worden ze ervan verdacht, blijkbaar, lid te zijn van een triade die als thuisbasis Hongkong heeft.'

Weer was het stil in het vertrek. En toen zei Li: 'Dus iemand bracht ze hiernaartoe om ze getuigen te laten zijn van een "ongeluk".'

'En liet hen weer verdomde snel verdwijnen,' zei Wu. Hij hief zijn blik ten hemel toen hij besefte wat hij gezegd had, en zijn hand schoot omhoog. 'Het spijt me, baas. Weer tien yuan.'

In het vertrek klonk gelach, maar Li glimlachte niet. Hoe meer ze wisten, leek het wel, hoe dikker de mist van verwarring werd die om deze zaak hing.

Na de vergadering liep plaatsvervangend sectiehoofd Tao Li achterna door de gang. 'We moeten praten, commandant,' zei hij.

'Niet nu.'

'Het is belangrijk.'

Li bleef staan en draaide zich om. Hij zag dat de oudere man hem met een mengeling van frustratie en afkeer aankeek. 'Waar gaat het over?'

'Niet iets, denk ik, wat we in de gang moeten bespreken,' zei Tao nadrukkelijk.

Li gebaarde afwijzend met zijn hand. 'Ik heb nu geen tijd. Ik heb een lunchafspraak.' En hij draaide zich om en liep naar de trap, waar Sun op hem stond te wachten.

Tao bleef hem nakijken. Er brandde een diepe wrok in zijn hart.

IV

Het restaurant De Oude Beijingse Zhajiang Noedelkoning lag op de zuidwestelijke hoek van Chongwenmenwai Dajie, ten noorden van het Tiantanpark tegenover het nieuwe Hong Zhou-winkelcentrum, waar je zo'n beetje elke maat parel kon kopen die je je maar kon voorstellen en waar de geur van de zee overweldigend was. En dat was vreemd in een stad zo ver van de oceaan. De Zhajiang Noedelkoning was een traditioneel restaurant, dat traditionele Beijingse gerechten serveerde, waarvan de noedel de onbetwiste koning was. Vandaar de naam.

Li en Sun pikten op weg naar Tiantan Suns vrouw op

bij de politieappartementen aan de Zhengyiweg, en toen Li voor de taartenwinkel in de steeg naast het restaurant parkeerde, zag hij Margaret op de trap op hem staan wachten. Haar fiets stond met een stel andere bij de ingang van een winkel aan de overkant met een ketting vast. Li zag het kleine stukje roze lint aan de fietsmand, dat fladderde in de kille bries, en hij voelde een kortstondige steek van woede. Hij had haar herhaaldelijk gevraagd niet meer te fietsen tot de baby geboren was, maar ze hield vol dat ze in niets van andere Chinese vrouwen verschilde en nam haar fiets overal mee naartoe. Het was ook zijn baby, had hij haar gezegd. En zij had geopperd dat hij die dan maar in zíjn buik moest proberen mee te dragen in bus en metro, samengeperst in de massa. Ze was ervan overtuigd dat ze op de fiets veiliger was.

Op de trap voor het restaurant werden ze aan elkaar voorgesteld. Wens Engels was nog slechter dan dat van Sun. Ze was begin twintig, een tenger, mooi meisje, en de zwelling van haar baby leek onnatuurlijk groot. Ze gaf Margaret bedeesd een hand, niet gewend met buitenlandse duivels om te gaan. 'He-eel blij jou ontmoeten,' zei ze blozend. 'Jij noem me bij Engelse naam, Christina.' Margaret zuchtte inwendig. Veel jonge Chinese meisjes gaven zichzelf graag een Engelse naam, alsof ze daardoor op de een of andere manier toegankelijker werden, of mondainer. Maar het kostte Margaret altijd moeite om hen zo te noemen. Ze gaf de voorkeur aan de Chinese naam of ze vermeed het een naam te gebruiken.

'Hallo,' zei ze met een ernstig gezicht. 'Ik ben Margaret.'

Met moeite kreeg Wen een deel van deze vreemde, buitenlandse naam over haar tong. 'Maggot,' zei ze.

Margaret wierp een blik op Li en zag dat die zelfgenoegzaam lachte. Ze werd vaak *Maggot* genoemd. Ze had altijd de neiging hun erop te wijzen dat het Engelse woord *maggot* een smerige made was, die zich graag te goed deed aan dood vlees. Maar aangezien ze dan misschien een bijdehand weerwoord kon verwachten van iemand met een goede beheersing van het Engels, zag ze daar gewoonlijk van af. 'Je kunt me Maggie noemen,' zei ze.

'Maggee,' zei Wen, en ze glimlachte blij met zichzelf. En Margaret wist dat ze nooit boezemvriendinnen zouden worden.

Binnen, naast een beeld van een oude man die een vogelkooitje omhooghield, stond een intendant in een traditioneel Chinees jasje. '*Se wei*!' bulderde hij, en Margaret schrok zich haast dood. Bijna onmiddellijk kwam vanachter een groot, rijkelijk uitgesneden stuk meubilair dat het restaurant afschermde, een koor van stemmen dat de groet beantwoordde. '*Se wei*!'

Margaret wendde zich verbijsterd tot Li. 'Wat schreeuwen ze?' Ze was hier nog nooit met Li geweest.

'*Se wei*!' herhaalde Li. 'Vier gasten.' De intendant riep weer en opnieuw kreeg hij antwoord van het koor van stemmen aan de andere kant van het scherm. Hij gaf aan dat ze hem moesten volgen. Li zei: 'Het is traditioneel om aan te kondigen hoeveel gasten het restaurant binnenkomen. En iedere ober roept je, omdat hij wil dat je naar zijn tafel komt.'

Toen ze vanachter het scherm vandaan kwamen, strekten zich rijen vierkante, gelakte tafels voor hen uit, tot aan een muur achterin die bedekt was met ingelijste opschriften en antieke wandkleden, en naar links tot aan een panorama-raam dat uitzicht bood op de straat. Chef-koks in witte jasjes met hoge witte koksmutsen op werkten koortsachtig achter lange toonbanken. Ze maakten het eten klaar, terwijl elke tafel bediend werd door een jonge ober in een traditioneel blauw jasje met witte opgeslagen manchetten en een keurig gevouwen witte handdoek over de linkerschouder gedrapeerd. Een kakofonie van kreten begroette de vier gasten, iedere ober riep om hun te laten weten dat hij hen graag aan zijn tafel wilde bedienen. Aangezien ze vroeg waren, en de meeste tafels nog niet bezet waren, was het lawaai oorverdovend.

Li bracht hen naar een tafel achterin, en Sun en Wen keken hun ogen uit. De Beijing Noedelkoning was ook voor hen een nieuwe ervaring. Margaret bedacht dat ze waarschijnlijk meer ervaring met de Burger King hadden. 'Zal ik bestellen?' vroeg Li, en ze knikten. Li pakte het menu en bekeek het slechts kort. Hij wist wat lekker was. Hij was hier vaak met zijn oom Yifu geweest, toen hij nog aan de Volksuniversiteit van Openbare Veiligheid studeerde.

De ober krabbelde hun bestelling op een lichtblauw schrijfblokje en haastte zich vervolgens naar een van de lange toonbanken. Nu begroette een koor van kreten een gezelschap van zes personen.

'Zo,' zei Wen boven het lawaai uit, en ze klopte op haar buik, 'hoelang?'

'Ik?' vroeg Margaret. Wen knikte. 'Een maand.'

Wen fronste haar wenkbrauwen. 'Onmogelijk. Jij te dik.'

Een ogenblik was Margaret verbijsterd en toen begon het haar te dagen. 'Niet één maand zwanger. Eén maand nog.'

Wen begreep dit duidelijk niet en Li legde het uit. Toen glimlachte ze. 'Ik ook. Nog vier weken.'

Margaret glimlachte en knikte en wenste dat ze ergens anders was. 'Wat een toeval,' zei ze, terwijl ze zich afvroeg hoeveel zwangere vrouwen er in een land van 1,2 miljard de laatste vier weken van hun 'opsluiting' ingingen.

Wen reikte over tafel en legde haar hand op die van Margaret. 'Meisje? Jongen?' En Margaret voelde zich meteen schuldig omdat zij daarboven stond.

'Ik weet het niet,' zei ze. 'Ik wil het niet weten.'

Wens wenkbrauwen schoten verbaasd omhoog. Een

echo was zo gemaakt. Hoe kon iemand dat niet willen weten? 'Ik krijg jongen,' zei ze trots.

'Mooi.' Haar starre glimlach maakte dat Margarets wangen zeer deden. Ze draaide zich naar Li en hij herkende onmiddellijk de grimas die het eigenlijk was.

Hij zei haastig in het Chinees tegen Wen: 'Heb je je hier al opgegeven voor zwangerschapsgymnastiek?'

Ze schudde haar hoofd en keek Sun aan. 'Nee, ik ben te druk met uitpakken.'

Sun grijnsde. 'Ik zei het je, we zouden een winkel kunnen openen met de hoeveelheid kleding die ze meegenomen heeft, commandant.'

Bij de tafel arriveerden twee bier en twee glazen water.

Li zei in het Engels tegen Wen: 'Misschien kan Margaret je vanmiddag mee naar zwangerschapsgym nemen.' Hij keek Margaret nadrukkelijk aan. 'En jij kunt haar helpen inschrijven.'

'Natuurlijk,' zei Margaret. 'Er zijn drie lessen per week, en ik neem nog wat extra lessen.' Als ze er eenmaal was, wist ze dat ze de verantwoordelijkheid kwijt kon bij Jon Mackens vrouw Yixuan, die het met haar in het Chinees kon afhandelen. 'Mannen worden ook aangemoedigd te komen.' En nu keek zij Li nadrukkelijk aan. Haar kaak begon nu ook zeer te doen van het glimlachen. 'Alleen lijken sommigen nooit tijd te hebben.' Ze wendde zich tot Sun. 'Maar jij komt wel, hè, rechercheur Sun?'

Sun keek ietwat verdwaasd. Hij kwam uit een wereld waar mannen en vrouwen ieder hun eigen leven leidden. Om hulp zoekend keek hij Li aan. Li zei: 'Natuurlijk komt hij. Maar vanmiddag niet; hij heeft het veel te druk.'

'En ik veronderstel dat dat ook voor zijn baas geldt,' zei Margaret.

'Ik ga mijn vader van het station afhalen, weet je nog?' zei Li, en onmiddellijk was daar weer de werkelijkheid. Twee dagen was Margaret in staat geweest haar vroegere ik te zijn, geconcentreerd op haar werk, op de observatie van het miniemste stukje medisch bewijs, een vervulling van haar opleiding en al haar ervaring, maar plotseling had ze weer de rol van aanstaande moeder en toekomstige bruid. Li's vader kwam vandaag, haar moeder morgen. Het verlovingsfeest was de dag erop. Het huwelijk volgende week. Ze kreunde inwendig en het voelde op dat moment alsof haar leven wegglipte, een kant op waar ze er geen controle over had.

Het eten arriveerde. Gebakken auberginedumplings, auberginepuree met tahin, gesneden vlees en tahoe. En uit de schalen midden op tafel pakten ze met hun eetstokjes wat ze lekker vonden en legden dat op hun eigen bord, om het met bier of water weg te spoelen.

'Ik dacht dat het een noedelrestaurant was,' zei Margaret.

'Geduld,' zei Li. 'Het zal allemaal geopenbaard worden.' En ze aten verscheidene minuten zwijgend, terwijl ze bij elk nieuw groepje gasten naar de deur keken, als het koor opnieuw klonk. Het restaurant begon nu vol te raken.

Toen zei Wen tegen Margaret: 'Jij moet groot appartement hebben, Maggee, getrouwd met hooggeplaatste politieman.'

Margaret schudde haar hoofd. 'We zijn niet getrouwd. Nog niet.' Wen was geshockeerd, en Margaret besefte dat het niet iets was waar Sun met haar over gesproken had. 'Maar volgende week gaan we trouwen,' voegde ze daar verduidelijkend aan toe. 'En ja, we krijgen dan een groot appartement, hoop ik.'

Li merkte dat Sun zijn kant op keek, maar hij hield zijn blik, terwijl hij at, strak op zijn bord. En toen arriveerden de noedels. Vier dampende kommen op een dienblad, elk omringd door zes kleine schaaltjes met daarin bonensaus, komkommer, koriander, gehakte radijs, kikkererwten en lente-uitjes. Vier obers omringden de drager van het dienblad en riepen hardop de naam van elk gerecht wanneer dat over de noedels geschept werd.

'Dit is een verduiveld lawaaiig restaurant,' zei Margaret, terwijl ze haar noedels met de bijgevoegde ingrediënten vermengde. Ze tilde de kom op en slurpte met behulp van haar eetstokjes wat naar binnen, inmiddels bedreven in de Chinese manier van eten. 'Maar het eten is verdomde goed.'

Toen ze klaar waren met eten, zei Li tegen Margaret: 'Waarom gaan jij en Wen niet met de taxi naar de kliniek? Ik doe je fiets wel achter in de jeep en je kunt een taxi naar huis nemen.'

'Zie ik hem ooit weer terug?' vroeg ze.

'Ik neem hem vanavond mee.'

'En je vader dan?'

Li glimlachte. 'Hij gaat vroeg naar bed.' Hij zweeg even. 'En je moeder komt morgen.'

'Herinner me er niet aan,' zei ze. Maar de reden waarom hij dat zei, ontging haar niet. Voor de bruiloft was het de laatste kans om alleen te zijn.

Li vroeg om de rekening, en Wen en Margaret gingen naar het toilet. Sun zweeg enkele ogenblikken. Toen keek hij Li aan. 'Commandant?' Li keek op van zijn portemonnee. 'Ze weet het niet, hè?'

En alle gloed verdween uit Li's ogen. Hij veronderstelde dat er in de recherchekamer waarschijnlijk gewoon over gepraat werd. Maar niemand had het er direct met hem over gehad. 'Nee,' zei hij. 'En dat wil ik zo houden.'

V

Langs beide zijden van de drukke stoep stonden winterkale bomen. In fleece jassen en gewatteerde jasjes gepakte voetgangers stapten tussen hen in, op en van het fietspad, terwijl ze fietsen en elkaar ontweken. Een soort halfgeorganiseerde chaos. Op straat gedroegen automobilisten zich alsof ze nog steeds voetgangers of fietsers waren. Vier banen werden er zes. Claxons toeterden en schalden als voertuigen van niet-bestaande rijbanen veranderden en zich moeizaam door de middagspits verplaatsten. De stem van een busconductrice sneed door het lawaai, aanhoudend, intimiderend, een constante begeleiding van het verkeerslawaai.

De taxi had Margaret en Wen op de hoek afgezet, en ze moesten zich een weg door Xianmen Dajie banen. Ze leken twee waggelende eendjes die naast elkaar door de mensenmassa liepen. Hun adem wolkte in de vrieskou. Tot Margarets verrassing en verbijstering had Wen haar hand gepakt. Het was net alsof ze in de tijd was teruggegaan, weer een klein meisje was, dat hand in hand met haar beste vriendin naar school liep. Behalve dan dat dit Beijing was en zij in de dertig was en dat ze het meisje wier hand ze vasthad, nauwelijks kende. Maar toch, ondanks het feit dat het iets ongemakkelijks had, had het ook iets troostends. En Wen had niets in de gaten, ze babbelde er in haar gebroken Engels op los.

'Is he-eel opwindend in Beijing zijn. Ik droomde altijd van. Alles zo gro-oot.' Ze grijnsde. 'Ik echt leuk hier. Jij leuk?'

'Natuurlijk,' zei Margaret. Ze had het misschien nooit toegegeven, maar van alle plaatsen waar ze gewoond had, voelde Beijing misschien nog het meest als haar thuis.

'Commandant Li, hij he-eel aardige man. Jij he-eel boffen.'

Margarets glimlach was oprecht. 'Ik denk het wel.'

Wens gezicht betrok enigszins. 'He-eel boffen,' herhaalde ze bijna als tegen zichzelf. Toen klaarde ze weer op. 'Jij mag meer baby hebben, ja?'

'Vermoedelijk wel,' zei Margaret. 'Als ik dat zou willen.

Maar ik denk dat één kind waarschijnlijk meer dan genoeg is.'

'Jij he-eel boffen. Ik maar één kind krijgen. Eénkindpolitiek.'

Margaret knikte. 'Ja, dat weet ik.'

'Misschien wij kunnen ruilen, ja? Jij krijg één baby voor mij, ik krijg veel baby voor jou.' Ze grijnsde ondeugend, en Margaret besefte dat er misschien meer in Wen zat dan je zou denken. De taal was zo'n barrière. Zonder een notie te hebben van de nuances en de subtiliteiten was het bijna onmogelijk je werkelijke ik over te brengen of om de ware aard en persoonlijkheid van anderen te bevatten. En ze vroeg zich af of zij ooit een relatie met Li opgebouwd kon hebben als zijn Engels niet zo wonderbaarlijk goed geweest was. Zelfs dan nog, vermoedde ze soms, waren er delen van elkaar die ze nooit echt goed zouden leren kennen.

Toen ze de ingang, met zijn marmeren pilaren en glazen deuren, van het twee verdiepingen tellende administratiegebouw van de Eerste Onderwijskliniek van Beijings Medische Universiteit passeerden, kwam van een plek waar ze duidelijk enige tijd had staan wachten, een meisje van de trap op hen af. Haar handen hield ze met handschoenen en al onder haar oksels om ze warm te houden, haar ogen traanden en haar neus zag vuurrood. Toen ze voor hen ging staan om hun de doorgang te belemmeren, stampte ze met haar voeten om de bloedcirculatie gaande te houden.

Margaret dacht meteen dat het meisje iets bekends had, maar door de wollen muts die over haar voorhoofd getrokken zat en de sjaal om haar nek, zag Margaret het niet goed. Pas toen ze zich omdraaide en achteromkeek, zag Margaret de paarse wijnvlek op haar linkerwang. 'Lili,' zei ze. Ze herinnerde zich haar naam weer. Achter de tranen van kou zag ze heel duidelijk de angst die in de ogen van het meisje stond.

'Ik zei dat ik je moest spreken, dame.'

'Moet je vandaag niet hardlopen?'

'Ik heb voorrondes gehad. Eerste plaats. Morgen in finale heb ik binnenbaan.'

'Gefeliciteerd.' Margaret fronste haar wenkbrauwen. 'Hoe wist je dat ik hier was?'

Lili glimlachte bijna en haar blik ging naar beneden naar Margarets dikke buik. 'Ik bel kliniek en vraag naar tijden voor lessen zwangerschapsgym.'

'Hoe wist je dat het deze kliniek was?'

'Beste kraamkliniek in Beijing voor buitenlander. Ik waag het erop. Ik moet praten.'

Margaret, geïntrigeerd, keek op haar horloge. 'Ik heb nu wel een paar minuten.'

'Nee.' Het meisje keek plotseling om, alsof ze dacht dat er misschien iemand keek. 'Niet hier. Ik kom naar je huis. Jij geef mij adres.'

Voor het eerst werd Margaret voorzichtig. 'Alleen als je me vertelt waar het over gaat.'

'Alsjeblieft, dame. Ik dat niet kan zeggen.' Ze keek naar Wen, die haar met grote ogen aankeek. 'Alsjeblieft, dame, alsjeblieft. Jij geef mij adres.'

Haar ogen stonden zo smekend dat Margaret, hoewel met tegenzin, toegaf. 'Wacht even,' zei ze, en ze zocht in haar tas naar een beduimeld visitekaartje. Daar stonden haar huisadres en telefoonnummer op, maar ook het nummer van een vriendin, dat ze erop gekrabbeld had toen ze niets anders kon vinden om op te schrijven. Ze streepte dat door. 'Hier.' Ze stak haar het kaartje toe en het meisje pakte het met beide hoeken tussen duim en wijsvinger aan. 'Wanneer kom je?'

'Dat ik niet weet. Vanavond misschien. Ben je er?'

'Ik ben er meestal 's avonds.'

Lili stopte het visitekaartje zorgvuldig in haar zak en veegde haar tranende ogen af. 'Dank je, dame, dank je,' zei ze. En ze boog even, wrong zich vervolgens langs hen heen en verdween snel in de menigte.

Wen richtte zich opgewonden tot Margaret. 'Je weet wie dat is? Dat Dai Lili. Zij he-eel beroemde Chinese hardloopster.'

VI

Li zat op de muur voor de voetgangerstunnel naar de massa's reizigers te kijken, die op het treinstation van Beijing aangekomen waren en de stationshal binnenstroomden. Links van hem verschenen op een reusachtig televisiescherm advertenties voor van alles en nog wat, van repen chocolade tot wasmachines. De doordringende stem van een omroepster blafte de aankomst- en vertrektijden, met de slaapverwekkende gevoeligheid van een computerstem die een dreigende nucleaire holocaust aankondigde. Niemand luisterde.

Li had vlinders in zijn buik en zijn mond was droog. Hij voelde zich net een schooljongen die op een misdrijf betrapt was, gesommeerd was naar de kamer van de hoofdonderwijzer te gaan en zijn bestraffing afwachtte. Hij had zijn vader bijna vijf jaar niet gezien, een situatie waarvan zijn vader, wist hij, hem de schuld gaf. Niet zonder reden, want gedurende al die jaren sinds Li zijn huis in de provincie Sichuan verlaten had om op de Volksuniversiteit van Openbare Veiligheid te gaan studeren, was hij slechts een paar keer teruggeweest. En hoewel hij te jong geweest was om actief deel te nemen aan de Culturele Revolutie voelde Li dat zijn vader hem op de een of andere manier de dood van zijn moeder tijdens die periode van krankzinnigheid verweet. Een periode waaruit zijn vader op de een of andere manier gemankeerd tevoorschijn gekomen was. Een mindere man dan hij geweest was. Beroofd van hoop en ambitie. En liefde.

Sinds hun korte ontmoeting bij de begrafenis van Li's oom Yifu, zijn vaders broer, hadden ze elkaar niet meer gesproken. Het was een pijnlijke, steriele bedoening bij het stadscrematorium geweest, vooral bijgewoond door collega's van de politie, die tijdens zijn jaren als een van Beijings toppolitiemannen onder Yifu gediend hadden of daarvoor nog met hem samengewerkt hadden. Oude vrienden waren helemaal uit Tibet gekomen, waar Yifu in de jaren vijftig door de communisten naartoe gezonden was. Ze hadden besloten dat deze speciale intellectueel ver van de hoofdstad als politieman een minder groot gevaar voor hen zou vormen. Ze hadden zich niet ongerust hoeven maken, want Yifu's enige wens ooit was een beter en eerlijker China voor zijn volk te bouwen, voor dezelfde mensen die hem later beschimpten en tijdens de Culturele Revolutie drie jaar in de gevangenis smeten. Een ervaring waaruit hij slechts kracht geput had, terwijl een minder sterke man misschien gebroken zou zijn. Zoals zijn broer, Li's vader.

Li zag zijn vader door de hekken komen. Hij trok een kleine koffer op wieltjes achter zich aan. Het was een treurige, schuifelende gestalte in een lange, haveloze duffelse jas, die openhing zodat de vormeloze wollen trui met een gat erin zichtbaar was, over een blauw overhemd dat gerafeld was bij de kraag. Een gestreepte crèmekleurig-rode sjaal hing los om zijn nek, en een broek die hem een paar maten te groot leek, viel in vouwen om schoenen die meer pantoffels leken. Hij droeg een fez-achtige bontmuts over zijn dunner wordende grijze haar. Li voelde zich onmiddellijk beschaamd. Hij zag eruit als een van de bedelaars die zich in de straten rond de omheinde huizen van buitenlandse bewoners in ambassadeland ophielden. En zo hoefde hij er niet uit te zien. Hij kreeg een goed pensioen van de universiteit waar hij het grootste deel van zijn volwassen leven college gegeven had. Hij werd goed verzorgd in een tehuis voor oudere burgers en Li stuurde zijn vader elke maand geld.

Li baande zich een weg door de mensen om hem met een hart van lood te begroeten. Toen hij bijna bij hem was, leek zijn vader erg klein, alsof hij gekrompen was, en Li had plotseling de neiging hem te omarmen. Maar hij onderdrukte die neiging en stak in plaats daarvan zijn hand uit. Zijn vader keek hem met kleine zwarte ogen aan, die glommen achter plukjes haar die als smeltdraad uit de rand van aflopende wenkbrauwen ontsproten, en een ogenblik dacht Li dat hij hem geen hand wilde geven. Toen kwam er een kleine, klauwachtige hand uit de mouw van de duffelse jas tevoorschijn, vol bruine levervlekken, en die verdween in die van Li. De hand was koud en de huid voelde aan als crêpe, die zou kunnen scheuren als je er te ruw mee omging.

'Hallo papa,' zei Li.

Zijn vader glimlachte niet. 'Nou, neem je mijn koffer nog?' vroeg hij.

'Natuurlijk.' Li nam het handvat van hem over.

'Je bent groot geworden, Li Yan,' zei zijn vader.

'Ik geloof niet dat ik gegroeid ben sinds de laatste keer dat je me zag.' Hij leidde de oude man in de richting van de taxistandplaats waar hij zijn jeep geparkeerd had, met het zwaailicht nog steeds ronddraaiend op het dak.

'Ik bedoel, je bent een groot man in je werk. Je zuster heeft het me verteld. Sectiehoofd. Je bent jong voor zo'n positie.'

'Ik herinner me,' zei Li, 'dat je me een keer vertelde dat ik alleen moest zijn wat ik kon zijn en nooit moest proberen te zijn wat ik niet kon zijn.'

Zijn vader zei: 'Een superieur mens vervult zijn voornemen, maar pocht niet over zijn prestaties.'

'Ik pochte niet, papa,' zei Li gepikeerd.

'Hij die hoog op zijn tenen staat, kan niet stabiel zijn.'

Li zuchtte. Het was zinloos om stekeligheden met zijn vader uit te wisselen in de vorm van algemeen aanvaarde Chinese wijsheden. De oude man was er waarschijnlijk meer vergeten dan Li ooit gekend had. Maar toch was de wijsheid die hij je gaf altijd negatief, zo anders dan zijn broer, Yifu, die altijd alleen maar positief geweest was.

Li zette de koffer achter in de jeep en opende het portier aan de passagierskant om zijn vader te helpen instappen. Maar de oude man duwde zijn hand weg. 'Ik heb je hulp niet nodig,' zei hij. 'Ik heb 67 jaar zonder enige hulp van jou geleefd.' En hij hees zich moeizaam omhoog op de passagiersstoel. Li sloeg de deur met een klap dicht en haalde diep adem. Hij had geweten dat het moeilijk zou zijn, maar niet zo moeilijk. De neerslachtigheid viel als een deken over hem heen.

Ze reden zwijgend van het station naar de Zhengyi-weg. Li sloeg rechts af en keerde voor de poorten van het Beijingse gemeentehuis, stak het eiland van parkeerplaatsen over dat de weg in tweeën splitste en reed langs het restaurant Cuan Fu Shanghai, waar hij en zijn vader waarschijnlijk de meeste maaltijden zouden gebruiken. De bewapende bewaker bij de achteringang van het ministerie van Staat en Openbare Veiligheid keek door het raampje, zag Li en gebaarde hem door te rijden.

Li stopte aan de rechterkant voor zijn appartementen-complex, en hij en zijn vader gingen samen met de lift naar de vierde verdieping. Sinds ze in de jeep gestapt waren, hadden ze geen woord gewisseld.

Het appartement was klein. Eén slaapkamer, een zitkamer, een piepklein keukentje, een badkamer en een lange, smalle gang. Li zou op de bank moeten slapen zolang zijn vader er was. Hij had dekens en extra kussens geleend. Hij toonde de oude man zijn kamer, waarna hij hem alleen liet, zodat hij zijn spullen kon uitpakken. Hij liep naar de koelkast en pakte een koud biertje, haalde de dop eraf en liep naar de zitkamer, die uitkwam op een groot, verglaasd terras met uitzicht over de met bomen omzoomde straat beneden en, achter het omheinde terrein van het ministerie, het hooggerechtshof en het hoofdkwartier van de gemeentepolitie. Hij dronk in één lange teug bijna het halve flesje leeg. Hij wist niet precies waarom zijn vader voor de bruiloft gekomen was. Natuurlijk had hij hem wel moeten uitnodigen, maar hun verhouding was zodanig dat het hem verbaasd had toen de oude heer schreef dat hij er zou zijn. Nu wenste hij dat zijn vader gewoon weggebleven was.

Li draaide zich om toen hij de deur achter zich hoorde opengaan. Zo zonder zijn jas en muts leek zijn vader zelfs nog kleiner. Zijn haar was erg dun, plukjes ervan lagen naar achter over zijn glimmende, vlekkerige schedel. Hij keek naar het flesje in de hand van zijn zoon. 'Bied je me niets te drinken aan? Het was een lange reis.'

'Natuurlijk,' zei Li. 'Ik zal je laten zien waar ik het bier bewaar. Je kunt nemen wanneer je wilt.' Hij pakte nog een biertje uit de koelkast, maakte dat voor zijn vader open en goot de inhoud in een hoog glas.

Ze gingen terug naar de zitkamer, hun ongemakkelijkheid als een derde aanwezige tussen hen in. Ze gingen zitten en dronken nog steeds zwijgend, tot de oude man ten slotte zei: 'En wanneer ontmoet ik haar?'

'Overmorgen, bij het verlovingsfeest.'

'Dan breng je haar hier?'

'Nee, de verloving is in een restaurant, in een privévertrek.'

Zijn vader keek hem met een duidelijk afkeurende blik aan. 'Zo hoort het niet.'

'We proberen alles zo traditioneel mogelijk te doen, papa, maar mijn appartement is nauwelijks groot genoeg voor iedereen. Xiao Ling wilde erbij zijn, en Xinxin natuurlijk.' Xiao Ling was Li's zuster, Xinxin was haar dochter. Na haar scheiding van een boer in Sichuan was Xiao Ling met Xinxin in een appartement in het zuidoosten van Beijing gaan wonen, vlak bij haar werk, een baan in een joint venture-fabriek waar ze de Beijingjeep bouwden. Xiao Ling had altijd al een betere band met haar vader gehad dan Li en onderhield regelmatig contact met hem.

Zijn vader staarde hem lange tijd aan en schudde toen langzaam zijn hoofd. 'Waarom een Amerikaanse?' vroeg hij. 'Zijn Chinese meisjes niet goed genoeg?'

'Natuurlijk wel,' zei Li. Hij moest de neiging onderdrukken tegen zijn vader te zeggen dat hij gewoon een oude racist was. 'Maar ik ben nooit verliefd geworden op een Chinees meisje.'

'Verliefd!' klonk het afwijzend, bijna minachtend.

'Hield je niet van mijn moeder?' vroeg Li

'Natuurlijk.'

'Dan weet je hoe het voelt, verliefd op iemand te zijn, voor iemand te voelen wat je nooit voor een ander gevoeld heb, iemand net zo goed te kennen als je jezelf kent en te weten dat diegene jou ook zo goed kent.'

'Ik weet hoe het voelt om iemand voor wie je zoiets voelt kwijt te raken.' En de ogen van de oude man gingen in weerkaatst licht verloren toen ze zich met tranen vulden.

'Ik ben haar ook kwijtgeraakt,' zei Li.

En plotseling klonk er vuur in zijn vaders stem. 'Je hebt je moeder niet gekend. Je was te jong.'

'Ik had een moeder nodig.'

'En ik een zoon!' En daar was het, de beschuldiging die hij nooit geuit had. Dat zijn zoon hem in de steek gelaten had, aan zijn lot had overgelaten terwijl Li egoïstisch een carrière in Beijing nastreefde. In het traditionele Chinese gezin zou de zoon thuis bij zijn ouders gebleven zijn, daar met zijn nieuwe vrouw zijn gaan wonen. Er zou altijd iemand zijn geweest om bij het ouder worden voor de ouders te zorgen. Maar Li was weggegaan en zijn zuster was kort daarna bij de ouders van haar man gaan wonen. Hun vader was helemaal alleen achtergebleven om te tobben over de dood, door de handen van Mao's rode gardisten, van de vrouw van wie hij hield. En Li vermoedde dat hij verontwaardigd was over het feit dat Li in Beijing een appartement met Yifu gedeeld had en dat Li altijd een betere band met zijn oom had gehad dan met zijn vader. Hij vocht tegen tegenstrijdige gevoelens van woede en schuld.

'Je bent je zoon nooit kwijtgeraakt,' zei Li.

'Misschien wens ik dat ik er nooit een gehad had,' vuurde zijn vader terug, en voor Li kwamen zijn woorden als een fysieke klap. 'Je moeder haalde zich alleen de woede van de rode gardisten op de hals, omdat ze jou tegen hun indoctrinatie wilde beschermen, omdat ze jou van die school wilde halen waar ze je hoofd met vergif vulden.' En eindelijk was het eruit, zijn allerdiepste wrok. Dat als Li er niet geweest was, zijn moeder misschien nog geleefd had. Dan zouden ze haar niet voor 'heropvoeding' meegenomen hebben, haar niet aan de beestachtige en bloederige openbare kritiek en zelfkritiek onderworpen hebben, waarbij haar stijfkoppige verzet haar kwellers er uiteindelijk toe gebracht had haar dood te slaan. Tieners waren het geweest. 'En misschien zou mijn broer vandaag nog geleefd hebben als mijn zóón niet zo onnadenkend geweest was!'

Li werd nu verblind door tranen. Hij had altijd geweten dat een verwrongen logica zijn vader ertoe gebracht had hem zijn moeders dood te verwijten, hoewel hij zich daar nooit schuldig over gevoeld had. Hoe kon hij ook? Hij was nog maar een kind geweest. Zijn vaders verwijt, wist hij, was gesmeed in het withete vuur van de gruwelen waarmee hij zelf in die verschrikkelijke tijd geconfronteerd was. Hij moest met ezelsoren over straat lopen, hij was gehekeld, bespot en gehoond. Uiteindelijk belandde hij in de gevangenis, waar hij zowel lichamelijk als geestelijk onmenselijk behandeld was. Was het een wonder dat hij veranderd was,

171

verbitterd, naar redenen zocht en alleen verwijten vond?

Maar om hem de dood van zijn oom te verwijten? Dat was nieuw en veel pijnlijker. Hij zag nog steeds de wijd open ogen van de oude man, vol angst en ongeloof, in het ogenblik van de dood bevroren. En zijn vader die hem dat verweet, dat deed hem nog meer pijn dan al het andere dat hij hem misschien ooit verweten had, omdat Li zichzelf dat in zijn hart ook verweet.

Hij stond op. Hij wilde beslist niet dat zijn vader zijn tranen zou zien. Maar het was te laat. Ze stroomden al over zijn gezicht.

'Ik moet weg,' zei hij. 'Ik ben met een moordonderzoek bezig.' En terwijl hij zich naar de deur wendde, zag hij de verwilderde blik op zijn vaders gezicht, alsof het voor het eerst van zijn leven bij de oude man opkwam dat verwijten niet straffeloos uitgedeeld konden worden, dat ook andere mensen pijn leden.

'Li Yan,' riep zijn vader hem achterna, en Li hoorde de hapering in zijn stem. Maar hij bleef pas staan toen hij de deur van het appartement achter zich dichtgetrokken had. En hij stond te beven en vocht om de kreet van smart te bedwingen, die worstelde om uit hem te ontsnappen.

VII

Margaret had zo lang mogelijk gewacht. Ze had naar een drama op de televisie gekeken dat zich tijdens de Culturele Revolutie op het platteland afspeelde. Het was prachtig opgenomen, en hoewel ze er geen woord van had verstaan, was de ellende die het programma uitdrukte immens. Het had haar gedeprimeerd, en nu waren haar ogen zwaar en ze wist dat ze niet langer op kon blijven.

Terwijl ze zich voor de nacht uitkleedde, badend in het

maanlicht dat door haar raam naar binnen stroomde, zag ze haar silhouet op de muur, bizar met de enorme zwelling onder haar borsten, en ze streek met haar handen over de strakke huid en vroeg zich af wat voor kind Li en zij zouden krijgen. Zou het er Chinees uitzien, zou het donker of blond zijn, bruine of blauwe ogen hebben? Zou het haar opvliegende karakter hebben of Li's razendmakende kalmte? Ze glimlachte in zichzelf en wist dat hoe hun genen zich ook gecombineerd mochten hebben, het hun kind was en dat zij ervan zou houden.

De lakens van het bed voelden, toen ze ertussen gleed, koud tegen haar warme huid. Ze was teleurgesteld dat ze de nacht alleen zou doorbrengen, dat Li niet gekomen was zoals hij had beloofd. Ze dacht aan Wen en haar kinderlijke, glimlachende gezicht, en die fractie van een seconde dat het betrok. *Jij he-eel boffen*, had ze tegen Margaret over Li gezegd, en Margaret vroeg zich nu af of dat moment van somberheid liet zien dat alles tussen Wen en Sun misschien niet helemaal goed zat. Maar dat ging haar niet aan en ze wilde het niet weten ook. Haar eigen leven was al ingewikkeld genoeg.

Voor één keer was ze niet de enige aanstaande moeder geweest van wie de partner niet was komen opdagen. Natuurlijk was Sun er niet. Maar voor het eerst, voor zover Margaret zich kon herinneren, was Yixuan ook alleen geweest. Jon Macken was niet meegekomen.

Het geluid van een sleutel in het slot onderbrak haar gedachten en haar hart sprong op. Li was toch gekomen. Ze keek op de klok. Het was bijna elf uur. Beter laat dan nooit. Maar zodra hij de slaapkamerdeur opendeed, wist ze dat er iets mis was. Hij zei alleen: 'Hallo.' Ze kon zijn gezicht niet zien, maar op de een of andere manier had zijn stem met dat ene woord een wereld van ongelukkigheid uitgedrukt.

Ze vroeg niets, ze wist wel beter, maar zei alleen: 'Kom in bed.'

Hij kleedde zich snel uit en schoof naast haar. Hij had de kou van de nacht buiten bij zich en ze sloeg haar armen om hem heen om haar warmte met hem te delen en de nacht te verbannen. Zonder iets te zeggen lagen ze lange tijd zo verstrengeld. In de verticale wereld, buiten hun bed, torende hij altijd dominerend en sterk boven haar uit. Maar hier, naast elkaar, was ze zijn gelijke, of meerdere, en kon zij zijn hoofd op haar schouder leggen en hem bemoederen alsof hij een klein jongetje was. En vannacht merkte ze op de een of andere manier dat hij dat het meest van alles nodig had. Toen sprak ze tegen hem, uit een behoefte iets te zeggen. Iets gewoons. Iets wat geen gewicht had om hem mee te belasten.

'Jon Macken was vandaag niet bij zwangerschapsgym,' zei ze. 'De eerste keer sinds ik er kom.' Li zei niets en zij ging verder: 'Het bleek dat er gisteravond in zijn studio ingebroken was. Je weet wel, hij heeft een klein winkel-pandje in Xidan. Maar wel beveiligd. Hij had een alarm-systeem en al geïnstalleerd. Dus moeten het beroeps geweest zijn.' Li gromde, het eerste teken van interesse. Ze wist dat werk altijd een goede manier was om hem te laten ontdooien. 'Hoe dan ook, het rare is dat ze eigenlijk niet veel meegenomen hadden. Ze sloegen de boel kort en klein, en namen wat afdrukken of zo mee, en dat was het. Hij zei dat hij niets aan de politie had. Yixuan denkt dat een "rijke Amerikaan" die te grazen genomen wordt hun waarschijn-lijk niet veel doet. De verzekering zou de rekening betalen, rottigheid gebeurt overal, en het kan waarschijnlijk beter een Amerikaan dan een Chinees overkomen.'

Li snoof nu. 'Dat vind ik paranoia klinken,' zei hij.

'Misschien niet als het jóu overkomt.'

'Wat overkomt? Spreekt hij Chinees?'

'Nee.'

'Dus hij had moeite de agenten precies te vertellen wat er gebeurd was, of wat hij kwijt was. En zij hadden net

174

zoveel moeite hem te vertellen dat er vorig jaar in Beijing bijna vijftigduizend gevallen van diefstal waren, en dat ze net zoveel kans hadden de daders te vinden als om een visum voor Amerika te krijgen.'

Margaret zuchtte. 'Betekent dit dat je het niet voor hem wilt uitzoeken?'

'Wat?!'

'Ik heb Yixuan gezegd dat ik je dat zou vragen.'

'Waarom heb je haar dat verdorie gezegd?'

'Omdat ze mijn vriendin is, en ik jouw vrouw ben. Nou, bijna. En wat voor zin heeft het om met een van Beijings toppolitiemannen getrouwd te zijn als je niet enige invloed kunt uitoefenen?'

Zijn zwijgen verraste haar. Ze had gedacht dat ze goed bezig was om hem aan het praten te krijgen. Ze had geen idee dat ze een gevoelige plek geraakt had, dus was ze zelfs nog verbaasder toen hij zei: 'Ik zal er morgen naar vragen.'

Ten slotte drukte ze zich op één elleboog omhoog en zei: 'Wat is er, Li Yan?'

'Niets wat een familietransplantatie niet kan genezen.'

'Je vader,' zei ze vlak.

'Volgens mijn váder liet ik hem niet alleen in de steek maar was ik ook verantwoordelijk voor de dood van mijn moeder, en die van...' Maar hij hield zijn mond en kon zich er niet toe brengen het te zeggen.

Margaret had altijd geweten dat Li een moeizame relatie met zijn vader had. En God wist dat ze het maar al te goed begreep. Haar relatie met haar eigen moeder was verre van ideaal. Maar ze voelde woede over zijn vaders wreedheid opkomen. Hoe kon Li mogelijkerwijs verantwoordelijk zijn voor de dood van zijn moeder. 'En van wie nog meer?' vroeg ze zacht.

'Yifu.'

Ze hoorde hoe zijn keel dichtgeknepen werd, zijn stem verstikte, en ze wilde hem alleen maar voor altijd vasthou-

175

den en al zijn pijn wegnemen. Ze wist hoe hij zich voelde wat Yifu betreft, hoe hij sinds de moord op hem al die jaren door schuldgevoelens verteerd werd. *Waarom moesten ze hem vermoorden?* had hij haar keer op keer gevraagd. Het was mijn strijd, niet die van hem. Welk recht had zijn vader om de schuld daarvoor bij zijn zoon te leggen? Wat wist hij er eigenlijk van, van wat er gebeurd was en waarom? Margaret zag er vreselijk tegen op hem te ontmoeten, was bang dat ze haar mond niet kon houden. Haar staat van dienst wat tactvol zwijgen betrof was slecht. Ze zocht in het donker Li's lippen en kuste hem. Ze voelde de tranen nat op zijn wangen en zei: 'Li Yan, het was jouw schuld niet.' Maar ze wist dat ze hem nooit zou kunnen overtuigen. En ze hield hem steviger vast en via elk raakpunt tussen hen legde ze hem haar liefde op.

Het voelde wel een eeuwigheid, zolang lag hij in haar armen. En toen zei ze kalm: 'Ik hou van je.'

'Dat weet ik,' fluisterde zijn stem terug in het donker.

Ze kuste zijn voorhoofd en zijn ogen, en zijn wangen en zijn kaak, en ging met haar handen over zijn borst en vond met haar tanden zijn tepels. Het was hun laatste nacht samen voor haar moeder morgen zou arriveren en als een vreemdeling haar ruimte kwam innemen. Ze wilde er het beste van maken, zich helemaal aan Li geven, hem de kans geven zich in haar te verliezen en, voor heel even tenminste, zijn pijn achter zich te laten. Haar handen gleden over de gladde contouren van zijn buik, haar vingers gingen door de wirwar van zijn schaamhaar, terwijl ze merkte dat hij daar groeide terwijl ze hem vasthield. En toen kuste hij haar terwijl hij met zijn handen over haar borsten streek, en haar gevoelige tepels ontvlamden, wat minieme elektrische schokjes door haar lichaam zond, naar die plek tussen haar benen waar ze hem naar binnen wilde trekken en hem voor altijd wilde vasthouden.

De klop op de deur stortte als een emmer ijskoud water

over hun passie. Ze schoot met bonzend hart overeind. De cijfers op haar wekker vertelden haar dat het middernacht was. 'Wie is daar, verdomme?'

Li zei: 'Blijf in bed. Ik ga kijken.' Hij gleed tussen de lakens uit en trok zijn broek en hemd aan. Hij verliet de slaapkamer toen er nogmaals geklopt werd. Aan het einde van de gang schoof hij de deur van het slot, deed hem open en keek in het gezicht van een broodmager meisje met piekerig haar tot op haar schouders. Ze had een mager gezicht, rood van de kou, en ze trok haar gevoerde anorak strak om zich heen om zichzelf warm te houden. Ze keek gealarmeerd toen ze merkte dat ze tegenover de lange, onverzorgde gedaante van Li op blote voeten stond.

'Wat wil je? Wie zoek je?' wilde hij weten, in de wetenschap dat ze een andere deur moest hebben.

'Niemand,' zei ze met trillende stem. 'Het spijt me.' En ze draaide zich gehaast om naar het trappenhuis en keerde op haar schreden terug, de elf trappen af die ze opgeklommen moest zijn om hier te komen, want de lift deed het niet op dit tijdstip van de nacht. Bij het licht op de overloop zag Li, toen ze zich omdraaide, dat ze een grote, onooglijke paarse vlek op haar linkerwang had. Hij deed de deur dicht en liep door de gang naar de slaapkamer terug.

'Wie was het?' vroeg Margaret. Ze zat nog steeds.

'Dat weet ik niet. Een meisje. Ze moet vast het verkeerde appartement gehad hebben, want toen ze mij zag, verdween ze als een haas.'

Margarets hart bonsde. 'Had ze een grote wijnvlek op haar gezicht?'

Li was verrast. 'Ja,' zei hij. 'Ken je haar?' Hij kon het ongeloof niet uit zijn stem houden.

Margaret was haar helemaal vergeten. Maar ze had zich nooit gerealiseerd dat ze op dit tijdstip van de avond zou komen. 'Ze heet Dai Lili. Ze is de atlete die gisteravond in het stadion tegen me zei dat ze me wilde spreken.'

177

Nu was Li verbijsterd. 'Hoe is ze er in hemelsnaam achter gekomen waar je woonde?'

'Ik heb haar mijn visitekaartje gegeven.'

Nu was hij kwaad. 'Ben je gek geworden? Wanneer? Gisteravond?'

'Vanmiddag. Ze was erachter gekomen naar welke kraamkliniek ik ging. Ze was bang, Li Yan. Ze zei dat ze me moest spreken en vroeg of ze hiernaartoe mocht komen. Wat had ik anders moeten doen?'

Li vloekte zacht binnensmonds toen hij besefte dat hij net oog in oog gestaan had met de enige die in deze zaak bereid was te praten – hoewel niet met hem. 'Misschien haal ik haar nog in.'

Margaret keek bezorgd toen hij zijn schoenen aantrok en naar de deur rende. 'Je hebt een jas nodig,' riep ze hem achterna, 'het vriest buiten.' Het enige antwoord was het geluid van de deur van het appartement, die achter hem dichtsloeg.

De kou in het trappenhuis was meedogenloos. Hij bleef op de overloop staan en luisterde. Hij kon haar voetstappen op de trap verscheidene verdiepingen onder zich horen. Een ogenblik overwoog hij te roepen, maar hij was bang dat hij haar daarmee misschien schrik zou aanjagen, dus begon hij achter haar aan te rennen. Twee treden tegelijk, totdat het zweet hem op zijn voorhoofd stond, en de teer van jaren roken verhinderde dat de zuurstof zijn bloed bereikte. Vijf verdiepingen lager bleef hij staan, en boven zijn raspende adem kon hij haar snelle, paniekerige voetstappen in de koude, vochtige lucht naar boven horen drijven. Ze had hem gehoord en vergrootte zelfs de afstand tussen hen.

Tegen de tijd dat hij de begane grond bereikt had en de glazen deuren naar buiten toe openduwde, wist hij dat ze verdwenen was. In het bleke maanlicht kon hij slechts de beveiligingsman in elkaar gedoken in zijn hokje zien zitten. Zijn sigarettenrook steeg op in de nacht. Zelfs als hij wist welke kant ze uit gegaan was, besefte hij dat hij haar nooit zou kunnen inhalen. Het was tenslotte een hardloopster, jong, fitter kon niet. En hij had te veel jaren van sigaretten en alcohol achter zich.

Hij stond een ogenblik naar adem te snakken. Het zweet veranderde op zijn huid in ijs. Huiverend draaide hij zich weer om en begon aan de lange klim naar de elfde verdieping.

Margaret zat ineengedoken in haar ochtendjas op hem te wachten. Ze was water aan het koken, voor groene thee, om hem op te warmen. Ze hoefde niets te vragen, zijn gezicht sprak boekdelen. Hij nam de kom thee aan die ze hem aanbood, hield die met beide handen vast en stond toe dat ze een deken om zijn schouders legde.

'Waarover wilde ze je spreken?' vroeg hij ten slotte.

Margaret haalde haar schouders op. 'Dat weet ik niet. En aangezien het onwaarschijnlijk is dat ze terugkomt, zullen we het waarschijnlijk nooit weten.'

'Ik vind het niet prettig dat je je adres zomaar aan een vreemde geeft,' zei Li term.

Maar Margaret luisterde niet. Ze had het beeld voor zich van het meisje, dat haar gisteravond in het stadion als een bang konijn aankeek, en de vrees op haar gezicht toen ze haar vanmiddag sprak. En ze maakte zich ongerust over haar.

179

HOOFDSTUK ZES

I

Li parkeerde op het stuk braakliggend terrein tegenover de versmarkt en liep terug over Dongzhimen Beixiao Jie naar Mei Yuans stal op de hoek.

Hij had als een blok in Margarets armen geslapen, maar was vroeg wakker geworden, nog steeds in de wolk van depressie die zijn vader uit Sichuan met zich meegenomen had. En hij wist ook dat hij voor zijn vader wakker werd terug in het appartement moest zijn, om het ontbijt voor hem klaar te maken, zich te douchen en om te kleden voor zijn werk. De avond ervoor had Li een afhaalmaaltijd uit het restaurant beneden voor zijn vader gehaald, maar hij had er nauwelijks van gegeten en was even na tienen naar bed gegaan. Zodra Li dacht dat de oude man sliep, was hij naar buiten geslopen en de stad door gereden om zijn laatste nacht met Margaret door te brengen.

Maar bij zijn terugkeer die ochtend had de oude man zijn ontbijt ook niet opgegeten. Hij had een mok groene thee geaccepteerd en alleen gezegd: 'Je bent gisteravond niet thuisgekomen.'

Li had geen reden gezien om te liegen. 'Nee. Ik was bij

180

Margaret,' had hij gezegd, en voor zijn vader had kunnen antwoorden, had hij hem onderbroken. 'En zeg niet dat het niet traditioneel is, of dat je het afkeurt. Want, weet je, dat kan me niets schelen.'

Het gezicht van de oude man verraadde niets. 'Ik was van plan te zeggen dat ik het jammer vind dat ik haar niet voor de verloving ontmoet.' Hij had op een reactie gewacht, maar toen Li niets wist te zeggen, had hij eraan toegevoegd: 'Vind je het onredelijk dat een man de moeder van zijn kleinkind wil ontmoeten?'

Het maakte blijkbaar niet uit wat Li zei of deed, zijn vader wist hem altijd wel een schuldgevoel te bezorgen. Hij had hem een reservesleutel gegeven en was naar de veiligheid van zijn werk gevlucht.

Nu, terwijl hij Mei Yuans stalletje naderde om zijn eigen vasten met een *jian bing* te doorbreken, dacht hij voor het eerst aan het raadsel dat ze hem twee dagen geleden opgegeven had. Hij had niet de tijd of moeite genomen erover na te denken en voelde zich ook daar schuldig over. Snel overdacht hij het nog eens. De vrouw was de *I Ching*-expert op zijn zesenzestigste verjaardag komen opzoeken. Hij was op 2 februari 1925 geboren. Dus dat zou betekenen dat haar bezoek op 2 februari 1991 viel. Hij zou van die datum een getal maken, haar leeftijd erachter zetten en het dan omdraaien. En dat zou het speciale getal zijn waarmee hij zich haar zou herinneren. Oké, dus de datum was 2-2-91. Maar wat was de leeftijd van de vrouw? Hij probeerde zich te herinneren wat Mei Yuan hem verteld had, maar wist niet meer of ze gezegd had hoe oud het meisje was.

'Ik heb je gisteren gemist.' Mei Yuan had hem zien aankomen en al pannenkoekenbeslag op de bakplaat gegoten.

'Ik had een...' hij aarzelde, 'een vergadering.'

'Ah,' zei ze. En Li wist onmiddellijk dat zij wist dat hij iets voor haar verborg. Hij omhelsde haar en veranderde snel van onderwerp.

'Ik zit midden in een moordonderzoek.'

'Ah,' zei ze weer.

'En mijn vader is uit Sichuan aangekomen.' Hij merkte dat haar blik snel van de bakplaat zijn kant op ging, en toen weer terug. Ze wist dat hun verhouding moeizaam was.

'En hoe gaat het met hem?'

'O,' zei Li luchtig, 'hij is weinig veranderd. Met hem is niets mis wat een vleugje moord niet zou kunnen genezen.'

Mei Yuan glimlachte. 'Ik hoop dat het niet het onderzoek is waarmee je bezig bent.'

'Dat mocht ik willen,' zei Li. 'Dat zou makkelijk op te lossen zijn. Maar één verdachte, met zowel motief als gelegenheid.' Luchthartigheid was een gemakkelijke manier om je gevoelens te verbergen, maar hij wist dat ze zich niet voor de gek liet houden.

Zijn *jian bing* was klaar en ze overhandigde hem die in bruin papier. Ze zei: 'Als de duisternis het licht probeert te evenaren, zal het zeker tot een botsing komen.'

Hij ontmoette haar blik en het was alsof ze recht in zijn ziel keek. En dat maakte hem verlegen. Want hij wist dat ze daar slechts duistere gedachten, verontwaardiging en schuld gezien kon hebben.

'Je hebt de leerstellingen van Lao Tzu in de *Tao Te Ching* gelezen,' zei ze. Het was geen vraag. Ze wist het, omdat ze hem het boek gegeven had, de taoïstische bijbel – hoewel het taoïsme meer een filosofie dan een religie was. Hij knikte. 'Dan weet je wat de tao leert: wees goed voor mensen die goed zijn. Wees ook goed voor mensen die niet goed zijn. Zo kom je tot goedheid.'

Li beet in zijn *jian bing* en voelde hoe de zachte, hartige warmte zijn mond met de smaak ervan vulde. Hij zei: 'Hiermee ben je beslist tot goedheid gekomen, Mei Yuan.' Hij ging niet om acht uur 's ochtends taoïstische filosofieën met haar uitwisselen.

Ze glimlachte naar hem met de toegeeflijkheid van een

moeder. 'En is het je gelukt om mijn raadsel op te lossen?'

'Ah,' zei hij, en hij vulde zijn mond met meer *jian bing*.

Haar zwarte ogen twinkelden. 'Hoe komt het dat ik een excuus voel aankomen?'

'Ik had geen tijd,' zei hij weinig overtuigend. 'En daarbij komt, ik kan me niet herinneren hoe oud je zei dat de jonge vrouw was.'

'Dat heb ik niet gezegd.'

Hij fronste zijn voorhoofd. 'O nee?'

'Daar gaat het juist om, Li Yan. Vind dat en de deur naar verlichting gaat open.'

'Is dat ook de filosofie van de tao?'

'Nee, dat is de filosofie van Mei Yuan.'

Hij schoot in de lach en gooide wat munten in haar blik. 'Tot morgen,' zei hij.

En toen hij zich omdraaide om naar de jeep terug te lopen, zei ze: 'Je jonge vriend was hier gisteren.' Hij bleef staan en zij haalde een boek uit haar tas. 'Hij bracht me dit.'

Het was een klassieker van Scott Fitzgerald, *The Great Gatsby*. 'Je hebt het toch nog niet gelezen, hè?' vroeg Li.

'Nee,' zei Mei Yuan. 'Niemand nog.' Ze zweeg even. 'Hij zei dat zijn vriend het hem gegeven had om aan mij te lenen.' Ze streek met haar vinger langs de rug. 'Maar dit is een spiksplinternieuw boek, nooit open geweest.'

Li glimlachte. 'Hij bedoelt het goed.'

'Ja,' zei Mei Yuan. 'Maar hij liegt te gemakkelijk. Zeg hem dat als hij me een boek wil geven, ik dat graag aanneem. Maar ik heb liever dat hij eerlijk is.'

Li bleef bij de deur van de recherchekamer staan. 'Waar is Sun?'

'Die is er niet, commandant,' zei Wu.

Li keek naar de televisie, die met het geluid uit in de hoek stond te flikkeren. 'Dat geldt vermoedelijk ook voor plaatsvervangend sectiehoofd Tao.'

Wu grijnsde en knikte. 'Alle zwemfinales vanochtend, vanmiddag atletiek.'

'Hoe doen we het?'

Wu haalde zijn schouders op. 'Het zou beter kunnen. Ze staan voor op punten, maar er komen nog enkele belangrijke wedstrijden. Wil je dat ik je op de hoogte houd?'

'Ik denk dat ik wel zonder kan.' Li keek naar Qians bureau. De rechercheur zat geconcentreerd een verslag te typen. Met twee vingers prikte hij onhandig op zijn toetsenbord. Hij was nooit echt met de technologie vertrouwd geraakt. 'Qian?' Hij keek op. 'Ik wil dat je voor mij een diefstal uitzoekt. Het wordt waarschijnlijk door het plaatselijke Bureau Openbare Veiligheid behandeld. Bij een Amerikaanse fotograaf, Jon Macken genaamd. Hij heeft een studio in Xidan. Daar werd gisteravond ingebroken.'

Qian fronste zijn wenkbrauwen. 'Wat hebben wij daarmee te maken, commandant?'

Li zei: 'Helemaal niets volgens mij. Zoek het nu maar voor me uit, wil je?'

'Natuurlijk.'

Hij wilde net gaan toen Qian hem tegenhield. 'Commandant, ik heb een briefje op je bureau gelegd.' Hij aarzelde, en Li kreeg sterk het gevoel dat iedereen in het vertrek luisterde, hoewel ze nog steeds leken te werken. 'Het kantoor van commissaris Hu Yisheng heeft gebeld. De commissaris wil je onmiddellijk spreken.' Verscheidene hoofden kwamen omhoog om zijn reactie te zien. Nu wist hij dat ze luisterden. En waarom.

II

Het lawaai van gravers en slopers weerklonk in de smalle Dong Jiaminxiangsteeg. Enkele rijwielreparateurs zaten ineengedoken tegen de kou in het zwakke winterzonnetje tegenover de achteringang van het hoofdbureau van de gemeentepolitie. De stenen gewelfde poort die ooit naar het terrein erachter had geleid, was afgebroken en de ingang werd geblokkeerd door zware machines, een graver en een kraan.

Li liep langs hen heen naar het roodbakstenen gebouw waarin nog steeds het hoofdkwartier van de centrale recherche gehuisvest was, hoewel hij niet wist voor hoelang. Het gebouw zag er haveloos uit, was bedekt met een laag sloopstof, de ramen waren besmeurd en ondoorzichtig. De meeste secties waren allang naar andere panden in de stad verhuisd, en het originele hoofdkwartier van de centrale recherche aan de andere kant van de straat – eens het onderkomen van de Amerikaanse Citibank – was nu een politiemuseum.

Zelfs in het voorkantoor van het divisiehoofd van de centrale recherche hoorde Li het hardnekkige gerasp van een pneumatische boor en het loeien van motoren van machines, die aarde en beton verplaatsten ter voorbereiding op welk nieuw gepland bouwproject dan ook. De secretaresse van commissaris Hu belde hem om hem te laten weten dat Li er was, en een ogenblik later kwam hij onder het aantrekken van zijn jasje uit zijn kantoor. Hij knikte naar Li. 'Sectiehoofd.' En toen zei hij tegen zijn secretaresse: 'Ik kan met al die verdomde herrie niet nadenken. Als iemand me zoekt, we zitten hiernaast.'

Met veerkrachtige tred liepen ze langs de werklui, die voor de oude ingang dromden, en Li volgde de commissaris de trap van het museum op, tussen hoge pilaren en door de hoge, gewelfde ingang. Binnen kwamen ze oog in oog te staan met een rijkelijk uitgesneden totempaal, die aan de 'ziel van de politie' gewijd was, een bizar uitziend monument met het embleem van het ministerie van Openbare Veiligheid als blikvanger. Maar hier in dit oude marmeren gebouw was het werk van de slopers buiten een ver gerommel en er heerste een atmosfeer van rust.

'Vroeger had ik mijn kantoor op de bovenste verdieping,' zei de commissaris, en ze beklommen verscheidene etages, langs geëxposeerde stukken die de geschiedenis van de politie en brandweer, gruwelijke moorden en afschuwelijke branden, illustreerden. De bovenste verdieping was een en al hulde aan de moderne politiemacht, met etalagepoppen die nieuwe uniforms showden, een elektronische schietbaan waar je je krachten met videobandieten kon meten. Maar die werd gedomineerd door een gigantische, ronde muur van ruim zes meter, met daarin uitgehouwen de kubistische gelaatstrekken van politiemannen uit het verleden. Ogen, neuzen, monden, handen. Dit was de Muur der Martelaren, een monument voor alle politiemannen van Beijing die sinds de oprichting in 1949 van de Volksrepubliek China tijdens actieve dienst gestorven waren. Er waren op strategische plaatsen bloemen neergezet om de doden te gedenken, en een groot boek op een glazen verhoging met daarin de namen van alle 59 politiemannen die zich tot nu toe bij hun voorouders gevoegd hadden.

Een groepje politiemannen in uniform kreeg een officiele rondleiding en een jonge agente met een koptelefoon en microfoon, die haar stem over de bovenste verdieping versterkte, was bezig de geschiedenis en het doel van het monument te beschrijven. Toen ze de commissaris zag, onderbrak ze haar praatje, en de groep verwijderde zich discreet om hun geluk op de elektronische baan te beproeven. Li stond omhoog naar de muur te kijken. Het was voor het eerst dat hij het museum bezocht.

'Indrukwekkend, niet?' zei commissaris Hu.

Li keek hem aan. Het was een kleine man met een indrukwekkend groot hoofd, en Li vroeg zich af of hij misschien model gestaan had voor sommige gezichten op de muur. Zijn haar was grijzer dan de laatste keer dat Li hem gezien had en de eerste rimpels begonnen zich op een anderszins glad gezicht af te tekenen. 'Ongewoon,' zei Li diplomatiek.

'Weet je dat je oom ook een van de Martelaren is?'

Li was verbijsterd. Het was voor het eerst dat hij dit hoorde. 'Maar hij stierf niet in actieve dienst,' zei hij. 'Hij was met pensioen.'

'Hij werd door iemand in een actief onderzoek vermoord. En gezien zijn voortreffelijke staat van dienst als politieman werd besloten zijn naam op de lijst der gesneuvelden te zetten.'

Vreemd genoeg vond Li dit onverwacht troostend. Zijn oom was niet in de onbezongen annalen van de geschiedenis gekomen om met de dood van de levende herinnering vergeten te worden. Hem was een soort onsterfelijkheid geschonken, een plaats onder helden, bij wie hij thuishoorde.

De commissaris keek hem aandachtig aan. Hij zei: 'Er zijn twee zaken waarover ik je wil spreken, sectiehoofd.' Hij keek de verdieping over om zich ervan te vergewissen dat ze niet afgeluisterd zouden worden en liet zijn stem dalen. 'Ik kreeg gisteravond een telefoontje van de procureur-generaal betreffende het officiële rapport omtrent de dood van de gewichtheffer Jia Jing. Hem was onder de aandacht gebracht dat het rapport niet helemaal juist was.' Li wilde iets zeggen, maar de commissaris stak een hand op om dat te verhinderen. 'Navraag hierover onthulde dat dat inderdaad het geval was. Hij ontdekte ook dat je dat geweten moest hebben, aangezien jij ter plaatse aanwezig was. Maar toch heb je het rapport afgetekend als zijnde een accuraat verslag van de gebeurtenissen. De procureur-generaal is woedend, en eerlijk gezegd, ik ook, sectiehoofd.'

Li zei. 'En wie dan wel vestigde de aandacht van de procureur-generaal op deze zogenaamde onnauwkeurigheid?'

187

'Ik denk dat het daar niet om gaat.'

'Ik denk dat het daar juist om gaat.'

De commissaris pakte Li stevig bij de arm en bracht hem dichter bij de muur. Zijn stem was nog slechts een kwaad gesis. 'Speel geen spelletjes met me, Li. Ik denk dat je heel goed weet wie het was. Loyaliteit is niet iets wat met de baan komt, die moet je verdienen. En ik hoor ook dat het allesbehalve goed botert tussen jou en een ander hoogge-plaatst lid van je sectie.'

'Als ik ten tijde van zijn benoeming sectiehoofd geweest was, zou hij de baan nooit gekregen hebben.'

De commissaris keek hem kwaad aan. 'Vlei jezelf niet, Li. Dat besluit zou nooit aan jou zijn geweest.' Hij liet Li's arm los en haalde diep adem. Hoewel Li boven hem uitstak, was hij zo in zijn zwarte gelegenheidsuniform, met op elke revers drie glimmende sterren, nog steeds een solide, indrukwekkende gestalte. 'Ga je me nog vertellen waarom er met dit rapport geknoeid is?' Zelfs zijn gebruik van het woord 'geknoeid' kwam Li bekend voor.

Li zei rustig: 'Misschien moet je dat aan de minister vragen, commissaris.'

Hu's ogen vernauwden zich. 'Wil je beweren dat de minister je gevraagd heeft een officieel rapport te verande-ren?' Li knikte. 'En je denkt ook maar één ogenblik dat hij dat zal toegeven?'

En Li zag voor het eerst in wat voor moeilijkheden hij zou kunnen zitten. Hij zei: 'Er zijn enkele onbelangrijke fei-ten weggelaten, puur om de mensen die erbij betrokken zijn niet in verlegenheid te brengen. Dat is alles. Niets wat daad-werkelijk met de zaak te maken heeft.'

'Het feit dat de Chinese gewichthefkampioen neukte met de vrouw van een vooraanstaand lid van de organisa-tieafdeling van het Chinees Olympisch Comité is nauwe-lijks een onbelangrijke weglating, sectiehoofd.'

'De minister...'

Hij onderbrak hem: 'De minister zal je hierin niet steunen of vrijpleiten, Li. Geloof me. In het huidige klimaat heeft hij veel te veel te verliezen. Iedereen, van de laagste agent tot de minister zelf, moet onberispelijk zijn. Vergeet niet dat zijn voormalige onderminister voor zijn misdrijven ter dood veroordeeld is.'

Li protesteerde: 'Li Jizhou kreeg van een bende smokkelaars bijna een half miljoen dollar aan smeergeld! Het voorkomen van schaamte bij een echtelijke indiscretie valt nauwelijks in dezelfde categorie.' Maar hij kon zichzelf wel een schop verkopen. Hij had hier nooit mee moeten instemmen.

De commissaris keek hem kwaad aan. 'Je bent een dwaas, Li. Gelukkig is het niet te laat om er iets aan te doen. Zorg dat de betrokken man een volledig en accuraat rapport schrijft en wij zullen het huidige rapport als "interim" omschrijven en terugtrekken.'

Li wist dat er geen uitweg mogelijk was. Als het herziene rapport in omloop kwam, was een schandaal onvermijdelijk. En gezien alle belangstelling waarin Jia zelf stond, bestond de kans dat het ook de media zou halen. Het enige waaraan hij kon denken, waren Jia's ouders, het bedroefde, oude stel dat hij op de drempel van het appartement van hun zoon tegengekomen was. Hij zei: 'Het huidige onderzoek naar de dood van Jia en verscheidene andere topatleten lijkt een moordonderzoek te worden, commissaris.'

De commissaris was duidelijk geschokt. 'Ik dacht dat hij aan een hartaanval gestorven was.'

'Dat is ook zo. Maar we denken dat hij net als alle anderen aan een door een virus veroorzaakte hartaandoening leed, waaraan hij zeker gestorven zou zijn als het lot hem niet de eerste klap gegeven had. Minstens een van die anderen is vermoord – de zwemmer Sui Mingshan. En drie anderen, die zogenaamd bij een auto-ongeluk omkwamen, waren al dood voordat de auto verongelukte.'

De commissaris keek hem bedachtzaam aan. 'Wat wil je daarmee zeggen?'

'Zo te zien hoort Jia zeker bij het moordonderzoek dat de Chinese atletiek tot op zijn grondvesten zal doen schudden, commissaris. Wat niet best is nu de Beijingse Olympische Spelen aan de horizon verschijnen. Des te erger is het als er een verband bestaat tussen Jia en een vooraanstaand lid van de organisatieafdeling van het Chinees Olympisch Comité.'

De commissaris nam ruim de tijd om dit te overdenken. Ten slotte zei hij: 'Doe voorlopig niets, sectiehoofd. Ik zal met de procureur-generaal praten, en met anderen. En ik zal je mijn besluit laten weten.' Hij zweeg. 'Denk maar niet dat je er zo makkelijk van afkomt. Begrijp je dat?'

Li knikte en voelde de kritische blik van de onderzoekende ogen van de commissaris, die probeerde te ontcijferen wat er achter Li's bewust uitdrukkingsloze gezicht lag. 'Je zei twéé dingen, commissaris.'

'Wat?'

'Je wilde me over twéé dingen spreken.'

'O... ja.' En voor het eerst vermeed commissaris Hu Li aan te kijken. 'Het is een zaak waarover ik van de week toch al met je wilde praten.'

'Om me te vertellen dat ik een appartement voor een gehuwd politieman toegewezen krijg?'

Woede vlamde plots in Hu's ogen en hij snauwde: 'Geen sprake van! Je weet heel goed dat je zo'n appartement niet krijgt!'

Li voelde de verontwaardiging, die al weken onder de oppervlakte borrelde, naar boven komen. De commissaris had het mis als hij dacht dat Li het hem gemakkelijk ging maken. 'Is dat zo? Dat bepaalde feit hoor ik nu pas voor het eerst. Dus weet ik niet hoe ik dat heel goed of anderszins had moeten weten.'

Een ogenblik dacht hij dat de commissaris hem ging

slaan. 'Jij klootzak, je bent echt vastbesloten een einde aan je carrière te maken, hè?'

'Ik wist niet dat ik veel keus had, commissaris.'

'Mijn kantoor heeft je verscheidene weken geleden gevraagd,' zei de commissaris op een uiterst beheerste toon, 'naar informatie over je trouwplannen met de Amerikaanse patholoog-anatoom Margaret Campbell. Die informatie kwam niet.'

'Die informatie,' antwoordde Li kalm, 'heb ik allemaal verstrekt toen ik een aanvraag indiende voor een apparte-ment voor gehuwden. Er is niets veranderd.'

'Dus je bent nog steeds van plan met haar te trouwen?'

'Volgende week.'

De commissaris haalde diep adem en keek omhoog naar de gezichten die van de Muur der Martelaren op hen neerkeken. 'Li, je bent een echte dwaas. Je ként het beleid van Openbare Veiligheid, dat geen van hun politiemannen met een buitenlander mag trouwen.' Hij zuchtte gefrustreerd. 'In hemelsnaam, waarom moet je met haar trouwen? Tot nu toe hebben we wat jullie relatie betreft een oogje dichtgeknepen.'

'Omdat ik van haar hou en zij mijn kind draagt. En ik ga niet 's nachts rondsluipen om clandestiene bezoekjes aan mijn minnares en kind te brengen. Als een huwelijk met haar zo'n bedreiging voor de nationale veiligheid is, dan zou ik denken dat een illegale relatie een veel groter gevaar vormt. En als jullie bereid zijn een oogje dicht te knijpen, dan zijn jullie toch gewoon hypocriet bezig?'

De commissaris schudde wanhopig zijn hoofd. 'Ik weet niet wat je oom van je gedacht zou hebben.'

'Mijn oom zei altijd dat ik mezelf trouw moest blijven. Hij placht te zeggen dat het universum blijft draaien door alles op zijn beloop te laten. Het kan niet door inmenging geregeerd worden.'

'En ik kan niets zeggen om je van mening te doen ver-

191

anderen?' Li schudde zijn hoofd. 'Dan verwacht ik volgende week je ontslagaanvraag op mijn bureau.'

'Nee.'

De commissaris keek Li verbijsterd aan. 'Wat bedoel je met "nee"?'

'Ik bedoel daarmee dat ik geen ontslag neem. Als je dit beleid per se wilt afdwingen, dan zul je me van mijn post moeten verwijderen.'

De ogen van de commissaris vernauwden zich. 'Je bent echt een koppige... arrogante... schoft, Li.' Bij de schietbaan draaiden hoofden hun kant op, omdat hij harder was gaan praten. Snel dempte hij zijn stem weer. 'Als je deze koers beslist wilt blijven volgen, dan zál ik je, geloof me, ontslaan en uit het korps zetten. Je raakt je appartement kwijt, en je pensioen, alle medische rechten en je rechten op sociale zekerheid. En wie neemt er een in ongenade gevallen, voormalige politieman in dienst?' Hij zweeg om zijn woorden te laten inzinken. 'Heb je hier echt goed over nagedacht?'

Li stond stokstijf, terwijl hij zijn emoties strak in de hand hield. In veel opzichten had hij er helemaal niet goed over nagedacht. Zijn sollicitatie naar een baan bij Beijing Beveiliging was een halfhartige poging geweest om de realiteit van zijn situatie onder ogen te zien, maar feitelijk stak hij zijn kop in het zand en hoopte hij dat alles op de een of andere manier vanzelf opgelost zou worden.

'In hemelsnaam, Li, je bent het jongste sectiehoofd in de geschiedenis van de afdeling. Je bent een van de meest geroemde politiemannen in China. Wat voor vrouw vraagt een man nu dat alles alleen maar voor een trouwring op te geven?'

'Margaret heeft me helemaal niets gevraagd,' zei Li snel tot haar verdediging.

'Wat bedoel je? Ze moet toch weten wat er gebeurt als jullie trouwen?' Li zei niets en de ogen van de commissaris sperden zich wijd open. 'Je wilt toch niet beweren dat je haar niets verteld hebt? Dat ze het niet weet?'

Li knipperde snel toen hij zijn ogen voelde volschieten. 'Ze weet van niets.' En voor het eerst zag hij in de ogen van de commissaris iets wat op medelijden leek.

'Dan ben je een nog grotere dwaas dan ik dacht,' zei hij met treurige gelatenheid. 'Het is gewoon jammer dat je oom hier niet is om wat verstand in die botte kop van je te praten.'

'Als mijn oom hier was,' zei Li stijfjes, 'weet ik zeker dat hij ontsteld zou zijn over het gebrek aan flexibiliteit van zijn oude afdeling. Hij zei altijd tegen me dat je breekt als je niet met de wind mee kunt buigen.'

De commissaris schudde zijn hoofd. 'Dan is het jammer dat je niet naar hem geluisterd hebt.' Hij zette zijn pet weer ferm op zijn hoofd en knikte kortaf. 'Je kunt binnen een paar dagen de opdracht verwachten je bureau leeg te ruimen.' En hij draaide zich om en liep kordaat naar het trappenhuis.

Li, een eenzame figuur, stond bij de Muur der Martelaren en voelde hun blikken op zich. De doden waren zijn enige gezelschap, en hij wist niet of hij zich ooit eerder zo alleen gevoeld had.

Hoofden gingen met nauwelijks verholen nieuwsgierigheid omhoog toen Li de recherchekamer binnenbeende. Tao stond bij Wu's bureau. Hij was een stapel forensische rapporten aan het doorlezen en tuurde daarbij over het zware montuur van zijn bril. Hij keek op toen Li binnenkwam. Hij liet zijn hand zakken. De papieren die hij vasthad, kwamen buiten het bereik van zijn brillenglazen. Li keek hem strak aan. 'Ik wil je graag spreken, plaatsvervangend sectiehoofd.' En hij liep Tao's kamer binnen, zodat zijn plaatsvervanger hem moest volgen met alle ogen van het kantoor in zijn rug. Li deed de deur achter hem dicht, draaide zich om en keek Tao aan, zijn stem klonk laag en beheerst. 'Ik heb de hele weg hiernaartoe de neiging moeten weerstaan je lens te trappen,' zei hij.

'Dat zou niet erg slim geweest zijn.' Tao zette zijn bril af, alsof hij verwachtte dat Li hem misschien ging slaan. 'Ik zou een aanklacht indienen.'

Li zei vervaarlijk: 'Je zou niet in staat zijn iets te doen, Tao. Ze zouden je de rest van je leven met een lepel moeten voeren.' Tao hield zich koest en Li zei: 'Ik werd slechts weerhouden door iets wat mijn oom me jaren geleden geleerd heeft. *Als je gekrenkt wordt door een eigenschap in je meerderen, gedraag je dan niet op dezelfde manier tegenover degenen onder je. Als een eigenschap in diegenen onder je je niet aanstaat, gedraag je dan niet zo tegenover degenen die boven je staan. Als iets je niet aanstaat in de man achter je, schuif het dan niet naar voren door.'*

'Een gezond advies,' zei Tao. 'Jammer dat je het niet ter harte nam.'

Lange tijd keek Li hem kwaad aan. 'Je hebt achter mijn rug om over het Jia-rapport gepraat.'

Tao schudde zijn hoofd. 'Nee,' zei hij. 'Ik wilde er een paar dagen geleden met je over praten, maar je had het "te druk".' Zijn lippen krulden smalend toen hij die woorden uitspuugde. 'Een lunchafspraak, denk ik.' Hij aarzelde, terwijl hij wachtte tot Li iets zou zeggen.

'Ga door.'

'Ik kreeg gisterochtend een telefoontje van procureur-generaal Meng, die me vroeg de details uit Wu's rapport te verifiëren.'

'Waarom belde hij jou en niet mij?'

'Ik denk omdat jij degene was die het rapport afgetekend had, en hij zocht bevestiging, dat was wel duidelijk.'

'Dus heb je hem verteld dat ik ermee geknoeid had.'

'Nee. Ik liet Wu naar mijn kantoor komen en me precies vertellen wat er die avond gebeurd was. Ik heb die informatie toen, zoals verzocht, aan de procureur-generaal doorgegeven. Ik doe het volgens het boekje, sectiehoofd Li. Altijd al. En zoals het er tegenwoordig toegaat, zou ik denken dat zelfs jij de verdienste ervan moet inzien en dus hetzelfde doet.' Zijn hooghartige glimlach verraadde hoe veilig hij zich waande. Het was nog maar een kwestie van dagen voor Li uit het korps gezet werd. Het was duidelijk een publiek geheim.

Li staarde hem met onverholen walging aan. Hij wist dat hij er fout aan gedaan had met Wu's rapport te knoeien. Hij had een van Yifu's basisprincipes genegeerd. *Als er iets is waarvan je niet wilt dat iedereen het weet, doe het dan niet.* Er bestond niet zoiets als een geheim. *Een in een oor gefluisterd woord kan kilometers ver gehoord worden,* placht hij te zeggen. En Li had ook, zoals Tao hem zo opgewekt onder de aandacht gebracht had, Yifu's advies genegeerd anderen te behandelen zoals je graag zelf behandeld wilt worden. En hij had en passant van zijn plaatsvervanger zijn vijand gemaakt. Het maakte niet uit dat hij een hekel aan de man had; hij had hem slecht behandeld en als slecht karma raakte hij dat nooit meer kwijt. En erger nog, als zout in de wonden, was de wetenschap dat Tao hem waarschijnlijk als sectiehoofd zou opvolgen. Dat was bijna meer dan hij verdragen kon. 'Zelfs als jij vindt dat ik je respect niet verdien, plaatsvervangend sectiehoofd, dan mijn ambt toch zeker wel. Je zou, voor je de procureur-generaal sprak, eerst met mij gesproken moeten hebben.' Tao begon te protesteren dat hij dat geprobeerd had, maar Li stak zijn hand op om hem te onderbreken. Dit was moeilijk genoeg om te zeggen, zonder over zichzelf te hoeven praten. 'En in de toekomst probeer ik mijn best te doen te luisteren.'

Tao leek onthutst. Hij besefte wellicht dat Li zojuist zo goed als een verontschuldiging tegen hem had geuit. Het wapperde als een witte vlag tussen hen in, net zo ongemakkelijk als onverwacht. Hij knikte bij wijze van antwoord kortaf, en Li draaide zich om en verliet zijn kantoor.

Hij negeerde de nieuwsgierige blikken, die hem door de recherchekamer naar de deur volgden. Terwijl hij door de gang naar zijn eigen kantoor liep, vocht hij tegen de verleiding medelijden met zichzelf te hebben. Volgende week zouden ze hem de baan afnemen waarvan hij hield. Maar hij was vastbesloten deze bizarre en raadselachtige zaak van de dode atleten te kraken voor ze dat deden, om tenminste met opgeheven hoofd te kunnen vertrekken. Maar dan had hij vrienden om zich heen nodig, geen vijanden.

III

Margarets taxi zette haar af bij de bovenste oprit van Beijings hoofdstedelijke luchthaven. Een ijskoude wind blies donkere wolken vanuit het noordwesten, de lucht was vol geklapper van strakgespannen kabels, die tegen hoge vlaggenmasten sloegen. Ze ging de vertrekhal binnen en nam de roltrap naar de aankomsthal beneden. Het grote elektronische bord boven de gate vertelde haar dat haar moeders vlucht op tijd was en inwendig kreunde ze. Elke vertraging zou haar enig respijt gegeven hebben. Enkele extra ogenblikken van vrijheid voor ze ten slotte in de familieval zou vallen, waarin ze tot minstens na de bruiloft vast zou zitten.

Een sjofel uitziende jongeman in een leren jack met een bontkraag kwam schuchter aanlopen. 'Jij wil dollahs?'

'Nee.' Margaret begon weg te lopen.

Hij volgde haar. 'Jij wil Chinees geld? Ik geld ruil.'

'Nee.'

'Jij wil taxi? Ik zorg voor goed prijs.'

'Ik wil rust. Ga weg.'

'He-eel goed prijs. Maar driehonderd yuan.'

'Sodemieter op,' blies ze hem in het gezicht en hij deinsde verrast achteruit voor deze blonde buitenlandse duivel met boze blauwe ogen.

'Oké, oké,' zei hij, en hij maakte zich uit de voeten, op zoek naar iemand die naïever was.

Margaret zuchtte en probeerde kalm te blijven, maar de ophanden zijnde komst van haar moeder maakte haar gespannen. Ze kon het niet helpen. Ze had tot op het allerlaatste moment vermeden eraan te denken, bijna tot ze op zoek ging naar een taxi om haar naar het vliegveld te brengen. Hoewel ze elkaar over de telefoon gesproken hadden, hadden ze elkaar sinds Margarets reis naar Chicago voor haar vaders begrafenis niet meer gezien. En toen hadden ze alleen maar geruzied. Ze was een vaderskindje geweest. Toen ze klein was, had hij haar uren van zijn tijd gegeven, had eindeloos spelletjes met haar gespeeld, haar voorgelezen, haar meegenomen naar de bioscoop of was hij met haar in de zomer het meer op gegaan. Haar moeder was daarentegen vanaf haar vroegste herinneringen een koude, afstandelijke vrouw geweest, die nauwelijks tijd voor haar gehad had. Nadat Margarets broertje tijdens een zomers ongeval verdronken was, was ze zelfs nog afstandelijker geworden. En naarmate Margaret ouder werd, leek haar moeder alleen nog maar op haar te kunnen vitten. Margaret was blijkbaar niet in staat iets goed te doen.

De eerste passagiers kwamen alleen of met z'n tweeën door de gate. De een trok een koffer, de ander duwde een bagagewagentje. En toen veranderde het langzaam in een stroom, en de aankomsthal begon vol te raken. Passagiers liepen naar de balies van de Chinese Landbouwbank om geld te wisselen of gingen naar buiten naar de rijen taxi's die buiten op de oprit stonden te wachten. Margaret zocht de gezichten af, zenuwachtig op zoek naar haar moeder. Eindelijk zag ze haar, bleek en bezorgd in een zee van Chinese gezichten, lang, slank, met net opgebrachte lippenstift, haar kapsel met hier en daar wat grijze strepen nog steeds onberispelijk, zelfs na een vlucht van vijftien uur. Ze droeg een donkergroen pak met een roomkleurige blouse. Een kameelharen mantel hing om haar schouders. Ze leek sprekend op een model uit een kledingcatalogus voor ouderen. Ze had drie grote koffers op haar bagagewagentje.

Margaret haastte zich om haar te onderscheppen. 'Mam,' riep ze, en ze zwaaide, en haar moeder draaide zich om toen ze naderbij kwam. Margaret knikte naar de drie koffers. 'Ik dacht dat je maar een week kwam.'

Haar moeder glimlachte koeltjes. 'Margaret,' zei ze, en plichtmatig omhelsden ze elkaar en kusten ze elkaar vluchtig op de wang, en toen wierp haar moeder een afkeurende blik op de zwelling die opbolde onder haar kiel. 'Mijn god, kijk nu toch! Ik kan niet gelóven dat je jezelf door die spleetoog zwanger hebt laten maken.'

Margaret zei geduldig: 'Het is geen spleetoog, mam. Het is een Chinees. En het is de man van wie ik hou.'

Wat er ook door haar moeders hoofd heen ging, ze hield het wijselijk voor zich. In plaats daarvan zei ze, terwijl Margaret haar naar de uitgang bracht: 'Het was een afschuwelijke vlucht. Vol... Chinezen.' Ze sprak het woord uit alsof het haar een nare bijsmaak bezorgde. Haar moeder beschouwde mensen die niet blank, Angelsaksisch waren, nauwelijks als mensen. 'Ze aten en proesttten en snurkten en niesden al die vijftien uur als de pest,' zei ze. 'En de geur van knoflook... Je hoeft niet te denken dat ik regelmatig kom.'

'Nou, wat een zegen,' zei Margaret. Haar moeder keek haar aan. Margaret glimlachte. 'Grapje. Kom, laten we een taxi nemen.'

Bij de taxistandplaats werden ze weer door een scharrelaar benaderd. 'Jij wil taxi, dame?'

'Ja,' zei Margarets moeder.

'Nee,' zei Margaret.

'Jawel,' protesteerde haar moeder.

'Niet van hem. Dat kost drie keer zoveel.' Ze bracht haar moeder naar de rij. De wind striemde en rukte aan hun kleren en verwoestte in vijftien seconden het kapsel dat de luchtreis van vijftien uur overleefd had. Haar moeder stopte haar armen in de mouwen van haar jas en huiverde. 'Mijn god, Margaret, het is hier nog kouder dan in Chicago.'

'Ja mam, en groter en smeriger en lawaaieriger. Wen er maar aan, want zo zal het de komende week zijn.'

Een man van middelbare leeftijd ging achter hen in de rij staan. Hij trok een klein koffertje achter zich aan. Hij glimlachte en knikte, en vervolgens hoestte hij een enorme rochel slijm op uit zijn keel en spuugde die op de grond. De wind kreeg er vat op en kwakte die tegen een vierkante betonnen zuil met lichtgevende advertenties voor satelliettelefoons.

Haar moeders ogen sperden zich wijd open. 'Zag je dat?' fluisterde ze luid.

Margaret zuchtte. Het zou een lange week worden. 'Welkom in China,' zei ze.

Margarets moeder staarde zwijgend uit het raam van hun taxi, terwijl ze snel van het vliegveld over de autoweg de stad binnenreden, en Margaret probeerde het allemaal weer door nieuwe ogen te zien. Maar zelfs in die paar jaar sinds Margarets eerste reis was Beijing onherkenbaar veranderd. Nieuwe, hoog oprijzende gebouwen veranderden bijna dagelijks de skyline. In een wanhopige poging de vervuiling te verminderen waren de alomtegenwoordige gele 'broodtaxi's' van de ene op de andere dag verbannen. Het aantal fietsen nam af, min of meer in directe verhouding tot de toename van het aantal motorvoertuigen. Vroeger waren er minstens 21 miljoen fietsen in Beijing. Joost mocht weten hoeveel voertuigen er nu op de weg waren. Van reusachtige elektronische reclameborden straalden dezelfde logo's de winderige namiddag in als de logo's die je in elke willekeurige Amerikaanse stad kon verwachten: McDonald's, Toyota, Sharp, Chrysler.

Ze reden de derde ringweg op en begonnen aan de lange lus rond de zuidzijde van het centrum. 'Ik had geen idee dat het er zo zou uitzien,' zei haar moeder. Verbijsterd keek ze naar de jonge vrouw op de stoep, in minirok en laarzen tot aan haar dijen.

'Hoe had je dan gedacht dat het zou zijn?'

'Dat weet ik niet. Zoals in de reisbrochures. Chinese lantaarns, omhoog gebogen dakranden en straten vol mensen in een blauw Mao-pak.'

'Sommige van die dingen bestaan nog,' zei Margaret. 'Maar eigenlijk is Beijing gewoon een grote moderne stad zoals je overal in Amerika kunt vinden. Alleen een stukje groter.'

Ze hadden bijna een uur nodig om bij Margarets appartementencomplex aan de noordzijde van de campus te komen. Margarets moeder wierp een scherpe blik over de omgeving – om kritiek te leveren, dacht Margaret – terwijl hun taxichauffeur de drie zware koffers de hal in droeg en in de lift stapelde. Er was geen spoor van de norse liftbediende, alleen de overblijfselen van haar sigarettenpeuken op de vloer en de verschaalde geur van sigarettenrook in de lucht.

De chauffeur glimlachte en knikte en hield de liftdeur voor hen open.

'*Xie-xie*,' zei Margaret.

'Sjie-sjie? Wat betekent dat?' wilde haar moeder weten.

'Dat betekent dank je wel.'

'Zou je hem geen fooi geven?'

'Nee. In China geven of verwachten mensen geen fooi.'

'Doe niet zo belachelijk.' Ze gebaarde naar de taxichauffeur. 'Niet weggaan.' Ze viste wat geld uit haar portemonnee. Ze vond een briefje van vijf dollar en stak hem dat toe.

De chauffeur glimlachte verlegen en schudde zijn hoofd, terwijl hij het biljet wegwuifde.

'Toe, pak maar aan,' drong haar moeder aan.

'Mam, hij pakt het niet aan. Het aannemen van een fooi wordt hier als vernederend beschouwd. Je beledigt hem.'

'O, praat geen onzin! Natuurlijk wil hij het geld. Of vindt hij onze Amerikaanse dollars niet goed genoeg?' En ze wierp hem het biljet toe.

Geschokt vanwege het gebaar stapte de taxichauffeur achteruit en keek hoe het geld naar beneden fladderde. De liftdeuren gleden dicht.

Margaret was razend en geneerde zich diep. 'Afschuwelijk! Zoiets doe je niet!'

'O, doe niet zo belachelijk, Margaret, zodra die deuren dicht zijn, kun je ervan op aan dat hij dat geld sneller in zijn zak gestoken heeft dan jij... sjie-sjie kunt zeggen.'

'O ja?' Margaret drukte kwaad op de knop met de pijltjes naar buiten, en de deuren gleden weer open. Achter het glas aan de andere kant van de hal zagen ze de chauffeur haastig de trap aflopen naar zijn taxi. Het briefje van vijf dollar lag onaangeroerd op de vloer. Margaret wendde zich tot haar moeder. 'Doe dat nooit meer.'

'Ik verwacht zo niet door mijn eigen dochter behandeld te worden,' zei haar moeder, toen de drie enorme koffers in het piepkleine gangetje van Margarets appartement stonden. 'Jij en ik hebben nooit goed met elkaar kunnen opschieten, Margaret, maar je bent mijn dochter. En ik heb tenminste mijn best gedaan hier te komen. Hoezeer ik het misschien afkeur, ik ben toch de halve wereld over gereisd om bij je huwelijk te zijn. Ik vind dat ik in ruil daarvoor recht heb op wat consideratie.'

Margaret klemde haar tanden stevig op elkaar en deed de deur achter zich dicht. 'Je slaapkamer is hier,' zei ze, en ze leidde haar moeder door de gang. Voor het eerst bleef

201

mevrouw Campbell staan om de omgeving in zich op te nemen. Ze keek in de slaapkamer. Het tweepersoons bed vulde bijna de hele kamer. Je moest je langs een oude houten kleerkast wringen om bij een klein bureautje te komen, dat voor het raam stond en als toilettafel diende.

'Je wóónt hier?' vroeg haar moeder ongelovig. Ze stampte door de gang, wierp eerst een blik in het piepkleine keukentje en liep vervolgens naar de zitkamer. Een driepersoonsbank nam bijna de halve kamer in beslag. Er was een leunstoel en tegen de muur bij het raam stonden een klaptafel met twee eetkamerstoelen. Margaret at haar maaltijden meestal alleen aan de klaptafel, of op haar knie voor de kleine televisie. Het afgrijzen was duidelijk op haar moeders gezicht te zien. 'Het hele appartement zou in de zitkamer van Oak Park passen.' Ze wendde zich ernstig tot haar dochter. 'Margaret, wat is er toch in dit godvergeten land van je geworden?'

'Ik ben hier volmaakt gelukkig,' loog Margaret. 'Ik heb alles wat ik nodig heb. En trouwens, na de bruiloft verhuizen Li en ik naar een gezinsappartement dat ons door de politie verschaft wordt. Dat zijn grote appartementen.'

Plotseling kwam er een afschuwelijke gedachte bij haar moeder op. 'Margaret, je hebt toch nog wel een andere slaapkamer, hè?'

'Nee. Alleen die ene.'

'Nou, ik hoop dat je niet verwacht dat ik een bed met je deel?'

'Nee, mam, ik slaap op de bank.'

Haar moeder keek haar aan. 'Is dat verstandig? In jouw conditie?'

'Misschien wil jij dan op de bank slapen?'

'Je weet dat dat niet gaat, Margaret. Niet met die rug van mij.'

En Margaret veroorloofde zich een uiterst klein, bitter glimlachje. Dat kortstondige moment van bezorgdheid om haar zwangere dochter die op de bank sliep, meer moederlijke bezorgdheid zat er niet in.

Toen bedacht mevrouw Campbell iets anders. 'Ik hoop dat je niet vroeg naar bed gaat,' zei ze. 'Je weet dat ik niet zo goed slaap. Ik kijk graag nog laat televisie.'

'Mam, je kunt net zoveel televisiekijken als je wilt, maar besef je wel dat het allemaal Chinees is?'

'Wat? Hebben jullie geen Amerikaanse zenders?'

'Je bent in China, mam. Mensen spreken hier Chinees. Ze kijken geen Amerikaanse televisie.'

'Ik neem aan dat de communisten dat niet toestaan.'

Margaret schudde wanhopig haar hoofd. 'Niemand zou het begrijpen!'

Het duurde bijna een uur voor ze al haar moeders kleren uitgepakt hadden en er een plaatsje voor gevonden hadden. En voor het eerst besefte Margaret hoe beperkt haar ruimte eigenlijk was. Ze kon zich niet voorstellen hoe ze zich in dit appartement met een baby moest redden en ze hoopte vurig dat Li nog voor de baby geboren was een nieuwe woning toegewezen zou krijgen. Haar moeder betwijfelde het duidelijk of ze het hier wel tot de bruiloft kon uithouden. 'Duurt het echt nog een week voor je gaat trouwen?'

'Zes dagen,' zei Margaret. 'Maar morgenavond is het verlovingsfeest.'

'Wat is dat in hemelsnaam?'

'Dat is als Li Yan me officieel ten overstaan van beide families vraagt met hem te trouwen.'

'Je bedoelt dat ik morgen die mensen moet ontmoeten?'

'Alleen zijn vader. Zijn moeder stierf tijdens de Culturele Revolutie in de gevangenis.' Mevrouw Campbell zag er geschokt uit. Zulke dingen gebeurden gewoonweg niet in de Verenigde Staten. 'Maar Li's zuster en nichtje zullen er ook zijn. We hebben een privévertrek in een restaurant afgehuurd en we krijgen daar een traditionele maaltijd.'

Mevrouw Campbell trok een vies gezicht. 'Margaret, je weet dat ik niet van Chinees eten hou.'

'In China hebben ze geen Chinees eten, mam.'

Haar moeder fronste haar wenkbrauwen. 'O nee?'

'Nee, ze noemen het hier gewoon eten.' En Margaret voegde er snel aan toe: 'Eet maar gewoon wat je kunt. Het is ook traditioneel dat de families voor de maaltijd geschenken uitwisselen.'

Mevrouw Campbell schrok. 'Maar ik heb niets meegenomen.' Ze zou niet graag willen dat iemand dacht dat ze gierig was. Vooral als het Chinezen waren.

'Maak je maar niet ongerust, het hoeft niet zo uitgebreid. Morgen halen we wat we nodig hebben.'

'Zoals?'

'Nou, geld is makkelijk. Gewoon een symbolisch bedrag. Gewoonlijk 99 yuan, of zelfs 999. Negen is in China een echt geluksgetal, omdat het drie keer drie is, en drie is het allergrootste geluksgetal.'

'Hm-hmm,' zei haar moeder. 'En wie geeft wie het geld? Zij of wij?'

'Nou, ik denk dat wij dat moeten doen, aangezien wij beter af zijn dan zij.' Ze wist dat haar moeder dat prettig vond. Alles wat haar gevoel van superioriteit onderstreepte. 'Verder kan het thee zijn, Chinese bruidtaart met een draak en een feniks erop, een haan en een kip...'

'Ik ben niet van plan een kip te geven of te accepteren,' zei mevrouw Campbell ferm. Ze wilde met respect behandeld worden. 'Het zijn afschuwelijke, stinkende schepsels. En wat moet je ermee? Je kunt ze hier niet houden!'

Margaret kon een glimlach niet onderdrukken. 'Mensen in de stad geven elkaar geen echt gevogelte, mam. Alleen symbolisch. Gewoonlijk porseleinen beeldjes, of uit papier geknipt.'

'En wat moeten we met een plaatje van een kip?'

Margaret schudde haar hoofd en ging verder. 'Ze geven

gewoonlijk ook snoep en suiker, misschien wijn, of tabak. Maar thee is het belangrijkst. Omdat beide families traditioneel wensen dat het paar hun zoveel nakomelingen schenkt als er theeblaadjes zijn.'

Mevrouw Campbell trok een wenkbrauw op. 'Dat zou wat lastig zijn, hè, in een land waar ieder echtpaar maar één kind mag krijgen.'

En gedurende een vreselijk moment zag en hoorde Margaret zichzelf in haar moeder. De toon. Het bijtende sarcasme. En ze wist niet of haar dat wel aanstond. Zoals een onverwachte glimp van jezelf, waarbij een weinig flatteuze kant, die je gewoonlijk niet ziet, zichtbaar wordt.

Haar moeder vervolgde: 'Ik weet niet of ik dit allemaal wel goedkeur.'

'Wat bedoel je?'

'Dit... verlovingsfeest, en God weet hoe de bruiloft zelf zal zijn! Margaret, dit alles riekt naar heidense rituelen. Je bent als goed christen opgevoed en ik begrijp niet waarom je niet een gewone kerkdienst kan hebben. Maar ik veronderstel dat die communisten allemaal atheïsten zijn.'

Ze liep door de gang naar de zitkamer terug. Margaret zuchtte en volgde haar. Ze vond haar met haar handen op haar heupen, terwijl ze het piepkleine kamertje rondkeek en haar hoofd schudde. 'En als je denkt dat ik de komende zes dagen de hele dag in dit benauwde, kleine hok niets ga zitten doen, dan heb je het volkomen mis.' Ze dook in haar tas en haalde er een brochure uit. Margaret herkende een foto van de Poort van de Hemelse Vrede. 'Mijn reisagent vertelde me dat als er één ding was dat ik beslist moest bezichtigen, het de Verboden Stad was. Natuurlijk heb ik die in de film The Last Emperor gezien, maar het is heel wat anders om een plek met eigen ogen te zien.' Ze keek op haar horloge. 'Ik ga er meteen op uit.'

Margaret wenste dat ze haar moeder nooit verteld had dat ze ging trouwen. 'Ben je niet moe, mam? Ik bedoel, zou

je niet even willen liggen? Thuis is het midden in de nacht.'
'Als ik nu slaap, slaap ik vannacht niet. En niets is beter
om wakker te blijven dan een beetje frisse lucht.'

IV

Li had alle rapporten voor zich op zijn bureau. Autopsieverslagen, forensische rapporten en die van toxicologie.
Rapporten van politiemannen, over elke zaak in het onderzoek. De officiële resultaten, die die ochtend naar Sectie Een
gefaxt waren, van alle dopingtests die de dode atleten in de
weken en maanden voor hun dood ondergaan hadden. Hij
had alles doorgelezen. Twee keer. Van de verslagen van de
'getuigen' van de dood van de wielrenner tot Suns verslag
van hun bezoek aan de appartementen van Sui Mingshan
en Jia Jing. Maar niets sneed nog hout. Geen van hen leek
doping gebruikt te hebben. De urinetests en de uitslagen
van toxicologie waren met elkaar in overeenstemming.

En waarom zou iemand de dood in scène zetten van
mensen die blijkbaar al een natuurlijke dood gestorven
waren? Het vreemde hieraan was dat in het geval van de
estafettelopers geen van hen in het recente verleden zelfs
maar een dokter geconsulteerd had, dus wisten ze duidelijk
niet dat ze ziek waren. Maar waar waren ze doodgegaan,
voordat ze in hun ongeluksauto gepropt werden en met
hoge snelheid tegen een lantaarnpaal reden? En waren ze
allemaal tegelijk gestorven? Li begreep er niets van.

Ze hadden geen enkel bewijs dat de wielrenner het
slachtoffer van een misdrijf was. Maar de getuigen van zijn
dood 'door ongeval' waren heel gerieflijk niet beschikbaar,
en beslist onbetrouwbaar.

En ook hij had een kaalgeschoren hoofd.

Dat kaalscheren baarde Li zorgen. Hij voelde dat het op

de een of andere manier de oplossing van het hele mysterie was. De zaak stonk. Was het een soort ritueel? Een straf? En dit mysterieuze virus waaraan ze waarschijnlijk allemaal doodgegaan waren... waar was het vandaan gekomen? Hoe waren ze geïnfecteerd geraakt? Wie wilde het verdoezelen, en waarom? Hoe meer Li erover nadacht, hoe duisterder het allemaal werd. Er waren zoveel doodlopende stegen die hij geneigd was in te gaan, verspilling van kostbare tijd, en hij werd erdoor van de waarheid afgehouden. Hij miste iets, daar was hij zeker van. Iets eenvoudigs, iets voor de hand liggends wat hij gewoon niet zag. Iets wat alle verschil zou uitmaken en hem misschien, heel misschien, een zetje in de goede richting zou geven.

Zijn gedachten werden door een klop op de deur verstoord. Geïrriteerd riep hij: 'Binnen.'

Het was Qian. 'Het spijt me dat ik je stoor, commandant. Ik heb de informatie waarom je gevraagd had, over die inbraak in de studio van die fotograaf.'

Li fronste zijn wenkbrauwen. Hij vroeg zich even af over welke fotograaf Qian het had, maar toen wist hij het weer: de Amerikaan die met Margarets Chinese vriendin van zwangerschapsgym getrouwd was. Hij zei bijna dat Qian het moest vergeten, maar hij had de informatie nu eenmaal, dus kon hij hem nu net zo goed aanhoren. Hij gebaarde naar een stoel. 'Zit er iets interessants bij?'

Qian haalde zijn schouders op. 'Niet echt, commandant.' Hij ging zitten en opende de map met daarin het rapport van één pagina, van de politiemannen die de zaak onderzocht hadden, en aantekeningen die hij tijdens het telefoongesprek met de fotograaf zelf gemaakt had. 'Gewoon een inbraak. De fotograaf heet Jon Macken. Een Amerikaan. Hij werkt al ruim vijf jaar in Beijing. Met een plaatselijk meisje getrouwd.'

'Ja, ja, dat weet ik allemaal al,' zei Li ongeduldig. 'Wat hebben ze meegenomen?'

'Nou, dat is het rare, commandant. Ze hebben niets meegenomen. Een filmrolletje, dat was alles.'

'Doen we nu ook al kleine diefstalletjes?' Tao's stem deed beiden opschrikken. Hij stond met een arm vol mappen in de deuropening.

Li zei: 'Ik heb Qian gevraagd er voor mij naar te kijken.'

Tao kwam binnen en legde de mappen op Li's bureau. 'Om te tekenen, wanneer je even tijd hebt,' zei hij. Toen keek hij naar de map op Li's schoot. 'Vanwaar onze interesse?'

'Dat weet ik niet,' zei Li. 'Misschien is die er niet. Waarom trek je er geen stoel bij, plaatsvervangend sectiehoofd, en luister je mee? Dan kunnen we samen beslissen.'

Tao aarzelde een ogenblik, maar Li wist dat hij het aanbod zou accepteren. Nieuwsgierigheid, trots en het feit dat het de eerste keer was. Tao aasde op Li's baan, en hier was een lekker hapje om zijn eetlust aan te scherpen. Hij nam een stoel mee naar het bureau en ging aan de raamkant zitten. Neutraal terrein. Noch de ene noch de andere kant. Qian vatte het kort voor hem samen.

'Dus waarom zou iemand al die moeite doen om in een fotostudio met een alarmsysteem in te breken om een filmrolletje te stelen?' vroeg Li.

'Het was een gebruikt rolletje,' zei Qian. 'Macken had er al een heel stel foto's mee genomen en ze ontwikkeld.'

'Dus ze hebben de negatieven meegenomen,' zei Tao.

'Dat klopt. Ze hebben de studio zo'n beetje overhoop gehaald, maar hij kon niets anders vinden wat weg was.'

'En wat stond er op het rolletje?' vroeg Li.

'Niets interessants eigenlijk,' zei Qian. 'Macken had de opdracht foto's te maken voor een kleurenbrochure van een club die ongeveer een halfjaar geleden in de stad geopend is. Hij was daar de dag ervoor de boel gaan verkennen en had enkele foto's genomen voor referentie. Niets bijzonders. Niets waarvan je zou denken dat iemand dat zou willen stelen.'

208

'Nou, dat is iets wat we nooit zullen weten,' zei Tao, 'aangezien hij ze niet meer heeft.'

'O, toch wel,' zei Qian. 'Blijkbaar had hij een set contactafdrukken gemaakt. Die heeft hij nog. Hij vertelde me dat hij ze allemaal uiterst zorgvuldig bekeken heeft, maar hij kan geen enkele reden bedenken waarom iemand de negatieven zou stelen.'

'Misschien deden ze dat niet,' zei Tao. 'Ik bedoel, niet speciaal. Het kan gewoon toeval zijn dat ze die meegenomen hebben.'

'Wat is het voor club waarvoor hij foto's moest maken? Een nachtclub?' vroeg Li.

'Nee, helemaal niet, commandant.' Qian sperde zijn ogen open. 'Feitelijk klinkt het als een verbazingwekkende plek. Macken heeft me er alles over verteld. Het is een soort investeringsclub voor de allerrijksten.'

Li fronste zijn voorhoofd. 'Ik snap het niet.'

Qian zei: 'Het kost je een miljoen yuan om lid te worden, commandant. Een miljoen!' Hij herhaalde het woord met een soort ontzag, alsof hij het daadwerkelijk kon proeven door het nog een keer van zijn tong te laten rollen. 'En dan heb je recht op vijf miljoen krediet.'

'Krediet waarvoor?' vroeg Tao.

'Om te investeren. Deze club peilt alle effectenbeurzen ter wereld. Als lid kun je met één druk op de knop overal effecten en aandelen kopen en verkopen. Macken zegt dat er ongeveer dertig privévertrekken zijn met televisie en fauteuils, twee restaurants, vier conferentiezalen, een communicatiecentrum dat de laatste beursnoteringen op elk televisiescherm in de club brengt. Er is een sauna, een zwembad... noem maar op.'

'Met andere woorden, een gokhol voor de allerrijksten,' zei Tao. Er klonk iets van afkeuring in door.

Li schudde verbaasd zijn hoofd. 'Ik wist niet dat zulke clubs bestonden,' zei hij, en toen herinnerde hij zich weer

Beijings Snow World en hij dacht dat hij misschien minder bij de tijd was dan hij besefte.

Qian haalde zijn schouders. 'Zoals zoveel andere dingen, commandant. Er verandert zoveel tegenwoordig. Je kunt het nauwelijks bijhouden.'

Tao stond op. 'Nou, het klinkt nauwelijks als iets voor ons,' zei hij.

Li zei: 'Mee eens. Ik vind dat we het aan het plaatselijke Bureau Openbare Veiligheid moeten overlaten.'

Qian deed zijn map dicht en kwam overeind. 'Er is nog iets,' zei hij. Li en Tao wachtten. 'Macken kreeg die opdracht omdat hij en zijn vrouw met de persoonlijke assistente van de hoofddirecteur van de club bevriend zijn. Hij kreeg de opdracht op haar aanbeveling.' Hij aarzelde. 'Nou, blijkbaar is ze verdwenen.'

Li keek dreigend. 'Wat bedoel je, verdwenen?'

'Nou, dat hoeft niet per se sinister te zijn,' zei Qian vlug. 'Alleen, weet je, het is een jong meisje, begin twintig. Woont op zichzelf en, nou, niemand schijnt te weten waar ze is. Macken zegt dat hij haar niet aan de telefoon kan krijgen, ze is niet op haar werk...'

'O, in hemelsnaam,' zei Tao geringschattend. 'Ze kan overal zijn. Ik bedoel, heeft iemand – afgezien van Macken – haar eigenlijk als vermist opgegeven?'

Qian schudde zijn hoofd. Tao keek Li aan, die zijn schouders ophaalde. 'Geef maar terug aan het bureau,' zei Li. Hij had belangrijker dingen aan zijn hoofd.

V

Lampen aan het plafond spiegelden in het oppervlak van glanzend marmer op de vloeren, muren en pilaren. Boven aan de trap overhandigde Margaret hun kaartjes aan een meisje op sportschoenen met een legerjas aan, dat hen met verlegen, donkere, nieuwsgierige ogen aankeek en zag hoe ze naar het perron afdaalden.

'Ik begrijp niet waarom we geen taxi konden nemen,' zei mevrouw Campbell buiten adem.

'Ik heb je verteld, mam, dat dat twee keer zo lang zou duren. Met de metro is het tien minuten.'

'Als we er niet eerst een halfuur over gedaan hadden om bij de metro te komen!'

Feitelijk hadden ze twintig minuten nodig gehad om naar het metrostation in Muxidi te lopen. De koude wind verlaagde de temperatuur tot min twaalf of erger. En haar moeder had, gevaarlijk wankelend op ongeschikte hoge hakken, bij elke stap geklaagd. Margaret had haar verteld dat de wandeling door de Verboden Stad bijna een uur zou duren, en dat ze verstandig schoeisel moest aantrekken. Maar haar moeder zei dat ze dat niet bij zich had. Margaret vermoedde dat het meer een kwestie van schijn ophouden was. Imago was altijd al erg belangrijk voor mevrouw Campbell geweest.

Ze hoefden slechts enkele minuten op het bijna verlaten perron te wachten. Toen arriveerde er een metro, die hen oostwaarts naar het Tiananmenplein zou brengen. Mevrouw Campbell slaagde erin zowel haar zelfbeheersing als haar kapsel te herstellen. De metro was halfleeg en ze vonden makkelijk een zitplaats. Het rumoer van stemmen in de coupé verstomde toen ze binnenkwamen, maar de stilte was eerst niet merkbaar vanwege een opgenomen mededeling in het Chinees en het Engels, die vertelde wat het volgende station was. In dit geval Nanlishi Lu. Toen klonk het geratel van wielen op rails. Margaret merkte dat haar moeder haar aanstootte.

'Wat is er?'

'Iedereen kijkt naar ons,' fluisterde ze weer luid.

Margaret keek het rijtuig door en zag dat bijna iedereen

inderdaad zwijgend, maar met ongegeneerde nieuwsgierigheid naar hen keek. Het was iets wat Margaret allang niet meer opviel, maar zelfs tegenwoordig trok de aanblik van een westerling nog steeds verwonderde blikken. Soms vroegen mensen of ze Margarets haar mochten aanraken en staarden ze haar zonder te knipperen aan, verbaasd over de helderblauwe kleur van haar ogen. 'Dat komt omdat we er zo vreemd uitzien,' zei ze.

'Wíj zien er vreemd uit?' zei mevrouw Campbell verontwaardigd.

'Ja,' zei Margaret. 'Wij zijn de rariteit. Een stel bizar uitziende, rondogige buitenlandse duivels.'

'Buitenlandse duivels!'

'*Yangguizi*. Zo noemen ze ons als ze niet al te beleefd zijn. Letterlijk buitenlandse duivels. En dan nog *da bidze*. Grote neuzen. Begrijp je, jíj vindt misschien dat Chinezen platte gezichten en scheve ogen hebben, zíj vinden dat wij prominente wenkbrauwen en grove gelaatstrekken hebben, en op neanderthalers lijken. Dat komt doordat zij vinden dat ze een hoger ontwikkeld ras zijn.'

'Belachelijk,' zei mevrouw Campbell. Ze keek kwaad naar de Chinese gezichten die haar kant op keken.

'Niet belachelijker dan die blanke, Angelsaksische Amerikanen die vinden dat ze, zeg maar, beter zijn dan de zwarten of mensen van Latijns-Amerikaanse afkomst.'

'Dat vind ík niet!' protesteerde haar moeder.

Maar Margaret was op dreef. 'Begrijp je, mam, de laagste Chinese boer kijkt op de rijkste Amerikaan neer, omdat hij op een beschaving van duizenden jaren kan terugkijken. Hun naam voor China luidt vertaald Middenrijk. Dat heet zo omdat zij vinden dat China het middelpunt van de aarde is, en de inwoners ervan zijn superieur aan de mensen die langs de rand leven. En dat zijn jij en ik. Dus terwijl jij misschien graag op sommige mensen thuis neerkijkt, ben jij híer degene op wie men neerkijkt.'

Dat was duidelijk een openbaring voor mevrouw Campbell. Ze schoof ongemakkelijk op haar stoel heen en weer. 'Belachelijk,' zei ze zacht. Maar nu vermeed ze het de mensen die naar haar keken aan te kijken.

Margaret glimlachte.

De wind blies hen bijna omver toen ze van de roltrappen bij Tiananmen West naar buiten kwamen, alsof de aarde zijn bevroren winteradem met een enorme huilende zucht uitblies. Margaret pakte haar moeder bij de arm en leidde haar snel over de brede, geplaveide stoep, langs de witmarmeren bruggen die de slotgracht overspanden, naar de Poort van de Hemelse Vrede. Rondom het portret van Mao klapperden rode vlaggen in de wind. Mevrouw Campbell hield haar jas aan de bovenkant dicht. Ze draaide zich om en volgde Mao's blik naar het zuiden. Ze had vele malen foto's van het portret en de poort op het nieuws gezien. Het was een cliché dat televisiereporters niet konden weerstaan: voor de camera verslag doen met Mao en de poort op de achtergrond. 'Waar is het plein?' vroeg ze.

'Je kijkt ernaar.'

Mevrouw Campbell sperde haar ogen wijd open. 'Is dát het plein?' Ze nam het in zich op. 'Margaret, het is kolossáál.' In de bewolkte nevel van deze winderige winternamiddag kon ze de zuidzijde zelfs niet zien. Het Historische Museum in het oosten en de Grote Hal van het Volk in het westen lagen op de rand van hun gezichtsveld.

Margaret zei: 'We kunnen later wel naar de overkant lopen.' En ze voerde haar moeder door de gewelfde tunnel, die hen onder de Poort van de Hemelse Vrede door bracht, het langgerekte, weidse plein op, dat hen naar de hoog oprijzende daken van de Meridiaanpoort en de ingang van de Verboden Stad zelf bracht. Een constante stroom mensen liep langs rijen knoestige cipressen in beide richtingen over het plein, goed aangekleed tegen de kou, hoewel de gebouwen rond het plein hier met hun grijze dakleien een bepaal-

213

de mate van bescherming tegen de wind boden. Opzichtige kramen in de stijl van de oude stad verkochten souvenirs en warme dranken. Jonge meisjes gekleed in de kleren van de keizerlijke concubines poseerden met bezoekers voor een foto. Blikkerige stemmen blaften constant mededelingen door megafoons op palen, lichaamloze stemmen waarvan de anonieme eigenaars uit het zicht weggeborgen waren.

Een smerig uitziende man naderde hen van opzij. 'Jij wil cd-lom?'

Mevrouw Campbell zei: 'Sadie Lom? Waar heeft hij het over?'

'Cd-rom,' verduidelijkte Margaret. Ze wendde zich tot de sjacheraar en zei ferm: 'Nee.'

'Dan dvd? Hally Pottalle? Ik heb Hally Pottalle.'

'Ziet mijn moeder er echt uit als iemand die een Harry Potter-film wil zien?' vroeg Margaret. De sjacheraar keek verward. 'Dat is nee,' voegde ze eraan toe, en snel leidde ze haar moeder weg. 'Als iemand je iets probeert te verkopen, loop dan gewoon door,' vertelde ze haar. 'Niet praten of aankijken.'

Ze nam haar eigen advies verscheidene keren ter harte, terwijl ze spitsroeden liepen tussen sjacheraars die glimmende gidsjes van de Verboden Stad probeerden te verkopen. Maar toen ze bij het loket voor de Meridiaanpoort kwamen, zagen ze dat die met een ketting tussen paaltjes afgesloten was en ervoor stond een bord in het Chinees.

'Jij wil boek kopen?' vroeg een stem naast haar.

Ze wendde zich tot de eigenaar van de stem, een oude boerenvrouw, en zei: 'Wat staat er op dat bord?'

'Dicht,' zei de oude vrouw.

'Dicht?' vroeg Margaret ongelovig. 'Dat kan niet.'

'Veel werk binnen. Zij maken.'

'Renovatie?'

De oude vrouw knikte heftig. 'Ja, ja, ja. Renovatie. Jij kan toch zien. Koop boek.'

214

'Niet te geloven,' zei Margarets moeder. 'Wat moet ik zeggen als ik thuiskom? Ik ben in China geweest, maar het was dicht?'

Het was druk op het Tiananmenplein, misschien omdat de Verboden Stad dicht was. En over de weidse uitgestrektheid wandelden meer mensen dan gewoonlijk, ondanks de ijskoude wind die eroverheen streek. De lucht was vol vliegers, die doken en klommen in de wind. Rode gezichten die omhoogkeken, gehandschoende handen die aan strakke lijnen trokken. Groepjes boeren van het platteland poseerden voor een foto met de Poort van de Hemelse Vrede op de achtergrond, en de rijen voor Mao's mausoleum leken langer dan gewoonlijk. Boeren stonden geduldig met een onbewogen gezicht te wachten om het lichaam van de man te zien die hun land gedurende zovele turbulente decennia geleid had, terwijl hij nu geconserveerd in zijn glazen kist lag. Margarets moeder wilde niet in de rij staan. Ze had er genoeg van.

'Ik begin moe te worden, Margaret. Misschien moesten we maar naar huis.' Margaret was opgelucht die woorden te horen.

Ze gingen door de voetgangerstunnel en de trap op naar de noordzijde van de Chang'an-avenue, waar ze de metro naar huis konden nemen. Toen ze weer in de ijzige wind kwamen, struikelde mevrouw Campbell, die nog steeds op haar ongeschikte hakken wankelde, en met een kreet van schrik viel ze. Margaret probeerde haar op te vangen, maar haar moeders arm gleed op de een of andere manier door haar vingers. Ze viel languit op straat. De pijn schoot vanaf de knie, waarop haar volle gewicht kwam, door haar been en ze dacht er zelfs niet aan te proberen haar waardigheid te bewaren.

Margaret hurkte onmiddellijk naast haar. 'Mam, alles goed?'

'Ja, ja, niets aan de hand.' Maar tranen deden haar moeders make-up uitlopen, en toen ze zich omdraaide om overeind te komen, zag Margaret dat uit de snee op haar knie bloed langs haar scheen liep. Haar kous was aan flarden.

'Probeer niet te bewegen,' zei Margaret. 'Je bloedt. Ik moet je verbinden.'

Terwijl ze in haar tas naar een schone zakdoek zocht, merkte Margaret dat er allemaal mensen om hen heen kwamen staan. De Chinezen waren verstokte bemoeials. Ze moesten altijd weten wat er aan de hand was en wilden het met eigen ogen zien. En als er zich eenmaal een menigte begon te verzamelen, werd die alleen maar, hup, groter en groter. Een vrouw pakte mevrouw Campbells tas op en gaf die aan haar terug. Iemand anders knielde naast haar en pakte haar hand, terwijl ze onbegrijpelijk tegen haar brabbelde. Margaret vond een pakje antiseptische doekjes en begon de wond schoon te maken. Die was niet diep, een schaafwond eigenlijk, maar haar moeder kromp ineen toen het ontsmettingsmiddel prikte. Iemand bood haar snoep aan, maar ze wuifde dat weg. Er stonden nu zo veel mensen om hen heen dat ze bijna geen licht meer had. Ze pakte een zakdoek – ze had altijd een schone voor noodgevallen – en bond die om de knie om het bloeden te stelpen. 'Het is niet erg, mam, het is maar een schaafwond. Je kunt nu proberen te gaan staan.' En ze pakte haar moeders arm om haar overeind te helpen.

Onmiddellijk hield de menigte massaal de adem in en werd Margaret door verscheidene handen weggetrokken. Er was een vrouw die een stortvloed aan snelvuur-Mandarijn over haar uitstortte. Margaret kreeg de indruk dat haar de les gelezen werd omdat ze iets misdaan had. En toen besefte ze dat dat inderdaad zo was. Ze was zwanger. Ze had zelfs niet moeten proberen haar moeder overeind te helpen. De menigte was ontstemd.

Tot mevrouw Campbells opperste verlegenheid werd

ze door vele handen overeind getild en weer op haar voeten gezet. Haar been begaf het onder haar en ze gilde van pijn. Maar de mensen ondersteunden haar. 'Ik kan er geen gewicht op zetten,' riep ze tegen Margaret. Haar ellende was duidelijk aan de tranen die over haar wangen rolden.

'We moeten een taxi zien te krijgen,' zei Margaret, verontrust omdat ze alle controle over de situatie blijkbaar verloren had.

Een klein mannetje in een blauwe katoenen broek boven vieze sportschoenen gefrommeld, en een overjas die verscheidene maten te groot was, verhief zijn stem boven die van de andere toeschouwers en nam het heft in handen. De menigte week uiteen en hij leidde de oudere Amerikaanse dame hobbelend, als door de Rode Zee, naar zijn fietstaxi die hij op de stoep gezet had.

Mevrouw Campbells ellende nam alleen nog maar toe. 'Margaret, hij raakt me aan,' jammerde ze. 'Hij heeft vieze handen, waar brengt hij me heen?'

Margaret pakte haar snel bij haar elleboog. 'Het ziet ernaaruit dat dit je eerste ritje in een fietstaxi wordt, mam.'

Hij hielp haar voorzichtig op het beklede bankje, dat over de achteras van zijn driewieler lag. Het dunne katoenen dak had flappen aan beide zijkanten en aan de achterkant, zodat het een afgesloten geheel vormde, die enige bescherming tegen het weer boden. Margaret klom naast haar en gaf hem hun adres.

De menigte stond nog op de stoep luidruchtig de gebeurtenissen te bespreken, en ongetwijfeld ook of Margaret eigenlijk wel het huis uit mocht. Margaret glimlachte en wuifde haar dank. 'Xie-xie,' zei ze, en de dertig mensen, of meer, barstten in een spontaan applaus los. De bestuurder spande zijn pezige, oude benen om de pedalen rond te krijgen, en ze reden in westelijke richting de stoep af, het fietspad op.

Het was een lange, zware fietstocht. Die duurde bijna

veertig minuten. Mevrouw Campbell, haar gezicht bleek en vertrokken van pijn, klemde zich aan haar dochters arm vast. Haar gezicht zat vol vegen en was vlekkerig van de tranen, haar haar was net een vogelnestje dat in een storm uit een boom geblazen was. Alle waardigheid was verdwenen, haar trots diep geknakt. Het bloeden van haar knie was gestopt, maar hij was gekneusd en dik. 'Ik had nooit moeten komen,' bleef ze maar zeggen. 'Ik wist dat ik niet had moeten komen.' Ze huiverde. 'Al die afschuwelijke mensen die met hun handen aan me zaten.'

'Die "afschuwelijke" mensen,' zei Margaret kwaad, 'waren slechts bezorgd om je welzijn. Denk je dat als je in Chicago op straat gevallen was, er maar iemand gestopt zou zijn om te vragen of alles in orde was? Er zou bijna zeker iemand met je tas vandoor gegaan zijn. En ik vraag me af of er een taxichauffeur stopt om je een lift naar huis te geven.'

'O en ik veronderstel dat je dierbare Chinese koelie ons uit de goedheid van zijn hart een lift geeft.' Mevrouw Campbell barstte bijna weer in tranen uit.

'Het is geen kóelie,' zei Margaret geschokt, en ze liet haar stem dalen. 'Vreselijk! Zoiets zeg je toch niet!'

Toen ze eindelijk bij het appartementencomplex aankwamen, hielp de bestuurder mevrouw Campbell uit de fietstaxi, wuifde Margarets aanbod weg om te helpen en hij stond erop haar moeder in de lift naar boven naar het appartement te brengen. Pas toen ze zat, verdween de uitdrukking van serieuze concentratie, en op zijn gezicht verscheen een brede glimlach.

'O, mijn god,' fluisterde Margarets moeder. 'Moet je zijn tanden zien!'

Achter zijn bovenlip zat één enkel geel stompje en aan de onderkant drie. Margaret ergerde zich dood en zocht haastig in haar tas naar wat geld. 'Hoeveel?' vroeg ze hem. '*Duoshao*?' Hij grijnsde, schudde zijn hoofd en gebaarde van

nee. 'Nee, nee, je moet,' drong Margaret aan en ze probeerde vijf biljetten van tien yuan in zijn hand te stoppen, maar
hij stapte gewoon achteruit. En Margaret wist dat, nu hij ze
geweigerd had, hij niet van gedachten kon veranderen zonder gezichtsverlies, *mianzi*, te lijden.

'*Zai jian*,' zei hij, en hij begon naar de deur te lopen.

Margaret pakte hem bij de arm. 'Heb je een kind?'
vroeg ze.

Hij keek haar uitdrukkingsloos aan en ze keek verwoed
de kamer rond op zoek naar iets waarmee ze het duidelijk
kon maken. Op tafel stond een kleine, ingelijste foto van
Li's nichtje, Xinxin. Ze pakte het, wees naar Xinxin en toen
naar de chauffeur. 'Heb je een kind?'

Hij fronste even verbijsterd zijn wenkbrauwen, maar
begreep toen wat Margaret bedoelde. Hij knikte en grijnsde,
en wees naar de foto en schudde zijn vinger. Toen wees hij
naar zichzelf.

'Je hebt een zoon,' zei Margaret. En ze hield de gevouwen bankbiljetten omhoog en stopte die in zijn hand. 'Voor
je zoon.' En ze wees weer naar de foto van Xinxin en toen
naar hem.

Hij begreep het duidelijk, want hij aarzelde een ogenblik, onzeker of zijn trots het toestond het geld te accepteren. Ten slotte sloot hij zijn hand eromheen en boog hij
plechtig. '*Xie-xie*,' zei hij.

Toen hij weg was, ging Margaret naar de zitkamer
terug en keek haar moeder kwaad aan. Die had nu heel erg
met zichzelf te doen. 'Je hebt hem zelfs niet bedankt,' verweet ze haar.

'Ik spreek de taal niet.'

Margaret schudde haar hoofd. Ze werd steeds bozer.
'Nee, dat is het niet. De waarheid is dat hij niet telt. Dat
klopt toch? Het is maar een Chinese boer met slechte tanden.'

'Met oog voor snel geld verdienen. Ik zag dat hij maar

219

al te gretig dat bundeltje biljetten aanpakte dat je hem toe-stopte.'

Margaret hief haar blik ten hemel en ademde diep in. Toen ze de neiging onderdrukt had de vrouw te slaan die haar op deze wereld gezet had, zei ze: 'Weet je, toen ik hier voor het eerst kwam, was er een tijd dat ik Chinese gezichten erg vreemd, heel anders vond.' Ze zweeg een ogenblik. 'Nu zie ik ze niet eens meer als Chinees. Misschien komt er een dag dat jij dat ook zo voelt, en dan zie je dat het gewone mensen zijn. Net als wij.'

Mevrouw Campbell keek haar dochter somber aan. 'Gezien mijn ervaringen van vandaag, Margaret, lijkt dat me hoogst onwaarschijnlijk.' En ze liet haar hoofd naar achter tegen de bank vallen en sloot haar ogen.

'Jezus!' siste Margaret gefrustreerd. 'Ik wou dat ik je nooit voor de bruiloft gevraagd had.'

Haar moeder deed haar ogen open, die vol tranen stonden. 'Ik wou dat ik nooit gekomen was!'

HOOFDSTUK ZEVEN

I

Bij het eerste licht aan een loodgrijze hemel fietste Li over de Chaoyangmen Nanxiaojiestraat. Hij had zijn vader de avond ervoor mee uit eten genomen en ze hadden elkaar onder het eten zwijgend over de tafel aan zitten staren. Ondanks alle pijn en onbegrip die er tussen hen lag, hadden ze elkaar niets te zeggen. Hij had de neiging gehad om Margaret te bellen om haar voor te stellen langs te komen, maar het was haar eerste avond met haar moeder en intuïtief wist hij dat hij weg moest blijven. De verloving was al snel en dan zou hij haar ontmoeten. In plaats daarvan was hij vroeg naar bed gegaan en weer vroeg opgestaan om zich van de sfeer te bevrijden die zijn vader in het appartement gebracht had. Hij wist niet precies hoe laat hij vanavond weg kon van zijn werk, dus had zijn zuster erin toegestemd de oude man bij Li's appartement op te halen en naar het Keizerlijk Restaurant aan het Tiananmenplein te brengen, waar ze een zaal voor het verlovingsfeest gereserveerd hadden. Li zag er vreselijk tegen op.

De smalle straat was vol fietsers en verkeer. Kolenvuren laaiden op en spuugden vonken op de stoep, terwijl

221

straatventers in enorme stapels bamboe stoompannen ontbijt klaarmaakten voor arbeiders die vroege dienst hadden.
Iedereen droeg vandaag een muts, sjaal en handschoenen.
Hoewel het misschien een graad of twee warmer was dan
de dag ervoor, was de lucht, meegevoerd op een noordenwind, onaangenaam snijdend en vochtig, zwaar van de
belofte van sneeuw.

Het was te vroeg voor Mei Yuan om op de hoek van
Dongzhimen Beixiaojie haar *jian bing* aan de man te brengen. Op dit ogenblik zou ze zich onder de onverschrokken
tai chi-beoefenaars bevinden, die zich zodra de hekken
opengingen tussen de bomen van het Zhongshanpark ver-
zamelden. Hij zou later wel ontbijten.

Vanuit de kantoren van Sectie Een viel licht in de donkere, met bomen omzoomde Beixinqiao Santiao. Li duwde
zijn fiets langs de rode gevel van de garage en zette hem
met een ketting vast aan het hekwerk bij de zij-ingang. De
eerste agenten van de dagdienst arriveerden, terwijl de
nachtploeg geleidelijk aan verdween voor een hapje en een
paar uurtjes slaap.

Wu zat aan zijn bureau toen Li zijn hoofd om de deur
van de recherchekamer stak. De televisie stond aan en hij
zat naar een vroeg nieuwsbulletin te kijken. Hij sprong op
toen Li zei: 'Is er vannacht nog iets gebeurd?'

'O, jij bent het, commandant.' Haastig zette hij het
geluid van de televisie zacht. 'We zijn met zwemmen verslagen. En ook met atletiek deden we het niet al te best. We
zouden het misschien net gehaald hebben, maar onze kampioene drieduizend meter kwam niet opdagen en de Amerikanen wonnen met een halve baan voorsprong.'

Li zuchtte. 'Ik had het over het onderzoek, Wu, niet
over de wedstrijden.'

'Het spijt me, commandant. Niets eigenlijk. Veel routi-
ne en weinig vooruitgang.'

De deur van Tao's kantoor ging open en Qian kwam

met een armvol mappen tevoorschijn. Hij worstelde om een hand vrij te krijgen, zodat hij het licht uit kon doen. 'Goedemorgen, commandant.'

'Qian. Ik dacht al, het is wat vroeg voor het plaatsvervangend sectiehoofd.' Qian grijnsde en liet de mappen op zijn bureau vallen.

Li was halverwege de gang toen Qian hem inhaalde. 'Commandant,' riep hij hem na en Li bleef staan. 'Het is waarschijnlijk niets, maar aangezien je geïnteresseerd was in die inbraak in de studio van die fotograaf, dacht ik dat je het misschien wilde weten.'

'Wat?' vroeg Li nauwelijks geïnteresseerd. Hij bleef doorlopen. Qian volgde.

'Ik kreeg vanmorgen vroeg een telefoontje van het plaatselijke bureau. Gisteravond is er weer ingebroken. Alleen was Macken er deze keer en ze hebben hem flink te grazen genomen.'

Li bleef staan. 'Alles goed met hem?' Hij herinnerde zich Macken als een klein, fragiel mannetje. Er zou niet veel nodig zijn om hem te beschadigen.

'Alleen sneeën en schaafwonden, denk ik. Feit is, commandant, dat ze op iets zeer specifieks uit waren.' Hij zweeg, want hij wist dat hij Li's interesse nu had.

'Waarop dan?'

'De contactafdrukken die hij van de negatieven gemaakt had, die ze de avond ervoor gestolen hadden.'

Li fronste zijn wenkbrauwen. Hij was nu meer dan geïnteresseerd. 'Hoe konden ze verdorie weten dat hij contactafdrukken gemaakt had?'

Qian haalde even zijn schouders op. 'Dat vroeg ik me ook af, commandant. Ik bedoel, behalve het plaatselijke bureau en wij drieën, wie kon weten dat hij ze gemaakt had?'

Li keek op zijn horloge en nam onmiddellijk een besluit. 'Laten we hem gaan opzoeken.'

Macken en Yixuan woonden in een klein appartement met twee slaapkamers op de tiende verdieping van een nieuwbouwtorenflat in het Chaoyangdistrict. Yixuan was niet thuis toen ze arriveerden, en Macken liet hen in zijn studeerkamer. Dat was een klein, rommelig kamertje, met muren vol foto's, opgeplakt voor referentie. De Mackintoshcomputer op zijn bureau werd bijna bedolven onder bergen paperassen, afdrukken en stapels boeken, die nagenoeg allemaal over fotografie gingen. Tegen een muur stond een schrijftafel, die boordevol nog meer papierwerk en belichte filmrolletjes lag. Strookjes negatieven hingen aan een lijn voor het raam.

'Excuses voor de rommel, mensen,' zei Macken. 'Voor de baby er is, moet ik deze verdomde plek uitgeruimd hebben. Dit wordt de babykamer.' Hij haalde een pakje sigaretten tevoorschijn. 'Roken jullie?' Hij grijnsde sluw. 'De enige kamer waarin ik van haar mag roken. En alleen als ze er niet is. Ze zegt dat ik ermee moet stoppen als de baby er is. God mag weten waarom. Ik rook alleen omdat er in deze verdomde stad geen andere manier bestaat om gefilterde lucht te krijgen.'

Qian accepteerde er eentje, Li sloeg hem af en Macken stak er eentje op. Hij had een kneuzing en een zwelling onder zijn linkeroog, en een lelijke schram op zijn voorhoofd en wang. Macken zag Li kijken.

'Ze dreigden met veel ergere dingen. En, hé, ik ben geen held, dus heb ik hun de afdrukken gegeven.'

Li zei: 'Zou je ze kunnen beschrijven?'

'Natuurlijk, het waren Chinezen.' Hij haalde zijn schouders op en grinnikte. 'Wat kan ik je vertellen?' Zijn glimlach verdween. 'Ik begrijp alleen niet hoe ze wisten dat ik ze had.'

'Wie wisten er nog meer van?' vroeg Li.

'Behalve ik, Yixuan en de agenten van het bureau, niemand. En jullie dan, vermoed ik.' Hij rookte zijn sigaret.

'Dus toen de agenten van het bureau voor de tweede keer kwamen, ging ik hun niet vertellen dat ik nog een kopie had. Ik vermoed dat ik het jullie wel kan zeggen.'

'Je hebt twee vellen met contactafdrukken gemaakt?' vroeg Li.

'Nee. Nadat de negatieven eergisteravond meegenomen waren, heb ik de afdrukken gescand en in de computer gezet.' Hij zocht tussen de stapels papier op zijn bureau en vond een zip-disk. Hij hield hem omhoog. 'Ik heb hem mee naar huis genomen. Wil je ze zien?'

Li knikte. En terwijl Macken het bestand op de computer laadde, keek Li Qian aan. Qians Engels was beperkt, en Macken praatte snel en zijn Engels was informeel. Li vroeg zich af hoe Qian erin geslaagd was gisteren met hem over de telefoon te praten. 'Kun je dit volgen?'

Qian haalde zijn schouders op. 'Net aan.' En alsof hij Li's gedachten las, voegde hij eraan toe: 'Zijn vrouw heeft gisteren voor ons vertaald.'

Macken haalde het vel met contactafdrukken op het scherm. Alle foto's waren piepklein en lastig te interpreteren. 'Ik kan ze een voor een opblazen,' zei hij. 'De kwaliteit is niet fantastisch, maar je kunt ze dan tenminste zien.' Met de muis trok hij een stippellijn om de eerste foto, drukte op enter en de foto vulde het scherm. Hij was erg korrelig, maar het was duidelijk een opname van een zwembad, met aan de ene kant gebrandschilderde ramen en aan weerskanten mozaïeken waarop scènes uit het oude China stonden afgebeeld. 'Ik kan niet bedenken waarom iemand deze rotzooi zou willen stelen,' zei hij. 'Ik bedoel, het zijn niet eens goede foto's. Ik heb gewoon maar wat geklikt, voor referentie. Wil je ze allemaal zien?'

Li knikte, en Macken liet ze een voor een zien. Opnames van gerieflijke fauteuils die gegroepeerd stonden rond reusachtige televisieschermen, massagevertrekken met één tot vier bedden, de sauna, het communicatiecentrum waar jonge vrouwen met een oortelefoon en een microfoon achter een serie computers zaten, die in een vijfhoek rond een centrale zuil opgesteld stonden. Er waren een restaurant, een *tepan yaki*-zaal, een conferentiezaal. Op een foto van de hoofdingang, met licht dat door zes meter hoge ramen op glanzend marmer viel, stonden vijf mensen die een deur uit kwamen. Drie van hen, in kostuum, leken bestuursleden, met dure kapsels en welvarende gezichten. Li kon de aftershave bijna ruiken. Een vierde was een grote man in trainingspak. Hij had lang haar dat in een staart zat. Een vijfde was onverwachts een blanke, een Europeaan of Amerikaan. Hij leek in de zestig, met overvloedig zilvergrijs haar dat glad vanuit een gebruind gezicht achterovergekamd was, waartegen zijn keurig kortgeknipte, zilvergrijze baard sterk afstak. Zo met dat buikje zag hij er goed doorvoed uit, maar in tegenstelling tot de anderen was hij in vrijetijdskleding, in wat een corduroy jasje en broek leken, met oude bruine schoenen. Het bovenste knoopje van zijn witte overhemd was open.

Li vroeg Macken die foto op het scherm te laten. 'Weet je wie die mensen zijn?'

Macken zei: 'Die ene links is de president-directeur. De hoge piet. Die andere twee in pak ken ik niet. Medebestuursleden, vermoed ik. Het lijken net allemaal klonen, die mensen. Die vent in trainingspak is een persoonlijke trainer. Ze hebben een sportschool beneden, die zie je zo. Leden kunnen de trainer vragen een schema voor hen op te stellen. De man met de baard... geen idee.'

'Kun je me hiervan een printje geven?'

'Natuurlijk. Ik kan ze allemaal uitprinten, als je wilt.'

'Graag.'

Macken hervatte zijn reis door de overige foto's. De sportschool was goed uitgerust met elk denkbaar, mechanisch apparaat om spieren mee te kweken, plus nog veel meer. Macken grinnikte. 'Het ziet eruit als het soort plek waar ze je tijdens de Spaanse inquisitie in stopten.'

Er was een opname van de toiletten, marmer en spiegels in overvloed. 'Die verdomde plee geurde als een bloemenwinkel,' zei Macken. 'Het weerlegt die oude mop over Chinese wc's. Ken je die?' Li schudde zijn hoofd. 'Hoe lang heb je in China nodig om naar de wc te gaan?' Li haalde zijn schouders op en Macken grijnsde. 'Zolang als je je adem kunt inhouden.' Hij lachte om zijn eigen grapje. 'Maar het was er zo verdomde schoon dat je van de vloer kon eten.' Li kon er niet om lachen.

Ze kwamen bij een foto van een groot kantoor, met aan één kant een geblokte muur tegenover een kolossaal, hoefijzervormig bureau en een glazen vergadertafel met vijf stoelen eromheen. Een van de muren was helemaal van glas, met een bewapende beveiligingsman die zelfbewust bij de deur stond. In het vertrek stonden overal potplanten en naast het bureau stond een jonge vrouw. Ze was helemaal in het zwart gekleed, een broek met wijd uitlopende pijpen en een trui met een polokraag. Haar haar was naar achteren gekamd vanuit een aantrekkelijk gezicht met delicate trekken en een streep rode lippenstift. 'Dat is JoJo,' zei Macken, en hij wendde zich tot Qian. 'Je weet wel, over wie ik je gisteren verteld hebt.' Qian knikte.

Li zei: 'Van wie je dacht dat die vermist werd.'

'Dat denk ik niet alleen,' zei Macken. 'Ze wórdt vermist.' Zijn luchthartigheid verdween, zijn twinkelende blik maakte plaats voor een frons van oprechte bezorgdheid. 'Nadat ik jullie gisteren gesproken had, heb ik daadwerkelijk een poging gedaan haar op te sporen. Ze is niet op haar werk. Ik heb verscheidene keren gebeld en ze zeiden dat ze al dagen niet geweest was. Ik heb ongeveer tien keer haar appartement gebeld. Geen antwoord. Haar mobieltje staat uit. E-mails naar haar komen als onbestelbaar terug. Ik heb Yixuan zelfs haar ouders laten bellen, maar ze hebben wekenlang niets van haar gehoord.' Hij glimlachte half.

227

'Mijn redenen om haar te vinden zijn niet helemaal onbaatzuchtig. Door haar kreeg ik dit baantje, maar ik heb nog geen contract getekend, en zonder contract geen geld.'

'Wanneer heb je deze foto's genomen?' vroeg Li.

'Eergisteren.'

'Dus ze wordt eigenlijk nog maar twee dagen "vermist".'

Macken dacht hierover na en haalde zijn schouders op. 'Vermoedelijk wel. Het lijkt langer.'

Li knikte naar het scherm. 'Vanwaar die gewapende beveiligingsman?'

'O, er ligt een grote collectie onschatbare kunstvoorwerpen in het kantoor van de baas.' Hij wees naar een deur achter het bureau. 'Daarbinnen. Vazen, juwelen, antieke wapens, noem maar op. Een verdomd vermogen waard.'

'Heb je er een foto van?'

'Nee. Ik mocht niet naar binnen. Ik was verduiveld nieuwsgierig. Ik vroeg ernaar, weet je. Maar ze wilden er niets van weten.'

Li wendde zich tot Qian. 'Ik vind dat we hun maar eens een bezoekje moeten brengen, vind je ook niet?'

II

De Eén-China Recreatie Club lag in het westen van Beijing, in het hart van een gerenoveerd gebied in het Xichengdistrict. De twee identieke appartementengebouwen daarboven boden uitzicht op het Yuyuantanpark en het meer. De ingang lag wat achteraf, achter een hoge stenen muur. Gewapende beveiligingsmannen bemanden geautomatiseerde poorten. Daarachter lag een kleine, ornamentele tuin in het hart van wat verder puur stadsgezicht was. Een geplaveid pad zocht zich kronkelig een weg door kortge-

kriipt gras naar een zomerhuis, dat op de vier hoeken overdreven omhoog gebogen dakranden had. Een aangelegde
beek, waarin het zomers wemelde van de karpers, was helemaal bevroren. Er was grote aandacht besteed aan de feng
shui van deze plek. Li en Qian klommen de negen treden op
naar de deuren, en Li keek een groot glazen vertrek in, waar
Mingvazen en oorlogsartefacten uitgestald stonden, bronzen wapens van tweeduizend jaar oud, een schedel van de
vroegste mens uit de Hanperiode. Toen ze naar binnen gingen zagen ze drie gouden beeldjes met daarachter een
gigantisch wandtapijt, dat met gouddraad geweven was. Li
had van tevoren mobiel gebeld en ze werden verwacht.
Twee meisjes in glinsterend gouden *qipaos* bogen om hen te
begroeten en een lange jongeman in een donker pak vroeg
hun hem te volgen.

Hij bracht hen door stille gangen, muren bekleed met
bleke jute, langs gewreven beukenhouten deuren, tafels met
beelden en bloemen, en hier en daar onverwachte privé-
hoekjes met groepjes sofa's en fauteuils. Ze passeerden de
glazen muur, die Li herkende als het communicatiecentrum. De meisjes achter de computers keken op toen ze
langskwamen. Aan het einde van de gang gingen ze met
een lift twee verdiepingen omhoog naar de administratie-
etage, vervolgens het kantoor binnen waar JoJo naast haar
bureau gestaan had en toegekeken had hoe Macken zijn
foto's nam. Hoogpolige tapijten dempten hun voetstappen,
terwijl de jongeman hen langs de gewapende beveiligingsman bij de deur leidde. Hij klopte op de deur achter JoJo's
lege bureau en wachtte tot hij een stem hoorde, die hun verzocht binnen te komen. Toen opende hij de deur en liet hij
Li en Qian binnen.

Li herkende de president-directeur van de foto. Hij was
jong, misschien net dertig. Met zijn vierkante kaaklijn en
ronde ogen had hij het knappe uiterlijk van een Hongkongse filmacteur. Zijn zijden pak was prachtig van snit. Toen hij

Li een hand gaf, zag die dat zijn vingernagels niet alleen gemanicuurd waren maar ook dat er transparante lak op zat.

'Een groot genoegen je te ontmoeten, sectiehoofd Li,' zei hij. 'Je reputatie snelt je vooruit. Ik ben Fan Zhilong, president-directeur van het bedrijf, en de club.' Als hij glimlachte, kwamen er aantrekkelijke kuiltjes in zijn wangen. Hij gedroeg zich makkelijk en zelfverzekerd. Hij gaf Qian een terloopse hand. 'Kom binnen, kom binnen.' Hij deed de deur achter hen dicht en ze staken een akker van roomkleurig tapijt over naar een boemerangvormig zwartgelakt bureau. Ervoor stonden drie stoelen gegroepeerd en Fan verzocht hun daar plaats te nemen, terwijl hij om het bureau heen naar zijn leren directeursstoel liep. Hij pakte twee visitekaartjes, gaf ieder er een en leunde achterover.

Li bekeek het kaartje. Fan Zhilong was de president-directeur van Eén-China Holdings Ltd., een bedrijf dat op de Hongkongse effectenbeurs genoteerd stond en dat eigenaar was van de Eén-China Recreatie Club Beijing. Hij keek op en merkte dat Fan hem aandachtig aankeek. 'Waarmee kan ik je helpen, sectiehoofd?' Het bureau voor hem was praktisch leeg. Er lagen een agenda, een vloeiblok, een pennenhouder en een in leer gebonden rekenmachine. Helemaal aan de zijkant stond een toetsenbord met een plat beeldscherm. Meneer Fan leek geen man die overladen werd met papierwerk.

'Ik hoop dat ik je misschien van dienst kan zijn,' zei Li. En terwijl hij sprak, merkte hij de grote alkoof op achter het bureau; drie muren met zwarte planken, waarop de onschatbare kunstvoorwerpen stonden uitgestald waarover Macken gesproken had, elk in zijn eigen spotlight. Borden, vazen, dolken, kleine figuurtjes. In het midden van de ruimte stond een kleine concertvleugel, prachtig uitgesneden en opgewreven, in het licht van de verschillende, elkaar snijdende lichtbundels.

Fans kuiltjes verschenen weer. 'Ik ben geïntrigeerd.'

'We onderzoeken een inbraak in de studio van de foto-graaf die de opdracht had foto's te maken voor je promo-tiebrochure.'

'Ach ja. Meneer Macken. De Amerikaan. Natuurlijk was hem die opdracht niet echt toegezegd. We moeten zijn voorstel nog goedkeuren.' Fan zweeg. 'Een inbraak?'

'Ja,' zei Li. 'Het vreemde is dat alleen de negatieven gestolen zijn van het filmrolletje dat hij hier in je club geschoten heeft.'

Fan leek oprecht verbijsterd. 'Waarom zou iemand die willen stelen? Weet je zeker dat ze die zochten?'

'Ze kwamen de volgende avond terug, nadat ze gehoord hadden dat hij contactafdrukken gemaakt had, en eisten dat hij ze gaf.'

Fan fronste zijn wenkbrauwen. 'Nou, het is vast alle-maal vreselijk raadselachtig, maar ik zie eigenlijk niet in wat dat met ons te maken heeft.'

'Misschien helemaal niets,' zei Li. 'Maar het bleek dat Macken zijn afdrukken op zijn computer gezet had. Dus gelukkig had hij nog steeds kopieën die we konden zien.' Hij pakte een grote envelop. 'In feite heeft hij ze voor ons kunnen uitprinten.'

'Mag ik ze zien?' Fan leunde over het bureau en Li overhandigde hem de envelop. Hij haalde de foto's eruit om ze te bekijken.

'Toen Macken ze me liet zien, vertelde hij over de voor-werpen die je hier in je kantoor uitgestald hebt. Hij legde uit dat je daarom een gewapende beveiligingsman buiten voor de deur hebt.' Li zweeg even. 'Toen kwam het bij me op dat de mensen die per se deze afdrukken wilden hebben, mis-schien op zoek waren naar foto's van het interieur van de club, als voorbereiding voor een overval.'

Fan keek op. 'Zou je denken?'

'Het is een mogelijkheid, meneer Fan. Maar op hoeveel

231

zou je...' hij knikte naar de alkoof, '... je collectie schatten?'

'De verzekeringsmaatschappij schat die op ongeveer vijf miljoen yuan, sectiehoofd. Ze wilden de collectie alleen verzekeren als we voor gewapende beveiliging zorgden. We zijn behoorlijk goed op mogelijke eventualiteiten voorbereid, dus maak ik me niet al te bezorgd over een eventuele overval.'

'Dat is geruststellend om te horen, meneer Fan.' Li hield zijn hand op voor de foto's. 'Maar ik wilde je toch laten weten wat er gebeurd was.' Fan schoof de afdrukken weer in de envelop en gaf ze over het bureau heen terug. 'Ik zal niet meer van je tijd verspillen.' Li stond op. 'Het is me nogal wat hier. Hebben jullie veel leden?'

'O ja, we doen goede zaken sinds we een halfjaar geleden geopend zijn. Het was echter een forse investering, zoals je begrijpt. Drie jaar alleen al om het complex te bouwen, wat een lange tijd is om bijna dertig miljoen dollar van je kapitaal vast te leggen. Dus willen we er altijd wel graag nieuwe leden bij hebben.'

'Vandaar de brochure.'

'Precies. En de foto's zullen natuurlijk ook op onze internetsite te zien zijn. Nauwelijks staatsgeheim dus.' Fan zweeg een ogenblik. 'Willen jullie rondkijken?'

'Ja graag,' zei Li. 'Zolang als je ons niet als toekomstige klanten ziet. Een lidmaatschap zou meer dan alle jaarsalarissen van mijn hele sectie bij elkaar kosten.'

Fan glimlachte beminnelijk. De kuiltjes verschenen weer in zijn wangen. 'Natuurlijk. Maar dan hebben we nog speciale introductietarieven voor vips zoals jij. We rekenen al verscheidene hooggeplaatste personen uit de Beijingse gemeenteraad tot onze leden, alsmede een aantal gekozen vertegenwoordigers van het nationale Volkscongres. We hebben zelfs enkele leden van het centrale comité van de Chinese communistische partij.'

Li begon verontwaardigd te worden, maar hij deed zijn

best om dat niet te laten blijken. Dat klonk in zijn ervaren oren zowel als omkoping als bedreiging. Een goedkoop lidmaatschap aanbieden, tegelijk met de waarschuwing dat Fan niet zonder aanzienlijke invloed op hoge plaatsen was. Waarom had hij het in godsnaam nodig gevonden die beide te uiten? Hij zei: 'Is het lidmaatschap exclusief voor Chinezen?'

'Niet exclusief,' zei Fan. 'Hoewel toevallig al onze leden Chinees zijn.'

'O ja?' Li haalde de afdrukken weer tevoorschijn en keek ze door, tot hij de foto van de vier Chinezen en de westerling vond. Hij hield hem omhoog, zodat Fan hem kon zien. 'En wie is dat dan?'

Fan tuurde naar de foto en haalde zijn schouders op. 'Dat weet ik niet.'

'Maar dat ben jij toch op de foto?'

'Ja.' Hij keek weer naar de foto. 'Ik denk dat het een vriend van een van de leden was. Gasten zijn geoorloofd. Maar ik kan me niet herinneren wie het was.' Hij gebaarde naar een deur tegenover zijn bureau. 'Als jullie me willen volgen, heren...'

De president-directeur leidde hen naar een privézitkamer en vervolgens langs een scherm naar dubbele glazen deuren die naar het zwembad leidden, dat ze op Mackens foto's gezien hadden. Het gekleurde licht dat door de gebrandschilderde ramen viel, flikkerde in een miljoen gebroken scherven over het wateroppervlak. De lucht was warm en vochtig en zwaar van de geur van chloor. 'Een van de voordelen van de baan,' zei Fan. 'Een zwembad en suite. Ik kan een duik nemen wanneer ik wil.'

Hij leidde hen een betegelde trap af naar de sauna beneden. In een groot vertrek, waarvan de muren en vloer bedekt waren met roze marmer, gingen ze op een chaise longue zitten om hun schoenen uit te trekken. Vervolgens trokken ze slippers met zachte zolen aan. Een man in een donker pak voerde hen door een lange zuilengalerij. Langs beide muren spoten op geregelde afstand gebeeldhouwde koppen van mythische figuren van de zee water in troggen met helder water vol kiezelstenen en karpers. Het saunage-deelte was gigantisch groot. De vloeren waren bekleed met biezen matten en langs de muren stonden aparte toilettafels met spiegels en haardrogers voor ijdele leden. Er waren pri-vékleedruimten met rotan meubelen en zachte roomkleuri-ge kussens. De sauna zelf stond achter plafondhoge glazen muren en een trap leidde omhoog naar een bubbelend dompelbad dat om een centrale zuil lag. Meer water stroomde langs een moderne sculptuur, en indirecte ver-lichting creëerde een dramatisch visueel effect, dat de gelui-den van stromend water begeleidde.

'We zijn erg trots op onze sauna,' zei Fan. 'Die is bij onze leden favoriet.'

Hij nam hen mee naar de hal, die naar de kamers voor fysiotherapie en massage leidde. Vanachter een receptieba-lie glimlachte een mooi meisje in clubuniform naar hen. De kamers zagen eruit zoals Li en Qian ze op Mackens foto's gezien hadden, met lage bedden bedekt met witte hand-doeken tegenover een groot televisiescherm. Li vroeg zich af wat er behalve het kopen en verkopen van internationa-le effecten werkelijk in deze ruimten gebeurde.

Boven nam Fan hen via verscheidene conferentiezalen mee naar zijn eigen privé-amusementsruimte. Rond lage tafels en een neerlaatbaar projectiescherm stonden zachte banken. Ook was er een grote, ronde bankettafel en achter een gewelfde doorgang stond een vleugel klaar met stoelen en muzieklessenaars voor een strijkkwartet, als begeleiding tijdens het eten.

'Hoewel de amusementsruimte hoofdzakelijk voor het gebruik van het bestuur is,' zei Fan, 'kan die ook door leden gehuurd worden. En dat geldt ook voor de hoofdeetzaal zelf, alsmede de verschillende kleinere eetzalen. Maar het populairst voor privédoeleinden is de *tepan yaki*-zaal.' Hij bracht hen via een gaanderij naar een smal, rechthoekig vertrek, waar je met z'n achten rond een enorme, rechthoekige kookplaat kon zitten, waar een Japanse chef-kok terwijl je wachtte het eten klaarmaakte.

Nog nooit had Li zoveel weelde gezien. En het was moeilijk te geloven dat, terwijl de Chinese nouveau riches zijn nieuwverworven rijkdom op de internationale effectenbeurzen vergokte en hier exotisch zat te dineren, of zich in de sauna zat te koesteren, of sloom baantjes trok in het zwembad, enkele straten verderop de mensen stinkende gemeenschappelijke toiletten deelden en hun *fen* telden om een extra stuk fruit op de markt te kopen. Hij vond het onsmakelijk, bijna obsceen. Een bel fantasie in een zee vol grimmige realiteit.

Ze volgden Fan door een labyrint van gangen terug naar de hoofdingang. Fan keek achterom over zijn schouder. 'Je ziet het wel zitten allemaal, sectiehoofd?'

'Ik ben heel blij met mijn leven zoals het nu is, dank je, meneer Fan,' zei Li. Hij keek naar een bord op de muur naast hoge dubbele deuren. DE EVENEMENTENHAL, stond erop. 'Wat is een evenementenhal?'

'Precies wat het zegt, sectiehoofd,' zei Fan. 'Een plek waar we belangrijke evenementen houden. Concerten, ceremonies, cursussen. Ik zou je de ruimte graag laten zien, ware het niet dat hij net opgeknapt wordt.'

Ze bleven bij de voordeur staan en gaven elkaar een hand, onder het oog van de personeelsleden, die achter hun bureau links en rechts langs de muren van de hal in de houding stonden.

'Ik waardeer je bezoek en je bezorgdheid, sectiehoofd, en in het licht van wat je me verteld hebt, overweeg ik een herziening van onze beveiliging te vragen.' Hij knikte naar de glazen antiekkamer. 'Ook daar staan stukken van enkele miljoenen.'

Li stond op het punt de deur open te doen, toen hij bleef staan. 'O ja,' zei hij. 'Meneer Macken lijkt zich nogal bezorgd te maken over de verblijfplaats van je persoonlijke assistente, JoJo.'

Fan trok een wenkbrauw op. 'O ja?' Maar uit eigen beweging vertelde hij niets.

Li zei: 'Misschien zouden we haar kunnen spreken voor we gaan?'

'Dat is onmogelijk, jammer genoeg, sectiehoofd. Ik heb haar ontslagen.'

'O ja? Waarom?'

Fan zuchtte. 'Voor onbehoorlijk gedrag, vrees ik. JoJo had een van onze appartementen boven. Dat hoorde bij de baan. Ik kwam erachter dat ze daar na sluitingstijd leden "onthaalde". We hebben de strikte clubregel dat het personeel zich niet met de leden mag verbroederen.'

'Wat betekent dat je haar ook uit het appartement gegooid hebt?'

'Haar werd gevraagd onmiddellijk te vertrekken, en ik heb het account stopgezet van haar mobiel, dat ook door het bedrijf betaald werd.'

'Heb je enig idee waar ze naartoe ging?'

'Absoluut niet. Ik weet dat ze ooit een vriendje in Shanghai had. Misschien is ze daarnaartoe om haar wonden te likken.'

Toen ze weer buiten op straat stonden, richtte Li zich tot Qian. 'En wat vind jij ervan?' vroeg hij.

Qian grijnsde. 'Ik denk dat als hij míj een gereduceerd lidmaatschap had aangeboden, ik hem zijn hand afgebeten had.'

Li knikte nadenkend. 'Wat ik niet begrijp is waarom hij me dat eigenlijk aanbood. Als hij niets te verbergen heeft, heeft hij niets van me te vrezen. Dus waarom probeerde hij me om te kopen?'

'Je wordt paranoia op je oude dag, commandant. Denk

236

maar eens aan de roem die hem ten deel valt als hij Beijings toppolitieman in zijn boeken heeft.'

'Hmm.' Li stond even in gedachten verzonken. Toen zei hij: 'Ik denk dat we hiermee waarschijnlijk onze tijd verspild hebben, Qian. We kunnen beter terug naar de sectie gaan.'

III

Toen ze voor Sectie Een parkeerden, dwarrelden de eerste sneeuwvlokken naar beneden op een wind die zo dun was als een scheermes. Minuscule, droge vlokjes, die verdwenen zodra ze de weg raakten. Er waren er nog te weinig, dus zou de sneeuw waarschijnlijk niet blijven liggen. Een ogenblik ervoor nog had Li Mei Yan toen ze haar op de hoek passeerden met haar voeten zien stampen om ze warm te houden. Ze had niet veel klandizie, maar Li had geen tijd om te eten, dus stopten ze niet.

Toen ze naar boven liepen, kwamen ze Tao tegen op de trap. Die was op weg naar beneden, en ze praatten even kort met elkaar op de overloop van de tweede verdieping. Li deed zijn best beleefd te zijn en vertelde hem over de ontwikkelingen met Macken en hun bezoek aan de club.

'Dus je denkt dat iemand van plan is de club te beroven?' vroeg Tao.

'Het is een mogelijkheid,' zei Li. 'Ik heb hen ervoor gewaarschuwd. Maar hun beveiliging is behoorlijk goed, dus veel meer kunnen we niet doen, denk ik.'

Tao knikte. 'Ik heb een bespreking met de administrateur,' zei hij. 'Ik ben over ongeveer een uur terug.' Hij liep een tree of vijf door. Toen bleef hij staan en riep omhoog: 'Heb je het gehoord van de atlete die vermist wordt?'

Li fronste zijn voorhoofd. 'Nee.' En toen herinnerde hij

237

zich dat Wu iets had gezegd over iemand die niet was komen opdagen voor een wedstrijd.

'De Chinese indoorkampioene drieduizend meter,' zei Tao. 'Ze kwam gisteravond niet opdagen voor haar race. Niemand kan haar blijkbaar vinden.'

In de recherchekamer zaten zo'n tien rechercheurs rond de televisie. Enkele gezichten draaiden naar de deur toen Li en Qian binnenkwamen. Sun gebaarde dat Li moest komen. 'Commandant, dit kan belangrijk zijn.'

Er werd een nieuwsbulletin uitgezonden, over de nasleep van de Chinees-Amerikaanse indooratletiekwedstrijden, en het feit dat de Chinese afstandloopster, Dai Lili, de vorige avond niet voor haar wedstrijd was komen opdagen. Ze was de favoriet op de drieduizend meter geweest en als ze gewonnen had, zou dat voldoende geweest zijn om het totale puntenklassement ten gunste van China te laten doorslaan. Dus waren er vanochtend overal heel wat ongelukkige mensen geweest. En nog steeds geen spoor van Dai Lili. De Amerikaanse pers had doorgekregen dat er iets vreemds aan de hand was, en gezien Beijings belofte dat er tijdens de Olympische Spelen vrij en open verslag gedaan mocht worden, aarzelden de autoriteiten de buitenlandse media te zeer te beknotten. Er werd live verslag gedaan over een heuse media-oploop voor het hoofdstedelijke overdekte stadion, met zowel buitenlandse als binnenlandse journalisten, die een officiële verklaring eisten. Op de achtergrond kon Li een Amerikaanse verslaggever voor de camera horen praten. '*Niet alleen kwam de Chinese kampioene Dai Lili niet voor de wedstrijd opdagen, maar de Chinese atletiek heeft daarbij ook een rampzalige maand achter de rug, waarin zes van de Chinese topatleten onder ongewone omstandigheden stierven...*' Dus de geest was uit de fles. En die zouden ze er natuurlijk met geen mogelijkheid meer in kunnen krijgen.

Wu zei: 'Ze woonde alleen in een appartement aan de

noordkant, commandant, maar blijkbaar is er niemand thuis. Haar ouders zeggen dat ze ook niet weten waar ze is. En gezien ons huidige onderzoek dacht ik dat het misschien de moeite waard was om het uit te zoeken.'

Li knikte. 'Wat weten we van haar?'

'Nog niet veel,' zei Sun. Hij zag opeens een beeld van haar gezicht op het scherm verschijnen. 'Dat is ze.'

Li keek naar het gezicht en voelde zijn hoofdhuid overal prikken. Hij had haar slechts enkele ogenblikken bij slecht licht op de overloop voor Margarets appartement gezien, maar de wijnvlek was onmiskenbaar. Ze had Margaret willen spreken. Margaret had het meisje haar adres gegeven en ze was daar al één keer komen opdagen. Aangezien zes van haar medeatleten dood waren, kwam het allemaal een beetje té dichtbij.

Hij zei tegen Sun: 'Pak je jas. We gaan naar het stadion.'

Li en Sun moesten zich langs de verslaggevers en cameramensen wringen, die zich voor de officiële ingang van het stadion verzameld hadden. Er vielen nu dikkere sneeuwvlokken met grotere regelmaat. De stemming van de media was bedrukter dan Li eerder op de televisie gezien had. De energie en het enthousiasme waren verdwenen door de kou. Vijandige blikken volgden de twee rechercheurs naar de deur, waar Li op het raam tikte en zijn legitimatie aan de gewapende beveiligingsman binnen liet zien.

Chef de mission Cai Xin was niet blij hen te zien. 'Ik kan wel wat beters met mijn tijd doen, sectiehoofd, dan die aan vruchteloze politieverhoren te verspillen.' Zijn stemming was er door de nederlaag niet beter op geworden.

Li zei kalm: 'Ik kan regelen, chef de mission Cai, dat je naar Sectie Zes gebracht wordt om door beroeps ondervraagd te worden als je dat liever hebt.'

Cai bleef onmiddellijk staan. Hij keek Li onderzoekend aan, terwijl hij zich afvroeg of het een loze bedreiging was.

Cai had tenslotte zo zijn connecties. 'Ik zie niet in wat voor belang de politie hierin kan stellen,' zei hij.

'We hebben zes dode atleten,' zei Li. 'En nu wordt de zevende vermist. Dus poeier me niet af, Cai. Waar kunnen we praten?'

Cai haalde diep adem en bracht hen naar zijn privévertrek, naast de baan, waar hij drie avonden daarvoor met Li en Margaret gesproken had. Alle kleur was uit zijn gezicht verdwenen en er viel een mengeling van woede en angst van af te lezen. 'Ik zou je kunnen aangeven, sectiehoofd, omdat je zo tegen me spreekt,' siste hij, en hij keek naar Sun.

Sun haalde zijn schouders op. 'Het leek me meer dan beleefd, chef de mission Cai,' zei hij, en Cai zag in dat het weinig zin had om verontwaardigd te blijven. Hij kon het maar beter snel achter de rug hebben.

'Wat willen jullie weten?' vroeg hij kortaf.

'Wie heeft de media over de dode atleten verteld?' vroeg Li.

'Geen idee. Maar als bij een belangrijke, internationale wedstrijd zes van je favorieten niet komen opdagen, dan gaat men vragen stellen. En enkele van die sterfgevallen zijn nauwelijks geheim. In de *China Daily* stond vorige maand het bericht over het auto-ongeluk dat mijn hele estafetteteam wegvaagde.'

'Waarom kwam Dai Lili gisteravond niet opdagen?'

'Misschien weet jij het? Ze leek erg intiem met die Amerikaanse vriendin van je.'

Li merkte dat Sun hem aankeek. Maar hij hield zijn aandacht op Cai. 'Waarom denk je dat?'

'Ik zag hen een paar dagen geleden daarbuiten in de foyer praten.'

'Nadat je je atleten strikte orders gegeven had geen van ons beiden iets te vertellen,' zei Li, en onmiddellijk bloosde Cai.

'Daar weet ik niets van,' zei hij.

'Ja, natuurlijk,' zei Li. 'En je hebt haar zeker ook niet gevraagd waarover ze het met dr. Campbell had.'

'Inderdaad niet.'

'Wilde ze het je niet vertellen? Was dat het probleem? Maakte dat je kwaad? Kwam ze daarom niet opdagen?'

'Dit is absurd!'

'O ja? Ze wilde dr. Campbell wel erg graag spreken, maar daar kreeg ze de kans niet voor, omdat ze bang wegrende toen ze jou zag. Ik neem aan dat je niet weet waarover ze haar zo dringend wilde spreken?'

'Nee, inderdaad niet. En ik stoor me eraan dat ik zo ondervraagd word, sectiehoofd, ik stoor me aan je toon en aan je gedrag.'

'Nou, weet je, chef de mission Cai? Je weet het waarschijnlijk niet, maar mijn onderzoek naar de dood van je atleten is nu een moordonderzoek. En ergens daarbuiten loopt een jong meisje dat mogelijk in zeer groot gevaar is. Of misschien is ze zelfs al wel dood. Daarom kan het me bepaald niets schelen dat mijn toon jou niet aanstaat. Omdat jouw naam op dit ogenblik de enige is op een lijstje van verdachten.'

Cai verbleekte. 'Dat meen je niet.'

'Je zult merken hoezeer ik dat meen, chef de mission Cai, als je niet je volledige medewerking verleent. Ik wil haar thuisadres, het adres van haar ouders, haar telefoonnummer, haar mobiele nummer, haar e-mailadres en alle informatie die je verder over haar hebt. En wel meteen.'

Toen ze de brug over de rivier achter het stadion overstaken, ademde Sun de rioollucht in die daar hing, en zijn gezicht vertrok van walging. Hij blies zijn wangen op en haastte zich naar de overkant. Hij draaide zich juist om toen Li hem inhaalde. 'Je pakte hem wel wat hard aan, commandant,' zei hij. 'Je beschouwt hem toch niet echt als verdachte, hè?'

241

'Op dit ogenblik,' zei Li, 'is hij de beste die we hebben. Hij is de enige gemeenschappelijke factor. Alle slachtoffers kenden hem. Hij is vijandig en defensief, en hij heeft een uitermate dubieus verleden op het gebied van doping. Hij gaf een paar dagen geleden zijn atleten de instructie niet met mij te spreken, en toen zag hij Dai Lili met Margaret praten. Plotseling wordt Dai Lili vermist. Heel toevallig allemaal.'

'Waarover wilde ze dr. Campbell eigenlijk spreken?'

Li schudde gefrustreerd zijn hoofd. 'Ik wou dat ik dat wist.'

IV

Dai Lili's ouders woonden aan een vervallen *siheyuan*-binnenplaats in een stadswijk even ten westen van Qianmen, en ten zuiden van de oude stadsmuur, die de keizerlijke familie en haar courtisanes beschermd had tegen de gewone mensen, die zich verdrongen voor de poorten van de historische hoofdstad. In de dagen voor de communisten waren de straten hier vol clubs, restaurants en gokholen. Het was een gevaarlijke plek om je alleen in het donker te wagen. Nu was Qianmen een levendig winkelgebied, vol boetieks en warenhuizen, snackbars en restaurants voor de hogere inkomens.

Li reed langzaam met zijn jeep door het namiddagverkeer over de zuidelijke lus van Qianmen, langs stoepen vol winkelende mensen, die lange onderbroeken en Afghaanse mutsen kochten. Een als kerstman verklede jonge vrouw stond in een deuropening via een luidspreker voorbijgangers te begroeten, waarbij ze hen aanspoorde om voor kerstmis juwelen voor hun geliefden te kopen.

Ze sloegen links af de Xidamochangstraat in, weinig

meer dan een steegje met aan weerskanten kapperszaken en piepkleine restaurantjes, waar eigenaars al bezig waren dumplings voor het avondeten te stomen, dumplings die vooral lekker waren als ze eerst mochten afkoelen, waarna ze vervolgens in een wok gefrituurd en in sojasaus gedoopt werden. Ze misten op een haar na een hooghartig meisje in een lange witte jas, met capuchon, die tot op haar enkels reikte, dat weigerde uit de weg te gaan. Fietsers slingerden en reden kriskras langs hen heen, hun kraag omhoog tegen de sneeuw die nu hard op de noordenwind langs joeg.

Ze parkeerden ongeveer driehonderd meter verderop en gingen op zoek naar nummer 33. Voor smalle hofjes hingen bamboe vogelkooitjes aan een haak. De vogels floten en krijsten doordringend, hun veren opgezet vanwege de kou. Voor nummer 33 stond een jongeman in een reebruine anorak. Hij gooide een keramische kraal omhoog voor een grijszwarte vogel, die als beloning voor het vangen op zijn uitgestrekte hand terugkwam voor een maïskorrel.

De woning van Dai Lili's ouders was te bereiken via een kleine rode deur in een grijze bakstenen muur. Daar slingerden de wrakken van verschillende fietsen rond, gekannibaliseerd voor hun onderdelen. Een nauw hofje leidde over oneffen tegels naar een chaotische binnenplaats die was volgestapeld met het puin van een halve eeuw aan mensenlevens, het overschot uit huizen die nauwelijks groot genoeg voor hun bewoners waren. Er werd blijkbaar nooit iets weggegooid. Aan een oudere vrouw met kromme benen en een paarse bodywarmer over een oud Mao-pak vroeg Li waar hij de Dais kon vinden. Ze wees naar een open deur met een gordijn ervoor. Li trok het gordijn weg en rook de zure lucht van oude etensresten en lichaamsgeur. 'Hallo? Is er iemand?' riep hij.

Vanuit het halfduister kwam een jongeman tevoorschijn. Zijn blik was stuurs en agressief. 'Wat moeten jullie?' Zijn witte T-shirt zat strak om een goedgevormd lichaam en er kronkelde een tatoeage van een slang om zijn rechterarm, met de kop en de gevorkte tong op de rug van zijn rechterhand.

'Politie,' zei Li. 'We zoeken de ouders van Dai Lili.'

De jongeman bekeek hen een ogenblik nors, knikte toen dat ze hem moesten volgen. Hij schoof een volgend gordijn opzij en bracht hen in een piepklein kamertje met een groot bed, een tweepersoonsbank en een reusachtige televisie op een oud dressoir. Een man van in de vijftig zat ineengedoken in een gewatteerde jas te roken en televisie te kijken. Op het bed zat een vrouw met tientallen foto's voor zich op de gewatteerde deken uitgespreid. 'Politie,' zei de jongen. Hij ging vervolgens met gevouwen armen in de deuropening staan, als om te verhinderen dat er nog iemand binnenkwam of om hun ontsnapping te voorkomen.

Li hield zijn hoofd scheef om de foto's te zien die de vrouw aan het bekijken was. Ze waren op de baan genomen: Dai Lili die door het lint liep, de laatste honderd meter sprintte of met als overwinningsgebaar de armen omhoog. Tientallen waren het er. 'Weten jullie waar ze is?' vroeg hij.

De vrouw keek hem met een matte blik aan. 'Ik dacht dat jullie dat ons misschien kwamen vertellen.'

'Hoezo?' vroeg Sun. 'Denken jullie dat er iets met haar gebeurd is?'

De man draaide zich voor het eerst om en keek hen aan, terwijl hij als een boze draak rook door zijn neusgaten blies. 'Ze zou die wedstrijd gelopen hebben als er niet iets met haar gebeurd was.' Er lag iets van schaamte in zijn blik, waar ooit slechts trots in gelegen had, daar was Li zeker van.

'Hebben jullie enig idee waaróm ze niet kwam opdagen?'

Dai Lili's vader schudde zijn hoofd en richtte zijn ontstemde blik weer op de televisie. 'Ze vertelt ons nooit wat,' zei hij.

'We zien haar niet vaak,' zei haar moeder. 'Ze heeft een

eigen appartement in het Haidandistrict, vlak bij de vierde ringweg.'

'Wanneer hebben jullie haar voor het laatst gezien?'

'Ongeveer twee weken geleden.'

'En hoe was ze toen?'

Haar vader scheurde zich weer los van de televisie. 'Ze was moeilijk,' zei hij, 'twistziek, maandenlang al.' Zijn schaamte was nu met woede vermengd.

'Ze heeft het niet makkelijk,' zei haar moeder meteen verontschuldigend. 'Het gaat hard bergafwaarts met haar zuster.'

'Haar zuster?' vroeg Sun.

'Tien jaar geleden was zij de Chinese kampioene op de tienduizend meter,' zei de oude vrouw. De pijn van een droevige herinnering etste zich in de lijnen van haar gezicht. 'Lili wilde zo graag net zo zijn als zij. Nu is ze invalide. Multiple sclerose.'

'Lili heeft alles voor haar gedaan!' Li en Sun schrokken van de stem van de jongeman in de deuropening, die onverwachts zijn zuster te hulp schoot, alsof er onuitgesproken kritiek in zijn moeders woorden gelegen had. De twee rechercheurs draaiden zich om en keken hem aan. Hij zei: 'Dat was haar enige stimulans om te winnen. Voor geld om de zorg voor haar zus te betalen. Ze woont niet net als de rest in een of andere chique flat. Alles wat ze verdient, gaat naar Lijia.'

Sun zei: 'Waar is Lijia?'

'In Hongkong, in een kliniek,' zei haar vader. 'We hebben haar bijna twee jaar niet gezien.'

'Ze zeggen dat ze stervende is,' zei haar moeder.

'Is Lili misschien naar haar toe?' vroeg Li.

De moeder schudde haar hoofd. 'Ze gaat er nooit heen. Ze kan het niet verdragen naar haar te kijken, haar zo te zien aftakelen.'

Li zei tegen de vader: 'Je zei dat Lili twistziek was.'

'Dat was ze nooit,' zei haar moeder snel. 'Ze was vroeger altijd zo'n lief meisje.'

'Totdat ze al die belangrijke wedstrijden begon te winnen,' zei haar vader, 'en al dat geld begon te verdienen. Het was alsof ze zich schuldig voelde, omdat zij kon hardlopen terwijl haar zuster wegkwijnde.'

'Als ze zich al schuldig voelde, dan kwam dat door jou.' Er klonk onverwachte bitterheid in de stem van Dai Lili's broer. 'Hoe ze ook haar best deed, ze was nooit zo goed als haar zuster. Niet in jouw ogen. En je stoorde je eraan, hè? Dat zij de enige was die iets kon doen om Lijia te helpen. Terwijl jij alleen maar met je dikke kont op de bank kan zitten televisiekijken en je arbeidsongeschiktheidsuitkering van de staat kan innen.'

En nu pas zag Li dat Dai Lili's vader maar één been had. De linker broekspijp was leeg en zat onder hem gevouwen. Li's blik dwaalde af naar een primitief uitziende prothese, die in de hoek van de kamer stond, met de banden los en ongebruikt. Toen hij weer opkeek, had de jongen de kamer verlaten. 'Hebben jullie een sleutel van haar appartement?' vroeg hij.

Er lag nu sneeuw op straat, een uiterst dun laagje slechts, mooi in het licht van ramen en straatlantaarns, maar verraderlijk als je eroverheen liep. Er was nog maar heel weinig licht aan de hemel, zodat de neerslachtigheid waarmee Li het huis verlaten had alleen nog maar groeide. Hij keek hoe laat het was en gaf Sun de sleutels van de jeep.

'Neem jij die maar,' zei hij. 'Je komt te laat voor zwangerschapsgym.'

'Ik geef niets om zwangerschapsgym, commandant,' zei Sun. 'Wen krijgt de baby, niet ik. Ik ga met jou naar het appartement van het meisje.'

Li schudde zijn hoofd. 'Ik neem wel een taxi. En daarna ga ik regelrecht naar het verlovingsfeest.' Ergens toverde hij een glimlach vandaan. 'Ga nu maar. Ga naar de kliniek. Het is ook jouw baby. Wen zal het waarderen.'

V

Het Keizerlijk Restaurant Tian An Men Fang Shen stond aan de oostkant van het Tiananmenplein, achter kale winterbomen vol gekleurde kerstlampjes. Margarets taxi zette hen op de hoek af, aan de voet van een trap die naar de twee identieke marmeren draken leidde, die de deuren van het restaurant bewaakten. Mevrouw Campbells knie, strak in verband verpakt, was stijf geworden, zodat ze hem nauwelijks kon buigen. Tot haar moeders verontwaardiging had Margaret een wandelstok van een bejaarde buur geleend. 'Ik ben geen oude vrouw!' had ze geprotesteerd, maar ze had gemerkt dat ze zonder niet kon lopen. Een belediging voor haar zelfbeeld en waardigheid.

Margaret hielp haar de treden op, en ze werden binnen begroet door twee meisjes in keizerlijk kostuum – rijkelijk geborduurde zijden gewaden en hoge, gevleugelde zwarte hoeden met rode pompons. De ingang van het restaurant stond vol schermen en er hingen glazen lantaarns, de sierdwarsbalken waren kleurrijk met traditionele, Chinese patronen beschilderd. Een gastvrouw, helemaal in het zwart, leidde hen langs het hoofdrestaurant door de vorstelijke gaanderij. Die was lang en smal, met lantaarns die in een diep glanzende vloer weerkaatsten. De muren waren met gelakte panelen en rode draperieën versierd. Links en rechts waren privébanketzalen. Li had de Keizerzaal geboekt en de mond van Margarets moeder viel verbijsterd open toen ze voor haar dochter uit naar binnen hobbelde. Boven een gigantische, ronde bankettafel hing een lamp bestaande uit vier lantaarns met tientallen rode kwasten. Bij elk van de zeven couverts stonden drie gouden bokalen, een rijstkom, lepel, mes en leggertje voor de eetstokjes, ook van goud, en gelakte eetstokjes waarvan de uiteindes, waar je ze vasthield, ook van goud waren. Elk servet was in de vorm van een keizerlijke waaier gevouwen. Aan de ene kant van de kamer, op een verhoging, stonden twee replica's van tronen voor de keizer en de keizerin. Aan de andere kant, door een rijkelijk uitgesneden houten overwelfde doorgang, stonden banken en stoelen met kussens rond een lage tafel, waarop alle cadeaus van elke familie zorgvuldig uitgestald waren. Uit verborgen luidsprekers tokkelde zachtjes Chinese klassieke muziek.

Mei Yuan zat aan de lange tafel op hen te wachten. Eerder die dag had Margaret de geschenken van de familie Campbell naar Mei Yuans *siheyuan* aan het Qianhaimeer gebracht. Als Li's gevolmachtigde had Mei Yuan de geschenken van de familie Li uitgezocht, en ze was vroeg naar het restaurant gegaan om de offergaven van beide families klaar te zetten en de gasten op te wachten. Ze was zenuwachtig en glimlachend stond ze op. Vol verbazing keek Margaret naar haar. Mei Yuans haar zat met een zilveren speld in een knot op haar hoofd. Ze droeg een turkooizenblauw geborduurd zijden jasje met daaronder een roomkleurige blouse en een zwarte japon tot op haar enkels. Ze had een tikje bruin rond haar ogen en rood op haar lippen. Margaret had haar nog nooit mooi aangekleed of met make-up op gezien. Ze was altijd maar een klein boerenvrouwtje in een versleten jasje, broek en schort, met een elastiekje om haar paardenstaart. Ze had een gedaantewisseling ondergaan, was statig, bijna mooi. Toen Margaret haar zo zag, voelde ze tranen in haar ogen prikken.

'Mam, ik wil je graag voorstellen aan Mei Yuan, mijn allerbeste vriendin in China.'

Mevrouw Campbell gaf Mei Yuan behoedzaam maar beleefd een hand. 'Hoe maakt u het, mevrouw Yuan?'

Margaret schoot in de lach. 'Nee mam, als je mevrouw zegt, moet het mevrouw Mei zijn.' Haar moeder keek verward.

Mei Yuan legde het uit. 'In China komt de familienaam altijd eerst. Maar noem me gerust gewoon Mei Yuan.' Ze glimlachte. 'Het doet me deugd kennis met u te maken, mevrouw Campbell.'

Er volgde een ongemakkelijke uitwisseling van beleefdheden over vluchten en het weer, waarna het gesprek stagneerde. Toen een meisje in een rood versierd kort jasje en een zwarte broek jasmijnthee voor hen inschonk in kleine, porseleinen kopjes zonder oor, gingen ze allemaal zitten en was het even niet nodig om over koetjes en kalfjes te praten; ze nipten allemaal van de hete, geparfumeerde thee. Mei Yuan zei om de stilte te breken: 'Li Yan was er vanmorgen niet voor zijn ontbijt.'

Mevrouw Campbell zei: 'Ontbijt Margarets verloofde bij jou thuis?'

'Nee mam. Mei Yuan heeft een stalletje op een hoek bij Li Yans werk. Ze bakt een soort warme, hartige Beijingse pannenkoeken, *jian bing* genaamd.'

Mevrouw Campbell kon haar verbazing, of haar afschuw, nauwelijks verbergen. 'Je verkoopt pannenkoeken op een straathoek?'

'Ik bak ze vers op een bakplaat,' zei Mei Yuan. 'Eigenlijk alleen maar om mijn hartstocht in het leven te voeden.'

Margarets moeder durfde het bijna niet te vragen. 'En dat is?'

'Lezen. Ik ben dol op boeken, mevrouw Campbell.'

'O ja? In Chicago gaf mijn man college in de moderne Amerikaanse literatuur. Maar ik neem aan dat je dat soort dingen niet leest.'

'Ik ben een grote bewonderaar van Ernest Hemingway,' zei Mei Yuan. 'En John Steinbeck. Ik ben nu *The Great Gatsby* van Scott Fitzgerald aan het lezen.'

'O, dat zul je mooi vinden,' zei mevrouw Campbell, die een ogenblik vergat met wie ze praatte. 'Een getalenteerd schrijver. Maar Gatsby was het enige, echt belangrijke werk dat hij geschreven heeft. De alcohol en zijn vrouw ruïneerden hem.'

'Zelda,' zei Mei Yuan.

'O, je kent haar ook?' En weer was Mevrouw Campbell verbaasd.

'Ik heb over hen beiden gelezen, in meneer Hemingway's autobiografie over zijn tijd in Parijs.'

'*Amerikaan in Parijs*. Een prachtig boek.'

'Ik wilde er zo graag naartoe toen ik het boek las,' zei Mei Yuan.

Mevrouw Campbell keek haar schattend aan. Misschien herzag ze wel haar eerste indruk. Maar ze kregen de kans niet hun gesprek voort te zetten, omdat dat door de komst van Xiao Ling en Xinxin met Li's vader onderbroken werd. Xinxin rende naar Margaret en sloeg haar armen om haar heen.

'Voorzichtig, voorzichtig,' waarschuwde Mei Yuan. 'Denk aan de baby.' Xinxin stapte een ogenblik naar achter en keek met iets van verbazing naar Margarets dikke buik. Toen zei ze: 'Je houdt toch nog wel van me als je baby geboren is, hè Magret?'

'Natuurlijk,' zei Margaret, en ze kuste haar op haar voorhoofd. 'Ik blijf altijd van je houden, Xinxin.'

Xinxin grijnsde en merkte toen pas mevrouw Campbell op. 'Wie is dat?'

'Dat is mijn mammie,' zei Margaret.

Xinxin keek haar verbijsterd aan. 'Ben jij Magrets mammie?'

'Ja,' zei mevrouw Campbell, en Margaret zag dat haar ogen voor het eerst sinds haar aankomst levendig stonden. 'Hoe heet je?'

'Ik heet Xinxin en ik ben acht jaar.' En ze keerde zich

naar Xiao Ling. 'En dat is míjn mammie, Xiao Ling, maar ze spreekt geen Engels.'

Vervolgens nam Mei Yuan het over en stelde iedereen in het Chinees en Engels aan elkaar voor. Mevrouw Campbell bleef zitten, nadat Margaret uitgelegd had dat ze haar been bij een val had bezeerd. Margaret en Li's vader waren de laatste die formeel aan elkaar voorgesteld werden. Margaret schudde de hand die hij slapjes aanbood, en zocht in zijn ogen naar iets van Li. Maar ze vond daar niets. Zijn oudemannengezicht stond uitdrukkingsloos. Hij draaide zich om en liet zich langzaam op een stoel zakken, en zonder te knipperen keek hij verontrust Margarets moeder aan.

Xinxin was zich niet bewust van de spanningen tussen deze eigenaardige verzameling vreemden en zei tegen mevrouw Campbell: 'Hoe heet je, Magrets mammie?'

'Mevrouw Campbell.'

Xinxin begon vreselijk te lachen. 'Nee, nee,' zei ze. 'Je échte naam. Je vóórnaam.'

Mevrouw Campbell leek enigszins verlegen. 'Feitelijk heet ik Jean.'

'Jean,' herhaalde Xinxin opgetogen. 'Dat is een mooie naam. Mag ik naast je zitten, Jean?'

De oudere Amerikaanse bloosde van onverwacht genoegen. 'Natuurlijk, Xinxin,' zei ze, terwijl ze haar uiterste best deed de naam correct uit te spreken.

En Xinxin klom op de bank naast haar en ging zitten. Haar voeten kwamen niet bij de grond. Ze pakte ongedwongen mevrouw Campbells hand en zei: 'Ik vind Magrets mammie lief.' En in het Chinees tegen Li's vader: 'Vind je Jean ook aardig, opa?'

En Margaret zag hem voor het eerst glimlachen, hoewel ze er geen flauw idee van had wat er tussen grootvader en kleinkind gezegd werd. 'Natuurlijk doe ik dat, kleintje, natuurlijk.'

En zwijgend zaten ze elkaar toen allemaal glimlachend

ongemakkelijk aan te kijken. Margaret keek op haar horloge. 'Nou, de enige die ontbreekt, is Li Yan. Zoals gewoonlijk. Ik hoop dat hij niet te laat komt.'

VI

De taxi zette Li af aan de rand van een brede strook braakland. Er waren hier geen lichten, de weg zat vol kuilen en gaten, en de chauffeur had geweigerd verder te rijden. Li keek achterom en kon nog net de hoge lantaarnpalen van de vierde ringweg zien, met de sneeuw die horizontaal over de verkeersweg joeg, in hun licht gevangen. Boven het geloei van de wind kon hij maar net het verre verkeerslawaai horen. Op de een of andere manier was de chauffeur ergens verkeerd afgeslagen. Li kon de lichten van de torenflats zien waar Dai Lili woonde, maar ze lagen aan de overkant van dit troosteloze, open stuk grond, waar *hutongs* en *siheyuans*, eens een thuis voor duizenden, met de grond gelijkgemaakt waren. Het was makkelijker hier over te steken dan de chauffeur eromheen te laten rijden om de juiste weg te vinden.

Hij zag de achterlichten van de taxi langzaam richting de ringweg verdwijnen, zette tegen de sneeuw en de wind zijn kraag op, en zocht zich een weg over het braakland, dat zich voor hem in de duisternis uitstrekte. Het was moeilijker dan hij gedacht had. De sporen die in de herfst door de grote, zware rupsbanden in de natte aarde gewoeld waren, waren tot op de grond toe bevroren en maakten het lastig naar de overkant te komen. Er lag nu een enkele centimeters dikke sneeuwlaag, waaronder bevroren plassen waren verdwenen, wat het terrein glibberig en des te verraderlijker maakte.

Hij wist dat hij al te laat voor het verlovingsfeest was.

Maar hij was hier nu eenmaal, en als hij bij het appartement arriveerde, zou hij mobiel bellen om te zeggen dat hij een uur later kwam. Hij gleed uit en viel, en kwam met een smak op de grond. Hij vloekte en bleef even in de sneeuw zitten. Hij hield een ogenblik zijn pijnlijke elleboog vast, kwam vervolgens weer overeind en ging verder richting de verre torenflats. Hij vervloekte zijn lot en zijn situatie. Het duurde nog een kwartier voor de lichten op het plein voor het eerste flatgebouw de auto's die daar geparkeerd stonden in het licht zetten en de fietsen die onder golfplaat schuilden in de schaduw hulden. Hij was er bijna.

Uit de duisternis links van hem klonk een stem, laag, monotoon en sinister. 'Wat hebben we hier?'

'Iemand die verdwaald is,' klonk een andere stem achter hem.

'Verdwaald, grote meneer?' Weer een andere stem, deze keer van rechts. 'We wijzen je de weg, maar je moet ervoor betalen.'

'Het is te hopen dat je een lekker dikke portefeuille hebt, grote meneer. Of je zou een grote, dode meneer kunnen worden,' zei de eerste stem weer.

Li verstijfde en tuurde in het duister. Langzaamaan zag hij de schaduwen van drie gedaantes, die uit de jachtende sneeuw tevoorschijn kwamen en hem van drie kanten insloten. Hij zag de glinstering van een mes. Hij zocht snel in zijn zak naar het zaklampje dat aan zijn sleutelring zat en richtte de potlooddunne straal op het gezicht van de dichtstbijzijnde gestalte. Het was een jonge knul, nog maar zeventien of achttien, en hij tilde instinctief zijn hand op om zijn gezicht af te schermen. Overal door de straal flitsten sneeuwvlokken.

'Het is te hopen dat jullie verduiveld hard kunnen rennen, jongens,' zei Li. Hij merkte dat hij schreeuwde, en hij was verbaasd over de kracht van zijn eigen stem.

'Waar heb je het over, oetlul?' Dat was weer de eerste

stem. Li richtte het zaklampje op hem, en daar stond hij schaamteloos in het licht gevangen.

'Ik ben van de politie, jij dom klootzakje. En als ik je te pakken krijg, ben je de volgende vijftien jaar bezig jezelf door arbeid te hervormen.'

'Ja, tuurlijk.'

Li haalde zijn legitimatie tevoorschijn en richtte het zaklampje erop om bij te lichten. 'Willen jullie dichterbij komen, zodat jullie het beter kunnen zien?'

Er volgde een lange, zwijgende impasse, en de straatrovers moesten elkaar een stilzwijgende boodschap gegeven hebben, want bijna zonder dat Li het merkte, waren ze verdwenen. Ze waren net zo anoniem weggeglipt als ze gekomen waren. Hij tuurde door de jachtende sneeuw, maar kon niets zien, en hij voelde de spanning in zijn borst afnemen, en de lucht stroomde stekend en pijnlijk weer zijn longen binnen. Alleen God wist hoe dicht hij bij een mes tussen zijn ribben geweest was. Leuke plek om te wonen, dacht hij.

Dai Lili's appartement lag op de zevende verdieping. De lift werkte niet en Li was blij dat de hardloopster niet op de twintigste verdieping woonde. Hij maakte het traphek los en klom lusteloos de zeven trappen op. Er lagen op elke overloop hopen afval en er stonden gewoonlijk drie of vier fietsen met een ketting aan elkaar. Het hele gebouw was doordrongen van de geur van oude kool en urine. Groene verf bladderde van vochtige muren en vandalen hadden in alle trappenhuizen obsceniteiten gekrabbeld. De meeste deuren hadden een stalen hekwerk met een hangslot, voor extra bescherming.

Onwillekeurig vergeleek Li het met de huizen van de andere atleten die hij de afgelopen paar dagen bezocht had. Er viel niets te vergelijken. Ze waren sociaal en financieel gezien elkaars tegengestelde. Hier woonden de armen van

Beijing, geherhuisvest in uitgewoonde torenflats, die opgeworpen waren om de gemeenschappen te vervangen waarvan de gemeentelijke planologen gevonden hadden dat die
wel afgebroken konden worden. Ze waren toen nog net zo
arm, maar de traditionele Chinese familie- en gemeen-
schapswaardes hadden duizend jaar armoede overleefd en
de mensen hadden zich veilig gevoeld, het gevoel gehad
ergens bij te horen. Van de ene op de andere dag waren ze
hun gevoel van veiligheid, hun gemeenschap en hun
waardes kwijt. En dit was het resultaat.

Het veiligheidshek voor Dai Lili's deur zat stevig op
slot. De gloeilampen in de vestibule waren gestolen, en terwijl Li in het donker met zijn zaklampje klunsde, had hij
verscheidene minuten nodig om de juiste sleutel te vinden
om de deur open te maken. Toen hij hem eindelijk van het
slot had, stapte hij een andere wereld binnen. De smerige
geuren die hem op zijn klim naar boven vergezeld hadden,
waren afwezig in de koele, steriele atmosfeer van het appartement. Hij deed snel de deur dicht om de viezigheid buiten te houden en vond de lichtschakelaar. Het was een klein
appartement. Twee kamers, een piepklein keukentje, een
nog kleinere doucheruimte. De kale vloerplanken waren
geschuurd en bleekgoud gelakt. De muren waren roomkleurig geverfd, zonder schilderijen of wandtapijten. Er
was nauwelijks meubilair. Een bed en een klein bureau in
de ene kamer. Niets in de andere kamer, behalve een dikke
grijze mat op de grond, van ongeveer vier vierkante meter.
Een paar schema's aan een van de muren toonde een reeks
oefeningen die bedoeld waren om elke spiergroep in het
lichaam te oefenen. Li kon op de mat de indrukken zien
waar Lili haar laatste serie oefeningen gedaan moest hebben. Maar er was niets wat erop wees wanneer dat geweest
kon zijn.

Er hingen geen gordijnen voor de ramen. Li stond een
ogenblik zuidwaarts naar de lichten van de stad te kijken en

naar de sneeuw die daar uit een zwarte hemel doorheen joeg. Hij draaide zich om en liet zijn blik door de kamer gaan. Wat voor schepsel kon in een huis als dit leven? Spartaans, zonder persoonlijkheid, zonder warmte?

Hij ging terug naar de slaapkamer. Het eenpersoonsbed was opgemaakt met een wit dekbed en één kussen, netjes neergelegd en bij aanraking koud. Schuifdeuren onthulden een ingebouwde kast. Haar kleren hingen daar in nette rijen. Trainingspakken en T-shirts en korte broeken. Niets om in uit te gaan. Sokken en panty's lagen zorgvuldig op planken gestapeld en zes paar sportschoenen stonden naast elkaar op een schoenenrek onderin. Op het bureau lag een haarborstel, met nog enkele haren erin. Er lagen ook een kam en een tube gezichtscrème, ongeparfumeerd. Geen make-up. Dit meisje was geobsedeerd. Er was slechts plaats voor twee dingen in haar hoofd, in haar leven: haar conditie en hardlopen.

In de keuken lagen verse groenten op een rek en er lag vers fruit op een schaal op het aanrecht. In het keukenkastje vond Li pakjes zilvervliesrijst, fruit en groenten in blik, gedroogde linzen en zwarte bonen. In het piepkleine koelkastje tahoe, vruchtensap en yoghurt. Nergens vlees. Geen zoetigheid. Geen alcohol. Geen kant-en-klaarmaaltijden.

Het toilet was onberispelijk schoon. Het water van een douchekop aan de muur liep weg via een rooster in de betonnen vloer. Op het rekje lag een stuk antibacteriële zeep naast een fles ongeparfumeerde hypoallergene shampoo. Li deed het medicijnkastje boven de wasbak open en voelde dat het haar in zijn nek en op zijn schouders overeind ging staan. Dit meisje, dat geen make-up droeg, dat ongeparfumeerde zeep en shampoo gebruikte, dat haar gezicht met ongeparfumeerde huidlotion schoonmaakte, had naast elkaar in haar medicijnkastje twee flesjes Chanel staan. Hetzelfde merk als de aftershave die hij in de woningen van Sui en Jia Jing gevonden had. Hij spoot er om de beurt wat van in de koude, schone lucht van de toiletruimte en snoof. De ene soort herkende hij niet. Die had een scherpe citroen-geur, lichtelijk zuur, zeker niet zoet. De andere herkende hij onmiddellijk als de aftershave die hij in Jia Jings apparte-ment ingeademd had. Vreemd muskusachtig, amandelen en vanille. Weer bitter, geen spoor van zoetheid.

Het toeval was te groot, bizar en ondoorgrondelijk, en hij vervloekte zichzelf. Hij had zich eerder al ongerust over diezelfde geurtjes gemaakt, die in de andere appartementen gevonden waren, maar hij had er toen geen aandacht aan besteed. Hij had zich erover verwonderd, maar dat was heel even geweest en hij was het snel weer vergeten. Hij liet een van de flesjes in zijn zak glijden en begon het appartement grondig te doorzoeken. Hij tilde de mat in de grootste kamer op en rolde die in een hoek. In het vertrek stond ver-der niets. In de slaapkamer controleerde hij elke schoen en ging door de zakken van al haar trainingsbroeken. Niets. Hij stond op het punt de kamer te verlaten toen hij op de vloer onder het bureau iets tegen de muur zag liggen. Iets kleins en goudkleurigs, dat licht opving. Hij liet zich op zijn knieën zakken om het te pakken. Hij had iets gezocht en gevonden, wist hij nu. Het was een klein cilindervormig spuitflesje, mondwater, en hij vermoedde dat als hij dit meisje eindelijk gevonden had, ze allang dood zou zijn.

In de hal voor haar appartement sloot hij de deur en het hek af. Toen pas herinnerde hij zich dat hij van plan was geweest het restaurant te bellen om te zeggen dat hij te laat voor het verlovingsfeest zou zijn. Hij vloekte binnens-monds en tastte in het donker rond om zijn telefoon aan te zetten. Hij drukte op een toets en zijn schermpje lichtte op. Hij hoorde een uiterst vaag geluid en keek op, op tijd om bij het licht van zijn telefoon de vuist te zien komen, vlak voor die in zijn gezicht beukte. Hij wankelde achteruit, waarbij hij zijn telefoon liet vallen, hijgend en kokhalzend van het bloed dat zijn luchtwegen vulde. Iemand sloeg hem zeer hard achter in zijn nek en zijn benen begaven het. Hij viel op zijn knieën en een voet raakte hem tegen de zijkant van zijn hoofd, waardoor dat tegen de muur smakte. Hij hoorde zijn eigen adem in zijn longen rochelen voor er een diepe duisternis over hem neerdaalde, zacht en warm als een zomeravond, en zijn pijn smolt weg.

VII

Op het draaibare middenstuk van de bankettafel stonden schalen vol eten gestapeld, delicatessen opgediend voor de keizer. Slang en schorpioen, vijf smaken ingewanden, kwal, zeeslak. En wereldser kost: vleesballetjes en sesambroodjes, soep en dumplings. Alles wat warm geweest was, was allang koud. En alles wat koud was, zag er opgediend zelfs nog minder appetijtelijk uit. Niets was aangeraakt. Margarets moeder had bijna de hele tijd met grote vrees naar de tafel zitten kijken en, vermoedde Margaret, toen Li niet kwam opdagen en de maaltijd bestemd leek ongenuttigd te blijven, vervolgens met grote opluchting. De geschenken voor hen op tafel bleven onuitgepakt.

Margaret maakte zich zowel kwaad als ongerust. Het was ruim een uur geleden dat Mei Yuan Sectie Een had gebeld om te vragen wat er met Li gebeurd was. Niemand wist het. En zijn mobieltje werd niet opgenomen. De sfeer was zozeer verslechterd dat de spanning tussen beide families hier bijeen voor de verloving, schier ondraaglijk werd. Alle gespreksstof was op. Mei Yuan had haar best gedaan om geanimeerd te blijven en de stiltes met haar gekeuvel te vullen. Maar ook zij wist niets meer te zeggen. En daar zaten ze nu en vermeden het elkaar aan te kijken. Xinxin was in diepe slaap gevallen, met haar hoofd op mevrouw Campbells schoot. Zij was de enige die zich niet ongerust maakte over het feit dat haar oom meer dan twee uur te laat was.

De twee serveersters die het eten binnengebracht hadden, stonden elkaar aan weerszijden van de deur zenuwachtige blikken toe te werpen, bezorgd, gegeneerd, terwijl ze de verleiding onderdrukten te gaan giechelen. Ze gingen snel opzij toen de gastvrouw kwiek binnen kwam lopen met een gekweld uitziende Qian op sleeptouw. Zijn gezicht zag rood, de kleur hoog op zijn wangen onder wijd opengesperde ogen, wat zijn bezorgdheid verraadde.

Margaret kwam meteen overeind. 'Wat is er?'

Qian sprak snel, ademloos, verscheidene seconden in het Chinees. Margaret wendde zich tot Mei Yuan en zag dat alle kleur uit haar gezicht wegtrok. Ze keek Margaret aan en zei met een klein stemmetje: 'Li Yan is overvallen. Hij ligt in het ziekenhuis.'

Li balanceerde enige tijd op het randje van bewustzijn. Hij merkte het verblindende licht boven zijn hoofd op, het gepiep van een apparaat links van hem op het randje van zijn gezichtsveld, met knipperende groene en rode lampjes. Hij was zich ook maar al te zeer bewust van de pijn, die zich als een bankschroef om zijn borst geklemd scheen te hebben. Zijn hoofd bonsde en zijn gezicht voelde gezwollen, niet in staat tot enige uitdrukking. Zijn tong leek buitengewoon dik in een droge mond, die naar bloed smaakte. Gewoon zijn ogen dicht en wegglijden was een zalige ontsnapping.

Nu merkte hij dat er een schaduw over zijn gezicht viel. Hij deed zijn ogen open en zag Margarets bezorgde gezicht op hem neerkijken. Hij probeerde te glimlachen, maar zijn mond deed zeer. 'Het spijt me dat ik te laat voor het verlovingsfeest was,' zei hij.

Ze schudde haar hoofd. 'Al die moeite die je je getroost om maar niet met me te hoeven trouwen, Li Yan.' En haar woorden riepen een donkere massa herinneringen op, zijn ontmoeting met de commissaris. Was dat echt nog maar gisterochtend? Ze voegde eraan toe: 'De dokter zegt dat er niets gebroken is.'

'O, mooi,' zei Li. 'Een ogenblik dacht ik dat het ernstig was.' Toen Margaret haar hand teder op zijn wang legde, voelde die koel op zijn huid. Het had een halfuur geduurd voor ze een taxi had, en nog een uur om bij het ziekenhuis te komen. De sneeuw op de wegen was in ijs veranderd en het verkeer was naar chaos geglibberd. 'Wie heeft dit gedaan, Li Yan?'

'Een stel galgenbrokken.' Hij vervloekte zijn eigen onvoorzichtigheid. Ze moesten hem naar de zevende verdieping gevolgd zijn en in het donker hebben gewacht tot hij weer naar buiten kwam.

'Heeft het iets met de zaak te maken?'

'Ik denk het niet. Gewoon straatrovers. Ze bedreigden me buiten en ik heb ze weggejaagd.' Ze hadden zijn portefeuille meegenomen, zijn mobieltje, de sleutels van het appartement, zijn legitimatie van Openbare Veiligheid.

'Niet ver genoeg,' zei Margaret.

Hij duwde zich op een elleboog omhoog en kreunde van de pijn. 'Wat doe je?' vroeg ze bezorgd.

Hij wees naar een stoel aan de andere kant van de kamer. 'De plastic zak op die stoel,' zei hij moeizaam. 'Daar zit mijn jas in.' Hij kon nu nauwelijks geloven dat hij de tegenwoordigheid van geest gehad had de eerste politieman op de plaats delict te vragen hem die uit te trekken en in een plastic zak te doen. Hij was weer bij kennis gekomen toen Dai Lili's buurman van het einde van de gang in het donker bijna over hem gevallen was. Hij had bijna onmiddellijk aan het flesje parfum in zijn zak gedacht. Zijn vingers hadden gebroken glas gevonden toen hij er in het donker naar zocht. De vreemde naar muskus ruikende vloeistof had de stof doorweekt. 'Er zit een flesje parfum in een van de zakken. Gebroken. Alleen denk ik niet dat er parfum in zat. Ik hoop dat er genoeg in de stof van mijn jas getrokken is om het nog te kunnen analyseren.'

Margaret liet hem even alleen om in de zak te kijken. Ze deinsde terug voor de stank. 'Jezus, wie wil er nu zulk parfum?' En ze knoopte de zak stevig dicht.

'Atleten,' zei Li. 'Dode atleten. Ik heb het gevonden in het appartement van het meisje dat jou zo graag wilde spreken.'

Margaret was geschokt. 'Is ze dood?'

'Vermist. Maar ik vertrouw er niet op dat we haar levend zullen vinden.' Margaret liep naar het bed terug. Ze ging op de rand zitten en pakte zijn hand.

'Het staat me niet aan wat er met jou gebeurd is, Li Yan. Het staat me helemaal niet aan.'

Li negeerde haar bezorgdheid. 'In een van de andere zakken zit een klein spuitflesje met mondwater. Ik wil graag weten wat erin zit.'

'Morgen kunnen we dat pas uitzoeken,' zei Margaret, en ze duwde hem voorzichtig weer terug op bed. 'Dus het heeft geen zin om je er voor die tijd druk om te maken. Oké?'

Zijn poging om te glimlachen veranderde in een pijnlijke grimas. 'Het moet maar.' Hij zweeg. 'En? Wat vond je van mijn vader?'

Margaret dacht terug. Aan hoe zijn vader haar, tijdens het wachten die twee uur in het restaurant, nauwelijks ook maar aangekeken had. 'Dat is moeilijk te zeggen,' zei ze tactvol, 'als iemand je taal niet spreekt.'

Li fronste zijn wenkbrauwen. 'Hij spreekt net zo goed Engels als Yifu.'

Margaret voelde plotseling woede in zich opkomen. 'Nou, misschien, maar tegen mij heeft hij geen woord gezegd.'

Li sloot zijn ogen. 'Het is écht een oude klootzak,' zei hij. Hij opende zijn ogen weer en keek Margaret aan. 'Hij keurt het af dat ik met iemand van een ander ras trouw.'

'Precies,' zei Margaret. 'Mijn moeder is net zo. Als ze geweten had dat hij Engels sprak, hadden ze de tijd kunnen doden door over hun wederzijdse afkeuring te praten.' Ze kneep in zijn hand. 'O, Li Yan, waarom al die moeite? We hadden ertussenuit moeten knijpen.'

'Ging dat maar zo makkelijk.'

Ze zuchtte. 'Wat gaan we doen?'

'Hoe bedoel je?'

'Het verlovingsfeest. Als jij me niet vraagt, kunnen we niet trouwen.'

'Ik boek het restaurant nog een keer. We doen het morgenavond.'

'Je bent niet fit genoeg,' protesteerde ze.

'Je zei dat er niets gebroken was.'

'Je hebt een hersenschudding. Ze laten je niet gaan als je morgen nog zo bent.'

'Ik vertrek morgenochtend vroeg,' zei Li. 'Hersenschudding of niet. Dat meisje wordt vermist. Als er ook maar een piepklein kansje bestaat dat ze nog leeft, dan blijf ik hier niet medelijden met mezelf liggen hebben terwijl iemand haar misschien probeert te vermoorden.'

HOOFDSTUK ACHT

I

Fietsenmakers zaten ineengedoken rond een stoof. De wind blies langs de kolen en zond af en toe een regen van vonken achter de sneeuw aan. Er was 's nachts ongeveer tien centimeter sneeuw gevallen en Beijing was tot stilstand gekomen. Er waren geen sneeuwschuivers of strooiwagens om zout over de weg te strooien. Alleen een ballet in slow motion van voertuigen die zachtjes tegen elkaar aan gleden en van fietsen die hun berijders onhoffelijk midden op straat gooiden. Zelfs de sirene en het blauwe zwaailicht op Li's jeep konden er niet voor zorgen dat ze harder opschoten en alleen de vierwielaandrijving had hen op de weg gehouden.

Sun stopte naast de stoeprand voor New World Taihua Plaza Beijing nummer 5 aan de Chongwenmenwaistraat en glibberde om de auto heen naar de passagierskant om Li te helpen uitstappen. Li duwde hem geërgerd weg en liet zich voorzichtig op de grond zakken. Het verband om zijn borst, onder zijn overhemd, hielp hem overeind te blijven, maar als hij bukte of draaide, deed het nog steeds verdomde zeer. Zijn gezicht was gezwollen, blauw onder elk oog, en eten of glimlachen deed nog steeds pijn. Niet dat hij vandaag veel

263

zin had om te glimlachen. Sun reikte achter hem om de wandelstok te pakken die Wu die ochtend mee naar de sectie genomen had. Die was van zijn vader geweest en had een grote rubberen dop aan de onderkant. Meer nog dan dat ze hem die stok gegeven hadden, ergerde Li zich aan het feit dat hij zonder haast niet kon lopen. Vooral in de sneeuw. Hij rukte de stok uit Suns handen en hobbelde over de bevroren stoep naar de ingang.

De beveiligingsman herkende hen. Toen hij ze met de lift naar de vijftiende verdieping bracht, kon hij zijn ogen niet van Li afhouden.

'Waar kijk je naar?' snauwde Li.

'Uitgegleden in de sneeuw?' waagde de beveiligingsman.

'Nee, ik ben door een stel straatrovers verrot geschopt. Risico's van het vak. Je wilt nog steeds bij de politie?'

De beveiligingsman maakte de deur van Sui's appartement open en in plaats van eronderdoor te duiken trok Li het afzetlint weg. Ze liepen linea recta naar de badkamer. Het Gillette Mach3-scheerapparaat en het doosje met de vier mesjes stonden nog op de plank boven de wasbak, maar de twee spuitflesjes Chanel-aftershave en de goudkleurige verstuiver met mondwater waren verdwenen.

'Verrek!' zei Sun. Hij opende het medicijnkastje. 'Hier zijn ze niet.'

Li duwde hem weg. 'Ze moeten er zijn.' Maar het kastje bevatte slechts de reservetube tandpasta, de stukken zeep, het ongeopende doosje aspirine en de pot wattenschijfjes. Hij wendde zich kwaad tot de beveiligingsman. 'Wie is hier verdomme binnen geweest?'

'Niemand,' zei de beveiligingsman verschrikt. Hij zag zijn hoop op een baan bij de politie door het toilet spoelen. 'Alleen politie en de technische recherche. Jullie dus.'

'En je zou het weten als er iemand anders geweest was?' vroeg Sun.

'Niemand komt het gebouw in als die niet veronder-steld wordt hier te zijn.' De beveiligingsman deed zijn uiter-ste best hun van dienst te zijn. 'Alleen personeelsleden heb-ben verder nog toegang tot het appartement.'

Suns mobieltje ging. Li greep als in een reflex naar de telefoon die hij gewoonlijk aan zijn riem gegespt had, maar toen herinnerde hij zich dat de straatrovers die meegeno-men hadden. Sun nam op, maar gaf hem vervolgens aan Li. 'Wu,' zei hij. Li had Wu naar Jia Jings appartement gestuurd om daar de aftershave uit de badkamer te halen.

'Commandant,' kraakte Wu's stem in zijn oor. 'Ik kan geen aftershave vinden. Weet je zeker dat die in het medi-cijnkastje stond?'

En Li had Qian naar Dai Lili's appartement gestuurd om het flesje parfum te halen dat hij achtergelaten had, maar hij wist dat dat ook verdwenen was. En hij begon zich af te vragen of zijn aanvallers wel de straatrovers waren voor wie hij ze gehouden had. Hij vertelde Wu terug naar de sectie te gaan en gaf de telefoon weer aan Sun.

'Wat is er gebeurd?' vroeg Sun.

Li schudde zijn hoofd. 'Daar is de aftershave ook ver-dwenen.' Suns mobiel ging weer. 'Dat zal ongetwijfeld Qian zijn met hetzelfde verhaal.' Sun beantwoordde de telefoon. 'Wei?' En hij luisterde enkele ogenblikken aandachtig. Toen klapte hij zijn telefoon dicht en richtte een nadenkende blik op Li.

'Wat is er?'

'Ze hebben een lichaam in het Jingshanpark gevonden,' zei Sun. 'Een jonge vrouw.'

Het Jingshanpark lag ten noorden van de Verboden Stad, op een kunstmatige heuvel die opgeworpen was met de aarde die uit de slotgracht om het keizerlijke paleis gegraven was. Over de heuvel lagen vijf paviljoens verspreid, die de vijf richtingen van Boeddha aangaven – noord, zuid, oost, west en centrum. Elk bood een indrukwekkend uitzicht over de stad, en in milder weer klom Li vaak naar boven, naar het centrale Wanchunting-paviljoen – het Paviljoen van de Eeuwigdurende Lente – op de top van de heuvel, om op de hoofdstad van het Middenrijk neer te kijken en te proberen de eindeloze complicaties van zijn leven te ontrafelen. Vandaag in de sneeuw en na de aframmeling van gisteravond bekoorde de klim hem niet. Net zomin als de complicaties die hem wachtten.

De politie had het park afgesloten en een grote menigte had zich op de weg voor de zuidelijke ingang verzameld. Li en Sun moesten zich erdoorheen wringen. Binnen liepen misschien wel tien of meer geüniformeerde politiemannen over het geplaveide plein. Ze keken naar een tienermeisje in het rode geborduurde kostuum van een keizerin, dat bezig was een pad sneeuwvrij te vegen De sneeuw viel bijna net zo snel als zij die wegruimde. Maar nu de toeristen eruit gezet waren, en zonder mensen om samen mee op de foto te gaan, was het de enige manier om warm te blijven. Onder de zuilen van hun lege winkels stonden bedroefde verkopers om het verlies van een dag inkomsten te treuren en de moordenaars van het meisje op de heuvel te vervloeken, omdat die hun leven net dat beetje moeilijker maakten.

Rechercheur Sang kwam snel over het plein aangelopen. Hij kwam van het pad dat de heuvel op leidde. 'Je moet wel voorzichtig zijn op die trap, commandant. Die is dodelijk met die sneeuw. We hebben boven al verscheidene ongelukken op de marmeren trap gehad.'

Door de groenblijvende cipressen, die omhoog tegen de steile heuvels opklommen, kon Li net vaag door de vallende sneeuw de vier omhoog gebogen hoekpunten van het Wanchunting-paviljoen zien, en het gouden dak met geglazuurde pannen. 'Waar is ze?' vroeg hij.

'Bij het Jifangting-paviljoen, commandant.'

Li kende dat en keek naar het westen om te zien of hij

266

de groene geglazuurde pannen van de twee achthoekige daken boven elkaar kon zien, maar die lagen achter de bomen verborgen. Ze begonnen aan de lange klim.

'Een van de parkwachters vond haar ongeveer een uur nadat het park vanmorgen opengegaan was, commandant,' vertelde Sang hun op de weg naar boven. 'Het kwam door het weer dat er 's ochtends vroeg zo weinig mensen in het park waren, anders zou ze waarschijnlijk wel eerder gevonden zijn. De arme kerel wordt voor de schrik behandeld.'

'De parkwachter?'

'Ja, het is nogal goor daarboven, commandant. Overal bloed. Ze moet vannacht hierheen gebracht en afgeslacht zijn. Ze werd liggend achtergelaten op een soort stenen verhoging onder het dak. Het ziet ernaaruit dat er misschien ooit een standbeeld of zo op stond.'

'Een bronzen Boeddha,' zei Li. 'Die werd in 1900 door Britse en Franse troepen gestolen.' Hij had een duidelijk beeld voor zich van het kleine paviljoentje, aan alle kanten open, het dak ondersteund door tien bloedrode pilaren, de versierde stenen verhoging in het midden, omgeven door een smeedijzeren hek.

Ze hadden bijna een kwartier nodig om het slingerende pad langs de zijkant van de heuvel te beklimmen, waarbij ze de laatste paar treden behoedzaam namen, naar de plek waar het pad zich splitste, oostwaarts naar de top en het Paviljoen van de Eeuwigdurende Lente, en westwaarts naar Jifanting, het Welriekende Paviljoen. Door de bomen onder hen zag Li het met sneeuw bedekte dak en de massa politiemannen in uniform en burger eromheen. Geplaagde mannen van de technische recherche probeerden iedereen op afstand te houden om uit de sporen in de sneeuw wijs te kunnen worden. Maar het was nu veel te laat, wist Li. En naar alle waarschijnlijkheid zouden de oorspronkelijke sporen van de moordenaar door verscheidene centimeters verse sneeuw bedekt zijn.

Hij en Sun liepen voorzichtig in het kielzog van Sang langs het pad.

'In hemelsnaam, Li Yan, kun je die verdomde, stompzinnige rechercheurs van je niet van mijn sneeuw af houden!' Li draaide zich om en blikte in de kleine koolzwarte oogjes van Fu Qiwei van de technische recherche, die de leiding had. Maar in plaats van ondeugendheid brandde er deze keer woede in zijn ogen. Ze sperden zich wijd open toen hij Li's gezicht zag. 'Verdomme, commandant! Wat is er met jou gebeurd?'

'Een botsing met een vuist en een voet. Je kunt zeker niets meer uit die sporen opmaken, Fu?'

'De weerdienst zegt dat het vannacht enige tijd gestopt is met sneeuwen. De hemel klaarde ongeveer een uur op en de temperatuur zakte. Vervolgens dreven er meer wolken binnen en viel er meer sneeuw.'

'Dus?'

'De sporen van de moordenaars zouden bevroren onder de tweede laag kunnen zitten. We hebben al enkele goede afdrukken in het bloed binnen op de vloer. Als je kunt voorkomen dat je platvoeten alles plattrappen, zouden we misschien de sneeuw van de bevroren onderlaag kunnen vegen.'

'Oké,' schreeuwde Li. 'Iedereen die hier gemist kan worden, gaat nu naar beneden!'

Rechercheurs en geüniformeerde agenten vertrokken in zwijgende berusting, zodat Fu's ploeg bijna onzichtbaar in hun witte tyvek pakken achterbleef. Dr. Wang en zijn fotograaf van de afdeling pathologie stonden rillend onder het dak een sigaret tussen latex vingers te roken. Het lichaam was met een wit laken bedekt. Gewoonlijk zou het bloed er nu wel doorheen gekomen zijn, schril tegen het wit. Maar het bloed was, net als het lichaam eronder, helemaal bevroren. Het lag overal in het paviljoen, door de vrieskou in een levendig karmozijnrode frisheid gevangen.

Li had zelden zoveel bloed gezien. Het lag bevroren in plassen en gutsen rond de verhoging in het midden, was in ijs veranderd toen het langs het gebeeldhouwde steen droop.

Hij haalde diep adem. Het maakte niet uit hoe vaak je er oog in oog mee kwam te staan, aan de dood raakte je nooit gewend. Elke keer werd hij er weer door overrompeld, een kille, deprimerende herinnering aan zijn eigen sterfelijkheid, dat ook hij gewoon vlees en bloed was en ooit koud en levenloos op een tafel zou liggen.

Links beneden hen zag hij de lange, gebogen dakranden van de noordelijke poort van de Verboden Stad en de roodbruine daken erachter, in perfecte symmetrie. Tussen de pilaren van het paviljoen door kon hij op het eiland midden in het Beihaimeer de Witte Dagoba-tempel zien, die tijdens de Culturele Revolutie in een fabriek veranderd was. Direct daaronder braakten de hedendaagse fabrieken rook in de nevel van sneeuw en vervuiling, die de Beijingse hemel vulde. Ergens daarbeneden naar het oosten, bij de zuidelijke poort, stond de boom waaraan de laatste Mingkeizer, Chong Zhen, zich verhangen had om aan de plunderende Mantsjoehordes te ontsnappen. Deze plek was gewend aan veranderingen, en aan de dood.

Wang liep met een grimmig gezicht op hem af. 'Het is een smerige moord, commandant,' zei hij. 'Ik heb nooit echt begrepen wat bloedlust betekende, tot vandaag. Deze klootzakken moeten zich eraan verlustigd hebben, moeten er van top tot teen mee bedekt zijn geweest.'

'Meer dan één?'

'Minstens zes, te oordelen naar de voetafdrukken in het bloed.' Hij zuchtte. 'Ik heb meer dan tachtig steekwonden geteld, commandant. Deze kerels brachten haar hiernaartoe, kleedden haar helemaal uit en bleven maar steken en steken. Lange lemmeten. Ik kan nauwkeuriger zijn als ik haar op de tafel heb, maar ik zou zeggen zo'n 22 tot 30 centimeter lang.' Hij schudde zijn hoofd. 'Ik heb nog nooit zoiets gezien. Wil je haar zien? We moeten nog foto's maken.'

Li wilde liever niet zien wat er onder het laken lag. Wangs beschrijving van hoe ze gestorven was, was beeldend en misselijkmakend genoeg geweest. Hij stelde zich haar voor zoals hij haar in die enkele ogenblikken in de gang voor Margarets appartement gezien had. Ze had zo jong en bang geleken, haar kleine gezicht ontsierd door de paarse wijnvlek. En hij zag haar in zijn geest op de foto's die haar moeder op het bed had zitten bekijken, terwijl ze het lint brak, glimlachend, juichend. 'Toe dan maar,' zei hij.

Ze stapten voorzichtig de verhoging op en Wang trok het laken weg. Het leek of ze met grote zwarte insecten bedekt was, maar Li zag al snel dat het de wonden waren die de messen gemaakt hadden. Ze was met bloed overdekt en dat lag in plassen om haar heen, waar eens een beeld van Boeddha welwillend naar de wereld had geglimlacht. Haar vlees was blauwig en in schril contrast met het bloed dat gelekt was uit elke wond die de messen gemaakt hadden. Haar zwarte haar lag, aan het bloed gevroren, als een waaier over het steen. Het was langer dan Li zich herinnerde. Hij fronste zijn voorhoofd. De wijnvlek was weg. Hij stond verward naar haar te staren, tot de mist optrok en hij besefte dat het niet degene was die hij verwacht had te zien. Het was niet de hardloopster Dai Lili. Het was Jon Mackens vermiste vriendin, JoJo. Alleen was ze nu niet meer vermist.

II

Hun taxi kroop langzaam over de steile Qianhai-brug, die op het snijpunt van de meren Qianhai en Houhai lag. Het was gestopt met sneeuwen, maar de wegen waren nog

270

steeds verraderlijk, en de tinkleurige hemel beloofde meer sneeuw. Op het Houhaimeer hadden twee mannen een gat in het met sneeuw bedekte ijs gezaagd, en ze zaten op kistjes te vissen en te roken. De taxi sloeg links af en volgde het meer, langs een met bomen omzoomde straat met grijze bakstenen binnenhofjes aan weerskanten van smalle *hutongs*, die zich rechts van hen uitstrekten.

'Dit is belachelijk, Margaret,' zei mevrouw Campbell voor de zoveelste keer. 'Ik had net zo goed in mijn eentje in het appartement kunnen blijven.'

'Je bent niet helemaal naar China gekomen, mam, om de hele tijd in je eentje in een kamer van negen vierkante meter te zitten.'

'Jij wóónt in zo'n kamer,' bracht haar moeder haar onder de aandacht. 'En als ik me goed herinner, heb ik langer zonder te eten in een restaurant gezeten dan me lief is, met mensen die mijn taal niet spraken.'

Margaret zuchtte. Ze had Mei Yuan gevraagd vandaag voor haar moeder te zorgen, zodat zij de labresultaten van Li's parfum en mondwater kon bekijken. Maar mevrouw Campbell was daar niet blij om geweest. 'Ik heb geen kinderoppas nodig,' had ze gezegd.

De taxi stopte voor Mei Yuans *siheyuan* en Margaret vroeg de chauffeur te wachten. Ze hielp haar moeder uit de auto en, terwijl ze door de rode poort gingen en de binnenplaats op hobbelden, ondersteunde ze haar linkerarm. Mevrouw Campbell keek met enige weerzin om zich heen. 'Woont ze híer?' Margaret vond het van alle *siheyuans* die ze gezien had, een van de nettere.

Mei Yuan begroette hen bij de deur. 'Goedemorgen, mevrouw Campbell.'

En mevrouw Campbell hield zich dapper. 'Mei Yuan,' zei ze, haar uitspraak was nog verre van volmaakt.

'Ik dacht, misschien kan ik je vandaag leren *jian bing* te bakken.' Mei Yuan glimlachte ondeugend.

'Jan bieng?' Mevrouw Campbell fronste haar wenkbrauwen.

'Ja, weet je nog, mam, dat heb ik je verteld. Dat zijn de Beijingse pannenkoeken, die Mei Yuan in haar stalletje bakt.'

Haar moeder keek geschokt. Maar Mei Yuan pakte haar bij de hand en leidde haar het huis binnen. 'Maak je niet ongerust. Ik weet zeker dat ik wel wat dikke kleren kan vinden om je warm te houden.'

Margaret zei snel: 'Ik moet weg. Een leuke dag nog. Ik zie jullie straks.' En voor haar moeder bezwaar kon maken, was ze weg, en de taxi reed glijdend de weg langs het meer af.

De gang op de bovenste verdieping van Sectie Een lag er verlaten bij. Margaret keek in de recherchekamer, maar die was leeg. Ze hoorde het verre gebrom van de boiler van de centrale verwarming en het gedempte tikken van vingers op toetsenborden op een andere etage. Ze liep de gang door en hoorde stemmen komen uit de grote vergaderzaal aan het einde. Veel stemmen, sommige met verheffing. Ze hoorde gekuch en het schrapen van kelen, heel even nerveus gelach. Ze rook de sigarettenrook hierbuiten. En toen een stem, ernstig en gezaghebbend, die de anderen tot stilte maande. Ze herkende die onmiddellijk. Li. Toen ze eerder die dag het ziekenhuis gebeld had, was hij vertrokken. Ze was blij te horen dat er tenminste niets mis was met zijn stem. Ze glimlachte in zichzelf en ging naar zijn kantoor. Ze sloot de deur en ging op hem zitten wachten.

Zijn bureau was bezaaid met allerlei paperassen en stapels mappen. Tegen de muur onder het raam en boven op de archiefkast lagen stapels klappers. Ze kon niet bedenken wat er allemaal in stond, of hoe Li ooit de tijd vond ze te lezen. De Chinese politie, zo leek het wel, werd door papierwerk geobsedeerd, door het pietluttig bijeengaren van elk snippertje bewijs, het maakte niet uit hoe klein, of hoe weinig het met de zaak te maken had. Ze boekten bij een onderzoek zelden plotselinge vooruitgang. Het ging altijd pietepeuterig en nauwgezet, en het duurde eeuwig. Van de politiemensen die ze hier kende, had alleen Li een schrikbarend nauwgezet instinct ontwikkeld voor de zaken waaraan hij werkte, hij volgde zijn intuïtie, deed dingen op vertrouwen. Hij loste meer zaken op, sneller ook, dan wie dan ook. Maar hij ging tegen de traditie in, joeg zijn meerderen tegen zich in het harnas, trapte op tenen, maakte vijanden. In vergelijking daarmee was het opensnijden van dode lichamen kinderspel.

Ze glimlachte bij zichzelf, ging op zijn stoel zitten en zag onder een opengeslagen map Mackens afdrukken op het bureau liggen. Ze schoof de map opzij en begon doelloos de foto's te bekijken. Ze had geen idee waarvan ze waren. Korrelige kleurenopnames van een zeer exclusief soort club. Een zwembad, sauna, restaurants, conferentiezalen. Ze stopte een ogenblik en keek naar de foto van een meisje naast een bureau. Ze keek de camera in. Een aantrekkelijk meisje, met haar dat erg strak naar achter getrokken was. Ze liet de foto vallen en ging verder, stopte weer bij de enige andere foto met mensen erop. Drie jongemannen in een donker pak, een vierde, grotere man in trainingspak, en een westerling. Een man van misschien halverwege de zestig, met keurig gekamd grijs haar en een kortgeknipte zilvergrijze baard. Hij was groot, groter dan de Chinezen, en knap op een verweerde zonnebankmanier. Terwijl de mannen in pak er stijf en formeel uitzagen, leek de westerling ontspannen, met zijn open overhemd als teken van informaliteit. Het rare was dat hij haar vagelijk bekend voorkwam. Margaret stond voor een raadsel, omdat ze wist dat ze hem niet kende, en China was op een of andere manier de verkeerde omgeving. Maar toch was de korrelige kwaliteit van de foto vreemd toepasselijk. En toen wist ze dat ze zijn foto in een krant of op een bioscoopjournaal gezien had. Waar en wanneer, ze had geen idee. Maar waarschijnlijk had ze hem meer dan eens gezien, omdat zijn gezicht haar zo bekend voorkwam. Ze probeerde verwoed een context te vinden, maar ze kon niets bedenken. Om dol van te worden. Ze legde de foto neer. Als ze haar aandacht bewust ergens anders op richtte, dan zou haar onderbewustzijn misschien het zware werk voor haar doen.

Toen merkte ze de stapel foto's op die op de bovenste map op het bureau lag. Zo schuin van onderen kon ze zien dat ze van een plaats delict waren, een lichaam dat in een bloedplas lag. Ze pakte ze van de stapel en was geschokt door het aantal steekwonden dat het naakte lichaam van de jonge vrouw doorboord had. Zelfs zo op de foto kon ze zien dat een mes, of messen, in een aanhoudende, hakkende houwregen op haar neergedaald was, hoewel het eigenaardig genoeg geen waanzinnig gehak leek te zijn geweest, zoals je bij zoveel verwondingen zou verwachten. Het had bijna iets regelmatigs, beheersts zelfs. Dat riekte naar ritueel. En toen zag ze het gezicht en ze besefte dat het het aantrekkelijke meisje naast het bureau was, van de foto die ze net had zitten bekijken.

JoJo's dood had Li uit zijn doen gebracht. Zijn hele denken was ergens anders op gericht, op een andere zaak geconcentreerd geweest, en hij was er zó van overtuigd dat het meisje onder het laken Dai Lili zou zijn. Hoewel, als hij alles rationeel overdacht, was er achteraf gezien niets wat tot die verwachting geleid had. Er werden elk jaar tientallen jonge vrouwen vermoord.

Maar niet op zo'n manier.

De rechercheurs in het vertrek, die op de plaats delict geweest waren, waren nog steeds geschokt door het beeld van het meisje in het paviljoen, met het bevroren bloed op de steen. Ze hadden allemaal dingen gezien die ze zich alleen in hun ergste nachtmerries wensten te herinneren, maar iets aan de pure wreedheid van de moord op JoJo, het buitengewoon grote aantal steekwonden, had hen allemaal diep geschokt. Weer een beeld om op te bergen in de duisterste uithoeken van hun geest.

De foto's die over de tafel uitgespreid lagen, schokten de rechercheurs die er niet bij geweest waren.

Iedereen luisterde in stilte terwijl Li de gebeurtenissen van de vorige dag met hen doornam, vanaf het moment dat hij en Qian een vervolgonderzoek deden naar wat aanvankelijk een kleine inbraak in de studio van een fotograaf leek. Een reeks gebeurtenissen, die tot de onmiddellijke herkenning van het meisje in het park geleid had, en het idee dat de inbraak en de moord misschien op de een of andere manier met elkaar in verband hielden.

Ze speelden wat met het idee dat de foto's gestolen waren als voorbereiding op een inbraak, dat JoJo er op de een of andere manier bij betrokken was. Want via haar had Macken tenslotte dat baantje gekregen om foto's te maken. Maar als ze erbij betrokken was, waarom hadden ze Mackens foto's dan nodig? Want de kennis die zij als ingewijde had, was ongetwijfeld veel waardevoller. En zoals de president-directeur al zei, de foto's waren voor publicatie bedoeld en zouden in een kleurenbrochure en op internet verschijnen. En waarom zou dat alles haar moord tot gevolg gehad hebben, vooral op zo'n beestachtige en bloederige wijze? Li maakte zich vooral ongerust over het feit dat ze naar zo'n openbare plek gebracht was, waar ze wel ontdekt moest worden, neergelegd op een stenen verhoging als op een offeraltaar.

'Denk je dat iemand ons iets probeert te vertellen, commandant?' vroeg Wu.

'Ik weet niet of het voor ons bedoeld is,' zei Li. 'Maar het is alsof haar moordenaars een soort verklaring aflegden. Haar moord heeft iets ongelooflijk kils en berekenends.

Hoewel ze naakt was, wijst niets op een seksueel motief. Ik bedoel, als je midden in de nacht een meisje meeneemt naar een park, haar uitkleedt, doodsteekt en haar dan openlijk achterlaat op een stenen tafel waar de hele wereld haar kan zien, dan moet je daar wel een reden voor hebben, toch? En het feit dat er wel zes of meer mensen bij betrokken waren, duidt op een samenzwering, op planning.' Hij schudde zijn hoofd. 'Als een soort ritueel of offer, of allebei.' Zonder dat hij het wist, kwam hij op dezelfde gedachte als die Margaret gehad had, alleen de redenering verschilde.

Hij was zowel geschokt als geïntrigeerd, maar hij was zich er ook ten zeerste van bewust dat de tijd op begon te raken, tenminste voor hem. En deze zaak was een afleiding, een bijkomend spektakel van het hoofdprogramma. Zijn mededeling dat hij Sun de leiding gaf, werd met stilte begroet. De meeste politiemannen in het vertrek waren langer in dienst dan Sun, en stuk voor stuk hadden ze misschien redenen om zich verontwaardigd of jaloers te voelen. Maar Li had hen nodig bij het onderzoek van de dode atleten. Hij wierp een blik op Tao, die aan de overkant van de tafel zat, en zag de vijandigheid zwijgend in diens ogen smeulen. Het zou vanzelfsprekend geweest zijn als hij Jo-Jo's moord aan zijn plaatsvervanger had overgedragen, maar hij wilde niet te veel vertrouwen in Tao stellen. Hij keek snel de andere kant op. Er waren belangrijkere zaken dan kantoorpolitiek.

'Ik wil dat we onze aandacht bij die atletiekzaak houden,' zei hij. 'Want de gebeurtenissen van de afgelopen 24 uur roepen een aantal ernstige kwesties op, niet het minst wat ons eigen onderzoek betreft.' Hij zweeg. 'Iemand die op de hoogte is, heeft met het bewijs geknoeid.'

Deze keer was de stilte rond de tafel duidelijk voelbaar. Zelfs de rook van hun sigaretten leek midden in de lucht te blijven hangen. Li legde het uit, nam nog een keer stap voor stap de volgorde van de gebeurtenissen door, die hem de vorige avond naar Dai Lili's appartement in het Haidan-district gebracht hadden, en de ontdekking van het Chanel-parfum en de goudkleurige verstuiver met mondwater. 'Het zou wel wat al te ongeloofwaardig zijn om te denken dat Jia, Sui en Dai allemaal dezelfde geurtjes gebruikten en dezelfde goudkleurige verstuiver met mondwater bij zich hadden.' Hij legde zijn handen plat op tafel. 'Goed, ik heb geen idee wat het belang van het parfum en het mondwater is, maar het staat buiten kijf dat ze in deze zaak van beteke-nis zijn. Nadat ik gisteravond een van de Chanelflesjes uit Dais appartement meegenomen had, zijn alle andere flesjes uit de andere appartementen verdwenen.'

Qian zei: 'Hoe weet je dat ze niet al eerder verdwenen zijn?'

'Dat weet ik niet,' zei Li. 'Alleen dat jij vanochtend het flesje wilde gaan halen dat ik in Dai Lili's appartement had laten staan, en dat het weg was. Ik vermoed nu dat de aan-val op mij misschien toch met de zaak te maken had en dat het flesje, als het niet stukgegaan was in mijn zak, door mijn aanvallers meegenomen zou zijn. Maar alleen het feit al dat ik het meegenomen had, maakte iemand erop attent dat ik het misschien belangrijk vond. En dus moesten al die schijnbaar onschuldige flesjes uit de andere appartementen ook verdwijnen.'

'Suggereer je nu dat iemand binnen de sectie daar ver-antwoordelijk voor is?' vroeg Tao. Er klonk onmiskenbaar vijandigheid in zijn stem.

'Nee,' zei Li. 'Dat suggereer ik niet. Maar iemand houdt ons zeer nauwlettend in de gaten. Iemand schijnt voldoen-de te weten van wat we doen en waar we mee bezig zijn om ons één stap voor te blijven.' Hij ademde langzaam in. 'Ik dacht gisteravond dat het mondwater dat ik uit Dais appar-tement meegenomen had, nog in mijn jaszak zat. Ik was natuurlijk enigszins gehavend, en in alle verwarring kon ik het natuurlijk mis hebben. Maar toen ik vanochtend van

Jingshan terugkwam, kreeg ik een telefoontje van het lab in Pao Jü Hutong om me te vertellen dat ze geen mondwater konden vinden.' Meer stilte. 'Dr. Campbell bracht mijn jas gisteravond in een plastic zak verzegeld van het ziekenhuis naar het lab. De jas was vannacht in de opslagruimte weggesloten, tot de onderzoekers vanochtend kwamen. Geen mondwater. Het kan zijn dat het er in de eerste plaats al niet was, dat mijn aanvallers het gisteravond meegenomen hebben. Of misschien heeft iemand het vannacht uit de opslag gehaald. Hoe dan ook, blijkbaar wisten ze niet dat we al zo'n verstuiver hadden.'

'Dat klopt,' zei Wu plotseling. Hij herinnerde het zich weer. 'Jia Jing had er eentje bij zich. Die vonden we toen we tijdens de lijkschouwing zijn spullen bekeken.'

Li knikte. 'Dus kunnen we het nog steeds analyseren. En de dieven van het parfum beseften ook niet dat er voldoende van in mijn jas getrokken was om ook dat te kunnen analyseren. Met enig geluk hebben we later vandaag de uitslag van beide tests.'

'Hoe zit het met het meisje?' zei Sang. 'De hardloopster Dai Lili. Wat denk je dat er met haar gebeurd is?'

'Geen idee,' zei Li. 'Maar ik twijfel er niet aan dat haar verdwijning met al die andere zaken te maken heeft. En ik verwacht haar niet levend te vinden.' Hij liet die gedachte enkele ogenblikken bezinken. 'Maar tot we weten dat ze dood is, moeten we aannemen dat ze nog leeft. En dat betekent dat we zo snel mogelijk de zaak moeten zien op te lossen.' Hij leunde achterover en keek langs de gezichten in de kamer. 'Dus wie heeft er nog iets?'

Qian stak zijn vinger op. 'Ik heb wat interessante financiële feiten en cijfers gevonden, commandant.' Hij bladerde door zijn notitieboekje. 'Ik heb bankafschriften doorgekeken, rekeningen gecontroleerd, activa... Het lijkt erop dat al deze atleten er een tamelijk extravagante levensstijl op na hielden. Dure appartementen, blitse auto's, mooie kleren.

En ze hadden inderdaad allemaal een som geld op hun bankrekening waar ieder van ons met gemak van zou kunnen rentenieren. Prijzengeld, sponsorgeld... maar nauwelijks genoeg om hun kosten te dekken.'

Li leunde op zijn ellebogen naar voren. 'Wat bedoel je?'

'Ze leefden allemaal ver boven hun stand. Ik bedoel, ver boven wat ze officieel verdienden, of wat er op hun bankrekening kwam. Ze hadden allemaal een creditcard, maar die gebruikten ze nauwelijks. Maaltijden en vliegtickets en zo, alles werd contant betaald. Auto's, computers, kleren. En de maandelijkse huur van die dure appartementen? Ook weer contant. Ze kwamen allemaal elke maand met een dikke rol bankbiljetten bij het verhuurkantoor.'

'Dus iemand betaalde hun contant,' zei een van de rechercheurs.

'Waarvoor?' vroeg Wu.

Qian haalde zijn schouders op. 'Wie weet? Zeker niet voor opzettelijk verliezen. Ik bedoel, ze wonnen allemaal fantastisch. Echte kanshebbers op een medaille.' Hij gniffelde. 'En je kunt nauwelijks iemand betalen om te winnen. Ik bedoel, niet vooraf.'

Het werd weer stil in het vertrek. Dus waar werden ze wél voor betaald?

Wu schraapte luidruchtig zijn keel en stopte een stuk kauwgum in zijn mond. 'Ik vond iets interessants,' zei hij. 'Ik weet niet of we er iets aan hebben, maar het is raar.'

'Veel raarder dan jij kan haast niet, Wu,' zei een andere rechercheur, en een kabbelend gelach verlichtte even wat van de spanning.

'Wat is het?' vroeg Li.

Wu zei: 'Nou, toen ik de papieren doornam, viel het me op dat enkelen van de overledenen vlak voor ze doodgingen, griep gehad hadden.' Li herinnerde zich plotseling Sui's coach, Zhang, toen ze hem aan de rand van het zwembad ondervroegen. *Ongeveer tien dagen geleden had hij een*

279

griepaanval, had hij over Sui gezegd. *Hij was helemaal gevloerd*. En Xing Da's vader. Hij had Li verteld dat Xing eind oktober verondersteld werd zijn ouders te bezoeken, vanwege zijn moeders verjaardag. *Maar hij belde om te zeggen dat hij niet kon komen, omdat hij en enkele andere leden van het team tijdens een wedstrijd in Shanghai griep gekregen hadden.*

Wu vervolgde: 'Dus heb ik dat gecontroleerd. Het blijkt dat ze allemaal, onze gewichtheffer incluis – van wie we weten dat hij een natuurlijke dood stierf – minder dan zes weken voor hun dood griep gehad hebben.' En hij keek de rechercheur aan die eerder de bijdehante opmerking gemaakt had. 'En dat lijkt me verdomde raar.'

Tao's ogen schoten vuur. 'Het is nog een dreumes!' siste hij. 'Hij komt nog maar net kijken, is nog nat achter zijn oren. Je kunt hem niet de leiding geven van zo'n belangrijk onderzoek als dit.'

Na de vergadering bleven Li en Tao met een hoop rook achter in het vertrek. Li had wel geweten dat hem storm te wachten stond. 'Hij komt misschien net kijken, maar hij is ook een van de pientersten,' zei hij. 'En daar komt nog bij dat ik de rest voor die andere zaak nodig heb.'

Tao blikte Li aan. 'Denk je werkelijk dat je deze zaak opgelost krijgt voor ze je er volgende week uit schoppen? Ik bedoel, daar gaat het hier allemaal om, hè?' Het werd nu menens.

'Nou, als het me niet lukt, dan weet jij tenminste dat ik mijn stoel mooi warm voor je gehouden heb. Want daar ben je toch op uit, hè? Mijn stoel. Zodat je het werk van deze sectie onder een vervloekte massa papierwerk kunt begraven, bureaucraat en muggenzifter die je bent.'

'Ik geloof in goed, gedisciplineerd politiewerk.'

'Dat zou de hele sectie zolang bezig houden dat het hele olympische team waarschijnlijk dood zou zijn tegen de tijd dat jij de zaak opgelost hebt.'

'Alsof jij zoveel vooruitgang boekt, sectiehoofd.' Tao's stem droop nu van het sarcasme. Hij deed geen poging meer zijn minachting voor zijn baas te verbergen of hem zelfs maar uit respect, een meerdere verschuldigd, lippendienst te bewijzen. 'Weet je wel hoe vernederend het voor me is als de jongste van de afdeling over mijn hoofd heen een zaak toegewezen krijgt?'

'Als je minder op rangen en standen gefixeerd was, Tao, en geïnteresseerder was in het oplossen van de zaak, zou je dat niet zo zien. En dan zou je je ook niet vernederd hoeven voelen. Maar als je denkt dat rechercheurs een pak laten dragen en hen beboeten voor het zeggen van "klootzak" voor "goed, gedisciplineerd politiewerk" staat, moge God deze sectie dan behoeden als ik weg ben.' Hij draaide zich om en stampte weg. En hij liet Tao wrokkig achter.

Margaret keek op van zijn bureau toen Li met een klap de deur van zijn kantoor dichtsmeet. Hij liet bijna zijn mappen vallen, zo schrok hij toen hij haar zag. 'Wat doe je hier?' snauwde hij.

'Ik kwam langs om te kijken of ik je kon helpen wijs te worden uit de tests die ze bij het pathologisch centrum voor je doen.' Ze stond op. 'Maar als je je zo gedraagt, ga ik wel weer naar huis.'

'Het spijt me,' zei hij snel. 'Het is geen goede morgen geweest.'

Ze bekeek zijn gehavende gezicht. 'Wat zie je er afschuwelijk uit.'

'Dank je. Ik voel me meteen stukken beter.' Hij liet de mappen op zijn bureau vallen.

'Wat is er gebeurd?'

En hij vertelde het haar. Over de andere flesjes parfum en aftershave die weg waren, over de verstuiver met mondwater die uit zijn zak verdwenen was, hoewel hij er door de bloedrode mist van zijn aframmeling niet zeker van was dat

hij het had meegenomen. 'Je hebt niet in de zakken gekeken, hè?' Ze schudde haar hoofd.

En toen vertelde hij haar over het meisje in het park.

Ze pakte de foto's van het bureau. 'Is ze dat?' Hij knikte. 'Wie is het?' En ze was geschokt toen ze hoorde dat JoJo
een vriendin van Macken en Yixuan was geweest. 'Wat is er
tijdens de inbraak in zijn studio gebeurd?'

Hij haalde zijn schouders op. 'Dat weten we niet.'

'Heeft het iets met elkaar te maken?'

'Ook dat weten we niet.'

De telefoon ging en hij greep de hoorn. Margaret zag
een diepe frons op zijn voorhoofd verschijnen, terwijl hij af
en toe snel in de telefoon ratelde. Toen luisterde hij lang en
ten slotte hing hij op. Nadenkend staarde hij langs haar
heen naar een onzichtbare plek. Ze zwaaide met een hand
voor zijn ogen. 'Hallo? Zijn we er nog?'

Hij richtte zijn aandacht weer op haar. 'Dat was Fu, het
hoofd van de technische recherche in Pao Jü Hutong. Hij
had de uitslag van de analyse van het lab.'

'En?'

'Het parfum is op alcoholbasis. De geur is een mengeling van amandel en vanille. Precies zoals het ruikt. Niet erg
lekker, maar ook niet erg onheilspellend.'

'En het mondwater?'

Li haalde zijn schouders op. 'Blijkbaar is dat gewoon
mondwater. Het actieve ingrediënt is xylitol.' Hij streek met
zijn handen over zijn stoppelige hoofd. 'Ik begrijp het niet.
Ik dacht echt dat dit een doorbraak was.'

'In wat voor opzicht?' vroeg Margaret.

Hij schudde zijn hoofd. 'Dat weet ik niet. Ik vond het
gewoon te toevallig allemaal.' Gefrustreerd gooide hij zijn
armen in de lucht. 'En, ik bedoel, iemand ging die appartementen binnen en stal die flesjes, pakte de andere verstuivers met mondwater.'

'Misschien is het een geurvlag om je op een dwaalspoor

te brengen,' zei Margaret. Toen haalde ze heel even verontschuldigend haar schouders op. 'Het spijt me. Dat was niet zo bedoeld.'

Maar hij klampte zich aan zijn laatste hoop vast. 'Fu zei dat ze nog iets anders ontdekt hadden. Hij zei dat het makkelijker was als hij het mij liet zien.'

Margaret liep om het bureau heen. 'Nou, laten we gaan kijken.'

De gerechtelijke laboratoria van het Centrum voor Crimineel Technisch Onderzoek van Pao Jü lagen diep onder het meerdere verdiepingen tellende witte gebouw, dat onopvallend weggestopt lag in een smalle *hutong* achter het Yong Hegong-lamaklooster op ongeveer tien minuten van Sectie Een. Li parkeerde in de sneeuw en hield Margarets arm vast toen ze de oprit opliepen, langs gewapende bewakers, de kelder van het centrum binnen. Hij had ter ondersteuning nog steeds zijn stok nodig.

Fu begroette hen enthousiast. 'We hebben wat goede voetafdrukken onder de sneeuw in Jingshan gevonden,' zei hij tegen Li. 'We hebben nu zeven duidelijk verschillende zolen. Dus waren er minimaal zeven bij de daadwerkelijke moord betrokken. En dit...' hij hield een glazen flesje omhoog met onderin een klodder witte schuimige vloeistof, '... was slordig. Iemands rochel. Die vonden we bevroren in de sneeuw. Dus nu hebben we DNA. Als je de kerel pakt, kunnen we bewijzen dat hij op de plaats delict was.' Hij draaide zich om en glimlachte tegen Margaret en schakelde over op Engels. 'Spijt me, doctol. Engels niet he-eel goed.'

Li zei ongeduldig: 'Je zei dat je me iets wilde laten zien wat met het parfum te maken had.'

'Niet het parfum,' zei Fu. 'Het flesje.' Hij leidde hen door glazen deuren naar het laboratorium. Alles was wit en steriel, met overal flikkerend tl-licht en het gezoem van de airconditioning. Op de tafel stond het Chanelflesje, deels gereconstrueerd uit de scherven die in Li's zak gevonden waren. Ernaast, drogend op een wit vel papier, lag het etiket: kenmerkende roomwitte letters op zwart. Chanel No. 23. Het was gescheurd en vol vouwen, en de zwarte inkt was bruin geworden op de plaatsen waar het parfum erin getrokken was. Het parfum had ook de roomwitte letters doen uitlopen.

'Goedkope rotzooi,' zei Fu in het Engels.

'Chanel is noch goedkoop, noch rotzooi,' zei Margaret.

'Chanel, nee,' zei Fu grijnzend. 'Maar dit niet Chanel.'

'Wat bedoel je?' vroeg Li.

Fu ging weer op Chinees over. 'Ik heb de moeite genomen een flesje Chanel bij de Friendship Store te kopen,' zei hij. En hij haalde uit een la een flesje en zette dat op de tafel naast het gebroken flesje en het beschadigde etiket. 'Het kwam door de goedkope inkt dat ik het me afvroeg,' zei hij. 'Dus ik dacht, laat ik het met een echt flesje Chanel vergelijken.'

Margaret pakte het flesje van de Friendship Store en bekeek de letters uiterst nauwkeurig. Er waren enige subtiele, maar duidelijke verschillen, en het zwart was dieper, scherper. Ze keek naar het etiket dat op Li's flesje gezeten had. 'Het is nep,' zei ze.

'Ja, het is nep,' bevestigde Fu, 'en jij weet hoe ik zo zeker weet?' Hij keek hen beiden verwachtingsvol aan. Maar ze wisten het natuurlijk niet. 'We bellen Chanel,' zei hij. 'Zij maken geen nummer 23.'

III

'Het slaat gewoon nergens op.' Li's stemming was er door hun bezoek aan Pao Jü Hutong niet beter op geworden. Ze hadden de korte tocht terug naar Sectie Een zwijgend afgelegd. Het waren praktisch de eerste woorden die hij zei. Hij stond boven aan de trap op de derde verdieping, nog één etage naar zijn kantoor, terwijl hij op adem probeerde te komen. Zijn aframmeling van de voorgaande nacht had meer van hem gevergd dan hij wilde toegeven.

Margaret zei: 'Zo'n beetje elk etiket op elke markt-kraam in China is nep.'

'Ja, dat weet ik, maar deze atleten verdienden allemaal ongelooflijk veel geld. Afgezien van het feit dat ze zich het echte merk konden veroorloven, waarom zouden ze alle-maal dezelfde nep-Chanel gaan kopen?' En bijna als een absurde gedachte kwam erachteraan: 'En waarom gebruik-ten ze allemaal mondwater?'

'Er zit veel knoflook in Chinees eten,' zei Margaret. Haar luchthartigheid bezorgde haar een kwade blik. Ze glimlachte even verontschuldigend. 'Het spijt me.'

Ze gingen verder naar de bovenste verdieping. Li zei: 'Ik moet hier met enkele mensen over praten. Als jij in mijn kantoor wacht, ben ik over een paar minuten bij je en bel ik een taxi voor je.'

'Jammer dat hij thuis staat, anders had ik mijn fiets kunnen gebruiken,' lachte Margaret. Maar haar pogingen om zijn stemming met wat humor te verbeteren hadden geen effect op hem. Hij ging de recherchekamer binnen. Ze haalde haar schouders op en liep door de gang naar zijn kantoor. Als de taxi kwam, zou ze haar moeder bij Mei Yuans stalletje oppikken en terugkeren naar die piepkleine oase van rust, haar appartement. Behalve dat er weinig rust te vinden was nu ze dat met haar moeder moest delen.

Toen ze Li's kantoor binnenliep, stond er een man uit het raam te staren. Op het geluid van de deur draaide hij zich verwachtingsvol om, en ze herkende hem onmiddellijk als Li's plaatsvervanger, Tao Heng. Een man, wist ze, die Li verafschuwde. Hij leek vanachter zijn dikke vierkante bril-lenglazen geschrokken haar te zien.

285

'O,' zei hij. 'Het spijt me. Ik stond op het sectiehoofd te wachten.' Hij zag er verlegen uit. Zijn gezicht zag rood en ze zag dat hij zweette. Alsof hij haar gedachten kon lezen, haalde hij een zakdoek uit zijn zak en veegde daarmee zijn voorhoofd af.

'Hij komt er zo aan,' zei Margaret.

'Ik wacht niet op hem,' zei Tao, en hij stapte kwiek naar de deur. Hij vermeed het haar aan te kijken. Ze stapte opzij om hem door te laten en hij dook onhandig langs haar heen. Hij bleef in de deuropening staan, met de deurkruk nog in zijn hand, en draaide zich om. Een ogenblik aarzelde hij, en toen zei hij tegen haar: 'Ik veronderstel dat het een opluchting voor je zal zijn als hij straks niet meer elke avond thuiskomt en op zijn "muggenzifterige" plaatsvervanger loopt te schelden.'

De bitterheid in zijn stem was stuitend. Feitelijk sprak Li nauwelijks over Tao, hoewel zijn plaatsvervanger daar duidelijk anders over dacht. Blijkbaar had hij vreselijk lange tenen. Margaret was geschokt, verward ook. 'Het spijt me, ik weet niet waar je het over hebt.'

Tao leek onmiddellijk te betreuren dat hij dat gezegd had, maar hij leek zich niet langer in te kunnen houden. Het was alsof hij de stroom vitriool niet langer kon tegenhouden, die hij geprobeerd had níet over Li uit te storten. Maar die begon nu door te sijpelen. 'Wat ga je doen? Hem mee terugnemen naar Amerika? Ik veronderstel dat er daar wel een paar instanties zijn die het een eer zullen vinden om een Chinese ex-politieman als lid te hebben.'

Heel bizar verbaasde Margaret zich een ogenblik over de kwaliteit van Tao's Engels, tot ze zich herinnerde dat hij jaren in Hongkong voor de Britten gewerkt had. En toen herhaalde ze bij zichzelf zijn woorden om hun betekenis en ze voelde hoe de ijzige kilte van een afschuwelijk vermoeden over haar huid kroop. 'Chinese ex-politieman?'

Tao keek haar uitdrukkingsloos aan en toen klaarde de

mist voor zijn ogen op. 'Je weet het niet, hè?' Een glimlach, waarvan Margaret had kunnen zweren dat die bijna vreugdevol was, verspreidde zich over zijn gezicht. 'Hij heeft het je niet verteld.'

Door haar geschoktheid en ongeloof was haar stem bijna een gefluister. 'Heeft me wat verteld?'

En net zo snel verdween de vreugde weer van Tao's gezicht, alsof hij zich bedacht had en niet precies wist of het iets was waarmee je blij moest zijn. Hij werd plotseling terughoudend en schudde zijn hoofd. 'Dat is niet aan mij om te vertellen.'

'Jij begon erover,' zei Margaret. Woede streed met schok en angst om een plek. 'Dan kun je het maar beter afmaken ook.'

Tao durfde haar niet langer aan te kijken. 'Het is het beleid,' zei hij. 'Meer niet. Ik kan niet geloven dat je dat niet weet.'

'Wat voor beleid?' eiste Margaret.

Hij haalde diep adem, als om aan te geven dat ook hij een beslissing genomen had. Hij keek haar recht in de ogen en ze voelde zich plotseling door hem in verlegenheid gebracht. 'Een Chinese politieman mag niet met een buitenlander trouwen en in het korps blijven. Als Li met je trouwt, is zijn carrière afgelopen.'

Li had Tao de recherchekamer zien binnenkomen en vond dat hij er vreemd rood uitzag. Zijn plaatsvervanger had het vermeden iemand in het vertrek aan te kijken, liep snel door naar zijn kantoor en deed de deur hard achter zich dicht. Li had er verder niets van gedacht. Toen hij in zijn kantoor terugkwam, verbaasde het hem dat Margaret er niet was. Hij belde de telefoniste en vroeg of iemand een taxi voor haar besteld had. Dat was niet gebeurd. Hij keek uit het raam naar de bruinmarmeren gevel van de Federatie voor Heel China van Teruggekeerde Overzeese Chinezen – er lag nu sneeuw op de takken van de coniferen die de ramen beschaduwden – en zag Margaret beneden op straat lopen. Ze liep gehaast naar de rode lantaarns van het restaurant op de hoek en sloeg af naar het zuiden, richting Spookstraat. Hij verbaasde zich daar slechts even over. Vervolgens richtte hij zijn aandacht weer op andere zaken.

De weg was vol sneeuw- en ijsgleuven. Fietsen en karren hobbelden en glibberden eroverheen. Sneeuw bedekte als een laagje poedersuiker het puin op de lelijke, open plekken die de slopers gecreëerd hadden, als het al mogelijk was iets met slopen te creëren. Margaret liep het gevaar haar enkel te verstuiken, zelfs te vallen, terwijl ze zich nergens van bewust op de late ochtend door de mensenmassa's haastte. Dat waren klanten en fietsers, die de hoofdtoegang naar de grote overdekte versmarkt versperden. Tranen vertroebelden haar gezichtsveld, waardoor ze de blikken die nieuwsgierige Chinezen op haar wierpen niet zag. Ze sloeg een vreemd figuur hier in het noordwesten van Beijing, zoals ze naar Spookstraat beende, met haar lange jas uitstulpend over haar dikke buik, gouden krullen die achter haar aan wapperden, haar bleke huid bevlekt door tranen.

Hoe kon hij haar dat niet verteld hebben? Maar zodra de vraag zich in haar hoofd vormde, wist ze het antwoord. Omdat ze dan niet met hem getrouwd was. Zijn werk was zijn leven. Hoe kon ze hem vragen dat allemaal op te geven? Natuurlijk wist hij dat, wat hem ertoe gebracht had haar te bedriegen.

Maar je kunt geen relatie op leugens bouwen, dacht ze. Je kunt geen relatie op bedrog bouwen. Hij had haar wekenlang aan het lijntje gehouden, wat het appartement voor een getrouwde ambtenaar betreft. En wat stom van haar dat ze niets vermoed had. Dat het nooit bij haar opgekomen was dat er een prijs betaald moest worden om te kunnen trouwen. En hoe zou hij het haar verteld hebben als het eenmaal een feit was? Wat dacht hij dat ze zou denken, zeggen of doen?

De gedachten schoten met een duizelingwekkende snelheid door haar hoofd. Ze struikelde en viel bijna, en een jongeman in een groen gewatteerd jack met een blauwe honkbalpet op greep haar arm om haar overeind te houden. Dat was een instinctieve reactie geweest, maar toen hij zag dat de vrouw die hij geholpen had een wild kijkende, met tranen bevlekte *yangguizi* was, liet hij haar onmiddellijk los, alsof ze misschien elektrisch geladen was. Hij deed beduusd een stap naar achter. Margaret leunde tegen een betonnen telegraafpaal en probeerde helder te denken. Dit was gekkenwerk. Ze bracht haar baby in gevaar. Ze veegde haar tranen weg en haalde enkele keren diep adem, in een poging kalm te worden. Wat moest ze in godsnaam doen?

De sneeuw, die zich eerder in de loodgrijze hemel had teruggetrokken, begon weer met hernieuwde kracht te vallen. Grote, zachte vlokken die langzaam naar beneden dwarrelden. Plotseling voelde ze zich niet langer meer thuis in Beijing, Beijing dat groot, koud en vreemd voelde, alsof ze er verdwaald was, terwijl ze zich afvroeg hoe het mogelijk was je in zo'n vertrouwde plaats een vreemde te voelen. Maar toch voelde het zo. De ironie was dat Mei Yuan zo'n honderd meter verderop tijdens de lunchdrukte *jian bing* stond te bakken en dat Margarets moeder bij haar was. Ze had de kans niet alleen te zijn, om een manier te vinden zich met dit alles te verzoenen voor ze Li weer onder ogen kwam. Haar moeder zou op haar wachten en ze kon haar in een stad met dertien miljoen Chinezen, vijftienduizend kilometer van huis, absoluut niet in de steek laten.

Ze droogde haar resterende tranen en dankte God dat de ijzige wind haar roodomrande waterige ogen en vlekkerige wangen zou verklaren. Ze ademde een long vol lucht in en ging op weg, voorzichtiger deze keer, naar de straathoek waar Mei Yuan werkte. Toen ze naderde, zag ze dat zich een grote menigte rond het stalletje verzameld had. Omzichtig wrong ze zich tussen al die mensen op de stoep door. Ze besefte dat het een rij was. Mei Yuan had het bijna nooit zo druk. En toen zag Margaret waarom. Mei Yuan stond een pas of twee achter de bakplaat toezicht te houden op mevrouw Campbell, die met een nauwelijks te geloven vaardigheid *jian bing* stond te bakken. Zelfs nog moeilijker te geloven was de aanblik van haar moeder in een blauwe jas en broek onder een groot, geblokt schort, met een sjaal om haar hoofd gebonden. De Chinezen verdrongen elkaar om als eerste door deze buitenlandse duivel bediend te worden, die hun favoriete Beijingse pannenkoeken stond te bakken.

Mevrouw Campbell keek op toen ze een glimlachende Chinees zijn *jian bing* overhandigde en een biljet van vijf yuan aanpakte. Toen ze het wisselgeld gaf, kreeg ze Margaret in het oog. 'Je moet gewoon in de rij gaan staan,' zei ze. 'Geen voorkeursbehandeling hier alleen maar omdat je ook een *da bidze* bent.' En er verscheen een brede grijns op haar gezicht. Het viel Margaret op hoe natuurlijk en ongedwongen die glimlach was. Ze was er niet aan gewend haar moeder zo blij te zien. Het was onverklaarbaar.

'Wat ben je aan het doen?' vroeg ze.

'Wat denk je dat ik aan het doen ben?'

'Ja, maar waarom?'

'Kijk eens naar de rij. Daarom. Mei Yuan zegt dat we tien keer meer klanten hebben dan normaal. En daar komt bij, het is makkelijk en leuk.' De rij was ondertussen nog gegroeid, aangezien deze woordenwisseling tussen twee buitenlandse vrouwen nog meer Chinezen trok. Mevrouw Campbell keek naar de voorste in de rij. Het was een vrouw van middelbare leeftijd, in haar winterwolletjes gepakt. Ze had grote ogen van verbazing. '*Ni hau*,' zei mevrouw Campbell. '*Yi? Er?*'

'*Yi*,' zei de vrouw verlegen, terwijl ze één vinger opstak, en de mensen begonnen te lachen en te klappen.

Margaret keek de glimlachende Mei Yuan aan. 'Wanneer heeft mijn moeder Chinees leren praten?' vroeg ze.

'O, we hebben vanmorgen een korte les gehad,' zei Mei Yuan. 'Ze kan "hallo" zeggen, "tot ziens", "dank je", "graag gedaan" en van één tot tien tellen. Ze bakt uitstekende *jian bing*.' Haar blijdschap werd echter door een lichte frons van bezorgdheid getemperd. Ze hield haar hoofd enigszins scheef en keek Margaret aan. 'Alles goed met je?'

'Ja, prima,' zei Margaret snel, terwijl ze zich herinnerde dat het niet zo was. 'Ik kom alleen mijn moeder ophalen om haar mee naar huis te nemen.'

'Ik neem straks wel een taxi,' zei mevrouw Campbell zonder van haar *jian bing* op te kijken. 'Je moet het ijzer smeden als het heet is.'

Mei Yuan keek Margaret nog steeds bevreemd aan. 'Weet je het zeker?'

'Natuurlijk,' zei Margaret verlegen. Ze wist dat haar gezicht een puinhoop was en ook dat Mei Yuan zag dat er iets mis was. 'Ik moet nu gaan. Ik zie je straks, mam.'

Ze wist dat ze blij moest zijn met deze onverwachte verandering in haar moeder, een vrouw die haar hele leven op waardigheid gestaan had, die nooit wegging met een haartje verkeerd of zonder een perfect opgemaakt gezicht. En hier was ze, gekleed als een Chinese boerenvrouw, terwijl ze pannenkoeken verkocht aan een kraam. Bevrijd op de een of andere manier van de boeien van haar eigen zelfbeeld. Vrij voor het eerst, voor zover Margaret zich kon herinneren, om onverdeeld gelukkig te zijn. Misschien stond ze zichzelf voor het eerst van haar leven toe waarlijk zichzelf te zijn, door voor iemand anders door te gaan. Mei Yuan had een diepgaand effect op haar.

Maar Margaret was niet in staat los te breken uit de boeien van haar eigen ellende en terwijl ze in Spookstraat op de achterbank van de taxi schoof, werd ze weer door een gevoel van zelfmedelijden overmand.

IV

Het appartement was vreemd leeg zonder haar moeder. Het was verbazingwekkend hoe snel je aan de aanwezigheid van een ander in je huis kon wennen. Zelfs iemand die niet welkom was. Margaret schudde haar jas van zich af, schopte haar laarzen uit en vlijde zich op de sofa. Ze voelde de baby in haar buik schoppen, wat haar hart sneller deed kloppen, zowel van angst als in afwachting van een toekomst die in enkele uren tijd volkomen onzeker geworden was. Ze wilde er niet aan denken. En dus strekte ze zich op de sofa uit en ze merkte dat ze ondersteboven door een raam naar de sneeuw keek, die dicht in grote vlokken viel. Ze sloot haar ogen en zag het gezicht voor zich van de bebaarde westerling op de foto op Li's bureau, en bijna onmiddellijk wist ze precies wie het was. Ze schoot met bonzend hart overeind. Fleischer. Hans. John van het Vlees. Zo had ze toentertijd voor zichzelf zijn naam vertaald. Doctor. Verdomme!

Onmiddellijk liep ze naar haar kleine klaptafeltje en deed een van de zijbladen omhoog. Ze zette daar haar laptop op en deed de stekker in het stopcontact. En terwijl de computer opstartte, zakte zij op handen en knieën om de telefoonaansluiting eruit te halen en die door de modemkabel van haar computer te vervangen. Ze trok een stoel bij en belde haar internetserver. Dit was goed, dacht ze, iets anders om aan te denken. Iets, het maakte niet uit wat, om zich mee bezig te houden, alles liever dan aan wat ze vanavond bij het verlovingsfeest ging doen.

Eind jaren negentig had ze tijdens een reis naar Duitsland, om namens haar dode cliënte Gertrude Klimt te getuigen, voor het eerst van dr. Hans Fleischer gehoord. Tegen veel van de doctoren uit het voormalige Oost-Duitsland, die verantwoordelijk waren geweest voor de verstrekking van

292

doping aan jonge atleten, liepen aanklachten. Maar degene die ze het liefst wilden hebben, de allergrootste vis, was op de een of andere manier door de mazen van hun net gezwommen. Dr. Fleischer was simpelweg verdwenen. Zijn foto had in alle Duitse kranten gestaan; oude opnames van hem langs de baan tijdens de Olympische Spelen in de jaren tachtig waren eindeloos in de Duitse nieuwsuitzendingen herhaald. Er circuleerden verscheidene geruchten: hij zou naar Zuid-Amerika zijn gegaan, naar Zuid-Afrika, Australië, China. Maar niemand wist het precies, en de goede doctor was erin geslaagd de rechtszaal en een zekere gevangenisstraf te ontlopen.

Margaret had Google als haar startpagina en haar zoekmachine ingesteld. Ze tikte 'dr. Hans Fleischer' in en drukte op enter. Na enkele seconden werd haar scherm gevuld met links naar tientallen documenten met informatie over Fleischer, die Google op internet geoogst had. Voornamelijk kranten- en tijdschriftartikels, afschriften van televisiedocumentaires, officiële documenten die door activisten op internet gezet waren. Bijna allemaal in het Duits. Margaret scrolde naar beneden tot ze een link vond naar een stuk over hem uit een *Time*-magazine van 1998. Ze klikte op de link en daar was de tekst van het originele verhaal. Een zestal foto's bij het verhaal bevestigde Margarets identificatie. Hij droeg toen ook al een baard. Een stoppelbaard, zijn haar langer, niet zo grijs toen, met enkele donkerder strepen erdoorheen. Hij had zelfs de moeite niet genomen zich te vermommen. Misschien verwachtte hij veilig en anoniem in China te zijn.

Het artikel volgde Fleischers carrière, van een briljante dubbele graad in sportgeneeskunde en genetica aan de Universiteit van Potsdam tot zijn bliksemsnelle opgang door de gelederen van het staatsbedrijf Nitsche Laboratoriums, een farmaceutische gigant, waar hij op zijn zesentwintigste al onderzoeksleider was. De volgende vijf jaren waren enigszins een mysterie, dat zelfs *Time* niet had kunnen ontrafelen. Hij was simpelweg uit het zicht verdwenen, zijn carrière bij Nitsche was op mysterieuze wijze afgebroken. Er werd gespeculeerd dat hij die ontbrekende jaren ergens in de Sovjet-Unie doorgebracht had. Maar het bleef bij speculaties.

Toen, in 1970, was hij er weer in de onwaarschijnlijke rol van hoofdarts van de Oost-Duitse sportclub SC Dynamo Berlin. Op dat punt maakte het stuk in *Time* een reuzensprong, naar de val van de Berlijnse Muur en het ter ziele gaan van de Duitse Democratische Republiek. De dossiers van de Oost-Duitse geheime politie, de Stasi, vielen in handen van de pers. En daar kwam de ware rol van dr. Fleischer voor het eerst aan het licht. Als Stasi-agent, met de codenaam Schwartz, had hij gedurende bijna twee decennia een cruciale rol gespeeld in het opzetten en controleren van de systematisch, door de staat gesponsorde toediening van doping aan Oost-Duitse atleten.

Hij verrichtte pionierswerk wat betreft het gebruik van de door de staat ontwikkelde steroïden Oral-Turinabol en Testosteron-Depot, en zijn aanvankelijke succes in de ontwikkeling van een nieuw soort superatleten was verbijsterend. Van twintig medailles bij de Olympische Spelen van 1972 verdubbelden Oost-Duitse deelnemers in net vier jaar tijd hun medaillescore tot veertig, waarbij ze in 1976 en passant elf van de dertien olympische zwemonderdelen wonnen.

De meeste atleten waren als kind bij hem gekomen. Ze waren bij hun ouders weggehaald, getraind en in een streng gecontroleerde omgeving grootgebracht, waarbij ook de dagelijkse toediening van de kleine blauwe en roze pilletjes hoorde. Pilletjes die van kleine meisjes kolossale, manachtige, op seks beluste winmachines maakten, en van kleine jongetjes grauwende, overdreven gespierde medaillewinnaars. Fleischer had hun altijd verzekerd dat de pilletjes gewoon vitaminen waren. Het was een strenge vaderfiguur, die van de kinderen de bijnaam Vader Fleischer kreeg. Maar tegen de tijd dat ze oud genoeg waren om te beseffen dat de pilletjes die ze al die jaren geslikt hadden, meer dan alleen maar vitaminen waren, was de schade al aangericht, aan zowel hun lichaam als hun geest. Velen van hen zouden later net als Gertrude Klimt aan kanker sterven. Anderen moesten een ander soort verschrikkelijke hel doorstaan; vrouwen die baby's met geboorteafwijkingen kregen of die merkten dat hun geslachtsorganen onherstelbaar beschadigd waren; mannen die steriel waren of impotent, of allebei; beide geslachten kregen slopende tumoren als ze boven de dertig waren.

In de jaren negentig, toen de waarheid aan het licht kwam, wilden die kinderen, volwassenen nu, wraak. Velen van hen gaven de medailles terug die ze gewonnen hadden en ze waren bereid tegen hun voormalige coaches te getuigen, tegen bijna iedereen die atleten onder zijn of haar hoede had en die doping toediende. Maar degene die ze het liefst in het beklaagdenbankje wilden zien, degene die hun de wereld beloofd had en hun het gif gevoerd had, Vader Fleischer, was verdwenen.

Het artikel in *Time* haalde bronnen aan die zeiden dat hij, voor het kaartenhuis instortte, ergens aan het einde van de jaren tachtig SC Dynamo Berlin verlaten had en weer bij Nitsche was gaan werken. Daar was hij, naar verluidt, betrokken geweest bij het onderzoek naar de ontwikkeling van een nieuwe methode om de natuurlijke hormoonproductie te stimuleren. Maar dat was nooit iets geworden en hij was in de herfst van 1989 van Nitsches loonlijst verdwenen. Tegen de tijd dat in 1990 de Muur viel, was hij blijkbaar van de aardbodem verdwenen.

Tot nu.

Margaret keek naar een foto van hem op het scherm waarop hij glimlachend in de camera keek; een gebruind, bijna knap gezicht. Maar er lag iets sinisters in zijn koude blauwe ogen, die niet meelachten. Iets lelijks. Ze huiverde en kreeg een onplezierig bang voorgevoel. Deze man, hij was hier in Beijing. En olympische atleten stierven zonder duidelijke reden. Godbetert, dit was toch geen tweede generatie kinderen, Chinese deze keer, van wie het leven door Vader Fleischer verwoest werd? Maar toch was er niets wat hem op de een of andere manier met de zaak in verband bracht. Een toevallig kiekje, genomen in een gezelligheidsclub voor rijke zakenmensen. Meer niet.

Margaret herlas het artikel, stond stil bij het gespeculeer omtrent zijn activiteiten na zijn vertrek bij de Berlijnse sportclub. De geruchten waren dat hij *betrokken geweest was bij de ontwikkeling van een nieuwe methode om de natuurlijke hormoonproductie te stimuleren.* Ze fronste haar wenkbrauwen, terwijl ze hierover nadacht. *De natuurlijke hormoonproductie stimuleren.* Hoe deed je dat? Ze ging terug naar zijn oorspronkelijke bevoegdheden. Hij had in Potsdam twee studies gedaan en was in beide afgestudeerd. Sportgeneeskunde en genetica. Dat hielp niet echt. Zelfs al hád hij een manier gevonden om de natuurlijke hormoonproductie van die dode atleten te stimuleren, de autopsie-uitslagen zouden dan abnormaal hoge hormoonspiegels in hun lichamen hebben moeten laten zien. Ze schudde haar hoofd. Misschien zocht ze gewoon naar een verband dat er niet was. Misschien probeerde ze gewoon haar hoofd met iets te vullen om maar niet aan Li te hoeven te denken, over hoe hij tegen haar gelogen had, en aan wat ze daaraan ging doen.

HOOFDSTUK NEGEN

I

Zodra hij haar zag, wist Li dat er iets mis was. Maar aangezien iedereen eerder bij het restaurant was dan hij, had hij
niet de gelegenheid uit te vinden wat. 'O, je hebt het gered
vanavond?' zei ze op haar vertrouwde, zure toon die hij
eens zo goed gekend had, een toon die door de jaren heen,
sinds hun eerste ontmoeting, aanzienlijk milder geworden
was. Of dat dacht hij tenminste. 'Mijn moeder dacht al dat
je jezelf misschien weer in elkaar had laten slaan, alleen
maar om haar niet te hoeven ontmoeten.'

'Niet waar!' zei mevrouw Campbell geschokt.

Margaret negeerde haar. 'Mam, dit is Li Yan, een eerlijk,
oprecht politieman bij de Beijingse gemeentepolitie. Hij is
niet altijd zo lelijk, maar wel bijna. Blijkbaar hebben enkele
weerzinwekkende leden van de Beijingse onderwereld zijn
gelaatstrekken gisteravond gereorganiseerd. Tenminste, dat
was zijn excuus toen hij niet kwam opdagen om mij ten
huwelijk te vragen.'

Li voelde zich gegeneerd en bloosde terwijl hij haar
moeder een hand gaf. 'Prettig kennis met u te maken,
mevrouw Campbell.'

'Oom Yan, wat is er met je gezicht gebeurd?' vroeg Xin-xin bezorgd. Li bukte voorzichtig om haar te knuffelen, maar kromp ineen toen ze tegen zijn ribben duwde. 'Gewoon een ongeluk, kleine,' zei hij.

'Niets wat een beetje plastische chirurgie niet kan herstellen,' zei Margaret. Hij wierp haar een boze blik toe, en ze produceerde een gemaakte glimlach.

Xiao Ling kuste hem en bezorgd streek ze zacht met haar vingers over haar broers gezicht. 'Weet je zeker dat je in orde bent?' vroeg ze.

Hij knikte. 'Natuurlijk.'

Mei Yuan nam het snel over. 'Vanavond zijn we allemaal hier omdat Li Yan en Margaret aangekondigd hebben te gaan trouwen,' zei ze. 'En in China is het niet slechts een verbond tussen twee mensen, maar tussen twee families.' En ze richtte haar aandacht op de geschenken, die ze voor de tweede achtereenvolgende avond op de gelakte tafel uitgestald had. Ze vroeg mevrouw Campbell en Li's vader onder het aanbieden ervan op een stoel aan weerskanten van de tafel plaats te nemen.

Van mevrouw Campbell 99 dollar.

Van meneer Li een Chinese bruidstaart met een feniks en een draak.

Snoep van de Campbells.

Tabak van de Li's.

'Jammer dat niemand van ons rookt,' zei Margaret.

Mei Yuan ging snel verder, en ze wisselden flessen wijn uit, pakken suiker, een stel kleurige porseleinen hennen.

Toen mevrouw Campbell ten slotte een blik groene thee aangeboden kreeg, zei ze: 'Ach ja, ter aanmoediging van zoveel mogelijk kleine Li's en Campbells.' Ze keek nadrukkelijk naar Margarets buik. 'Alleen jammer dat ze niet konden wachten tot ze getrouwd waren.' Ze zweeg een ogenblik en glimlachte toen, waarop alle anderen in lachen uitbarstten. Dat brak de spanning.

Margarets starre glimlach was slechts schijn. Ze zei: 'Ik zie dat meneer Li vanavond geen moeite met zijn Engels heeft.'

De glimlach verdween van het gezicht van de oude man. Hij keek naar Li, die, verbijsterd en kwaad over Margarets gedrag, zijn schouders ophaalde.

Maar gelukkig kwam net de gastvrouw binnen, die aankondigde dat het eten nu opgediend werd en of ze aan tafel wilden gaan.

Toen iedereen opstond en naar de andere kant van de kamer liep, pakte mevrouw Campbell haar dochters arm en siste: 'Wat bezielt je in hemelsnaam, Margaret?'

'Niets,' zei Margaret. Ze trok zich los en nam plaats. Ze legde het servet met een bruusk gebaar over haar knieën en bleef verder zwijgen. Ze misdroeg zich, maar het was sterker dan haarzelf. Ze had nooit moeten komen, wist ze nu. Het was één grote poppenkast. Een farce.

Na een gesprekje onder vier ogen dat Mei Yuan met de gastvrouw over de gevoelige westerse smaak gehad had, waren er vanavond minder 'delicatessen'. En zo werd gerecht na gerecht uit een conventionelere keuken naar de tafel gebracht en op het draaiplateau gezet. Terwijl de gasten prikten en aten, viel er een stilte over de groep. Mevrouw Campbell worstelde met haar eetstokjes om het eten van haar bord naar haar mond te krijgen. Iedereen kreeg bier, en kleine gouden drinkbekertjes gevuld met wijn om mee te toosten.

Mei Yuan bracht de eerste toost uit, op de gezondheid en voorspoed van de aanstaande bruid en bruidegom. Mevrouw Campbell hief haar drinkbekertje om op de gulheid van haar Chinese gastheren te toosten, en toen ze allemaal van hun wijn nipten, schraapte ze haar keel en zei: 'En wie gaat de bruiloft eigenlijk betalen?'

Li keek Margaret aan, maar haar ogen waren strak op haar knieën gericht. Hij schraapte verlegen zijn keel. 'Nou,

Margaret en ik hebben dat besproken,' zei hij. 'Het wordt geen grote bruiloft. Ik bedoel, min of meer alleen degenen die hier vanavond zijn, en nog een of twee genodigden. We gaan het heel eenvoudig houden. Een theeceremonie in mijn appartement, een verklaring voor de twee altaren en vervolgens het banket. Het wettelijke is slechts formaliteit. Dus we dachten... nou, we dachten dat we dat zelf wel konden betalen.'

'Onzin!' zei mevrouw Campbell luid. Iedereen schrok. 'Het mag dan een Chinese bruiloft zijn, maar mijn dochter is Amerikaans. En in Amerika is het traditie dat de familie van de bruid de bruiloft betaalt, en dat is precies wat ik van plan ben te doen.'

'Ik geloof niet dat ik dat kan toestaan, mevrouw Campbell,' zei Li's vader plotseling tot ieders verrassing.

Maar Margarets moeder legde haar hand op de zijne. 'Meneer Li,' zei ze, 'misschien spreek je erg goed Engels, maar je weet niet veel van Amerikanen. Want als dat zo was, dan zou je weten dat je een Amerikaanse dame niet moet tegenspreken als ze haar stokpaardje berijdt.'

Meneer Li zei: 'Mevrouw Campbell, je hebt gelijk. Ik weet weinig van Amerikanen, maar ik weet veel van vrouwen. En ik weet hoe gevaarlijk het kan zijn om ze tegen te spreken, ongeacht hun nationaliteit.' Waarop gelach rond de tafel uitbarstte.

'Mooi,' zei mevrouw Campbell. 'Dan begrijpen we elkaar volkomen.' Ze richtte haar aandacht weer op haar bord en begon weer met haar eetstokjes te klunzen. Ze zou liever een vork gehad hebben, maar dat zou ze nooit toegeven.

'Nee,' zei meneer Li, en hij leunde opzij om haar haar eetstokjes af te nemen. 'Dat moet zo.' En hij liet haar zien hoe ze het onderste eetstokje moest verankeren en het bovenste moest bewegen. 'Zie je,' zei hij, 'hoe makkelijk?'

Mevrouw Campbell probeerde het op de nieuwe

manier. Ze bewoog het bovenste eetstokje een paar keer op en neer. Toen probeerde ze een stukje vlees van haar bord te pakken. Tot haar verbazing ging dat makkelijk. 'Wel heb je ooit,' zei ze. 'Ik vond altijd dat eetstokjes een nogal verdomd stomme manier van eten was.' Ze pakte nog een stukje vlees. 'Maar ik vermoed dat een miljard Chinezen het niet mis kunnen hebben.' Ze wendde zich glimlachend tot meneer Li en zag dat hij haar schattend aankeek.

'Hoe oud ben je, mevrouw Campbell?' vroeg hij.

Ze was geschokt. Margaret had haar verteld dat de Chinezen ongegeneerd persoonlijke vragen konden stellen, maar dergelijke rechtstreekse vragen had ze duidelijk niet verwacht. 'Ik weet eigenlijk niet of dat je iets aangaat, meneer Li. Hoe oud ben jij?'

'67.'

'O... nou,' zei ze. 'Dan verschillen we een jaar of twee.'

'Misschien herinner je je nog dat jullie president China bezocht?'

'Onze president? Bedoel je George W. Bush?' Ze trok haar neus op. 'Ik kan dat mannetje niet uitstaan!'

'Nee, niet Bush. President Nixon.'

'O.' Ze voelde zich lichtelijk gegeneerd. Nixon was in de nasleep van Watergate iets van een presidentiële paria geworden. 'Dat herinner ik me, ja.'

'Dat was in 1972,' zei de oude man. 'Ik was net uit de gevangenis ontslagen.'

'Gevangenis?' Mevrouw Campbell sprak het woord uit alsof ze er een nare smaak van in haar mond kreeg.

'Dat was tijdens de Culturele Revolutie, begrijp je,' zei hij. 'Ik was een "gevaarlijke intellectueel". Ik zou met mijn vocabulaire al hun zware wapens verpletteren.' Hij grijnsde. 'Dus probeerden ze tegelijk met het merendeel van mijn tanden alle woorden uit mijn hoofd te slaan.' Hij haalde zijn schouders op. 'Dat is ze enigszins gelukt. Maar toen ze me lieten gaan, was het 1972, en ik hoorde dat de president van de Verenigde Staten naar China kwam.' Hij zweeg een ogenblik en zuchtte toen hij zich iets uiterst pijnlijks herinnerde. 'Je kunt niet weten, mevrouw Campbell, wat dat betekende voor iemand als ik, en voor miljoenen Chinezen, die elk contact met de buitenwereld ontzegd was.'

Terwijl zijn vader sprak, luisterde Li verbaasd. Zo had hij hem nooit horen praten. Hij had nooit met zijn familie over zijn ervaringen tijdens de Culturele Revolutie gesproken, laat staan met een vreemde.

De oude man vertelde verder: 'Het zou op de televisie komen. Maar toen had bijna niemand nog televisie, en zelfs als ik iemand kende die er eentje had, dan had ik nog niet mogen kijken. Maar ik wilde de Amerikaanse president naar China zien komen, dus struinde ik in Sichuan, waar ik woonde, alle oude winkels en marktkramen af. En enkele weken later kon ik met de onderdelen die ik verzameld had, mijn eigen televisie in elkaar zetten. Alleen de beeldbuis had ik nog niet. Die kon ik nergens vinden, tenminste niet eentje die het deed. Maar ik begon toch aan mijn televisie, en precies drie dagen voor jullie president verwacht werd, vond ik in een uitdragerij in de stad een beeldbuis in een oude televisie die het deed. Toen Nixon zijn eerste stappen op Chinese bodem zette, toen hij Mao een hand gaf, zag ik het gebeuren.' Hij haalde zijn schouders op en glimlachte nu hij eraan terugdacht. 'Het beeld was groen en wat wazig. Nou, feitelijk erg wazig. Maar ik heb het gezien. En...' hij leek plotseling verlegen, '... ik heb gehuild.'

Margaret zag dat haar moeders ogen vochtig werden en voelde de woede opkomen. Haar moeder zei: 'Weet je, meneer Li, ik heb die uitzending ook gezien. De kinderen waren toen nog erg klein, en mijn man en ik bleven tot laat op om de beelden te zien, die rechtstreeks uit China kwamen. Dat was na bijna dertig jaar koude oorlog erg belangrijk in Amerika voor mensen als wij. Om plotseling een glimp van een andere wereld op te vangen, een bedreigende wereld, een wereld waarvan altijd gezegd was dat die zo anders was als die van ons. We waren bang voor China, weet je. "Het Gele Gevaar" noemden we jullie. En toen, plotseling, ging onze eigen president met meneer Mao Zedong praten, zoals wij hem noemden. Alsof het de gewoonste zaak van de wereld was. En dat gaf ons het gevoel dat de wereld veiliger geworden was.' Ze schudde verwonderd haar hoofd. 'En na al die jaren zit ik hier in China met een spleetoog te praten, die dezelfde beelden gezien heeft en daar net zo door geroerd was als wij.'

'O, spaar me!' Op het geluid van Margarets stem draaide iedereen zich om. Haar stem begaf het. En ze waren geschokt door de tranen die ze in haar ogen zagen opwellen.

Haar moeder zei: 'Margaret, wat in hemelsnaam...?'

Maar Margaret luisterde niet. 'Hoe lang geleden was het, meneer Li? Twee dagen, drie, dat ik niet goed genoeg was om met je zoon te trouwen, omdat ik niet Chinees was?' Ze wendde zich nu betraand tot haar moeder. 'En jij was beledigd omdat je dochter met een Chinees ging trouwen.'

'Magret, Magret, wat is er, Magret?' Xinxin sprong van haar stoel en rende om de tafel heen. Ze greep Margarets arm, overstuur vanwege haar tranen.

'Het spijt me, kleine,' zei Margaret, en ze streek door het haar van het kind. 'Het lijkt er alleen op dat niemand wil dat je oom Yan en ik gaan trouwen.' Ze keek de gezichten rond de tafel langs. 'En de ironie van dit alles is dat, juist nu jullie allemaal besluiten dikke vrienden te worden, de bruiloft ten slotte toch niet doorgaat.'

Ze gooide haar servet op tafel en kuste Xinxin op haar voorhoofd. Vervolgens verliet ze gehaast de Keizerzaal en rende blindelings de vorstelijke gaanderij door.

Een ogenblik zwegen ze allemaal verbijsterd. Toen legde Li zijn servet op tafel en stond op. 'Neem me niet kwalijk,' zei hij, en hij ging achter haar aan.

Ze was al buiten voor ze besefte dat ze geen jas aanhad. De sneeuw lag nu enkeldiep en de wind sneed als een mes door haar heen. Terwijl haar tranen over haar wangen stroomden, werden die ijskoud; en ze sloeg haar armen om zich heen voor de warmte, terwijl ze wild om zich heen keek, verward en onzeker over wat ze moest doen. Het verkeer op het Tiananmenplein kroop met slippende wielen in lange, aarzelende rijen voorbij, met vallende witte vlokken in de koplampen gevangen. Eén of twee voetgangers, met het hoofd tegen sneeuw en wind gebogen, wierpen een nieuwsgierige blik haar kant op. De Poort van de Hemelse Vrede werd net als altijd door schijnwerpers verlicht, terwijl Mao's eeuwige blik over het plein viel. Sommigen vonden het een monster, anderen een verlosser. De man wiens rendez-vous met Nixon al die jaren geleden op de een of andere manier van groot, wederzijds belang voor haar moeder en Li's vader geweest was.

'Kom weer naar binnen, Margaret.' Li's stem was een zachte warme adem op haar wang. Ze voelde dat hij zijn jas om haar schouders legde en haar naar de trap bracht.

Toen Li weer met haar het restaurant binnenliep, staarden de meisjes met de hoge zwarte hoeden en de rode pomponnetjes haar verwonderd met wijd open ogen aan. 'Kunnen we ergens alleen zijn?' vroeg hij. Een van de meisjes knikte naar een vertrek achter het hoofdrestaurant en Li leidde Margaret snel langs de blikken van nieuwsgierige gasten naar een grote halfdonkere kamer vol lege banketta-fels. Door een hoog raam met spinragdunne vitrage viel licht van het plein naar binnen. Als de keizer en de keizerin in het vertrek dineerden waar Li en Margaret van plan geweest waren zich te verloven, zouden de ministers van de keizer hier gedineerd hebben. Nu echter was het vertrek verlaten. Li en Margaret stonden tegenover elkaar achter een groot verguld scherm met uitgesneden slangen. De stilte tussen hen werd slechts door het verre geroezemoes van gasten en het geluid van brullende motoren buiten in de sneeuw verbroken.

Hij veegde de tranen uit haar ogen, maar ze wilde hem niet aankijken. Hij sloeg zijn armen om haar heen, om haar te verwarmen en het beven te stoppen. En zo stonden ze lange tijd. Zijn kin rustte licht op haar hoofd.

'Wat is er, Margaret? Wat heb ik gedaan?' vroeg hij ten slotte. Hij voelde dat ze diep en huiverend ademhaalde.

'Het gaat om wat je niet gedaan hebt,' zei ze.

'Wat? Wat heb ik niet gedaan?'

'Je hebt me niet verteld dat je je baan kwijtraakt als we gaan trouwen.'

En de bodem viel uit een breekbare wereld, die hij maar net bij elkaar had weten te houden. Ze voelde hem slap worden.

'Wáárom heb je het me niet verteld?' Ze maakte zich los en keek hem voor het eerst aan, zag alle pijn die daar lag, en wist het antwoord op haar vraag nog voor hij zelfs zijn mond opendeed.

Hij liet zijn hoofd hangen. 'Je weet waarom.' Hij zweeg. 'Ik wil met je trouwen, Margaret.'

'Ik wil ook met jou trouwen, Li Yan. Maar niet als dat je ongelukkig maakt.'

'Dat gebeurt niet.'

'Natuurlijk wel! In godsnaam, politieman zijn is het enige wat je ooit wilde. En je bent er goed in. Dat wil ik je niet afnemen.'

Zo stonden ze daar lange tijd zwijgend. Toen zei hij: 'Wat moeten we doen?'

Ze haalde slechts even haar schouders op. 'Dat weet ik niet.' En ze sloeg haar armen om hem heen en legde haar wang tegen zijn borst. Hij gromde onwillekeurig van de pijn en zij trok onmiddellijk haar hoofd weg. 'Het spijt me, ik dacht er niet aan.'

'Hoe weet je het?' vroeg hij.

'Maakt dat iets uit?'

'Voor mij wel.'

'Je plaatsvervanger, Tao Heng, heeft het verteld.'

Woede borrelde in hem op. 'Die klootzak!'

'Li Yan, hij wist niet dat je het me niet verteld had.'

'Ik vermoord hem!'

'Dat doe je niet. Het gaat om de boodschap, niet om de boodschapper.'

'En wat is de boodschap dan?'

'Dat het voorbij is, Li Yan. De droom. Wat het ook was, waarvan we stom genoeg dachten dat de toekomst mogelijk voor ons in petto had. Wij hebben het niet meer in eigen hand.'

Hij wilde tegen haar zeggen dat ze ongelijk had, dat ze het lot in eigen hand hadden, maar de woorden zouden hol geklonken hebben, zelfs in zijn oren. En als hij zichzelf niet kon overtuigen, hoe kon hij haar dan ooit overtuigen? Zijn leven, zijn carrière, zijn toekomst liepen totaal uit de hand. En hij leek er niets aan te kunnen doen.

Het voelde alsof het gewicht van de wereld op hem neerdrukte. 'Zal ik het hun vertellen, of doe jij het?'

Het duurde een halfuur voor iedereen een taxi had. Mei Yuan beloofde met mevrouw Campbell terug naar Margarets appartement te gaan. Niemand vroeg waarom de bruiloft afgelast was en Li deed geen poging om het uit te leggen. Hij zei alleen dat hij en Margaret wat te 'bespreken' hadden. Xinxin was in tranen.

Toen ze weg waren, ging hij terug naar het eetvertrek van de ministers van de keizer en vond Margaret waar hij haar achtergelaten had. Haar tranen waren allang opgedroogd en ze zat nu somber uit te kijken over het plein. Haar stemming was veranderd en hij wist onmiddellijk dat er vanavond niets van dat 'bespreken' terecht zou komen.

Hij schoof een stoel bij en leunde op de leuning, terwijl hij naar de vloer staarde en naar het geroezemoes van de gasten in het restaurant luisterde. Hij kon de geur van hun sigarettenrook ruiken en wenste dat hij er zelf ook eentje kon nemen.

Na een zeer lange stilte zei hij ten slotte: 'Margaret...' en ze onderbrak hem onmiddellijk.

'Tussen haakjes, dat vergat ik je nog te vertellen...' En uit haar toon kon hij opmaken dat dit haar manier was om te zeggen dat ze er verder niet over wilde praten.

'Wat ben je me vergeten te vertellen?' vroeg hij lusteloos.

'Ik vond vanmorgen een foto op je bureau. Een van de foto's die Jon Macken op de club genomen had, waar dat vermoorde meisje werkte.'

Li fronste zijn wenkbrauwen. 'Welke foto?'

'Van een westerling, met grijs haar en een baard. Hij was met een paar Chinezen.'

Li zei: 'Wat is er met hem?'

'Ik heb hem herkend. Niet onmiddellijk. Maar ik wist dat ik zijn gezicht gezien had. Toen herinnerde ik het me vanmiddag en heb ik hem op internet opgezocht.'

'Wie is het?'

Ze draaide zich om en keek hem aan. 'Dr. Hans Fleischer. Alle Oost-Duitse atleten kenden hem als Vader Fleischer, en gedurende bijna twintig jaar was hij verantwoordelijk voor doping.'

II

Toen ze, voorzichtig in konvooi, langs de hoge muren van het Diaoyutai Staatspension aan de oostkant van het Yuyuantanpark reden, rukte hij zich los uit zijn gedachten aan

Margaret. Het was bijna een uur geleden dat hij haar naar huis gebracht had, en hij vroeg zich nu af wat hij met zijn huiszoeking bij de club zou bereiken. Er was tenslotte niets wat Fleischer in verband met de dood van de atleten bracht. En Margaret had zelf toegegeven dat er in de pathologie en toxicologie niets was wat erop wees dat iemand van hen drugs genomen had. Maar het was gewoon te toevallig om te negeren. En hoe dan ook, hij had iets anders nodig om aan te denken.

De plaatsvervangend procureur-generaal had bij een vriend thuis zitten dineren en had zich eraan geërgerd dat Li hem kwam storen. Die irritatie was Li echter waarschijnlijk goed van pas gekomen. Hij had het huiszoekingsbevel misschien niet getekend als hij uitvoeriger studie had gemaakt van de flinterdunne beweegredenen die hem voorgelegd werden.

Alsof hij Li's gedachten las, ging Suns blik kortstondig van de weg naar zijn passagier. 'Wat denk je dat we daar zullen vinden, commandant?'

Li haalde zijn schouders op. 'Ik betwijfel of het iets anders zal blijken te zijn dan een kwestie van pesterij, rechercheur, om president-directeur Fan te laten weten dat we hem in de gaten houden. Per slot van rekening, als het waar is dat Fan echt niet weet wie Fleischer is, dan is de schakel met de club buitengewoon zwak.' Hij haalde de foto van Fan, Fleischer en de anderen uit de map op zijn knie en tuurde ernaar bij het wisselende licht van de straatlantaarns. 'Maar er zijn andere factoren waarmee we rekening moeten houden,' zei hij. 'De inbraak in de studio van Macken om de foto's te stelen die hij van de club gemaakt had. De moord op JoJo. Ze was tenslotte een vriendin van Macken, en zij was het die hem in de eerste plaats die opdracht bezorgd had.'

'Je denkt dat er een verband is?'

'Ik denk dat er een verband bestaat tussen de inbraak

en het feit dat Fleischer duidelijk op een van Mackens foto's staat.' Hij keek Sun aan en wapperde met de foto. 'Denk eens na. Fleischer is internationaal beschimpt, een verschoppeling. Als hij naar Duitsland zou teruggaan, belandde hij in de gevangenis. Niet het soort man van wie een schijnbaar respectabel zakenman als Fan zou willen dat bekend werd dat ze iets met elkaar te maken hadden. Dus je bent in je privéclub waar je net een vertrek verlaat. Je bent met Fleischer. Je denkt dat je volkomen veilig bent. En flits. Daar staat een vent met een camera en hij heeft jullie tweeen zojuist samen op een foto vastgelegd. Misschien wil je die foto hebben.'

'Maar zou je daarvoor moorden?'

'Dat hangt af van hoe diep en smerig je connectie met Fleischer was.' Li zuchtte. 'Aan de andere kant kan het best zijn dat ik maar wat uit mijn nek zit te lullen.'

Het konvooi kwam bij de kruising met Fuchengmenwai tot stilstand en Li tuurde weer naar de foto in zijn hand. Hij fronste zijn wenkbrauwen, deed de binnenverlichting aan en hield de foto omhoog. 'Nou, hier zie ik iets wat me niet eerder opgevallen is,' zei hij.

'Wat dan?'

Li wees naar het bord aan de muur naast de deur. 'Ze komen uit de evenementenhal.'

Sun haalde zijn schouders op. 'Is dat belangrijk?'

'Dat was het enige vertrek dat Fan Zhilong mij en Qian niet wilde laten zien. Hij zei dat het opgeknapt werd.' Toen het verkeerslicht op groen ging, deed hij de binnenverlichting uit en de wielen draaiden even snel rond voor ze weer grip kregen en de auto vervolgens langzaam de hoek om stuwden. Hij tuurde door de vallende sneeuw naar de overkant van de weg en zag de twee identieke appartementencomplexen boven de helder verlichte ingang van de Eén-China Recreatie Club Beijing oprijzen.

Fan Zhilong was allesbehalve blij dat zijn club door Li en een troep agenten in uniform en in burger overstroomd werd. Hij liep geagiteerd achter zijn bureau heen en weer. 'Dit is een inbreuk op de privacy,' ging hij tekeer. 'Een inval door de politie zal de reputatie van mijn club geen goed doen. Noch het vertrouwen van mijn leden.' Hij zweeg en keek Li kwaad aan. 'Hier zou je weleens grote moeilijkheden mee kunnen krijgen, sectiehoofd.'

Li liet het huiszoekingsbevel op Fans bureau vallen. 'Getekend door de plaatsvervangend procureur-generaal,' zei hij. 'Als je er problemen mee hebt, moet je bij hem zijn.' Hij zweeg en voegde er toen kalm aan toe: 'En bedreig me niet nog eens.'

Fan reageerde alsof hij een klap gekregen had, hoewel Li nauwelijks zachter had kunnen praten. De president-directeur leek geschokt en zijn gezicht werd rood.

Li zei: 'Er is een meisje doodgestoken, meneer Fan. Jouw persoonlijke assistente.'

'Mijn voormálige persoonlijke assistente,' zei Fan.

Li liet de foto van Fleischer boven op het huiszoekings-bevel vallen. 'En in dit pand werd een man gefotografeerd die in het Westen gezocht wordt voor ernstig misbruik van jonge atleten, misbruik dat bestond uit de toediening van gevaarlijke doping.'

Fan maakte een geërgerd geluid, zuchtte en sloeg zijn blik ten hemel. 'Ik heb je al verteld, sectiehoofd, dat ik hem pas voor het eerst op de dag van de foto zag. Ik zou zelfs niet weten hoe hij heet.'

'Zijn slachtoffers kenden hem als Vader Fleischer.' Li speurde naar een reactie, maar die bleef uit. 'En ik ver-onderstel dat je je ook nog steeds niet herinnert wiens gast hij was?'

'Dat klopt, ja.'

'Wat is hier aan de hand, meneer Fan?' De stem kwam vanuit de deuropening achter hen, en Li en Sun draaiden zich om. Het was de persoonlijke trainer met de paarden-staart, in trainingspak, die ook op de foto met Fleischer stond. 'De leden beneden stappen op. Ze zijn niet blij.'

'Ik ook niet, Hou. Maar ik ben bang dat ik weinig over het gedrag van sectiehoofd Li en zijn collega's te zeggen heb.'

Li pakte de foto weer op en hield die Hou voor. 'Wie is die westerling op de foto?' vroeg hij.

Hou keek zijn baas aan en liep vervolgens naar Li om de foto te bekijken. Hij schudde zijn hoofd. 'Geen idee. Hij kwam met een van de leden mee.'

'Met wie?'

'Dat kan ik me niet herinneren.'

'Komt dat niet mooi uit? Ik neem aan dat het niet een van de andere twee op de foto is?'

Hou schudde zijn hoofd. 'Bestuursleden.'

'Dus jij en meneer Fan en twee andere bestuursleden moesten van een lid, wiens naam jullie vergeten zijn, deze westerling, wiens naam jullie ook vergeten zijn, vermaken? Klopt dat?'

'Dat klopt,' zei Hou.

'Wat vergeetachtig.'

Qian verscheen in de deuropening waarachter JoJo's kantoor lag. Hij was met een half dozijn andere recher-cheurs van de sectie opgeroepen om bij de huiszoeking te helpen. 'Commandant,' zei hij. 'Herinner je je nog dat de evenementenhal opgeknapt werd? Nou, ik denk dat je even moet komen kijken.'

Toen ze naar binnen gingen, deed Qian de tl-buizen boven hun hoofd aan, en een voor een kuchten, flikkerden en zoemden ze. 'Net *Star Wars*,' zei hij. De evenementenhal was gigantisch groot, met meer dan zes meter hoge marme-ren muren, betegelde vloeren die zich naar verre pilaren uit-strekten, een plafond dat bezaaid was met piepkleine lichtjes, als sterren aan de nachthemel. Li keek met een groeiend gevoel van onbehagen om zich heen. Er hingen lange banieren aan de muur, versierd met Chinese karakters waarvan hij niets begreep. Tussen de deur waardoor ze binnengekomen waren en een podium voor een muur met een gordijn aan de overkant stonden op regelmatige afstand van elkaar drie vrijstaande sierdeurstijlen. Tussen de derde deurstijl en het podium lagen verscheidene voorwerpen op de grond. Een bamboe hoepel groot genoeg voor een man om erdoorheen te kruipen, met gekartelde stukken rood papier aan de boven- en onderkant geplakt. Stukken houtskool die in een vierkant waren gelegd. Achter elkaar drie kleine papieren cirkels. Twee stukjes touw naast elkaar. Aan weerskanten van deze voorwerpen stond een rij van acht stoelen, alsof het om een klein publiek ging. En dan stond op het podium zelf een grote, rechthoekige tafel met een lange strook geel papier aan de voorkant, die tot op de grond hing.

Li liep langzaam door elk van de sierdeurstijlen naar het podium en zag dat er in de zijmuren tegenover elkaar gelegen deuren zaten. Fan en de paardenstaart volgden hem op discrete afstand, terwijl Qian en Sun en verscheidene politiemensen vanuit de deuropening toekeken. 'Wat is dit?' vroeg Li.

'Niets bijzonders,' zei Fan. 'Tenminste, niets wat voor jou van belang is, sectiehoofd. Wat ceremonieel vermaak en spelletjes voor de leden.'

'Je zei dat het hier opgeknapt werd.'

'O ja? Ik bedoelde waarschijnlijk dat die voor de ceremonie in orde gemaakt werd.'

'En waar bestaat die ceremonie precies uit, meneer Fan?'

Fan haalde zijn schouders op en glimlachte, maar niet zo dat zijn kuiltjes verschenen. Hij leek er lichtelijk verlegen onder. 'Het is eigenlijk een spelletje, sectiehoofd. Het lijkt wat op een vrijmetselaarsinitiatie, als je weet wat dat is.'

'Ik wist niet dat er vrijmetselaars in China waren, meneer Fan.'

'Die zijn er niet. Het is gewoon iets wat we verzonnen hebben. De leden vinden het leuk. Het geeft hun het gevoel ergens bij te horen, weet je, een select gezelschap.'

Li knikte en stapte het podium op. Op de tafel lagen nog meer voorwerpen. Hij telde vijf verschillende vruchten. En er waren een witte papieren waaier, een olielamp, een biezen sandaal, een stuk wit doek met iets wat rode inktvlekken leken, een zwaard met een korte kling, een koperen spiegel, een schaar, een Chinees schrijfpenseel en een inktsteen. Daartussen lagen nog ruim tien andere voorwerpen, van een naald tot een Tibetaanse rozenkrans. 'Wat zijn dat voor spullen?'

'Geschenken,' zei Fan. 'Van leden. Ze hoeven niet duur te zijn, alleen bijzonder.'

'Dat zijn ze zeker,' zei Li. 'Wat zit er achter dat gordijn?'

'Niets.'

Li stapte naar voren en trok het opzij. Een dubbele deur werd zichtbaar. 'Ik dacht dat je zei dat er niets was?'

'Het is alleen maar een deur, sectiehoofd.'

'Waar gaat die naartoe?'

'Nergens naartoe.'

Li probeerde de kruk en trok de rechterdeur open. Erachter was slechts een marmeren muur. Beide deuren en hun front waren loos.

Li keek Fan aan, die op zijn beurt ongemakkelijk naar Li keek. Het gezoem van de lampen klonk buitensporig luid. Li keek naar Sun, Qian en de andere rechercheurs, en toen viel zijn blik op de persoonlijke trainer. En Li merkte nu pas dat zijn haar, hoewel dat in een paardenstaart zat, toch met een boog over zijn oren hing, zodat die niet zichtbaar waren. Het puntje van zijn rechteroor was door het haar nog net zichtbaar. Maar de boog over zijn linkeroor lag plat tegen zijn hoofd. Op de een of andere manier zag het er

313

vreemd uit. Toen herinnerde Li zich weer iets van zijn detachering in Hongkong. Iets wat hij gehoord, maar nooit gezien had. Hij liep naar Hou en duwde het haar aan de linkerkant van zijn hoofd naar achteren. Het linkeroor ontbrak. Een halvemaanvormig bleek litteken langs het gat in zijn hoofd was het enige wat restte. 'Akelig ongeluk,' zei hij. 'Hoe is dat gebeurd?'

'Zoals je al zei, sectiehoofd, een akelig ongeluk.' Hou trok zijn hoofd weg. Zijn toon had iets nors en uitdagends, als een waarschuwing. Lange tijd keek Li Fan strak aan, en hij zag dezelfde uitdaging in zijn ogen. Hij voelde een huivering door zich heen gaan, alsof er iemand over zijn graf liep.

'Ik denk dat we genoeg gezien hebben,' zei hij. 'Dank je, meneer Fan, we zullen je niet langer storen.' En hij liep door de sierdeurstijlen terug naar de plek waar zijn rechercheurs op hem wachtten. 'We zijn klaar hier,' zei hij tegen Qian. Qian knikte, en terwijl ze door de entreehal naar de hoge glazen deuren liepen, riep hij tegen de rest van de ploeg dat ze weggingen.

'Wat is er?' fluisterde Sun. Hij kon de spanning op het gezicht van zijn baas zien.

'Buiten,' zei Li rustig, en ze gingen door de deur de ijzige nacht in. Grote sneeuwvlokken sloegen koud tegen warme gezichten.

Toen ze eenmaal de poorten door waren, bleven ze op de stoep staan. 'Wat gebeurde er daarbinnen, commandant?' vroeg Sun. 'De sfeer was daar kouder dan in het lijkenhuis op een winteravond.'

'Welke kant kijken we nu op?' Li keek naar de hemel alsof hij de sterren zocht om hem te helpen. Maar die waren er niet.

Sun fronste zijn wenkbrauwen. 'Fuchengmenwai loopt van oost naar west op de kaart. Wij staan nu aan de noordkant, dus kijken we naar het zuiden.'

Li draaide zich om en keek naar het gebouw dat ze

zojuist verlaten hadden. 'Dat betekent dat we de evenementenhal door een deur aan de oostkant zijn binnengegaan, ' zei hij.

Sun zei: 'Ik begrijp het niet.'

Li hobbelde om de jeep heen naar de passagierskant. 'Laten we instappen. Wat een rotweer.'

Door de restwarmte in de jeep was de sneeuw in hun haar en op hun schouders snel gesmolten. De ramen begonnen te beslaan en Sun startte de motor om de blower aan te zetten. Hij wendde zich tot Li. 'Ga je me nog vertellen wat er aan de hand is?'

'Deze mensen zijn van een triade,' zei Li.

'Triade?'

Li keek hem aan. 'Je weet wat triades zijn, nietwaar?'

'Natuurlijk, georganiseerde misdadigersbendes in Hongkong of Taiwan. Maar hier? In Beijing?'

Li schudde bedroefd zijn hoofd. 'Er moet altijd een prijs betaald worden, hè? Het lijkt erop dat we niet alleen Hongkongs vrijheden en economische hervormingen geïmporteerd hebben, we hebben ook hun criminelen geïmporteerd.' Hij wendde zich tot de jonge politieman. 'Triades zijn net virussen, Sun. Wat ze aanraken, wordt erdoor geïnfecteerd.' Hij knikte naar de helder verlichte ingang van de club. 'Dat was geen ceremoniezaal daar. Het was een initiatievertrek. En trainer Hou? Met die paardenstaart? Hij moet een keer een overtreding hebben begaan, een regel gebroken. Hij heeft zijn oor niet bij een ongeluk verloren, het was afgesneden. Zo straffen ze leden die een misdrijf begaan.'

'Verduiveld, commandant,' zei Sun, 'dat wist ik niet.' Hij stak een sigaret op. Li griste het pakje uit zijn hand en nam er eentje. 'Geef me een vuurtje.'

'Weet je dat wel zeker, commandant? Ze zijn gevaarlijk voor je gezondheid, weet je.'

'Geef me nu maar een vuurtje.' Li boog zich over de flakkerende vlam van Suns aansteker en zoog voor het eerst in bijna een jaar zijn longen vol rook. De rook smaakte scherp en brandde door zijn keel naar beneden. Hij proestte en stikte bijna, maar hield vol, en na enkele trekken voelde hij de nicotine zijn bloedbaan binnenstromen, zijn zenuwen slijpen. 'In de jaren negentig ben ik een halfjaar in Hongkong geweest,' zei hij. 'Ik trof daar toen heel wat triades aan. Meestal waren het gewoon groepjes onbeduidende gangsters die de naam en de rituelen mooi vonden. Ze noemden de leider de Drakenkop. Al die onzin daarbinnen is een soort spel van de reis van de vijf Shaolinmonniken, die naar verluidt de eerste triade vormden, ofwel de triade van Hung zoals ze die noemden, opgericht om de Mingdynastie te herstellen.'

'Dat klinkt als gelul,' zei Sun.

'Misschien is het gelul, maar dat betekent niet dat ze niet gevaarlijk zijn.' Li nam bedachtzaam een trek van zijn sigaret. 'Maar zoiets op deze schaal ben ik nog nooit tegengekomen. Ik bedoel, deze mensen hebben vreselijk veel geld. En vreselijk veel invloed.' Hij schudde zijn hoofd. 'Ik kan nog steeds niet geloven dat ze hier in Beijing zitten.'

'Kunnen we de tent niet gewoon sluiten?' vroeg Sun.

'Met welk excuus? Dat het een triade is? Dat zullen ze nooit toegeven, toch? En we hebben geen bewijs. Op het eerste gezicht leiden Fan en zijn mensen een legitiem bedrijf. We hebben geen bewijs van het tegendeel, en na vanavond denk ik dat we dat ook niet zullen vinden.' Hij draaide het raampje op een kier en schoot het restant van de halfopgerookte sigaret de besneeuwde nacht in. 'We moeten vanaf nu uiterst voorzichtig te werk gaan, Sun. Die mensen zijn waarschijnlijk veel gevaarlijker voor onze gezondheid dan welke sigaret ook.'

III

Li hinkte snel met behulp van zijn stok door de gang op de bovenste verdieping van Sectie Een. Elke spier in zijn lijf was stijf, dertig uur na de aframmeling voor Dai Lili's appartement. Zijn hoofd bonsde. Hij had moeite zich te concentreren. Maar Li was een gedreven man en Sun moest zijn best doen om hem bij te houden.

'Ga naar huis,' zei Li tegen hem. 'Voor morgenochtend is er niets wat je nog kunt doen.' Hij bleef in de deuropening van de recherchekamer staan. Hij zocht Qian.

'Je stuurt verder niemand naar huis,' protesteerde Sun.

'Niemand heeft een zwangere vrouw, die op hem wacht.' Hij ontdekte Qian, die aan het bureau van iemand anders zat te telefoneren. 'Qian!'

'Maar jíj wel, commandant,' hield Sun vol.

Li keek hem aan. 'Ze is mijn vrouw niet,' zei hij.

'Ja, commandant?' Qian hing op.

'Ga naar immigratie, Qian. Ik wil alles wat ze over Fleischer hebben. Is hij nog steeds in het land? Hoe lang is hij hier al? Welk adres hebben ze van hem?' Hij keek langs de bureaus tot hij het slaperige gezicht van Wu achter zijn computer zag. 'En Wu, ren voor mij naar beneden en vraag de dienstdoende man op personeelszaken naar het dossier van plaatsvervangend sectiehoofd Tao.'

Verscheidene hoofden in het vertrek kwamen verrast omhoog. Wu leek wakker te worden en zijn kaken begonnen snel te malen, alsof hij zich net herinnerde dat hij nog steeds kauwgum in zijn mond had. 'Dat geven ze me niet.'

'Waarom niet?'

'Tao is een hooggeplaatste politieman. Ze geven zijn dossier alleen aan iemand die hoger in rang is.'

Li zuchtte. 'Ik had gehoopt niet twee trappen naar beneden en weer naar boven te hoeven. Kun je niet wat van

317

die legendarische charme van je gebruiken?'

'Het spijt me, commandant.'

Li draaide zich om en botste bijna tegen Sun op. 'Ben je nog niet weg?'

'Ik ga wel naar personeelszaken, als je wilt.'

'Ga naar huis!' blafte Li tegen Sun, en hij begaf zich op weg naar de trap. Zijn humeur verslechterde met elke stap.

Het was na tienen tegen de tijd dat Li met Tao's verleden bij de politie terug in zijn kantoor was, zijn hele staat van dienst bij de koninklijke politie van Hongkong in zes archiefdozen. Hij deed het licht uit en zat bijna een kwartier in het donker, terwijl hij naar de verre geluiden van stemmen en telefoons in de recherchekamer luisterde. Hij wilde eigenlijk alleen aan het onderzoek denken, maar hij kon Margaret niet uit zijn hoofd zetten. Ze zat daar stevig verankerd, met de pijn die daar het afgelopen uur ontstaan was. Zijn ogen waren nu gewend aan het zwakke licht van de straatlantaarns, dat van de straat beneden door het raam naar binnen sijpelde. Hij pakte de pijnstillers die het ziekenhuis hem meegegeven had uit de la. Hij nam er een paar en sloot zijn ogen. Hij kon vanavond niet terug. Hij wilde zijn vader niet onder ogen komen, niet na alles wat er gebeurd was. En hij verlangde ernaar met Margaret te praten, naast haar te liggen met zijn hand op haar buik en hun kind te voelen schoppen daarbinnen, als geruststelling dat zij tenminste een soort toekomst hadden.

Hij nam een besluit, deed zijn bureaulamp aan en pakte een vel officieel briefpapier van Sectie Een. Hij haalde zijn pen uit de houder en die zweefde bijna een minuut boven het papier. Toen vertrouwde hij de frisse, maagdelijke leegheid van het blad een handvol cryptische karakters toe. Toen hij klaar was, las hij het over en tekende het. Hij vouwde het snel dubbel, schoof het in een envelop en schreef daar een adres op. Hij stond op, hobbelde naar de deur en schreeuwde door de gang om Wu. De rechercheur was niet

bereid geweest twee trappen af te rennen om een persoonlijk dossier voor hem te halen, maar hij kon nauwelijks wei-
geren een brief naar de postkamer te brengen. Die was op
de begane grond. Een kleine voldoening.

Toen een knorrige Wu met de envelop verdween, liep
Li naar zijn bureau terug en trok het telefoonboek naar zich
toe. Hij vond het nummer van het Jinglun Hotel en draaide
dat. Het Jinglun Hotel was in Japanse handen, wist hij.
Neutraal terrein. De receptioniste beantwoordde de telefoon. 'Jinglun Fandian.'

'Met sectiehoofd Li van de Beijingse gemeentepolitie.
Ik wil voor vanavond een tweepersoonskamer reserveren.'

Toen hij gereserveerd had, draaide hij nog een keer.
Margaret beantwoordde haar telefoon bijna onmiddellijk.
'Ik ben het,' zei hij. Ze was lange tijd stil aan de andere kant
van de lijn. 'Hallo, ben je er nog?'

'Ik hou van je,' was het enige wat ze zei. En hij hoorde
haar stem stokken.

'Is je moeder er?'

'Ze slaapt.'

'Ik heb voor ons een kamer gereserveerd in het Jinglun
Hotel aan Jianguomenwai. Neem een taxi. Ik zie je daar
over een uur.'

En hij hing op. Het was een feit, hij kon niet meer terug.
Hij maakte Tao's archiefdozen open.

Veel van wat erin stond, wist hij al. Tao was in Hongkong geboren. Zijn familie was aan het begin van de twintigste eeuw vanuit Kanton naar Hongkong verhuisd. Hij
was onder de Britten meteen van school bij de koninklijke
politie van Hongkong gegaan. Dat was het begin van zijn
carrière en hij was via de uniformdienst opgeklommen naar
de rang van brigadier bij de centrale recherche. Toen hij
begin twintig was, trouwde hij, maar zijn huwelijk liep stuk
nadat hun dochtertje als baby aan tyfus gestorven was. Hij
was nooit hertrouwd.

De Hongkongse politie had, nadat Tao bij de recherche gekomen was, uiterst nauwgezet verslag van zijn onderzoeken gedaan. Hij was bij verscheidene moordonderzoeken betrokken geweest, en bij een enorme drugsvangst, waarbij heroïne met een straatwaarde van meer dan vijf miljoen dollar onderschept was. Hij had ook deelgenomen aan een groot onderzoek naar triadebendes in de kolonie. Hij had ook wat undercoverwerk gedaan. Li bladerde heen en weer door de verslagen, maar ondanks het feit dat de politie groot leek te hebben ingezet om de triades steviger aan te pakken was hun succes beperkt gebleven tot enkele kleinere arrestaties en een handjevol vervolgingen. Li herinnerde zich de campagne uit zijn korte uitwisselingsperiode in het midden van de jaren negentig. Hij herinnerde zich ook de hardnekkige geruchten over een triademol binnen het korps zelf. Geruchten die nooit echt onderzocht waren, misschien uit angst om wat zo'n onderzoek aan het licht zou brengen. Triades waren sinds het einde van de negentiende eeuw endemisch in Hongkong. Ze strekten hun invloed als tentakels naar bijna alle hoeken van de gemeenschap uit. Tientallen blijkbaar legitieme bedrijven waren façades voor misdrijven die door triades georganiseerd werden. Er waren veel gevallen van omkoping en corruptie onder oorspronkelijk uit China afkomstige regeringsfunctionarissen en de politie. Alle pogingen van de Britten om hen uit te roeien hadden gefaald. Oorspronkelijk waren het de communisten die de triades van het vasteland van China verdreven hadden, waardoor ze gedwongen werden hun inspanningen in Hongkong en Taiwan te concentreren. Nu, met de vrijheid van reizen en de economische hervormingen, keerde de gesel van de triades naar het vasteland terug. Het Britse falen was weer China's probleem geworden.

Li deed alle dossierdozen een voor een dicht en stapelde ze netjes op zijn bureau, alles om maar niet aan de ver-

denkingen te hoeven denken die bij hem oprezen. Hij durfde die niet nader te onderzoeken, voor het geval hij alleen
zijn eigen vooroordelen bevestigd vond. Hij vond Tao in
geen enkel opzicht aardig. Zijn persoonlijkheid niet, zijn
aanpak van het politiewerk niet, de manier waarop hij zijn
rechercheurs behandelde niet. Hij wist dat Tao op zijn baan
uit was. En Tao had Margaret verteld van het politiebeleid
betreffende politiemannen die met een buitenlander trouwen.

Dat deed de balans doorslaan. Li zuchtte en liet zijn
ergste gedachten de vrije loop. Iemand die dicht bij het
onderzoek stond, had genoeg geweten om hun wat betreft
de flesjes parfum en aftershave één stap voor te zijn. Waarom Tao niet? En iemand had de dieven die in Mackens studio ingebroken hadden om het filmrolletje te stelen verteld
dat hij contactafdrukken gemaakt had. Alleen de mannen
van het plaatselijke Bureau Openbare Veiligheid die bij het
onderzoek betrokken waren, hadden dat geweten. En op
Sectie Een alleen Li en Qian. En Tao.

Li kneep zijn ogen dicht en drukte zijn gebalde vuist
tegen zijn voorhoofd. Het probleem was dat hij geen enkele reden had om Tao met beide gevallen in verband te brengen. Het feit dat hij een hekel aan de man had, was geen
rechtvaardiging. Zelfs niet voor een verdenking.

IV

Hij nam de laatste metro naar het zuiden, op de lijn die met
een lus van Dongzhimen naar Jianguomen liep. Hij merkte
dat hij in het donker bijna de enige was die door de sneeuw
langs de Friendship Store en voorbij het einde van de verlaten Silkstraat slofte. Bij McDonald's zaten nog enkele late
eters en bij Starbucks liet de vaste kliek de ramen beslaan

terwijl ze van koffie, mokka en hete chocolademelk nipten, die meer kostten dan de gemiddelde Chinees op een dag verdiende. Op de kruising met Dongdoqiao stond de eenzame gestalte van een bevroren verkeersagent, stijf in zijn lange jas met bontkraag, met zijn pet zo laag als maar kon over zijn gezicht. Er was weinig verkeer en er waren nauwelijks voetgangers. Hij negeerde beide, en de sneeuw begon zich in richels op zijn schouders te verzamelen. Een bedelaar met een rood gezicht kwam haastig door de sneeuw op Li af, met een huilend kind achter zich aan. Hij draaide zich om toen hij zag dat Li Chinees was, en niet een of andere teerhartige *yangguizi*. Had hij maar geweten dat Li altijd het wisselgeld in zijn zak aan een bedelaar gaf.

Voor de helder verlichte ingang van het Jianguo Hotel tuimelde een groepje weldoorvoede buitenlanders uit een taxi en ze haastten zich lachend naar binnen. Op het voorterrein maakten waterskiënde plastic kerstmannen plezier rond een fontein in een siervijver, en aan het dak van een kerstblokhut hing nepsneeuw. Zachte flarden van 'Jingle Bells' dreven de nacht in. Li ploegde langs de rijen werkeloze taxi's. De chauffeurs zaten bij elkaar in de auto, met de motor en de verwarming aan, om geld te kaarten. Tegenover de draaideur van het Jinglun Hotel twinkelde een goudkleurige met kerstboomverlichting bespikkelde kerstboom. In de foyer, onder een gigantische piepschuimen afbeelding van de kerstman in een door rendieren getrokken slee, buitelden kerstfeestgangers langs het personeel, dat een rood-witte kerstmanmuts droeg, door de deur van het restaurant naar buiten. Binnen klonk de melodie van 'Stille Nacht' door de geluidsinstallatie.

Onder de hoog oprijzende gouden pilaren en de hoge palmbomen zag Li Margaret alleen aan een tafeltje zitten. Achter haar, in de deuropening van het café dat 24 uur open was, danste een levensechte, levensgrote clown, die met een vreemde, elektronische stem 'The Yellow Rose of Texas' zong, wat af en toe onderbroken werd door 'Ha, ha, ha. Ho, ho, ho'.

Zodra ze Li zag, stond ze op. 'Godzijdank, je bent er,' zei ze. 'Nog vijf minuten en je was nu de dood van een clown aan het onderzoeken.'

'Ha, ha, ha. Ho, ho, ho,' zei de clown, en ze keek er kwaad naar. Hij pakte haar bij de arm. 'Kom mee, laten we naar boven gaan.'

Hun kamer lag op de vijfde verdieping, aan het einde van een lange gang. Li zag de beveiligingscamera, die vanaf de liften de gang in keek. En hij vroeg zich af wie er eigenlijk keek. Hoewel hij om een kamer met een tweepersoonsbed gevraagd had, hadden ze hem een kamer met twee enkele bedden gegeven. Op de bedden lagen bont geschakeerde dekbedden. Hij deed het licht uit en sloeg het dekbed terug van het bed dat het dichtst bij het raam stond. Het was meer dan groot genoeg voor twee personen. Hij liet de gordijnen open, en toen hun ogen eenmaal gewend waren, hadden ze genoeg aan het licht van de straat beneden om te kunnen zien.

Iets vreemd dringends overviel hen, toen ze zich uit-kleedden en tussen de lakens gleden. De warmte van haar huid op die van hem wekte onmiddellijk zijn seksuele ver-langen op. Hij kuste haar lippen, haar borsten, haar buik en rook de seks in haar zachte, donzige driehoek. Hij voelde dat ze zijn billen pakte en hem in zich probeerde te trekken. Maar hij wilde wachten, de tijd ervoor nemen, van het ogenblik genieten. 'Alsjeblieft,' fluisterde ze tegen hem in het donker. 'Alsjeblieft, Li Yan.'

Hij rolde op zijn zij en knielde zonder naar binnen te gaan tussen haar benen en legde zijn handen onder haar gezwollen borsten. Hij voelde de tepels tegen zijn handpal-men hard worden en hij ging met zijn tong over haar buik omhoog, duwde haar borsten tegen elkaar zodat hij snel

323

met zijn lippen van de ene tepel naar de andere kon, zuigend, trekkend, bijtend. Ze kromde zich naar achter toen hij naar boven naar haar hals ging, en zijn warme adem op haar huid deed haar huiveren. Hij vond haar lippen en de zoetheid van haar tong, en toen gleed hij naar binnen, verraste haar bijna, en haar adem stokte.

Een kwartier of langer bewogen ze samen in langzame, ritmische golven, de ene kant op draaiend, dan weer de andere kant, door hartstocht gegrepen, maar voorzichtig in de wetenschap dat hun baby opgerold tussen hen lag, het perfecte resultaat van een vorige ontmoeting. Tot hij ten slotte hard en diep stootte, naar achteren gekromd om niet op haar te leunen, terwijl hij voelde hoe haar vingers zich in zijn rug groeven. Op het moment van zijn hoogtepunt schreeuwde ze, en hij voelde hoe haar spieren zich samentrokken, hem droog zogen, waarbij ze zijn zaad deze keer slechts voor de liefde nam.

Daarna lagen ze meer dan tien minuten op hun rug, naast elkaar, naar sneeuwvlokken te luisteren die als vallende veren langs het raam streken.

'Je hebt gerookt,' zei Margaret plotseling.

'Eentje maar. Een halve eigenlijk.' Hij aarzelde een lang moment, om zich te pantseren voor wat komen ging. 'Margaret, we moeten over de bruiloft praten.'

'Ik heb daar vanavond al genoeg over gepraat. Eerst al met mijn moeder, weet je nog, nadat je me bij het appartement afgezet had.'

'Wat zei ze?'

'Ik denk dat ze opgelucht was dat ze toch geen Chinese schoonzoon kreeg.'

Toen zweeg hij verscheidene minuten. 'Je lijkt het erg kalm op te nemen.'

'O ja?' Ze boog haar hoofd en keek hem aan. 'Schijn bedriegt soms.'

'Dus wat denk je écht?'

'Je bedoelt, afgezien van het feit dat ik je haat omdat je het me niet verteld hebt?'

'Afgezien daarvan.'

'Ik lig te denken aan hoeveel pijn ik je wil doen omdat je mij pijn doet,' zei ze. 'Omdat je tegen me liegt, me bedriegt.'

'Ik wil nog steeds met je trouwen,' zei hij.

'Zet dat maar uit je hoofd.' En ze deed haar best om niet toe te geven aan het zelfmedelijden dat in haar opwelde. Had ze tenslotte deze afgelopen weken niet lang genoeg met zichzelf gediscussieerd of het huwelijk en moederschap wel echt waren wat ze in het leven wilde? Ze deed een vastberaden poging van onderwerp te veranderen. 'En? Hoe ging het vanavond? Heb je Fleischer gevonden?'

Li ging liggen en deed zijn ogen dicht. Hij had nog steeds de moed niet het haar te vertellen. Dus overdacht hij nog een keer de gebeurtenissen van die avond en hij huiverde weer bij de herinnering aan wat hij in de club ontdekt had. 'Nee,' zei hij. 'Maar als Fleischer ook maar iets met die dode atleten te maken heeft, dan hebben we met iets te maken wat veel machtiger is dan ik me ooit had kunnen voorstellen.'

Een ogenblik vergat Margaret haar eigen problemen. 'Hoezo?'

'De club waar Fleischer gefotografeerd werd, wordt door een triade geleid.'

Ze fronste haar wenkbrauwen. 'Een triade? Dat is een soort Chinese maffia, toch?'

'Groter, allesoverheersender, gehuld in rituelen en tradities.' Hij rolde om en merkte dat ze hem aandachtig aankeek. 'De evenementenhal van de club is een ceremonieel vertrek voor de inwijding van nieuwe leden. Hij is oostwest georiënteerd, met deuren in alle vier muren, die de loges voorstellen waar deze originele inwijdingen plaatsvonden. Normaal zou ik erdoorheen gelopen zijn en niets geweten hebben, maar vanavond was alles voor een inwijdingsceremonie klaargemaakt.'

Hij beschreef haar de indeling van de hal, met de drie vrijstaande deurstijlen, die de toegang naar de vertrekken van een traditionele loge voorstelden; de spullen op de grond waren symbolisch voor een reis, die door de stichters, monniken, gemaakt was.

'De monniken kwamen uit een Shaolinklooster in Fujian,' zei hij. 'Naar verluidt gaven ze gehoor aan een oproep van de laatste Mingkeizer om de dynastie te redden en de wapens tegen de Ch'ing op te nemen. Maar een van hen verraadde hen, en de meesten kwamen om toen het klooster in brand gestoken werd. Vijf ontsnapten er. En dat zijn wat ze de "Eerste Vijf Voorouders" noemen. Volgens de legendes beleefden ze een reeks buitengewone avonturen en wonderbaarlijke ontsnappingen. Ik bedoel letterlijk wonderbaarlijk. Zoals een biezen sandaal die in een boot verandert, zodat ze een rivier kunnen oversteken en aan de Ch'ingsoldaten kunnen ontsnappen. Tijdens die reis groeide hun aantal tot een leger, en ze noemden zichzelf de "Triade van Hung". Maar vervolgens versplinterden ze door de jaren heen, waarbij ze zich over honderden verschillende groepen of bendes opdeelden, die nieuwe leden inwijdden door de originele legende op te voeren.' Hij snoof. 'Natuurlijk werd de Mingdynastie niet hersteld. In plaats daarvan richtten ze zich op de misdaad. Ik vermoed dat het een van de eerste misdaadorganisaties ter wereld was.'

Margaret luisterde vol afschuw maar gefascineerd. 'Hoe weet je dat allemaal?'

'Ik heb erover gelezen voor ik naar Hongkong ging. Yifu was zo'n beetje een expert. Onze familie woonde in de kolonie voor ze naar Sichuan verhuisden.'

'En al die dingen op de grond, wat betekenen die precies?'

'Ik denk dat de bamboe hoepel met het rode gekartelde

papier een gat voorstelt waardoor die eerste monniken uit het brandende klooster ontsnapten. Ik vermoed dat nieuwe leden erdoorheen moeten stappen. De stukjes houtskool die op de grond lagen, zouden de afgebrande resten moeten voorstellen. De monniken ontsnapten toen, naar verluidt, via stapstenen over een rivier. Ik denk dat dat die papieren cirkels waren. De twee stukjes touw symboliseren, denk ik, een tweeplankige brug, waarover ze ook konden ontsnappen. Ze worden dan bij de ceremonie strak omhooggehouden en de nieuwe leden duiken eronderdoor.'

Verbijsterd sperde Margaret haar ogen wijd open. 'Wat bizar allemaal,' zei ze. 'Het is nauwelijks te geloven dat dergelijke onzin vandaag de dag nog gebeurt.'

Li knikte. 'Het zou lachwekkend zijn als die mensen niet zo gevaarlijk waren. En geloof me, dat zijn ze.'

'Waarom worden ze "triades" genoemd?' vroeg Margaret.

'De Europeanen noemden hen zo,' zei Li. 'Ze waren door de jaren heen onder allerlei verschillende namen bekend. De term "triade" is er misschien een van – het "Genootschap van de Drie Verenigden". Maar dat weet ik niet zeker.'

Hij vertelde haar toen over de tafel waarover geel papier gedrapeerd was, met daarop de vreemde verzameling voorwerpen. 'Ik vermoed dat de tafel een soort altaar was. Bij de ontsnapping van de monniken uit het klooster viel, naar verluidt, een kolossaal geel gordijn over hen heen, dat hen van de vlammen redde. Ik denk dat het gele papier dat moest voorstellen.'

'Hoe zit het met de spullen óp het altaar?' Ze herinnerde zich dat Mei Yuan haar over de rijstkom en eetstokjes verteld had, die ter nagedachtenis aan een sterfgeval in de familie op het huwelijksaltaar geplaatst werden.

'Alles heeft met de originele legende te maken,' zei Li. 'Ik ken alle details niet. Ik bedoel, de biezen sandaal is duidelijk. Daarvan wordt verondersteld dat die in een boot veranderde. Ik denk dat het witte doek met de rode vlekken een met bloed besmeurd monnikenkleed voorstelt. Het zwaard zou gebruikt zijn om verraders te executeren. De straf voor iedereen die een van de 36 eden van trouw breekt, is "de dood door ontelbare zwaarden".'

Margaret voelde op haar armen en schouders kippenvel opkomen. 'Dat meisje dat jullie in het park vonden,' fluisterde ze. 'Je zei dat ze in de club werkte.' Li keek haar aan, het begon hem nu ook te dagen. Margaret zei: 'Ze stierf door veelvoudige steekwonden, toch? Als een ritueel offer, neergelegd op een steen. Of een executie.'

'Mijn god,' zei Li. 'Zíj hebben haar vermoord.'

'Maar waarom? Ze was vast geen lid, toch?'

'Nee. Het is uitsluitend voor mannen. Maar ze moet iets geweten hebben, iets vertrouwelijks verraden hebben, ik weet het niet...' Hij ging rechtop zitten, alle vermoeidheid van lichaam en geest was verdwenen. 'Ze hebben haar daarnaartoe gebracht, haar doodgestoken en neergelegd, zodat de hele wereld haar kon zien. Alsof ze een voorbeeld stelden. Of een waarschuwing gaven.'

'Aan wie?'

'Dat weet ik niet. Ik weet het gewoon niet.' En toen herinnerde Li zich iets wat hij tijdens een dag vol trauma's en onthullingen vergeten was. Iets wat hij Margaret al eerder had willen vragen. Hij wendde zich tot haar. 'Margaret, Wu had vanochtend tijdens de vergadering iets. Misschien is het helemaal niets. Maar het leek vreemd.'

'Wat?'

'Alle atleten, Jia Jing incluis, hadden griep, vijf à zes weken voor hun dood.' Hij zweeg. 'Kan dat het virus geweest zijn dat hun hartproblemen veroorzaakte?'

Margaret fronste haar voorhoofd. 'Nee,' zei ze. 'Griep veroorzaakt zoiets niet.' Ze dacht er nog iets langer over na. 'Maar het kan iets anders gedaan hebben.'

328

'Zoals?'

'Een retrovirus activeren.'

Li trok een raar gezicht. 'Een wat?'

Margaret zei: 'Die hebben we allemaal in de kiemlijn van ons DNA, Li Yan. Retrovirussen. Organismen die ons in de geschiedenis van de mensheid ooit aangevallen hebben, organismen waarmee we hebben leren leven, omdat ze deel van ons geworden zijn. Gewoonlijk ongevaarlijk. Maar soms, heel soms wordt het geactiveerd door iets wat een weg naar binnen weet te vinden. Door een virus, zoals herpes. Of griep.'

'En je denkt dat dat met die atleten gebeurd is?'

Ze haalde haar schouders op. 'Geen idee. Maar als ze allemaal griep hadden, en als dat de enige gemeenschappelijke factor is die we kunnen vinden, dan is het een mogelijkheid.'

Li deed zijn uiterste best om dat te begrijpen. 'En wat hebben wij daaraan?'

Margaret schudde haar hoofd. 'Ik weet niet of wij er iets aan hebben.'

Li liet zich terug op het kussen vallen. 'Ik geef het op.'

Ze glimlachte en schudde haar hoofd. 'Dat betwijfel ik. Daar ben je het type niet voor.'

Hij sloot zijn ogen. Wel tien minuten of langer lagen ze daar zwijgend naast elkaar. Ten slotte zei ze: 'En waar denk jíj aan?'

Hij zei: 'Ik lig te denken aan hoe ik vanavond ontslag genomen heb.'

Margaret kwam meteen op haar elleboog omhoog. Ze kon nauwelijks haar stem boven het bonzen van haar hart uit horen. 'Wat?'

'Ik wil met je trouwen, Margaret.' Ze begon te protesteren, maar hij liet haar niet uitpraten. 'En als je niet met me wilt trouwen, dan moet ik daarmee leven. Maar ik blijf bij mijn ontslag.' Hij keek haar vanaf het kussen aan. 'Ik heb mijn ontslagbrief geschreven voor ik vanavond het bureau verliet. Hij is al gepost. Dus al mijn bruggen zijn verbrand, ik kan niet meer terug.'

'Nou, probeer het toch maar,' zei Margaret bruut. 'Want ik trouw niet met je, Li Yan. Nu niet. Ik wil het de rest van mijn leven niet op mijn geweten hebben dat je ongelukkig bent.'

HOOFDSTUK TIEN

I

Het verkeer in de stad was reeds tot stilstand gekomen, terwijl er zelfs nog geen licht aan de hemel te zien was. Li hobbelde langs de rijen stationair draaiende voertuigen die alle zes rijbanen van de Jianguomenwai-avenue blokkeerden. Enkele taxi's zochten zich behoedzaam een weg over het fietspad, terwijl fietsers zich daar weer links en rechts tussendoor weefden, dronken sporen in de sneeuw achterlatend. Hij moest nu met de metro naar Sectie Een, waarschijnlijk voor de laatste keer.

Margaret sliep nog toen hij wegging. Hij had geen idee wanneer beiden eindelijk ingedommeld waren, om enkele korte uurtjes aan hun impasse te ontsnappen, maar hij was vroeg wakker geworden en had naar haar langzame, gelijkmatige ademhaling op het kussen naast hem liggen luisteren. Ze had er in haar slaap zo vreedzaam, zo onschuldig uitgezien, deze vrouw van wie hij hield. Deze koppige, eigenwijze, volslagen onredelijke vrouw van wie hij hield.

Hij liep snel, om zijn frustratie en woede op te branden. Hij was niet alleen kwaad op Margaret, maar op alles in zijn leven. Op de bureaucratie, die het niet toestond dat hij met haar trouwde terwijl hij toch zijn baan behield. Op het onderzoek, dat duisterder werd naarmate hij meer aan het licht bracht. Op zijn vader, die hem onredelijk zaken verweet die niet zijn schuld waren. Op zichzelf, omdat hij niet in staat was zijn eigen problemen op te lossen. Op zijn oom Yifu, omdat hij er niet was wanneer hij hem het hardst nodig had.

En het sneeuwde nog steeds.

Hij kwam bij het metrostation van Jianguomen en strompelde de trap af. Warme lucht steeg omhoog om hem te begroeten. Hij kocht een kaartje en stond op het volle perron op een metro naar het noorden te wachten. Op het andere spoor kwam een metro binnen die op weg was naar het zuiden, naar Beijing Centraal Station. Eerst spuugde die een handvol mensen uit, waarna hij vervolgens alle mensen aan het andere einde van het perron opzoog.

Toen de metro binnenreed, had Li het gezicht van de machinist gezien, bleek en moe zo vroeg op de ochtend, voor een ogenblik gevangen in het verblindende licht van het perron. Toen de metro vertrok, zag hij de conducteur uit het zijraam van de cabine aan de achterkant kijken. Als de metro aan Li's kant binnengekomen was, dan zou hun rol omgekeerd geweest zijn. En hij realiseerde zich voor het eerst dat de metro's omkeerbaar waren. Ze konden aan beide kanten bestuurd worden, zowel vooruit- als achteruitgaan. En hij vroeg zich af waarom iets ergens in het verste en donkerste hoekje van zijn geest hem vertelde dat dit belangrijk was.

Zijn metro arriveerde en hij wrong zich naar binnen. Hij moest staan en klemde zich aan de greep boven zijn hoofd vast, waarbij hij zijn vrije arm gebruikte om zijn ribben te beschermen tegen de andere passagiers, die zich tegen hem aan persten. De bandrecorderstem van een omroepster zei dat de volgende halte Chaoyangmen was. En de betekenis van de omkeerbare trein werd hem opeens duidelijk. Het ging om Mei Yuans raadsel. Over de *I Ching*-expert en het meisje, dat hem op zijn zesenzestigste verjaardag kwam consulteren. Ergens in zijn onderbewustzijn was hij ermee bezig geweest, en nu hij de oplossing wist, vroeg hij zich af waarom hij het niet onmiddellijk gezien had. Het was adembenemend eenvoudig.

Bij Dongzhimen worstelde hij moeizaam de trap op en hij kwam weer buiten in de ijskoude wind, waarop de sneeuw vanuit de Gobiwoestijn aan kwam waaien. De lucht was nu vol paarsgrijs licht en het verkeer ploeterde langzaam in beide richtingen door Spookstraat. De slopers waren al aan het werk, voor een keer dankbaar dat ze met hun hamers konden zwaaien, energie konden verbranden om warm te blijven. Op elke tak van alle bomen die de straat aan weerszijden omzoomden, op muren, raamkozijnen en deurstijlen lagen richels sneeuw, zodat het leek of de hele wereld met wit afgezet was. Zelfs de open plekken zagen er onder hun ongerepte, sprankelende tapijt minder lelijk uit.

Li was verbaasd Mei Yuan te zien, die op haar gewone hoek klanten stond te bedienen. De stoom steeg in de kou op van de bakplaat, terwijl ze *jian bing* in bruine papieren zakken schepte en die in ruil voor geld overhandigde. Ze had aan haar fietskraam een paraplu vastgemaakt om zich tijdens het werk de sneeuw van het lijf te houden. Maar de wind verijdelde dat, en overal om haar heen waaiden grote, zachte vlokken.

'Je bent vroeg,' zei hij tegen haar.

Ze keek verrast op. 'Jij ook.' Even was er iets ongemakkelijks tussen hen. Onafgedane kwesties van het verlovingsfeest, onuitgesproken gedachten. Verwarring en sympathie. Misschien enige boosheid. Ze zei: 'Ik ga later op de dag naar het park. Met mevrouw Campbell. Ze zei dat ze in tai chi geïnteresseerd was.'

'O ja?' Maar het interesseerde hem niet echt.

'Wil je een *jian bing*?'

Hij knikte. Door de geur van de pannenkoeken besefte hij pas hoe hongerig hij was. Hoewel zijn hoofd door de capuchon van zijn jas beschermd werd, blies de sneeuw hem van alle kanten in het gezicht, zodat dat het koud en nat werd. Grote vlokken hingen aan zijn wenkbrauwen. Hij veegde ze weg. 'Het spijt me van gisteravond.'

Ze haalde haar schouders op. 'Misschien vertel je het me ooit nog een keer.'

'Misschien,' zei hij. En hij keek hoe ze zwijgend zijn *jian bing* bakte. Eindelijk was die klaar en legde ze de *jian bing* in zijn handen, stomend en heerlijk warm. Hij nam een hap en zei: 'Ik weet het antwoord op je raadsel.'

'Je hebt er de tijd voor genomen,' was het enige wat ze zei.

'Ik had andere dingen aan mijn hoofd.'

Ze wachtte, maar toen hij niets zei, werd ze ongeduldig. 'En?'

Hij nam nog een hap en sprak met zijn mond vol. Hij genoot van de pannenkoek en zijn antwoord. 'Wei Chang was de I *Ching*-beoefenaar, toch?' Ze knikte. 'Hij werd op 2 februari 1925 geboren en was 66 op de dag dat de jonge vrouw hem kwam opzoeken. Dat betekende dat het die dag 2 februari 1991 was.' Ze knikte weer. 'Als je dat opschrijft, staat er 2-2-1991. Hij wilde daar haar leeftijd aan toe voegen en vervolgens het nummer omdraaien om een speciale code voor haar te maken. Natuurlijk vertelde je me haar leeftijd niet. Maar om zo'n ongewoon, zo'n gunstig getal te krijgen moet ze 22 geweest zijn. Want op die manier zou het getal dat hij voor haar verzon 22199122 zijn, ja? Zodat het een palindroom is. Beide kanten op hetzelfde.'

Ze trok haar wenkbrauwen op. 'Ik begon al te wanhopen dat je nooit de oplossing zou vinden.'

'Ik werd afgeleid.'

'Dat nam ik aan, ja.'

Maar daar wilde hij verder niet op ingaan. 'Waar ben je het tegengekomen?'

'Ik heb het zelf verzonnen.'

Hij keek haar verbaasd aan. 'Echt waar? Hoe in de naam van je voorouders kom je erop!'

'Uit het Engelse boek over Napoleon Bonaparte dat ik aan het lezen was,' zei ze. 'Geen erg serieuze biografie. De schrijver leek er meer op uit om de Fransman belachelijk te maken. Hij verwees naar een oude grap over Napoleons verbanning naar het eiland Elba in de Middellandse Zee. Hij zou zogenaamd *Able was I ere I saw Elba* gezegd hebben toen hij daar aankwam. Een volmaakt palindroom. Van voor naar achter precies hetzelfde als van achter naar voor. Volkomen ongeloofwaardig natuurlijk. Hij was Frans! Waarom zou hij Engels praten? Maar toen kwam ik op het idee, en aangezien een palindroom in het Chinees niet werkt, heb ik er in plaats daarvan eentje met cijfers gemaakt.'

Li grijnsde naar haar. Hij vergat voor het ogenblik al zijn problemen. 'Je bent een slimme vrouw, Mei Yuan. Heeft iemand je dat ooit verteld?'

'O, zo vaak.' Ze glimlachte, en de spanning tussen hen smolt weg als de sneeuw op haar bakplaat. 'Het is een interessant boek. Je kunt het lenen als je wilt.'

'Ik heb op het ogenblik niet veel tijd om te lezen.'

'Daar moet je eigenlijk altijd tijd voor maken, Li Yan. En hoe dan ook, in het boek is ook sprake van een strafrechtelijk onderzoek. Dat zou je moeten interesseren.'

En Li bedacht hoe weinig hij weldra in strafrechtelijke onderzoeken geïnteresseerd zou mogen zijn. 'O?'

Mei Yuans blik werd afwezig, en Li wist dat ze zich naar een andere plek op deze aarde had verplaatst. Daarom hield ze ook zo van lezen. Het was haar ontsnapping aan de kou en het geestdodende werk van het pannenkoeken bakken op een straathoek. In dit geval was haar bestemming het eiland St. Helena – de plek van Napoleons uiteindelijke verbanning – en een discussie van nu bijna twee eeuwen oud. 'Toen de Britten Napoleon ten slotte verslagen hadden,' zei ze, 'werd hij naar een piepklein eilandje in het zuidelijke deel van de Atlantische Oceaan verbannen, waar hij in 1821 stierf. Lange tijd deden geruchten de ronde, ook op schrift, dat hij daar in feite vermoord was, om te voorkomen dat hij zou ontsnappen en naar Frankrijk zou terugkeren. Men beweerde dat er steeds wat arsenicum in zijn voedsel gedaan werd, en dat hij uiteindelijk aan vergiftiging stierf.' Ze reikte onder haar zadel en haalde het boek eronder vandaan. Ze hield het met iets van eerbied vast. 'Maar volgens dit boek was er een medische archeoloog uit Canada die de moordtheorie bijna 180 jaar na Napoleons dood weerlegde.'

Ondanks zijn stemming, de kou en de sneeuw merkte Li dat hij geboeid was. 'Hoe dan?'

'Tijdens de lijkschouwing werden er lokken van zijn haar geknipt en voor het nageslacht bewaard. Die medisch archeoloog, dr. Peter Lewin, kreeg toestemming dat haar te gebruiken om het te analyseren. Zo kon hij de theorie "moord door vergiftiging" weerleggen.'

Li fronste zijn voorhoofd. 'Hoe kon een onderzoek van het haar hem dat vertellen?'

'Blijkbaar is het haar een soort logboek van chemicaliën en vergiften die door ons lichaam gaan. Dr. Lewin beweerde dat als Napoleon inderdaad vergiftigd was, er sporen in zijn haar hadden moeten zitten van het arsenicum dat hem gedood had. Hij vond niets.'

Maar Li was niet langer in Napoleon geïnteresseerd. Hij was ver weg van St. Helena en arseenvergiftiging. Hij was in een snijkamer en keek naar een jonge zwemmer met een kaalgeschoren hoofd. Tot haar verrassing nam hij Mei Yuans rode, glimlachende gezicht in zijn handen en kuste hij haar. 'Dank je, Mei Yuan. Dank je wel.'

II

Gedesoriënteerd werd Margaret laat wakker, in paniek vanwege de onbekende omgeving. Het duurde vijf volle seconden voordat ze zich herinnerde waar ze was en de leegtes in haar geheugen begonnen zich als de onderdelen van een internetpagina te vullen. Li. Vrijen. Triades. Zijn ontslag. Ruzie. Toen herinnerde ze zich zijn woorden weer. *Ik heb vanavond ontslag genomen.* Als het koude staal van een scalpel dat tussen haar ribben gleed. Maar ze was niet kwaad, ze kon alleen zijn pijn voelen. En ze zou willen dat ze die kon laten verdwijnen.

Maar niets zou verdwijnen. Dit hotel niet, noch de gekneusde hemel die sneeuw tegen het raam spuwde. Ook haar moeder niet, die alleen in haar piepkleine appartement ontwaakte, noch de baby die in haar groeide en groeide.

Of het vreemde, knagende idee dat in haar dromen rondgespookt had en dat nog steeds aanwezig was nu ze wakker was, nog niet helemaal gevormd en net buiten bereik.

Ze liet zich uit bed glijden en nam een douche, terwijl ze haar neerslachtigheid met warm, stromend water probeerde weg te wassen. Maar als de geur van de zeep bleef die nog lang hangen. Ze kleedde zich aan en haastte zich naar beneden. In het voorbijgaan wierp ze een steelse blik op de balie, in de hoop dat Li de rekening betaald had en dat ze niet als een ordinaire prostituee bij de deur staande gehouden zou worden.

Toen de draaideur haar de stoep op stuwde, raakte de kou haar als een fysieke klap. Ze bleef een ogenblik staan om weer op adem te komen en zag dat het verkeer in de straat nog steeds vast stond in de sneeuw. Een taxi kon ze wel vergeten.

Ze had een uur nodig om weer bij haar appartement te komen en ploeterde de laatste twintig minuten vanaf het metrostation door de sneeuw. Ze was aan één kant wit, waar de wind de dikke, zachte vlokken tegen haar jas en haar spijkerbroek geblazen had. Tegen de tijd dat ze de lift instapte, was haar gezicht stijf bevroren. Haar gezichtsspieren zouden niet hebben meegewerkt, als ze al tegen de norse liftbediende had willen glimlachen. Ze trok haar rode skimuts af en schudde haar haar los, dat eronder plat was gaan zitten. Haar oren waren tenminste nog warm.

'Mam,' riep ze toen ze zichzelf binnenliet. Maar nergens brandde licht en het voelde er vreemd leeg. 'Mam?' Ze controleerde de slaapkamer, maar het bed was opgemaakt en de kamer opgeruimd. Haar moeder was niet in de keuken of in de doucheruimte, en de woonkamer was leeg. Naast haar laptop op de klaptafel lag een briefje. Het was in Mei Yuans keurige handschrift geschreven.

Ik ben met je moeder naar het Zhongshanpark om haar tai chi in de sneeuw te leren.

Margaret voelde zich vreselijk opgelucht. Haar moeder was wel de laatste die ze op dit moment wilde zien. Ze deed het plafondlicht aan en zag haar eigen spiegelbeeld in het raam, en ze besefte dat ze ook zichzelf liever niet zag. Ze deed het licht weer uit, ging aan de tafel zitten en zette de laptop aan. Het idee was er nog steeds, dat in haar slaap ontkiemd, geworteld en in haar wakende wereld opgekomen was. Ze wilde het niet al te scherp in beeld brengen, tenminste nog niet, voor het geval ze het weer kwijtraakte.

Ze maakte verbinding met internet, zocht door de lijst met websites die ze het laatst bezocht had en klikte het artikel over Hans Fleischer in *Time* aan. Ze las het hele artikel nog eens door, zeer langzaam, zeer zorgvuldig, en ging toen weer naar het begin van de korte levensbeschrijving. Hij was in Potsdam afgestudeerd in zowel sportgeneeskunde als genetica. Genetica. Ze scrolde weer door het artikel naar beneden en stopte bijna onderaan. Na zijn periode in Berlijn was hij weer bij Nitsche gaan werken, waar hij naar verluidt betrokken was geweest bij *de ontwikkeling van een nieuwe methode om de natuurlijke hormoonproductie te stimuleren.* Deze dingen had ze gisteren heel bewust opgenomen, maar er waren zoveel andere dingen geweest die om ruimte in haar hoofd gewedijverd hadden. Het was de slaap die daar ruimte voor gevonden had en ze naar het oppervlak liet bruisen. En het idee dat ontstaan was, begon nu ze wakker was concrete vormen aan te nemen.

Ze pakte haar jas uit de keuken. De smeltende sneeuw droop nog steeds op de vloer. Ze zette haar skimuts op en trok haar handschoenen aan, terwijl het visioen van de hardloopster met de paarse wijnvlek zich met een akelig gevoel aan haar opdrong. Ze was nog maar net de lift ingestapt en had het meisje gevraagd haar naar de begane grond te brengen, toen de telefoon in haar appartement ging. Maar voor ze die hoorde, sloten de deuren zich.

Li tikte ongeduldig op zijn bureau. Hij luisterde naar het lange, eentonige gerinkel van de telefoon, die aan de andere kant niet opgenomen werd. Hij wachtte bijna een minuut voor hij ophing. Het was de derde keer dat hij belde. Hij had al eerder het hotel gebeld, maar ze was al vertrokken. De receptie wist niet wanneer. Er werd op de deur geklopt en Qian stak zijn hoofd om de hoek. 'Heb je even, commandant?'

Li knikte. 'Natuurlijk.' Hij voelde een steek van spijt. Na vandaag zou niemand hem meer 'commandant' noemen.

'Ik heb de informatie die je van Immigratie over dr. Fleischer wilde hebben.' Hij aarzelde, alsof hij erop wachtte uitgenodigd te worden verder te gaan.

'En?' vroeg Li geïrriteerd.

Qian ging tegenover hem zitten en bladerde zijn aantekeningen door. 'In 1999 kreeg hij een inreisvisum voor China. Het was een eenjarig zakenvisum plus werkvergunning, zodat hij een baan kon aannemen bij een Zwitsers-Chinese joint venture, een chemisch bedrijf dat de Beijing Pharmaceutical Corporation heette. BPC.' Hij keek op en gniffelde. 'Draken en koekoeksklokken.' Maar Li lachte niet. Qian richtte zich weer op zijn aantekeningen. 'Het visum wordt jaarlijks vernieuwd en dat hoeft pas weer over een halfjaar. Maar hij lijkt niet meer voor BPC te werken.' Hij keek op. 'Wat raar is, omdat nergens staat waar hij nu in dienst is.' Hij haalde zijn schouders op. 'Hoe dan ook, hij heeft twee adressen. Hij huurt een appartement aan de oostkant, bij het Chinese wereldhandelscentrum. En hij heeft ook een plattelandshuisje net buiten het dorp Guan-ling bij het Miyun-reservoir.' Qian trok zijn wenkbrauwen op. 'Blijkbaar is het van hem.' Wat ongebruikelijk was in het Middenrijk, omdat landbezit een van die grijze gebieden was die in het nieuwe China nog niet geregeld waren.

Li kende het stuwmeer goed. Het voorzag in meer dan de helft van het drinkwater van de stad. Een gigantisch meer, ongeveer 65 kilometer ten noordoosten van Beijing. Het zat vol kleine eilandjes en inhammen, met op de achter-grond hoog oprijzende bergen waarover nog steeds de overblijfselen van de Chinese Muur liepen. Tijdens zijn stu-dententijd had hij daar vele weekenden vissend en zwem-mend doorgebracht. Op een zomerdag nam hij vaak met een handvol goede vrienden, een lunchpakket in hun rug-zak, de bus van Dongzhimen en zwierf dan door de uitlo-pers van de bergen aan de andere kant van het stuwmeer, op zoek naar een rotsmeer, ver van iedereen vandaan, dat groot genoeg was om in te zwemmen. Op een heldere dag kon je boven in de bergen de hoofdstad op de verre vlakte zien zinderen. Op de oevers van het meer lag nu een vakan-tiebungalowpark. Het was een vakantieoord, populair bij zowel Chinese als buitenlandse toeristen.

Hij vroeg zich af waarom Fleischer daar in hemelsnaam een huis had.

III

Margaret glipte het Zhongshanpark via de oostpoort binnen. Door een reusachtige, betegelde ronde doorgang zag ze coniferen zwaar van de sneeuw over het lange, rechte pad heen leunen dat westwaarts naar het Maxim-paviljoen leidde. Maar ze ging zuidwaarts, langs oeroude knoestige bomen, en hoorde het geluid van muziek uit de jaren dertig met de sneeuw mee door het park heen drijven. Dat leek in deze uiterst traditionele Chinese omgeving volkomen ongerijmd.

Mei Yuan en Margarets moeder waren niet onder het handjevol onverschrokken tai chi-beoefenaars op het voorplein van het Yu Yuan-paviljoen. Margaret stond zich daar een ogenblik verbijsterd af te vragen waar ze anders konden zijn. Een van de vrouwen herkende haar en glimlachte en wees in de richting van het Altaar van de Vijfkleurige Aarde.

Toen ze het enorme, verhoogde plein naderde, dat de grens van het altaar aangaf, werd het geluid van de muziek luider. Maar ze kon niet zien waar het vandaan kwam, omdat er een muur omheen liep. Ze beklom de zes treden en liep via een van de vier marmeren poorten het plein op. Een groot aantal regelmatige Zhongshan-bezoekers had zich rond een paartje verzameld dat op de muziek danste. Aan de rand ervan leunde een groepje vrouwen in een blauwe werkjas met witte hoofdbedekking op hun sneeuwschuivers. Margaret herkende 'Little Brown Jug' van Glenn Miller en zelfs vanaf hier kon ze zien dat het paar als professionele ballroomdansers over de sneeuwvrij gemaakte tegels gleed. Terwijl ze dichterbij kwam, zocht ze de gezichten van de toeschouwers af en ze vond Mei Yuan, die aandachtig toekeek. Maar nergens een spoor van haar moeder. Ze bewoog zich omzichtig door de menigte en raakte Mei

Yuans arm aan. Mei Yuan draaide zich om en toen ze haar zag, lichtte haar gezicht op.

'Is ze niet geweldig?' vroeg ze.

Margaret fronste haar wenkbrauwen. 'Wie?'

'Je moeder.' Mei Yuan knikte naar de dansers, en Margaret zag met een schok dat het paar dat zo vloeiend door de vallende sneeuw danste, uit een oudere Chinese heer en haar moeder bestond.

Margarets hand schoot naar haar mond en onwillekeurig riep ze 'Mijn god!' Ongelovig keek ze enkele ogenblikken verbijsterd toe, en toen herinnerde ze zich haar moeders val. 'Hoe zit het met haar been? Gisteren kon ze nauwelijks lopen.'

Mei Yuan glimlachte veelbetekenend. 'Het is verbazingwekkend wat een tikje seksuele opwinding kan doen om het herstel te bespoedigen.'

Margaret keek haar aan alsof ze twee hoofden had. 'Een tikje wát?'

'Het is nogal een flirt, je moeder.'

Margaret schudde ongelovig haar hoofd, ze wist niets te zeggen. 'Mijn móeder!' was het enige wat eruit kwam.

De muziek was afgelopen en de dansers bleven staan. De menigte barstte in spontaan applaus los. De oudere Chinese heer boog voor mevrouw Campbell en voegde zich weer bij zijn vrienden. Mevrouw Campbell haastte zich naar de plek waar Mei Yuan en Margaret stonden. Haar gezicht was rood en stond levendig, met ogen sprankelend van opwinding en plezier. Ook was ze nogal buiten adem. 'En?' zei ze, terwijl ze hen beiden stralend aankeek. 'Hoe deed ik het?'

'Je was fantastisch,' zei Mei Yuan vol bewondering.

'Ik wist niet dat je kon dansen,' zei Margaret.

Mevrouw Campbell trok een wenkbrauw op en wierp haar dochter een vernietigende blik toe. 'Er zijn zoveel dingen die je niet van me weet,' zei ze. 'Kinderen vergeten dat, voordat ze geboren werden, hun ouders een eigen leven leidden.' Ze kwam weer op adem. 'Ik neem aan dat het een goed teken is, het feit dat je de hele nacht weg was. Of bedoel ik een slecht teken? Ik bedoel, gaat de bruiloft nu door of niet? Ik vind het akelig om eerder naar huis te moeten, net nu ik me begin te vermaken.'

Margaret zei: 'Li heeft zijn baan opgezegd. Hij heeft gisteren zijn ontslag op de post gedaan.'

'Nee!' Mei Yuan bracht de rug van haar hand naar haar mond.

'Hij scheen te denken dat ik dan weer met hem wilde trouwen.'

'En is dat ook zo?' vroeg haar moeder.

'Natuurlijk niet. Maar ik kan nooit winnen, hè? Ik ben verdoemd als ik ja zeg en verdoemd als ik nee zeg. En verdoemd als ik voor een van tweeën kies.'

Mevrouw Campbell zuchtte diep. 'Net haar vader,' zei ze tegen Mei Yuan. 'Koppig tot het einde.'

'Hoe dan ook,' zei Margaret, 'ik wil je plezier niet bederven. Je hoeft van mij niet eerder weg. Ik kwam alleen zeggen dat ik het druk heb vandaag.' Ze wendde zich tot Mei Yuan. 'Als je het niet erg vindt om nog een paar uur op te passen.'

'Nou ja, Margaret!' protesteerde haar moeder.

Maar Mei Yuan glimlachte slechts en kneep Margaret in haar hand. 'Natuurlijk niet,' zei ze. En toen versomberde haar gezicht, alsof er een wolk langs gleed. Ze had nog steeds Margarets hand vast. 'Laat hem nu niet in de steek, Margaret. Hij heeft je nodig.'

Margaret knikte, bang om haar moeders blik te vangen. Want ze wilde absoluut niet kwetsbaar lijken. 'Dat weet ik,' zei ze.

De sneeuw lag dik op het basketbalveld achter de omrastering. Op een dag als vandaag waren alle studenten binnen, en Margaret was de enige die sporen achterliet op de weg zuidwaarts, van de campus zelf naar het Centrum voor Vaststelling van Concreet Bewijs, waar ze haar lijkschouwingen verricht had. Binnen in het centrum was het warm. Ze trok haar muts af en nam de gang op de eerste verdieping naar professor Yangs kantoor.

Zijn secretaresse glimlachte en vroeg in haar beperkte Engels naar de gezondheid van Margarets baby en klopte vervolgens op de deur van de professor en vroeg of hij enkele minuten voor dr. Campbell had. Natuurlijk had hij die, zei hij, en Margaret werd met een warme handdruk uitgenodigd plaats te nemen. Professor Yang was een lange, sombere man met een grote, vierkante, montuurloze bril en een hoofd vol zeer dik, glanzend geborsteld haar. Hij had iets vaags, een schoolvoorbeeld van een verstrooide professor, maar dat verhulde slechts een messcherp verstand. Het was makkelijk om hem bij een eerste ontmoeting te onderschatten. Dat hadden heel wat mensen gedaan. Ten koste van zichzelf. Hij had zich tot een uiterst bekwaam forensisch patholoog-anatoom opgewerkt, maar hij had zijn huidige positie, hoofd van de meest geavanceerde forensische voorziening van China, door zijn politieke scherpzinnigheid en administratieve vaardigheden bereikt. Vanuit het hele land werden monsters voor de ingewikkeldste analyses naar de laboratoria gestuurd. De personeelsleden waren regelmatig in andere voorzieningen over de hele wereld gestationeerd, om de meest recente verfijningen in DNA-tests, *radioimmunoassay* en een heel stel andere laboratoriumtechnieken te leren en mee terug te nemen.

Hij had een zwak voor Margaret. 'Wat kan ik voor je doen, lieverd?' Zijn Engels was bijna te volmaakt, hoorde op de een of andere manier tot een ander tijdvak. Het soort Engels dat niemand meer sprak, zelfs niet in Engeland. Hij zou het goed gedaan hebben als BBC-radioverslaggever in de jaren vijftig.

'Professor, ik wil je om een gunst vragen,' zei ze.

'Hmm,' glimlachte hij. 'Die zal ik beslist inwilligen. Ik vind het heerlijk wanneer een aantrekkelijke jongedame bij mij in het krijt staat.'

Margaret kon een glimlach niet onderdrukken. Professor Yang nam het Chinese systeem van *guanxi* – een verleende gunst is een verplichte schuld – wel heel letterlijk. 'Ik werk met sectiehoofd Li aan de zaak van de dode atleten.'

'Ja,' zei hij, 'die volg ik vrij nauwkeurig. Zeer interessant.'

'Ik vraag me af of je iemand kent die iets van genetica weet. Iemand die misschien een kleine bloedanalyse voor me kan doen.'

Professor Yang leek alleen nog maar meer geïnteresseerd. 'Toevallig,' zei hij, 'is mijn beste schoolvriend nu professor in de genetica aan de Universiteit van Beijing.'

'Denk je dat hij me een dienst wil bewijzen?'

'Professor Xu en ik hebben nog een zaak van onbetaalde *guanxi*, liever.' Het was eigenaardig hoe zijn vreemde BBC-stem in één enkel woord plotseling Chinees werd, waarna hij weer met de verwrongen klinkers en tweeklanken van zijn ouderwetse Engels verderging. 'Dus zal hij mij natúúrlijk een gunst verlenen, als ik hem dat vraag.'

'En dan sta ik weer bij jou in het krijt.'

Hij straalde. 'Ik heb graag *guanxi* op de bank.'

'Ik moet wat van het hartbloed halen dat ik van de zwemmer Sui Mingshan afgenomen heb. Er moet nog voldoende over zijn.'

'Nou, laten we dan gaan kijken, lieverd,' zei hij. Hij stond op en pakte zijn jas van de kapstok achter de deur. 'En ik zal je zelf naar de universiteit vergezellen. Ik kom toch al bijna nooit buiten. En ik heb die oude Xu al tijden niet gezien.'

Samen met het bloed had Margaret urine, gal, maaginhoud en een stuk van de lever voor analyse opgestuurd. In de koelkast was nog ruim vijftig milliliter van Sui's bloed

345

beschikbaar voor onderzoek. Margaret goot het bijna allemaal in een klein glazen flesje, dat ze verzegelde, etiketteerde en voorzichtig in haar tas wegstopte.

Professor Yang zorgde voor een auto met chauffeur om hen naar de andere kant van de stad te brengen. Sneeuwschuivers waren al op de vierde ringweg geweest, en langzaam maar zeker kwamen ze vooruit, door de rijen verkeer heen die noordwaarts reden. Vervolgens namen ze de afrit en kwamen ze in de Souzhoustraat, die hen diep in Haidians universiteitland bracht.

De Universiteit van Beijing, simpelweg bekend als Beida, lag in totale, sneeuwbedekte afzondering achter hoge bakstenen muren, een bijzondere, onregelmatig gebouwde campus met meren, paviljoens en meanderende voetpaden. Het kantoor van professor Xu lag op de tweede verdieping van de faculteit der biogene wetenschappen. Hij leek in niets op professor Yang – kort, rond, kalend, met een piepklein metalen brilletje dat op het puntje van een heel klein wipneusje stond. Yang zag er altijd elegant uit in zijn onberispelijk geperste donkere pakken. Xu droeg een versleten, gewatteerd Chinees jasje met daaronder een T-shirt en een flodderige corduroy broek. Hij rookte aan één stuk door en zijn bruine suède schoenen zaten onder de gevallen as.

Met duidelijk enthousiasme gaven de twee mannen elkaar oprecht hartelijk een hand. Er volgde een woordenwisseling die Margaret niet verstond, maar waarbij ze beiden luidkeels lachten. Xu wendde zich tot Margaret. 'Hij altijd meer geluk dan ik, Lao Yang. Altijd met mooi meisje aan zijn arm.' Zijn Engels was niet zo goed als dat van Yang.

'Dat komt doordat ik zoveel knapper ben dan jij, professor,' zei Yang. En hij richtte zich tot Margaret. 'Hij was als jongen ook al lelijk.'

'Maar slimmer,' zei Xu grijnzend.

'Dat is een kwestie van opvatting,' zei Yang hooghartig.

Xu zei tegen Margaret: 'Lao Yang zegt jij hebt hulp

nodig. Hij mij he-eel veel gunst schuldig. Maar ik doe jou gunst.' En plotseling verdween zijn glimlach en verscheen er een geconcentreerde frons. 'Jij hebt bloed?'

Margaret haalde het flesje uit haar tas. 'Ik hoop dat het genoeg is. Het is van een jongeman die aan een ongewone hartziekte leed. Verdikking van de microvasculatuur.' Yang vertaalde snel deze technische termen. Margaret ging verder. 'Ik vraag me af of zijn toestand misschien het gevolg is van een of andere genetische kwaal.'

Xu pakte het flesje. 'Hmm. Kan even duren.' Hij hield het tegen het licht.

'Echt, we hebben maar weinig tijd,' zei Margaret. 'Er zijn al verscheidene mensen aan deze aandoening gestorven en misschien sterven er meer.'

'Ah,' zei Xu. Hij zette het flesje op zijn bureau en stak nog een sigaret op. 'Waarom jij denken er is genetisch element?'

'Eerlijk gezegd,' zei Margaret, 'weet ik niet of dat er is.' Ze keek Yang aan. 'Ik raad maar wat. Dat deze mensen misschien aan een soort genetische modificatie onderworpen geweest zijn.'

Yang vertaalde en Margaret kon zien dat Xu dat idee intrigerend vond. Hij keek Margaret aan. 'Oké, ik geef hoogste voorrang.'

Op de weg terug in de auto zwegen Yang en Margaret enige tijd, terwijl ze naar het verkeer en de sneeuw keken. Ze waren weer op de ringweg toen Yang tegen haar zei: 'Je denkt dat iemand met het DNA van deze atleten geknoeid heeft?' Ook hij was duidelijk geïntrigeerd.

Margaret leek verlegen. 'Het spijt me, professor, maar ik hoop niet dat ik de tijd van je vriend verpruts. Het is echt maar een blinde gok.'

Voor de voordeur van het Centrum voor Vaststelling van Concreet Bewijs stond een politiejeep met ondoorzichtig beslagen ramen geparkeerd, toen professor Yangs auto tegenover het basketbalveld stopte. Terwijl de professor Margaret naar de trap hielp, gingen de deuren aan weerszijden van de jeep tegelijkertijd open en in een wolk van warme verschaalde sigarettenrook stapten Li en Sun uit. Margaret draaide zich om toen Li haar naam riep en ze zag hem hinkend met zijn stok naar haar toe komen. Hij leek tenminste, dacht ze, nog steeds zijn baan te hebben. Terwijl hij dichterbij kwam, zocht ze bezorgd zijn gezicht af en zag hoe gespannen dat stond. Maar tot haar verrassing zag ze ook lichtjes in zijn ogen. Ze wist onmiddellijk dat er nieuwe ontwikkelingen waren. 'Wat is er gebeurd?' vroeg ze.

Hij zei: 'Ik weet waarom het haar van de atleten afgeschoren was. Tenminste, dat denk ik. Maar ik heb jou nodig om dat te bewijzen.'

Yang zei: 'Nou, we kunnen dat beter niet buiten in de sneeuw bepraten, hè? Jullie kunnen maar beter meegaan naar mijn kantoor en dan drinken we thee.'

Toen ze door de gang naar Yangs kantoor liepen, kon Li zich nauwelijks inhouden. De halve dag was al voorbij en de openbaring brandde een gat in zijn hersenen. Yang zei tegen zijn secretaresse dat ze thee moest zetten en hij schoot zijn kantoor binnen. Li, Sun en Margaret volgden. Yang hing zijn jas aan de staande kapstok en zei: 'En? Ga je ons nog uit ons lijden verlossen, sectiehoofd? Of blijf je daar staan aarzelen tot de thee arriveert?'

Li zei: 'Het is het haar. Als ze doping genomen hadden, zou dat op hun hoofd terug te vinden zijn. Zelfs als ze erin geslaagd waren het spul op de een of andere manier uit hun systeem te krijgen, dan zouden er in hun haar toch nog sporen zitten.'

'Jezus,' fluisterde Margaret. 'Natuurlijk.' En nu ze het wist, vroeg ze zich af waarom dat niet eerder bij haar opgekomen was.

Li zei: 'Ik heb al op internet gezocht.' En Margaret wist dat het de moeite waard geweest was, al die uren die ze gespendeerd had om hem te leren het beste uit een zoekmachine te halen. Hij zei: 'Ik heb in een forensisch medisch tijdschrift een artikel gevonden. Het schijnt dat Franse wetenschappers onlangs een onderzoek gepubliceerd hebben over haaranalyse bij een proefgroep gewichtheffers. Ze vonden dat...' Hij zocht in zijn zak naar de bladzijde die hij uitgeprint had. Hij vouwde het open en zocht naar de relevante passage. 'Hier is het... dat, ik citeer, de langlopende geschiedenis van iemands dopinggebruik via haaranalyse te volgen is, terwijl urineonderzoek alleen kortlopende informatie geeft. Einde citaat.' Hij keek triomfantelijk op.

Yang zei: 'Maar als van hen allemaal het haar afgeschoren is, hoe komen we daar dan achter?'

Margaret zei: 'Maar niet van allemaal, toch? Ze wendde zich tot Li. 'De gewichtheffer die aan een hartaanval stierf. Hij had zijn haar nog.'

'En genoeg ook,' zei Li. 'Een vlecht tot halverwege zijn rug.'

Margaret keek bezorgd. 'Het enige probleem is,' zei ze, 'dat ik absoluut niet deskundig ben op dat gebied.' Ze keek professor Yang aan. 'En ik weet niet of er hier iemand is die dat wel is.'

Yangs secretaresse klopte en kwam binnen met een dienblad vol hoge glazen en een kan hete thee. 'Ah, mooi, dank je, lieverd,' zei Yang. 'Zou je dr. Pi willen vragen enkele ogenblikken hier te komen?' Ze knikte, zette het blad op zijn bureau en verliet het vertrek. De professor begon in te schenken. 'Je kent dr. Pi toch, Margaret?' vroeg hij.

'Hoofd van het forensisch laboratorium, nietwaar?'

Yang knikte. 'Hij is vorig jaar op uitwisseling naar de Verenigde Staten geweest.' Hij glimlachte. 'Dat is een van mijn stokpaardjes, uitwisselingen.' Hij begon volle glazen thee rond te delen. 'Ik geloof dat dr. Pi in Zuid-Florida deelgenomen heeft aan een onderzoek waarbij het cocaïnemisbruik bij zwangere vrouwen door middel van haaranalyse werd vastgesteld.' Hij grijnsde nu. 'Je weet maar nooit wanneer dergelijke deskundigheid van pas komt.'

Dr. Pi was een grote, knappe jongeman met een langzame, laconieke manier van doen. Hij sprak onberispelijk Amerikaans. Ja, bevestigde hij na binnenkomst, hij had aan zo'n onderzoek deelgenomen. Hij nipte van zijn thee en wachtte verwachtingsvol af.

'En was het onderzoek geslaagd?' vroeg Margaret.

'Inderdaad,' zei hij. 'De uitkomst was dat we blootstelling aan drugs betrouwbaar konden vaststellen, maanden nadat die uit de urine en het bloed verdwenen waren. Alles tot op negentig dagen erna. Een soort terugblikkend venster.'

Li zei: 'Als we je een haarmonster zouden kunnen leveren, zou jij dan in staat zijn dat voor ons te analyseren, dat terugblikkende venster te openen?'

'Natuurlijk. We hebben hier faciliteiten waarmee ik een behoorlijk geavanceerde *radioimmunoassay* kan maken.'

'Wat voor monster heb je precies nodig?' vroeg Margaret.

'Ik heb veertig tot vijftig haren van boven op het hoofd nodig, vlak bij de schedel afgeknipt met een chirurgische schaar.'

Margaret zei: 'En het haar moet op volgorde blijven?'

'Inderdaad. Je zult er een speciaal doosje voor moeten maken, om het in te doen, zodat het naast elkaar en allemaal in dezelfde richting ligt. Ongeveer tweeënhalve centimeter staat voor een gemiddelde groeilengte van zestig dagen.'

Margaret zei tegen Li: 'Is de gewichtheffer nog steeds in Pao Jü Hutong?'

'In de koelruimte.'

'Dan moeten we daar meteen maar naartoe gaan en hem een knipbeurt geven.'

Pi nipte van zijn thee. 'Het zou helpen,' zei hij, 'als ik weet waarnaar ik moet zoeken.'

'Hormonen,' zei Margaret.

'Wat voor hormonen? Je bedoelt anabole steroïden? Testosteronderivaten, synthetische epo, dat soort dingen?'

'Nee,' zei Margaret. 'Ik bedoel echte hormonen. Geen surrogaten, derivaten of synthetische. Testosteron, menselijk groeihormoon, endogene epo. Je kunt toch endogene moleculen meten, hè?'

Pi haalde zijn schouders op. 'Dat is niet gemakkelijk. De interpretatie is lastig, omdat de fysiologische niveaus onbekend zijn. Maar we kunnen naar de esters van moleculen kijken, zoals testosteronenanthaat, testosteroncypionaat en nandrolon, en bepalen of ze exogeen zijn of niet. Ik zou dan moeten kunnen identificeren wat éndogeen is.'

Li keek verward. 'Wat betekent dat, verdorie?'

Professor Yang zei: 'Ik denk dat het "ja" betekent, sectiehoofd.'

IV

Het licht begon af te nemen tegen de tijd dat Margaret terug in het appartement was. Het was gestopt met sneeuwen, maar de sneeuw lag nog steeds dik over de stad, de schoonheid en onvolmaaktheden ervan verhullend. Ze had volgens de instructies van dr. Pi een lok van Jia Jings zijdezwarte haar geknipt en alle haren in de juiste richting liggend afgeleverd bij het Centrum voor Vaststelling van Concreet Bewijs.

Haar moeder was nog niet terug, en het huis had iets troosteloos. Meer dan gewoonlijk. Ze voelde aan de radiator in de woonkamer en die was nauwelijks lauw. De blokverwarming had weer kuren. Het elektrische plafondlicht zoog alle kleur uit het appartement, en Margaret huiverde bij het sombere vooruitzicht van een leven hier alleen met een baby. Er was geen sprake van dat men Li zou toestaan het appartement officieel met haar te delen. Ze zou zelfs geen appartement voor een getrouwd stel toegewezen krijgen – omdat ze niet met hem getrouwd was. En als Li werkeloos was, konden ze het zich niet veroorloven om privé iets te huren.

Ze boog haar rug naar achter en duwde haar handpalmen in haar lendenstreek. Die begon weer zeer te doen. Over ruim een uur begon zwangerschapsgym. Ze had eigenlijk geen zin om er in de kou en duisternis weer op uit te gaan, maar het appartement voelde zo deprimerend dat ze het vooruitzicht niet aankon hier in haar eentje te zitten wachten tot haar moeder terugkwam. Een golf van wanhoop spoelde over haar heen. Ze beet op haar lip om te voorkomen dat ze ging huilen. Zelfmedelijden, daar had je niets aan.

Ze liep naar de slaapkamer en deed de kast open. Tussen haar kleren hing de traditionele Chinese *qipao*, die ze gekocht had om op haar trouwdag te dragen. Ze had avond na avond opgezeten om de naden los te tornen en de jurk zo te maken dat de bolling van haar kind erin paste. Maar toch zou het er absurd hebben uitgezien. Ze was van plan geweest daaroverheen een loshangend, geborduurd zijden hesje te dragen, om tenminste gedeeltelijk haar toestand te maskeren. Ze haalde de *qipao* en het hesje van de roede en legde ze op het bed naast de rode hoofddoek die Mei Yuan haar gegeven had en staarde naar de heldere geborduurde kleuren. Rode tinten en gele en blauwe, gouden en groene. Draken en slangen. Onder in de kast stonden de kleine zijden slippertjes, die ze voor erbij gekocht had. Zwart en goud. Ze pakte ze en haalde haar vingers over de gladde zijde. Ze gooide ze plotseling op het bed, in de wetenschap dat ze ze nooit zou dragen. En ten slotte kwamen de tranen. Heet en stil. Ze wist niet of ze nu om zichzelf of om Li huilde. Misschien wel om allebei. Hun relatie was altijd moeilijk, stormachtig geweest. Ze hadden het zichzelf niet gemakkelijk gemaakt. Nu maakte het lot het hun zelfs nog moeilijker. Ze was in het jaar van de aap geboren, en Li in het jaar van het paard. Ze herinnerde zich dat iemand haar eens verteld had dat paarden en apen voorbestemd waren nooit met elkaar overweg te kunnen. Dat ze onverenigbaar waren en dat een relatie tussen hen gedoemd was te mislukken. Ze voelde de baby schoppen, als om haar eraan te herinneren dat niet alles wat zij en Li samen geschapen hadden, een mislukking was. Misschien dat hun kind de afgrond tussen paard en aap, tussen China en Amerika kon overbruggen. Tussen gelukkig en ongelukkig.

Een gebons op de deur onderbrak met een schok haar gedachten. Ze schrok. Het was een luid, aanhoudend geklop. Niet haar moeder of Mei Yuan. Niet Li. Die had een sleutel. Haastig veegde ze haar gezicht droog en liep snel de gang door om open te doen. Maar voor ze dat deed, schoof ze de ketting erop. Zodra de deur openging, hield het geklop op, en een jongeman stapte naar achter in het licht van de overloop. Tussen deur en stijl door tuurde hij naar haar. De jongen zag er ruw uit, met een dikke bos matzwart haar en eeltige handen. Ze zag uit de mouw van zijn jack de getatoeëerde kop van een slang over de rug van zijn hand kruipen. Hij rook naar sigaretten en alcohol.

'Jij doctol Cambo?'

Margaret huiverde even van vrees. Ze had geen idee wie deze jongeman was. Hij droeg zware werkschoenen en kon makkelijk haar deur intrappen. 'Wie wil dat weten?'

'Jij kom mee.'

'Dat denk ik niet.' Ze probeerde de deur dicht te doen, maar onmiddellijk zat zijn voet ertussen, zodat zij hem niet dicht kreeg. 'Ik ga gillen!' zei ze schel.

'Mijn zuster wil met jou praten,' zei hij bars, en hij duwde de deur zo ver open als de ketting toeliet.

'Wie verduiveld is jouw zuster?'

'Dai Lili.'

Margaret stapte van de deur weg, alsof ze een elektrische schok gehad had. Het bonzen van haar hart gaf haar een misselijk gevoel. 'Hoe weet ik dat zij je zuster is? Hoe ziet ze eruit?'

Hij raakte zijn linkerwang aan. 'Ze heeft vlek op gezicht.'

En Margaret besefte wat een stomme vraag ze gesteld had. Miljoenen mensen hadden Dai Lili op de televisie zien hardlopen. Haar wijnvlek was haar handelsmerk. 'Nee. Ik heb meer nodig.'

Hij voelde in zijn jaszak en haalde er een verfomfaaid visitekaartje uit. 'Zij geef mij dit voor jou.' En hij stak haar door de opening het kaartje toe. Het was het kaartje dat ze Dai Lili die dag buiten voor de kliniek gegeven had. Ze wist dat het hetzelfde kaartje was, want het doorgestreepte telefoonnummer van haar vriendin stond erop gekrabbeld.

Margaret haalde een keer diep en trillend adem. De jongen was duidelijk geagiteerd en keek zenuwachtig naar de liften. Het was een grote beslissing voor haar. Ze wist dat ze waarschijnlijk niet moest gaan, maar het beeld in haar hoofd van het gezicht van de jonge hardloopster, de angst in haar ogen, was nog erg levendig. 'Geef me een ogenblik,' zei ze en voor hij haar kon tegenhouden, deed ze de deur dicht. Ze sloot haar ogen. Haar ademhaling ging nu snel en ondiep. 'Verdomme!' fluisterde ze tegen zichzelf. En vervolgens liep ze naar de keuken en pakte haar jas en muts.

Toen ze de deur weer opendeed, leek de jongeman te schrikken, alsof hij al besloten had dat ze niet meer zou verschijnen. 'Waar is ze?' vroeg Margaret.

'Jij hebben fiets?'

'Ja.'

'Jij volgen mij.'

In de recherchekamer zat een grote groep rond de televisie, om naar de oproep te kijken die de lucht inging. Li had de schier ongehoorde stap genomen Beijing TV te vragen een foto van Dai Lili op alle kanalen uit te zenden, met de oproep aan het publiek om informatie betreffende haar verblijfplaats. Ze hadden zes lijnen geopend, met een batterij telefonistes om de gesprekken aan te nemen. Li wist zeker dat ze erbij betrokken was. Op de een of andere manier. Ze had zo wanhopig graag Margaret willen spreken, en nu werd ze vermist. Hij was ervan overtuigd dat zij, als ze haar konden vinden, de sleutel tot dit alles was. Vooropgesteld dat ze nog leefde. En zijn hoop daarop was niet hooggespannen.

Hij zag dat Wu zijn telefoon neerlegde. 'Nog nieuws?' riep hij.

Wu schudde zijn hoofd. 'Niets. Volgens de beveiligingsman is Fleischer al dagenlang niet in zijn appartement geweest. En dat huis bij het stuwmeer is een soort vakantiewoning. Dat is de hele winter afgesloten.'

Li's adem stokte gefrustreerd. Dr. Fleischer was klaarblijkelijk in rook opgegaan. Ze hadden agenten die zijn appartement en de club in de gaten hielden. Navraag bij zijn vorige werkgever, de Beijing Pharmaceutical Corporation, onthulde dat hij gedurende de afgelopen drie jaar hun hoogst moderne laboratoriumcomplex geleid had, maar dat hij een halfjaar geleden, vlak nadat zijn werkvergunning en visum verlengd waren, ontslag genomen had. Li liep naar de deur.

'Tussen haakjes, commandant,' riep Wu hem achterna. 'Alles wat hier gisteravond bij de interne post gegaan is, is verleden tijd.'

Li bleef abrupt staan. 'Wat bedoel je?'

'De motorkoerier was vanochtend vroeg al betrokken bij een botsing op de tweede ringweg. De post lag over de hele weg... het meeste is geruïneerd.'

Li talmde in de deuropening. Was dat het lot? Geluk? Pech? Maakte het enig verschil? Hij zei: 'En de koerier?' De gedachte dat het lot misschien ten koste van een onschuldige koerier voor hem bemiddeld had, stond hem niet aan.

'Een gebroken pols. Ietwat door elkaar gehusseld. Maar verder in orde.'

Maar zelfs als zijn ontslagbrief zijn bestemming niet had bereikt, betekende het slechts uitstel van executie. Li schudde zijn hoofd om helder te kunnen denken. Het was nu niet belangrijk. Andere dingen gingen voor. Hij stapte de gang op en botste bijna tegen Sun.

'Commandant, is het goed dat ik een paar uur vrij neem om met Wen naar de kliniek te gaan? Het is me nog steeds niet gelukt een keertje mee te gaan naar zwangerschapsgym en ik krijg dat steeds van haar te horen.'

'Natuurlijk,' zei Li afwezig.

'Ik bedoel, ik weet dat het niet het geschikte moment is met alles wat er nu gebeurt...'

'Ik zei dat het goed was,' snauwde Li, en hij beende de gang door naar zijn kantoor.

Tao stond hem op te wachten. Hij staarde uit het raam naar de donkere straat beneden. Hij draaide zich om toen Li binnenkwam.

'Wat is er?' vroeg Li.

Tao liep doelbewust langs hem heen en sloot de deur. Hij zei: 'Je had gisteravond mijn persoonlijk dossier hier.'

Li zuchtte. Het kwam niet bij hem op zich af te vragen hoe Tao dat wist. 'Ja en?'

'Ik wil weten waarom.'

'Daar heb ik op het ogenblik geen tijd voor, Tao.'

'Nou, ik stel voor dat je daar tijd voor vrijmaakt.' De lage, beheerste bedreiging in Tao's stem was onmiskenbaar.

Li was meteen een en al aandacht en hij keek hem verbaasd aan. 'Ik geloof niet dat je toon mij erg aanstaat, plaatsvervangend sectiehoofd.'

'Ik geloof niet dat me dat iets kan schelen,' zei Tao. 'Je bent hier tenslotte niet zo lang meer, dus doet het er niet toe.' Li begon kwaad te worden, maar Tao ging verder voor hij kon reageren. 'Het lijkt me een ernstige inbreuk op het vertrouwen tussen een commandant en zijn plaatsvervanger als je een mindere vraagt mijn dossier bij personeelszaken te gaan halen. Het lijkt dan net of er een onderzoek naar mij ingesteld wordt.'

'Misschien is dat wel zo,' snauwde Li.

Dat verraste Tao blijkbaar. 'Hoe bedoel je?'

'Midden jaren negentig was je betrokken bij een onderzoek van de Hongkongse politie naar de activiteiten van triadebendes aldaar.'

'Ja, en?'

'Je hebt daar enige tijd als undercover gewerkt. Je zat er zo'n beetje met je neus bovenop, maar je verrichtte geen arrestatie van belang. Geen enkele vervolging die iets voorstelde.'

'Dat geldt voor iedereen die bij dat onderzoek betrokken was.' Tao was erg bleek geworden.

'En hoe kwam dat?' vroeg Li.

'Omdat we nooit de doorbraak kregen die we nodig hadden. Natuurlijk, we zouden alle kleine jongens hebben kunnen oppakken, maar dan zouden andere kleine jongens hun plek ingenomen hebben. Het brein erachter, dát wilden we hebben, en we kwamen nooit in de buurt.'

'Ik herinner me de geruchten dat het kwam omdat de triades de politie altijd één stap voor waren.'

Tao keek hem kwaad aan. 'De moltheorie.'

'Inderdaad.'

'Er was nooit enig bewijs dat ze een mol in het korps hadden. Het was een goed excuus, door de Britten bedacht om hun falen te verklaren.' De twee mannen staarden elkaar vol wederzijdse haat aan. Maar Li zei niets. Tao zei ten slotte: 'Je denkt dat ik dat was, hè?'

'Dat heb ik niet gezegd.'

'Daarom wilde je mijn dossier inzien.'

357

'In Beijing zitten triades, Tao. Iemand met specialistische kennis zou waardevol kunnen zijn.'

Tao's ogen vernauwden zich. 'Dat geloof je niet. Je denkt dat ik erbij betrokken ben.'

Li haalde zijn schouders op. 'Waarom zou ik dat denken?'

'Vertel jij dat maar.'

Li draaide zich om en liep naar zijn bureau. 'Er zitten zekere anomalieën in dit onderzoek, die een verklaring behoeven,' zei hij. 'De flesjes parfum die uit de appartementen verdwenen zijn, het tweede bezoek van de dieven die Macken beroofden.'

Tao keek hem vol walging aan. 'En je denkt dat ik verantwoordelijk voor die... anomalieën ben?'

'Nee,' zei Li. 'Ik bekeek je dossier, meer niet. Jíj bent het die overhaaste conclusies trekt.'

'Er is maar één conclusie die ik kan trekken, sectiehoofd. Je probeert mijn naam te besmeuren, zodat ik je baan niet krijg. Een soort kinderachtige wraak.' Tao lachte even bitter. 'Een trap na.'

Li schudde zijn hoofd. 'Het is een echte obsessie van je, hè, deze baan.'

'Ik kan het nauwelijks slechter doen dan jij.' Tao priemde een razende vinger naar Li. 'En ik laat het niet door jou verkloten!'

Li zei: 'Dat is tien yuan voor de boetepot, plaatsvervanger Tao.'

Tao draaide zich op zijn hakken om en stormde naar buiten. Hij sloeg de deur met een klap achter zich dicht. En Li sloot zijn ogen en probeerde uit alle macht het trillen te laten ophouden.

HOOFDSTUK ELF

I

Het was weer gaan sneeuwen. Desondanks verdrongen de mensenmassa's zich op de Dong'anmen-avondmarkt, waar tientallen marktverkopers bakten, barbecueden, stoomden en grilden onder rood-witgestreepte afdakjes. Met de stoom en de rook steeg de geur van voedsel op, en vulde de nachthemel. Kip, rundvlees, lam, vis, noedels, dumplings, hele vogels gespietst op bamboe stokken, larven aan een spies klaar om geroosterd te worden. Het was de populairste eetstraat van Beijing, waar duizenden arbeiders 's avonds op weg naar huis stopten om te genieten van hun hoogsteigen versie van snacks uit de Chinese keuken. Erkende chef-koks in witte jassen met rode revers en met hoge witte koksmutsen op hielden zich warm boven vonkende stoven en gloeiend hete wokken, terwijl hongerige klanten van de ene naar de andere kraam trokken, op zoek naar iets speciaals om zich op weg naar huis mee te verwarmen.

Margaret moest hard fietsen om Dai Lili's broer bij te houden. Met zijn hoofd naar beneden fietste hij oostwaarts, langs Dong'anmen, de uitzinnige schranspartij rechts van hen, achter rode bakken en wit traliewerk. Er was weinig verkeer en niemand besteedde aandacht aan de twee mensen die langsfietsten, in een zware jas en wintermuts, ineengedoken tegen de kou en de sneeuw. Haar benen waren gevoelloos van de kou, zelfs door haar spijkerbroek heen.

Toen ze de lichten, geluiden en geuren van de avondmarkt achter zich lieten, zag Margaret het hoog oprijzende dubbele dak van de Donghuapoort, de oostelijke ingang van de Verboden Stad, voor zich opdoemen. Ze staken de kruising met de Nanchizistraat over. Een kruidenierswinkel op de hoek wierp fel licht op de besneeuwde straat. Op dit tijdstip stond het verkeer gewoonlijk in alle richtingen vast, maar het gezonde verstand had gezegevierd en maar zeer weinig automobilisten hadden zich op de ongeveegde weg gewaagd, bedekt als die was met centimeters sneeuw. Af en toe stak een fietser de kruising in noordelijke of zuidelijke richting over. Dai Lili's broer leidde hen oostwaarts, de donkere poel van de Donghuamenstraat binnen, in de schaduw van de Donghuapoort. Gewoonlijk zou de poort door schijnwerpers verlicht zijn, maar aangezien het paleis vanwege restauratiewerk dicht was, waren de oostelijke en westelijke poort 's avonds in duisternis gehuld. Het handjevol winkels aan de noordzijde was vroeg dichtgegaan. Niemand met enig gezond verstand ging er in dit weer op uit, tenzij het absoluut noodzakelijk was. Het sneeuwde nu zo hard dat de lantaarnpalen bijna onzichtbaar waren.

Tot Margarets verbazing stapte Lili's broer onder de hoge rode muren van de Donghuapoort af. 'Jij laat fiets hier,' zei hij. Ze zetten de fietsen tegen de muur en ze volgde hem onder de beschaduwde poort van de grote, centrale ingang door. De kastanjebruine met goud beslagen deuren waren zes meter hoog. Lili's broer leunde tegen de rechterdeur en duwde hard. Met een door vallende sneeuw gedempt geknars ging die zo wijd open dat ze naar binnen konden glippen. De jongen keek snel om zich heen. Vervolgens liet hij Margaret binnen en duwde de deur achter hen dicht. Ze waren nu in een lange, roomkleurig geschilderde tunnel, die hen onder de poort door bracht en in de wintertuin uitkwam, met kale, door sneeuw omlijste bomen. Voor zich konden ze gebouwen zien, die door het weerkaatste licht van de stad achter de muren beschaduwd werden. Binnen de muren lag de Verboden Stad zwijgend in het donker te broeden. Zeshonderd jaar geschiedenis waren getuige van de maagdelijke voetstappen die Margaret en Lili's broer in de sneeuw maakten, terwijl ze een pad oostwaarts volgden, nog een poort door, een immens geplaveid plein op, waar eens krijgsgevangenen defileerden voor de keizer, die vanaf zijn indrukwekkende positie hoog op de Meridiaanpoort toekeek. De rivier het Gouden Water, die kronkelend het plein doorsneed, was bevroren. Het ijs lag bedekt onder een onberispelijke laag sneeuw. De marmeren pilaren van de vijf bruggen, die de rivier overspanden, stonden als tientallen bevroren schildwachten deze uitgestorven plek te bewaken, waar de laatste keizer eens in totale, absolute afzondering leefde en van zijn Schotse privéleraar Reginald Johnston over het leven daarbuiten leerde.

Margaret was nu al buiten adem. Ze greep de jongen bij zijn arm om hem staande te houden. 'Wat doen we hier in godsnaam?' wilde ze weten.

'Ik werk voor...' hij zocht naar de woorden, '... bouwbedrijf. Wij doen renovatie, Verboden Stad. Maar werken niet mogelijk met sneeuw.' Hij worstelde weer met de taal. 'Ik verstoppen Lili hier. Niemand komen. Jij volgen met mij.' En hij begon de immense open vlakte van dit eeuwenoude plein over te steken richting het dubbele dak van de Taihezaal. Margaret slaakte een zucht van wanhoop en liep achter hem aan, beschaduwde sporen achterlatend in de oplichtende sneeuw.

Glibberige treden voerden hen omhoog naar de oude vergaderplaats. Door een open poort kon Margaret tussen solide karmozijnrode pilaren door de volgende reeks zalen zien. Die stonden op het marmeren terras aan de overkant van nog een ander plein, dat omringd werd door wat eens de tuinen en woningen van keizerlijke hovelingen waren. Tegen de tijd dat ze er waren, was Margaret uitgeput, en ze werd gealarmeerd door krampen in haar buik. Ze bleef snakkend naar adem staan en leunde daarbij op een hek rondom een enorme koperen pot van meer dan een meter doorsnee. 'Stop!' riep ze, en Dai Lili's broer haastte zich terug om te zien wat er was. 'In godsnaam,' zei ze, 'ik ben zwanger. Ik kan je niet bijhouden.'

De jongen leek verlegen. 'Jij rusten. Niet ver nu.'

Plotseling en volkomen onverwachts wierp een volle maan een vloed zilverkleurig licht door een scheur in de wolken, en de Verboden Stad lichtte in de verlaten stilte om hen heen griezelig op, een bizarre, mysterieuze, lege plek in het hart van een van de meest dichtbevolkte hoofdsteden ter wereld. Op een al even plotseling zuchtje wind werd de vallende sneeuw weggeveegd, zodat de lucht een ogenblik helder en stil was. Vervolgens begon het weer gestaag te sneeuwen. Hun voetafdrukken op het plein waren een alarmerend verraad van hun voorbijgaan. Een gegraveerde mededeling op een bordje naast de koperen pot waar Margaret stond uit te rusten, vertelde dat er 308 van zulke potten op de paleisgronden waren. Er had water in gezeten voor als er brand uitbrak. Tijdens de winter brandde er een vuur onder om te voorkomen dat het water bevroor. En dat vergrootte ongetwijfeld het brandgevaar, was de absurde gedachte die door Margarets hoofd schoot.

Recht vooruit, door de volgende poort, zag ze een volgende zaal, op een volgend terras, en ze had spijt van haar besluit met de jongen mee te gaan. Maar ze was nu te ver om nog terug te gaan.

'Oké,' zei ze. 'Laten we gaan. Maar niet zo snel.'

De jongen knikte en ze vervolgden hun weg weer, in een bezadigder tempo nu. Vanaf het terras van het Qianqing-paleis kon Margaret over de muren van de Verboden Stad heen de lichten van Beijing zien. Mensen leidden daar hun gewone leven. Mensen in winkels, huizen en restaurants, mensen in auto's, bussen en op de fiets. Gewone mensen, die in het voorbijgaan alleen de hoge grijze muren van de Verboden Stad zagen en er geen idee van hadden dat er binnen mensen waren. Mensen die zich verstopten, mensen in nood. Mensen in gevaar.

Achter een grote bronzen vogel en een gigantische landschildpad wees een bordje met een pijl naar de Zaal van Keramiek, en Lili's broer pakte Margaret bij de arm, terwijl ze voorzichtig de trap naar beneden namen, een eeuwenoud steegje in, door een poort een binnenplaats op. Ze passeerden de rode luiken van een toeristische winkel, die met souvenirs en het graveren van namen op eetstokjes adverteerde. Keramische daken helden en stegen uit boven de hoge muren van smalle straten, terwijl rijen pilaren schaduwen in overdekte galerijen wierpen.

Chu Xiu, het Paleis van Opperste Elegantie, was rond een rustige binnenplaats gebouwd. In alle vier hoeken stonden hoge coniferen, die in het maanlicht schaduwen over het besneeuwde plaveisel wierpen. Margarets benen waren bezig in rubber te veranderen. Ze sleepte zich voort, de binnenplaats op. Ze had al verscheidene keren krampen gehad, en haar bezorgdheid begon in angst te veranderen. 'Ik kan echt niet meer,' hijgde ze.

'Lili hier,' zei haar broer. 'Gaan niet verder.' En hij pakte haar voorzichtig bij haar arm en gidste haar de binnenplaats over, langs standbeelden van draken en pauwen, de treden op naar het terras van het lange, lage paviljoen, waar de concubine en keizerin-weduwe Cixi eens gewoond en een keizer gebaard had.

Hij fluisterde luid in het donker en een ogenblik later hoorde Margaret vanuit het paviljoen een gefluisterd antwoord komen. Er werd eerst nog wat over en weer gefluisterd, en toen pas kierde de deur knarsend open en zag Margaret Lili's angstige gezicht gevangen in het maanlicht, haar wijnvlek als een schaduw over haar linkerwang. Ze gebaarde snel dat Margaret moest binnenkomen. 'Ik wacht buiten,' zei haar broer. Nog nahijgend streek Margaret langs hem heen en ze wrong zich door de kier de historische, keizerlijke woning binnen.

Binnen glansden pilaren en geverfde balken, keramische tegels en een versierde troon dof in de schaduwen. Het enige licht kwam van een piepklein olielampje, dat een flakkerend schijnsel wierp op Lili's spullen, die in een klein kringetje lagen. Een slaapzak, een kussen, een sporttas waaruit kleren staken, verder enkele boeken, een kartonnen doos met blikjes fruit en lege pakjes noedels, een kampeerstoel en een kleine kerosinebrander, die weinig indruk maakte op de tot op het bot doordringende kou van deze volstrekt ongastvrije plek.

Margaret nam Lili's handen in die van haar. Ze waren kouder dan de lijken die door haar snijzaal kwamen. Margaret zei: 'Je woont hier?'

Lili knikte. 'Ik mij verstoppen.'

'Waarom in godsnaam? En waarvoor?'

'Zij mij vermoorden als zij mij vinden,' kwebbelde ze. 'Ik weet toen ik over Sui hoor, ik ben volgende. Ik ben wekenlang al bang. Allemaal gaan zij dood, en zij doen het ook met mij. Ik weet ik ga dood.' Snikken braken haar stem in bijna onbegrijpelijke stukjes.

'Nou,' zei Margaret. 'Rustig aan. Als ik het wil begrijpen, moet je bij het begin beginnen.' Ze bracht haar naar de stoel en trok de kerosinebrander naar zich toe, en vervolgens sloeg ze de slaapzak om de schouders van het meisje in een poging het bibberen te stoppen.

'Ik wil jou eerder vertellen,' zei ze. 'Maar te gevaarlijk.'

Hun stemmen leken erg klein, gingen verloren onder de dakspanten van deze donkere plek, fluisterend tussen de geesten van de geschiedenis, de keizerlijke concubines die dit eens als hun thuis gekend hadden.

'Bij het begin beginnen,' moedigde Margaret haar vriendelijk aan.

Lili haalde diep en bevend adem. 'Zij kwamen voor het eerst misschien zes, zeven maanden geleden.'

'Wie zijn "zij"?'

'Ik niet weten. Mannen. Mannen in pakken, mannen met auto's en geld. Zij nemen mij mee naar duur restaurant en zij zeggen zij van mij grote winnaar kunnen maken. En ik verdien veel geld.' Ze keek Margaret aan, met ogen die smeekten om begrip. 'Maar ik niet wil veel geld. Alleen net zo goed als mijn zuster zijn.' En haar blik ging naar de grond. 'Maar zij ziek, kan niet meer hardlopen. Medische kosten he-eel duur.' Ze keek Margaret aan, haar onschuld bepleitend. 'Ik geen hebberig meisje, dame. Ik zeg alleen ja voor mijn zuster. Dan ik kan voor haar betalen. Alles.'

Margaret hurkte naast haar en kneep haar even in haar arm. 'Ik geloof je, Lili. Ik sta aan jouw kant.'

'Ik zeggen geen doping. Zij zeggen geen doping. Kleine – lichamelijke – aanpassing. Dat zij zeggen.' Ze had moeite dat in het Engels te zeggen. 'Kleine – lichamelijke – aanpassing. Meer niet.' Ze greep Margarets hand. 'Zij zeggen, het is veilig. Er zijn anderen. En zij noemen namen. Ik ken ze, omdat zij grote namen zijn. Allemaal winnen zij. Zij zeggen ik kan ook grote naam zijn. Ik ben goed, maar ik kan beter.'

'Wie waren die andere namen?'

'Xing Da. Hij mijn grote held. En Sui Mingshan. Zij zeggen, er zijn anderen, maar zij niet zeggen wie. Maar ik het weten later. Want van kleine winnaars zij allemaal grote winnaars worden. Weer en weer. Dus ik het weten, of ik kan raden.'

'Toen je in die... kleine lichamelijke aanpassing toestemde, wat gebeurde er toen?'

Lili schudde ongelukkig haar hoofd. 'Ik niet weten, dame. Zij namen bloed van mij, en dan een week later, misschien tien dagen, zij komen en nemen mij naar appartement in stad. Ze doen mij in kamer, en ik zit en wacht he-eel lang. Dan man binnenkomen. Buitenlandse man.'

'Grijs haar? Een baard?'

Lili keek Margaret verbijsterd en vervolgens met enige angst aan. 'Hoe jij dat weten?'

'Zijn hele leven lang doet hij atleten al kwaad. Het is een slechte man, Lili. Maar we krijgen hem wel.' Margaret zweeg een ogenblik. 'Wat heeft hij met je gedaan?'

Lili haalde haar schouders op. 'Hij gaf mij prik.' Ze klopte op haar bovenarm. 'Meer niet.'

'Een injectie?'

Lili knikte. 'Dan hij zeggen iemand anders legt uit, en hij gaat weg.'

'Wat uitleggen?'

'Hoe het werken.' Ze corrigeerde zichzelf. 'Hoe ik het laten werken.'

Ze hoorden op de binnenplaats een doffe plof en beiden bevroren in de kleine lichtkring, die de grens van hun wereld markeerde. Het klonk, vond Margaret, als sneeuw die van een dak viel, maar ze wist het niet zeker. Ze leunde naar voren, doofde de olielamp en ze werden in totale duisternis gehuld. Lili greep haar arm.

'Wat is er?' fluisterde ze.

'Sst.' Margaret had haar vinger al tegen haar lippen gelegd voor ze de nutteloosheid van het gebaar inzag. Lili kon haar in het donker niet zien. Gespannen luisterend wachtten ze verscheidene minuten. Maar er klonk verder geen geluid. Langzaam werkte Margaret zich omhoog tot ze stond. Een van haar knieën knakte en in de absolute stilte klonk het absurd luid. Het zwart dat haar ogen als een masker bedekt had, was grijs geworden, en ze besefte dat er ergens vandaan wat maanlicht het paviljoen binnensijpelde. Pilaren en standbeelden begonnen in het diepste duister vage vormen aan te nemen en ze liep voorzichtig naar de deur. Lili volgde. Een kleine koude hand hield haar jas vast voor het geval ze haar kwijtraakte. Margaret deed behoedzaam de deur op een kier en keek naar buiten in het verblindende maanlicht. Het was eindelijk gestopt met sneeuwen. De binnenplaats was leeg. Ze zag de voetafdrukken die zij en Lili's broer in de sneeuw achtergelaten hadden, over de binnenplaats naar het paviljoen, en waar ze stopten toen ze de veranda opgestapt waren. En toen zijn voetstappen weer, nadat Margaret naar binnen gegaan was, en hij terug naar het plein was gelopen. Ze gingen naar de zuidwestelijke hoek, naar de diepe schaduw van het lange, lage gebouw dat de binnenplaats aan de zuidzijde begrensde.

'Kun jij Solo zien?' fluisterde ze.

'Solo?' Margaret keek haar verward aan.

'Mijn broer. Zijn bijnaam.'

'Nee, hij is hier niet. Maar ik kan zijn voetstappen over de binnenplaats zien gaan. Hij schuilt vast in die galerij daar. Maar ik kan hem niet zien.'

'Ik ben bang,' fluisterde Lili.

'Ik ook,' zei Margaret. 'Laten we hem gaan zoeken.' En zodra de woorden haar mond verlaten hadden, viel de duisternis over de binnenplaats, aangezien de hemel zich boven hen sloot en het maanlicht buitengesloten werd. 'Verrek!' mompelde ze. 'Pak de lamp, Lili.'

Lili schuifelde gehaast weg over de tegels om de olielamp te gaan halen. 'Ik hem aansteken?'

'Het zou helpen als we konden zien waar we naartoe gingen. We zoeken je broer en gaan rechtstreeks naar de politie.'

'Geen politie!' zei Lili gealarmeerd.

'Sectiehoofd Li zorgt ervoor dat niemand je kwaad doet. Dat beloof ik je,' fluisterde Margaret. Maar ze zag twijfel op Lili's gezicht toen het meisje de lamp aanstak en ze beiden tegen het plotselinge licht stonden te knipperen. Margarets adem stokte plotseling vanwege een scherpe pijn.

'Wat is er?' vroeg Lili dringend.

Margaret legde haar hand op haar buik en merkte dat ze snel ademde. 'Niets,' zei ze vlug. En ze pakte de lamp. 'Kom op, laten we gaan.' Ze dwong zichzelf rechtop te staan en trok de deur verder open, zodat ze het terras op konden glippen.

Het lamplicht viel niet erg ver over het binnenplein en door de helderheid ervan leek alles buiten de lichtkring nog donkerder. Lili hield Margarets arm met beide handen vast en ze zochten zich een weg door de sneeuw, de voetstappen volgend die naar de overkant leidden. Margaret bleef plotseling staan. De angst raakte haar als koude handen op een warme huid. Nog twee stel voetstappen kwamen van links en vielen samen met die van Solo. Ze moesten hem geluidloos, als geesten in de sneeuw, van achteren genaderd zijn. Er was een schermutseling geweest. Margaret voelde Lili's greep op haar arm verstevigen en ze draaide naar rechts. Bij het lamplicht zagen ze Solo met zijn gezicht omhoog in de sneeuw liggen, een brede grijns over zijn keel waar die van oor tot oor opengesneden was. Hij was overdekt met bloed, dat met grote bogen over de sneeuw gespoten was, diep levendig rood tegen het wit, terwijl zijn hart wanhopig gepompt had om de plotselinge vermindering van de druk te compenseren, waardoor het bloedverlies uit zijn doorgesneden halsader slechts bespoedigd was. Zijn dood was snel en stil geweest.

Lili gilde toen, een schrille, dierlijke kreet die de nachthemel verscheurde, en vanuit de duisternis kwamen de schaduwen van mannen op hen af. Margaret zag een gezicht, bleek en gespannen, kortstondig in het lamplicht gevangen, terwijl ze de lamp hard naar de voorste gedaante slingerde. De lamp leek tegen hem aan te exploderen. De olie ontvlamde toen die door gebroken glas heen over hem heen spatte. Het was een kwestie van seconden, toen stond zijn hele bovenlichaam, zijn haar, zijn gezicht in lichterlaaie. Hij brulde van pijn, terwijl hij over de binnenplaats zwalkte.

Bij het licht van de vlammen die hem overspoelden, zag Margaret twee andere mannen, een ogenblik in afschuw bevroren toen ze zagen dat hun vriend in brand stond. Alle gedachten aan de vrouwen verdwenen toen ze naar voren doken, hem omver duwden om hem door de sneeuw te rollen, in een wanhopige poging de vlammen te doven en zijn geschreeuw te smoren. Margaret greep Lili's hand. 'Rennen!' siste ze, en de twee vrouwen begonnen angstig in paniek over de tegels van de lange galerij te sprinten, naar buiten, de sneeuw in van een smalle straat, die van noord naar zuid liep. Margarets instinct vertelde haar naar de Donghuapoort terug te gaan, waar Solo haar een halfuur geleden de Verboden Stad binnengeleid had. Ze trok Lili aan haar arm en ze renden al glibberend zuidwaarts, de straat door, met steegjes die op regelmatige afstand rechts van hen naar verborgen binnenplaatsjes leidden. De hemel in het zuiden was oranje, door de lage bewolking die de schijnwerpers op het Tiananmenplein weerkaatsten. De paleizen en paviljoens staken er met hun gebogen daken tegen af.

Achter hen hoorden ze de stemmen van schreeuwende mannen, en Margaret wist dat ze hen nooit voor kon blijven, zelfs als Lili dat wel kon. De krampen in haar buik kwamen nu vaker en waren vreselijk pijnlijk. Ze legde een beschermende arm om de bolling van haar kind en vreesde het ergste.

Lili was nu de sterkste van de twee. Ze trok Margaret half de treden op naar de enorme open vlakte voor de Qianqingpoort. Ze renden over het terras, omzoomd met schaduwachtige gestalten die, besefte Margaret toen haar verwarring verdween, de marmeren pilaren waren van de balustrade, die de grens markeerde. De stemmen van hun achtervolgers klonken nu vlak achter hen.

Margaret bleef staan, ze klapte bijna dubbel van de pijn. 'Ik kan niet verder,' hijgde ze. 'Ik kan gewoon niet meer.'

'Wij verstoppen,' fluisterde Lili dringend. 'Snel.' En ze trok Margaret in de schaduw van de poort.

'Waar? We kunnen ons nergens verstoppen.'

'In pot,' zei Lili. En Margaret zag dat de ingang van de poort aan weerszijden door een enorme koperen pot geflankeerd werd, de watervoorraden die eens gebruikt werden om vuur mee te blussen. Ze liet zich naar het hek rond de dichtstbijzijnde pot sleuren en met veel moeite klom ze eroverheen. Lili hielp haar over de rand van de pot. Wat had ze een kracht in die kleine handen. Ze liet zich in de echoende duisternis vallen en hurkte in de sneeuw, die zich op de bodem verzameld had. Ze hoorde Lili's voetstappen snel over het terras naar de andere kant verdwijnen. En toen was het stil. Afgezien van haar ademhaling, die hard en snel en pijnlijk was, en in deze beperkte ruimte oorverdovend.

Lange tijd hoorde ze niets. De stemmen die hen achtervolgd hadden, riepen niet langer in het donker. En toen dacht ze aan hun eigen voetstappen in de sneeuw, bijna op hetzelfde moment dat een schaduw boven de rand van de pot opdoemde en handen grijpend naar binnen staken. Ze hoorde Lili vanaf de andere kant van het terras schreeuwen.

II

Li ging met de lift naar de elfde verdieping. Hij voelde zich koud en ellendig en gefrustreerd. Niemand leek te weten waar Fleischer was. Mogelijk had hij het land al verlaten. En er waren nauwelijks reacties geweest op hun oproep om informatie over Dai Lili. Mensen in China waren nog steeds bang voor de politie en wilden nergens bij betrokken raken.

Hij had er geen idee van of zijn ontslagbrief al dan niet op het bureau van commissaris Hu Yisheng terechtgekomen was, maar tot dusver was er geen reactie gekomen. Niet dat het nu nog iets uitmaakte. Hoe het ook allemaal afliep, het resultaat zou nooit iets zijn om blij van te worden. Hij wilde alleen nog maar naast Margaret liggen, haar warmte en hun kind voelen, en al het geluk dat ze bij elkaar konden rapen. Maar hij wist dat ook dat onmogelijk was, met haar moeder die continu in haar appartement aanwezig was en zijn vader als een zwart gat in het zijne.

Hij stapte de lift uit en haalde diep adem. Hij wilde zo gewoon mogelijk op Margarets moeder overkomen. Hij had bijna zijn sleutel gebruikt, maar klopte in plaats daarvan. Even later vloog de deur open en stond Li tegenover mevrouw Campbell.

'Weet je wel hoe laat het is?' zei ze vinnig, en toen ze besefte dat Li alleen was, keek ze verbaasd links en rechts de gang af. 'Waar is ze?'

'Margaret?'

'Nou, over wie zou ik het anders hebben?'

'Is ze niet thuis?' vroeg Li verbijsterd.

'Zou ik het dan vragen?' snauwde mevrouw Campbell.

Mei Yuan verscheen achter haar. 'Je kunt beter binnenkomen, Li Yan. We wachten al ruim twee uur op haar.'

Mevrouw Campbell stapte onwillig opzij en liet Li door. Hij zei: 'Ze moest vanavond naar zwangerschapsgymnastiek.' Hij keek op zijn horloge. 'Ze had allang terug moeten zijn.'

'Dat zeggen we toch juist,' zei mevrouw Campbell ongeduldig.

Li liep langs hen heen de woonkamer in en greep de telefoon. Hij draaide het nummer van de centrale van Sectie Een. Toen de telefoniste opnam, zei hij: 'Met sectiehoofd

Li. Geef me rechercheur Suns privénummer.' Hij krabbelde dat op een blocnote, hing op en draaide weer. Na enkele ogenblikken klonk er een meisjesstem. 'Wen?' zei hij.

'Met wie spreek ik?' vroeg Wen behoedzaam.

'Met commandant Li.' Hij zweeg een ogenblik. 'Wen, was Margaret vanavond op zwangerschapsgym?'

'Margaret? Nee,' zei Wen. 'Ik was alleen.'

Li fronste zijn wenkbrauwen. 'Alleen?'

'Ja.'

'Sun Xi was toch mee?'

'Nee.'

Li was verbaasd. 'Maar hij vroeg me of hij vrij mocht om vandaag met je mee te gaan.' Tot zijn ontzetting begon Wen zacht aan de andere kant van de lijn te snikken. 'Wen? Is alles in orde?' En toen ze niet antwoordde: 'Wat is er?'

Haar stem trilde toen ze zei: 'Ik kan daar niet over praten. Ik wil er niet over praten.' En bij het ophangen hoorde hij haar hardop huilen.

'En?' Margarets moeder stond hem streng vanuit de deuropening aan te kijken.

'Ze was niet naar zwangerschapsgymnastiek.' De reactie van Wen had hem gealarmeerd en verbaasd, en hij begon zich nu grote zorgen om Margaret te maken. 'Ze heeft geen briefje of zo achtergelaten?'

'Niets,' zei Mei Yuan. 'Alleen haar kleren voor de bruiloft liggen op bed, alsof ze ze daar neergelegd heeft om aan te trekken.'

Li liep zwijgend langs de twee vrouwen door de gang naar de slaapkamer. De aanblik van de *qipao*, de kleine zijden slippertjes die ze gekocht had en het helder gekleurde geborduurde hesje naast de rode hoofddoek op het bed bezorgde hem een vreselijke knoop in zijn maag, en hij voelde de paniek in zich opkomen, maar zou niet precies kunnen zeggen waarom. 'Ik ga beneden met de beveiligingsman bij de poort praten,' zei hij.

En toen hij de lange gang in liep, hoorde hij hoe mevrouw Campbell hem met een schelle stem nariep: 'Je bent haar kwijtgeraakt, hè? Je bent mijn dochter kwijtgeraakt!'

Het duurde een eeuwigheid voor de lift de begane grond bereikt had. Li rende naar buiten, ging nog steeds hinkend de trap af en schuifelde door de sneeuw naar het kleine houten huisje, dat beschutting bood aan de beveiligingsman in zijn grijze uniform. De man zat binnen, warm ingepakt in zijn jas met zijn pet op, ineengedoken boven een klein kacheltje een sigaret te roken. Hij schrok door Li's plotselinge komst. Hij kwam onmiddellijk overeind.

'Je kent de Amerikaanse vrouw?' zei Li. 'Ze woont op de elfde verdieping.'

'Natuurlijk,' zei de beveiligingsman.

'Heb je haar vanavond gezien?'

'Ja, ze ging op haar fiets weg.'

'Op haar fiets?' Li kon het nauwelijks geloven. 'Weet je zeker dat zij het was?'

'Natuurlijk weet ik dat zeker. Ze gingen met z'n tweeen weg. Allebei op de fiets.'

'Met z'n tweeën?' Li schudde ontsteld zijn hoofd. 'Waar heb je het over?'

De man begon zich slecht op zijn gemak te voelen. 'Met de man die naar boven ging om haar op te zoeken,' zei hij. 'Hij kwam hier langs om te vragen of het wel het goede gebouw was. Ik zei dat ze op de elfde verdieping woonde.'

'Beschrijf hem,' snauwde Li.

De man haalde zijn schouders op. 'Ik weet het niet. Jong, begin twintig misschien, enigszins sjofel. Hij zag eruit als een arbeider.'

'Je zult beter je best moeten doen,' zei Li

De man trok een gezicht. 'Ik weet niet...' En toen herinnerde hij het zich. 'O ja, hij had een tatoeage. Op de rug van zijn hand. De kop van een slang of zoiets.'

En Li wist meteen dat het Dai Lili's broer geweest was.

Hij herinnerde zich de stuurse jongen bij Lili's ouders thuis, de slangentatoeage die zich rond zijn arm slingerde, met als hoogtepunt de kop op de rug van zijn hand. De telefoon aan zijn riem ging over. Hij was vergeten dat die daar hing. Wu had hem die van hem geleend, zodat hij altijd bereikbaar was. Na enig geklungel drukte hij de juiste toets in. 'Wei?'

'Commandant?' Het was Qian. 'We hebben een moord in de Verboden Stad. Plaatsvervanger Tao is onderweg.'

'En waarom bel je mij dan?' De onderbreking irriteerde Li. Men kon niet verwachten dat hij naar elke moord in de stad ging. En op het ogenblik maakte hij zich veel meer zorgen om Margaret.

'Ik dacht dat je het wilde weten, commandant. Blijkbaar is de hele Verboden Stad vanwege renovatiewerkzaamheden gesloten. Het bedrijf heeft een nachtwaker daar. Hij merkte een uur geleden ongeveer dat de oostelijke poort openstond en dat er zo'n zes paar voetsporen of meer in en uit gingen. Hij belde Openbare Veiligheid en verscheidene gewapende agenten gingen met zaklantaarns naar binnen en volgden de voetsporen in de sneeuw. Ze vonden in de noordwesthoek van het binnenplein voor het Chu Xiupaleis het lichaam van een jongeman met een doorgesneden keel. De nachtwaker herkende hem als een van de arbeiders die het bedrijf in dienst had.'

'En wat heb ík daarmee te maken?' vroeg Li ongeduldig.

'Omdat de dode jongen de broer is van de vermiste atlete, Dai Lili.'

III

De Donghuapoort stond stampvol politiewagens en auto's van de technische recherche. Blauwe en oranje lichten flit-

374

sten door de duisternis. Enkele tientallen geüniformeerde politieagenten stonden in groepjes te roken en te praten, en hielden de groeiende menigte nieuwsgierige toeschouwers op afstand. De schijnwerpers waren aangezet, zodat de rode muren en roodbruine daken die boven hen oprezen, levendig tegen de nachthemel waren afgetekend.

Li's jeep kwam brullend met zwaailicht door de Nanchizistraat en zwenkte de hoek om, Donghuamen in. Hij drukte op zijn claxon en de menigte week uiteen om hem door te laten. Hij sprong uit de auto en in zijn haast om bij de poort te komen viel hij bijna. Hij voelde dat iemand een hand uitstak om hem op te vangen. Een stem. 'Alles oké, commandant?'

Hij wrong zich langs de agenten die rond de open poort stonden en bleef plotseling staan. Daar tegen de muur stond Margarets fiets, met het stukje roze lint opvallend aan het mandje op haar stuur. Een meter verderop lag nog een fiets in de sneeuw. Juist toen Li opkeek, kwamen Tao en Wu de Verboden Stad uit. Tao was verbaasd hem te zien.

'Wat doe je hier, commandant?' vroeg hij kil.

Li kon nauwelijks een woord uitbrengen. Hij knikte naar de fiets met het roze lintje. 'Dat is Margarets fiets,' zei hij. 'Dr. Campbell. Ongeveer twee uur geleden verliet ze met Dai Lili's broer haar appartement.'

Wu zei: 'Bliksems, commandant, weet je dat zeker?'

Li knikte.

'Nou, ze is nu niet bij hem,' zei Tao grimmig. 'Er ligt daarbinnen maar één lichaam.'

'Ja, maar heel wat voetstappen,' zei Wu, terwijl hij verwoed op zijn kauwgum kauwde.

'Je kunt maar beter gaan kijken,' zei Tao, en hij leek oprecht bezorgd.

Li was zo geschokt dat hij zelfs niet kon antwoorden. Hij knikte zwijgend en vervolgens gingen de drie mannen terug door de poort, de Verboden Stad binnen. Alle lichten waren aan en de daken en stegen en de onmetelijke open ruimten gloeiden in de sneeuw als een middeleeuwse winterscène op een traditioneel Chinees schilderij.

Tussen verkeerspylonen was klapperend zwart-geel lint gebonden, zodat de onderzoekers de sporen in de sneeuw niet zouden verstoren, achtergelaten door de spelers van het drama dat zich hier ontvouwen had. Een drama waarvan de laatste akte tot de moord op Dai Lili's broer geleid had. Tao zei: 'Jammer genoeg hebben de nachtwaker en de agenten van Openbare Veiligheid, die hier het eerst waren, er niet op gelet waar ze hun voeten neerzetten. Je kunt zien waar hun voetafdrukken over de originele heen gaan.' Een stel oudere voetafdrukken was gedeeltelijk met verse sneeuw overdekt, maar nog steeds duidelijk zichtbaar. 'Gelukkig voor ons is het opgehouden met sneeuwen,' voegde Tao eraan toe. Li voelde zich allesbehalve gelukkig.

Op de binnenplaats van het Paleis van Opperste Elegantie lag het lichaam van Dai Lili's broer nog steeds op de plek waar Margaret en zijn zuster hem gevonden hadden. Maar hier was de sneeuw wreed verstoord en moeilijk te interpreteren. De fotograaf van de patholoog-anatoom had lampen neergezet en was bezig een nauwgezet fotografisch verslag van de plaats delict te maken. Patholoog-anatoom Wang stond in de verre hoek te roken en hij praatte zacht met het hoofd van de technische recherche, Fu Qiwei. Li, Tao en Wu volgden het lint rond de omtrek van het plein. Wang keek grimmig op en nam een diepe trek van zijn sigaret. 'Lijkt op die andere, commandant,' zei hij.

'Wat bedoel je?' vroeg Li.

'Veelvoudige steekwonden. Net als dat meisje in het Jingshanpark.'

Li keek Tao aan. 'Ik dacht dat zijn keel doorgesneden was.'

'O ja,' zei Wang. 'Dat was de doodsoorzaak.' En hij gebaarde dat ze hem moesten volgen naar een plek waar ze het lichaam konden zien zonder dat ze de plaats delict verstoorden. 'De keel is van links naar rechts doorgesneden. Dus de moordenaar was bijna zeker rechtshandig. Doorgesneden halsader en luchtpijp. Je kunt zien hoe het bloed spoot aan de manier waarop het op de sneeuw ligt. Hij moet binnen twee minuten dood geweest zijn.

'Je zei "veelvoudige steekwonden",' zei Li.

Wang knikte. 'Ergens tussen de dertig en de veertig. Als je goed kijkt, kun je zien waar de messen door zijn kleren gegaan zijn. Natuurlijk was hij toen al dood, dus hebben de wonden niet gebloed.'

'Messen?' vroeg Li. 'Meervoud?'

'Zowel aan het aantal wonden als aan het aantal voetafdrukken in de sneeuw zou ik zeggen dat er meerdere aanvallers waren. Minstens drie.' Hij keek naar Fu, die zonder iets te zeggen instemmend knikte.

'Waarom hem neersteken als hij al dood was?' vroeg Li.

'De dood door ontelbare zwaarden,' zei Tao rustig. Li keek naar hem. Tao keek op. 'Symbolisch,' voegde hij eraan toe. 'Zoals het achterlaten van een visitekaartje.'

Li wendde zich tot Fu Qiwei. 'Wat denk jij dat hier gebeurd is, Fu?'

Fu haalde zijn schouders op. 'Het is een kwestie van interpreteren, commandant. Ik kan je niet garanderen dat ik het bij het rechte eind heb, maar ik zal het proberen.' En vervolgens liep hij met hen over de binnenplaats, daarbij de gebeurtenissen interpreterend die zich hier afgespeeld hadden. Tao en Wu hadden het allemaal al gehoord, maar liepen toch mee. 'Zo te zien kwamen hier eerst twee mensen. Gedeeltelijk bedekte voetsporen. Het ene stel voetsporen is kleiner dan het andere. Het kan een vrouw geweest zijn. Ze gingen het paleis aan de noordkant binnen. Of tenminste, ze klommen naar de beschutting van het terras.'

Ze liepen achter hem aan het paleis zelf binnen, dat nu helder verlicht was. Fu wees naar de spullen die op de grond lagen. 'Iemand woonde hier, verscheidene dagen zo te zien. Lege blikjes, oude pakjes noedels. De kleren...' hij pakte met zijn witte gehandschoende handen een trainingsbroek op, '... sportspullen. Uniseks. Maar een klein maatje. Een vrouw waarschijnlijk.' En hij vond een lange zwarte haar als om te bewijzen dat hij gelijk had. 'Vreemd genoeg vonden we ook deze.' En hij haalde een plastic bewijszakje tevoorschijn en hield dat omhoog tegen het licht, zodat ze verscheidene lange blonde haren konden zien. 'Dus ze had gezelschap. Misschien een van de twee mensen die vanavond op bezoek kwamen.'

Li's maag draaide zich om en hij zag dat Tao hem nauwlettend gadesloeg.

'Feit is,' zei Fu, 'dat er een klein kacheltje is, maar geen lamp.' Hij zweeg een ogenblik. 'Maar aan de overkant van het plein, bij het lichaam, vonden we de resten van een kapotte olielamp. Voor wat het waard is, ik denk dat het volgende gebeurd kan zijn.' En hij leidde hen weer naar buiten, naar de trap. 'Je kunt hier één stel voetstappen de binnenplaats zien oversteken. Een van de eerste twee, deels overdekt. Dus ik denk dat een van de twee naar binnen ging, de blonde, en dat de andere, het slachtoffer, het plein overstak, waar hij door minstens drie aanvallers besprongen werd. Ze sneden zijn keel door, en toen hij dood was, knielden ze om hem heen in de sneeuw en staken hem herhaaldelijk in zijn borst en benen. De twee binnen hoorden iets. Ze kwamen met de olielamp naar buiten en vonden de jongen dood in de sneeuw. Vervolgens werden ook zij aangevallen. Nu wordt het interessant...' Ze volgden hem over het plein langs de veilige kant van het lint. 'Er is hier verdomde veel opschudding geweest. Gebroken glas, gesmolten sneeuw. We vonden flarden verbrande kleding. En dit.' Hij keek naar Tao en Wu. 'Ik vond het pas een paar minuten geleden, toe jullie al weg waren.' Hij scheen met zijn zaklantaarn op een vreemde, geblakerde afdruk in de sneeuw. 'Verdomd als dat niet op een afdruk van een gezicht lijkt.' En Li zag toen de vorm van een oog, een mond, een neus, een deel van een wang, de ronding van een voorhoofd. 'Ik vermoed dat iemand de brandende olielamp vol in zijn gezicht gekregen heeft en dat hij behoorlijk verbrand is. We hebben deeltjes gevonden waarvan ik vrij zeker weet dat het verbrand vlees en verschroeid haar zullen blijken te zijn.'

'Klote,' zei Wu, en hij keek vervolgens onmiddellijk naar Tao, terwijl hij zich afvroeg of hij weer tien yuan boete zou krijgen voor de boetepot. Maar Tao had het niet gehoord.

'Toen volgde er een achtervolging,' zei Fu. Ze volgden hem langs de galerij, de nauwe straat in naar het einde, waar meerdere paren voeten verschenen waren, die hun afdrukken in de sneeuw achtergelaten hadden. 'Je kunt zien dat die afdrukken er deze keer heel anders uitzien. Halve afdrukken nog maar, voornamelijk van de bal van de voet. Ze renden. De drie paar grotere voetafdrukken achter de twee kleinere aan, zou ik zeggen.'

Met een hart als lood volgde Li de man van de technische recherche door de straat, langs paleizen en paviljoens, steegjes en galerijen, verlicht nu door schijnwerpers, en de treden op naar het weidse plein voor de Qianqingpoort. Tao en Wu volgden zwijgend in hun kielzog.

'Ik vermoed dat de twee die vluchtten, aan de voetafdrukken te zien, waarschijnlijk de vrouwen waren. Ze moeten iets van een voorsprong gehad hebben, want je kunt duidelijk zien dat ze eerst naar een van die koperen potten gingen, met één stel voetsporen naar de andere. Ze moeten zich erin verstopt hebben.'

Li sloot zijn ogen, terwijl het afschuwelijke beeld van Margaret bij hem opkwam, die angstig in paniek in een van die potten hurkte. Het was bijna meer dan hij verdragen kon.

Fu zei: 'Met al dit licht kunnen we heel duidelijk hun sporen zien. Hoewel het toen donker was, vermoed ik dat hun achtervolgers ze ook gezien moeten hebben. De potten waren een slechte verstopplaats. Je kunt de andere voetafdrukken zien, die hen volgden, recht op de potten af, en vervolgens het geschuifel rond de potten toen ze de vrouwen eruit trokken. Er ligt hier wat bloed in de sneeuw.'

En ze keken naar een veeg levendig rood in het bevroren wit. Li keek snel de andere kant op. Hoe groot was de kans dat hij naar Margarets bloed in de sneeuw stond te kijken? Die gedachte kon hij niet aan en hij probeerde zich op de feiten te concentreren. Feiten die hem tenminste enige hoop gaven. Er was tenslotte maar één lichaam. 'Wat gebeurde er toen?' vroeg hij bijna fluisterend.

'Ze werden weggesleept,' zei Fu. Niemand had hem verteld dat de blonde vrouw hoogst waarschijnlijk Li's minnares was. 'Weer naar buiten door de Donghuapoort. Waarschijnlijk in een auto of zo gewerkt, en weg.'

Weg... waarheen? En waarom? Li probeerde diep na te denken, maar hij kon zich niet meer concentreren. Hij voelde een hand op zijn arm en draaide zich om. Hij zag dat Tao hem bezorgd aankeek. Li vroeg zich af of het werkelijk sympathie was die hij in die door dikke glazen vergrote, donkere ogen zag. 'Alles goed met je, commandant?' vroeg hij. Li knikte. 'We zullen haar vinden.' En er klonken onverwachte wilskracht en vastberadenheid in zijn stem.

Ze lieten Fu achter en liepen zwijgend terug naar de Donghuapoort, terwijl Li probeerde te bedenken wat er gebeurd moest zijn. Dai Lili's broer moest naar Margarets appartement gegaan zijn en haar overgehaald hebben om met hem naar zijn zuster te gaan. Woede laaide op in zijn borst. Waarom was ze in hemelsnaam meegegaan?

De jongen moet zijn zuster in de Verboden Stad verstopt hebben, maar het was nauwelijks een geheim dat Dai Lili Margaret wilde spreken. Dat had hij zelf aan chef de mission Cai verteld. Zou Cai erbij betrokken zijn, zoals hij eerst vermoedde? Li vervloekte zich nu om zijn indiscretie. Ze moeten Margaret in de gaten gehouden hebben, of de jongen. Of allebei. Hoe dan ook, ze moeten hen naar de Verboden Stad gevolgd zijn. Daar hadden ze de jongen vermoord en de twee vrouwen gegrepen. Waarom hadden ze de vrouwen niet ook gewoon vermoord? Waarom wilden ze hen levend hebben? Voor informatie misschien? Om erachter te komen wie wat wist? Als ze eens wisten hoe weinig Li er werkelijk van wist of begreep. Maar tot zolang bestond er misschien nog een piepklein kansje om Margaret te vinden voor ze vermoord werd. Wat ze ongetwijfeld gingen doen.

Ze kwamen in de schijnwerpers op Donghuamen tevoorschijn. Voor de poort was de menigte toeschouwers gegroeid. Het waren er nu meer dan honderd en ze rekten zich uit om een glimp op te vangen van wat er misschien aan de hand was, terwijl ze de geblafte bevelen negeerden van de agenten in uniform die hen achter het lint probeerden te houden.

Li wendde zich tot Wu. 'Ik wil een arrestatiebevel voor Fleischer en Fan Zhilong, de president-directeur van de Eén-China Recreatie Club. En ook voor chef de mission Cai Xin. Zodra we hen hebben, wil ik hen voor ondervraging op Sectie Een. Niemand praat met hen voor ik dat gedaan heb. Begrepen?'

'Komt voor elkaar, commandant.' Wu schoof een nieuw stukje kauwgum in zijn mond en haastte zich weg.

Tao liep met Li naar diens jeep. Hij pakte een sigaret en bood Li er een aan. Li accepteerde die zonder erbij na te denken en Tao gaf hun beiden vuur. Ze stonden een kleine minuut in stilte te roken. 'Het spijt me,' zei Tao ten slotte.

'Wat spijt je?'

'Alles.'

Een auto stopte achter Li's jeep en de lange bebrilde gedaante van professor Yang stapte uit, stevig in zijn warme winterjas gepakt. 'Sectiehoofd,' riep hij. En toen Li en Tao zich omdraaiden, liep hij voorzichtig maar snel door de sneeuw naar hen toe. 'Ik probeer Margaret al uren te bereiken. Ze vertelden me op Sectie Een dat je hier was.' Hij keek rond. 'Ik dacht dat zij hier misschien ook was.' In een overdreven gebaar zwaaide hij met elke voet om de sneeuw die eraan zat, van het glimmend zwarte leer van zijn gepoetste schoenen te schudden.

Li schudde zijn hoofd.

'Nou, dan moet ik de informatie maar aan jou doorgeven.'

'Ik heb nu eigenlijk geen tijd, professor.'

'Ik denk dat het belangrijk kan zijn, sectiehoofd. Ik weet dat Margaret het belangrijk vond.'

Dat was voldoende om Li's aandacht te krijgen. 'Wat?

De professor zette zijn montuurloze bril af en terwijl hij sprak, poetste hij de glazen met een schone zakdoek. 'Margaret vroeg me vanochtend of ik iemand kende die een genetische analyse kon maken van een bloedmonster dat ze van een zwemmer tijdens een lijkschouwing had afgenomen.'

'Sui Mingshan?'

'Precies. Nou, ik nam haar mee naar een vriend op de Beida, professor Xu, hoofd van de faculteit der biogene wetenschappen. Margaret wilde dat hij het bloedmonster analyseerde om te zien of hij bewijs van een genetische stoornis kon vinden.' Hij haalde zijn schouders op en zette zorgvuldig zijn bril weer op de brug van zijn neus, en streek het haar achter zijn oren. 'Ze nam me niet echt in vertrouwen, ons allebei niet. Maar ik weet dat ze meer hoopte te vinden.'

'En wat heeft professor Xu gevonden?' vroeg Li.

'O, hij heeft inderdaad veel meer gevonden,' zei Yang. 'Maar geen genetische stoornis. Hij vond genetische gemanipuleerde HERV.' Hij verwachtte dat Li onder de indruk zou zijn.

Maar Li fronste slechts zijn wenkbrauwen. 'HERV? Wat is dat in hemelsnaam?'

Yangs gezicht betrok toen hij zich realiseerde dat hij het moest gaan uitleggen. 'Ah,' zei hij. 'Dat is voor een leek geen erg makkelijk onderwerp.'

'Probeer het toch maar,' zei Li.

Yang schraapte zijn keel 'HERV. Dat is een acroniem, veronderstel ik. Uit het Engels. Menselijk endogeen retrovirus.'

'Retrovirus.' Li herinnerde zich dat Margaret het daar de avond ervoor over gehad had. 'Margaret vertelde me daar iets over. Het zit in ons DNA of zoiets.'

'Dus je bent geen volslagen beginner,' zei Yang.

'Misschien niet,' zei Li. 'Maar ik heb weinig tijd. Dus ga verder, professor.'

Yang keek Tao aan. 'Endogeen,' zei hij. 'Dat betekent dat wij het zelf produceren. Deze HERV zitten in ons allemaal, de virale resten van oeroude ziekten waaraan de mens tijdens zijn eerste stappen in de evolutie leed. Ze zijn niet langer schadelijk, maar ze zitten desalniettemin in het DNA van onze kiemlijn en worden van vader op zoon, moeder op dochter doorgegeven, een integraal deel van het menselijke genoom.' Hij keek om zich heen. 'Zoiets als voetafdrukken die in de wintersneeuw bevroren zijn. Maar dan voetafdrukken die de grens tussen genen en infecties overschrijden. Want het zijn eigenlijk geen genen, het zijn retrovirussen, of stukjes retrovirus, die in elke menselijke cel gevonden worden.' Zijn gezicht was een en al concentratie, in zijn poging de complexiteit ervan in kleine hapklare brokken op te delen, zodat de ander het misschien zou begrijpen. 'Feit is, sommige wetenschappers geloven dat ze, hoewel ze in een ruststadium verkeren, af en toe geactiveerd kunnen worden...'

'Door een virus,' zei Li. Hij herinnerde zich Margarets verwoorde gedachten.

Yang glimlachte. 'Ja,' zei hij. 'Dat kan door een virus, maar er zouden ook andere factoren kunnen zijn. Maar het punt is dat als ze eenmaal geactiveerd zijn, ze mogelijk voor sommige zeer gevaarlijke menselijke ziekten verantwoordelijk kunnen zijn.'

Li begon een sprankje licht te zien. 'Zoals de verdikking van de microvasculatuur van het hart?'

'Ja, ja, ik veronderstel van wel,' zei Yang, en ook hij begon de eerste sprankjes licht te zien.

Li zei: 'En jij zegt nu dat iemand... deze HERV genetisch gemodificeerd heeft?'

'Het lijkt erop dat er enkele uit de zwemmer gehaald zijn, op de een of andere manier gemanipuleerd en toen weer teruggestopt zijn.'

'Waarom?'

·Yang haalde zijn schouders op. 'Ik heb geen flauw idee, sectiehoofd. En professor Xu ook niet.' Hij trok zijn wenkbrauwen op. 'Maar ik denk zo dat Margaret het misschien wel weet.'

Li zei grimmig: 'Als ik wist waar ze was, dan zou ik het vragen.'

Yang fronste zijn wenkbrauwen, maar hij kreeg geen kans een vraag te stellen.

'Dank je,' zei Li. Hij tikte Tao op zijn arm en knikte naar de jeep. 'Stap in.'

Tao keek verbaasd. 'Waar gaan we naartoe?'

'Naar rechercheur Suns appartement.'

IV

Het busje slingerde en hobbelde over de bevroren geulen in de onverharde weg. Vanuit de achterbak, waar Margaret en Lili met vastgebonden handen en voeten gedwongen waren met hun rug naar de deur te zitten, kon Margaret de kop-lampen over een grimmig winterlandschap zien strijken. De skeletten van koude zwarte bomen dreven in en uit haar blikveld. Grote, zachte sneeuwvlokken sloegen tegen de voorruit, waarna ze door ondoelmatige ruitenwissers opzij geschraapt en uitgesmeerd werden.

Ze verging nu van de pijn en ze wist dat ze ernstig in de problemen zat. Ze voelde bloed warm en nat tussen haar benen, en elke venijnige schok van het busje had weer een scheut kramp in haar buik tot gevolg. Lili hield zich volko-men stil, maar Margaret kon haar angst voelen.

Het enige geluid dat tijdens de rit het monotone gedreun van de motor onderbrak, was het gekreun van de man die Margaret in brand gestoken had. Ze kon de geur van verbrand vlees en verschroeid haar ruiken. Ze kon hem bijna aanraken. In een deken gewikkeld lag hij opgerold achterin. Margaret vermoedde dat hij meer van angst dan van pijn huilde. Zijn brandwonden waren zo ernstig dat zijn zenuwuiteinden waarschijnlijk vernietigd waren. Mogelijk voelde hij helemaal geen pijn. Maar hij moest weten dat hij voor het leven verminkt was.

Nadat ze haar uit de koperen pot getrokken hadden, hadden ze haar op de grond geduwd en geschopt tot ze dacht dat ze haar ter plekke gingen vermoorden. Ze had zich als een foetus opgerold, in een poging haar baby te beschermen. Het maakte hun niets uit dat ze zwanger was. Ten slotte hadden ze de twee vrouwen naar de Donghua-poort gesleept en hen achter in het wachtende busje gegooid. Margaret dacht dat ze vanaf dat moment meer dan anderhalf uur onderweg waren.

Nu zag ze bakstenen gebouwen en leien daken, muren en poorten, met af en toe licht achter een raam, stapels bak-stenen langs de weg. Vanuit de zijmuur van de huizen sta-ken pijpen, die rook de nachthemel inbliezen. Margaret kon de houtrook ruiken. Ze gingen door een dorp. Margaret

wist niet welke kant ze op gegaan waren nadat ze de hoofdstad verlaten hadden. Ze konden overal zijn. Maar waar het
ook was, ze wist dat de kans was uitgesloten dat iemand
hen daar vond. Na enkele minuten lieten ze het dorp weer
achter zich en reden ze door een dicht kreupelbosje, waarna ze weer in open terrein kwamen. In de duisternis scheen
één enkel licht en geleidelijk aan werd het helderder naarmate ze dichterbij kwamen, tot het busje ten slotte met een
schok voor de poort van een ommuurd huisje tot stilstand
kwam. De dubbele groene deuren stonden open en het licht
dat ze gezien hadden, was een buitenlamp boven een deur
van wat een L-vormige bungalow leek.

De chauffeur en zijn passagier openden de portieren
van het busje en sprongen eruit. Een ogenblik later werden
de achterdeuren opengegooid, en Margaret en Lili vielen
bijna in de sneeuw. Ruwe handen grepen hen vast en trokken hen de vriesnacht in. Margaret was gekneusd, ze had
pijn, en de gewrichten in haar benen weigerden dienst,
begaven het onder haar. Ze kon nauwelijks staan. De twee
mannen hurkten in de sneeuw om hun voeten los te maken,
en ze werden door de poort geleid, langs een kronkelig pad
naar de deur van de bungalow. Margaret kon zien dat de
roodbakstenen woning recentelijk opgeknapt was. De kozij-
nen waren onlangs groen geverfd, de tuin lag er gesnoeid
en verzorgd bij onder een laag sneeuw. Onder de overhangende dakranden hingen kalebassen te drogen en het oranje van bevroren dadelpruimen sierde de raamrichels.

De deur was niet op slot en de twee vrouwen werden
naar binnen geduwd, een kleine woonkamer in. Een van de
mannen zette een schakelaar om en een fel geel licht zette
de kamer in scherp contrast. Gewitte muren, een betegelde
vloer bezaaid met vloerkleden. Een stel oude banken, een
schrijfbureau, een ronde eettafel voor een raam dat op de
tuin uitkeek. Twee houten stoelen met een rieten zitting
werden uit de andere kamer gehaald en Margaret en Lili

werden gedwongen naast elkaar te gaan zitten. Hun voeten werden weer vastgebonden, hun handen losgemaakt en weer aan de stoelleuning achter hen gebonden.

De mannen die hen naar binnen gebracht hadden, voerden zachtjes een dringend gesprek, en een van hen ging de tuin in om te bellen. Na enkele minuten kwam hij terug en gebaarde zijn vriend hem te volgen. De tweede man deed bij zijn vertrek het licht uit. Margaret en Lili hoorden de motor van het busje kuchend tot leven komen, en het gegier van de versnellingen toen het achteruitreed en glibberend een driekwart draai maakte, waarna ze snel wegreden in de nacht. De koplampen verdwenen in het duister.

Het duurde enige minuten voor Margaret haar stem vond. 'Wat zeiden ze?' vroeg ze, en het verbaasde haar hoe zwak haar stem in het duister klonk.

'Zij laten vriend medisch behandelen. Die verbrand zijn. De chauffeur praat met iemand aan telefoon en die zegt zij snel hier zijn.' Ook Lili's stem klonk kleintjes.

De touwen schuurden in Margarets polsen en enkels, en ze wist dat ze ze nooit los zou krijgen. Vervolgens zaten ze daar zwijgend. Het leek wel uren, maar misschien was het maar een kwartier of twintig minuten. En toen begon Lili zacht en onbeheerst te snikken. Ze wist dat ze gingen sterven. En Margaret wist dat ook. Margaret deed haar ogen dicht en voelde haar eigen tranen heet langs haar wangen lopen. Maar ze waren meer voor haar verloren kind dan voor haarzelf.

Na misschien nog tien minuten zagen ze door de zijramen licht op de muur tegenover hen vallen, en ze hoorden het verre geronk van een motor. Naarmate dat dichterbij kwam, groeide Margarets angst. Ze probeerde uit alle macht haar handen los te krijgen, maar slaagde er slechts in haar huid helemaal rauw te schuren.

Het voertuig stopte voor de poort. De koplampen gingen uit en vervolgens hoorden ze drie portieren dichtslaan.

Voetstappen knerpten door de sneeuw. Margaret draaide haar hoofd naar de deur toen die openging. Ze werd bijna verblind door het plafondlicht dat aanging, en een man die ze als dr. Hans Fleischer herkende, kwam binnen. Hij droeg een kameelharen jas met een zijden sjaal en leren handschoenen, en met zijn zongebruinde huid, ongeloofwaardig welvarend, leek hij hier niet op zijn plaats. Hij keek de twee vrouwen stralend aan en richtte vervolgens zijn blik op Margaret. 'Dr. Campbell, neem ik aan,' zei hij. 'Welkom in mijn nederige stulpje.' Zijn Engels was bijna accentloos.

Achter hem kwam nog een man binnen. Chinees, veel jonger, onberispelijk gekleed.

'Ik geloof niet dat je meneer Fan kent, mijn gulle weldoener,' zei Fleischer. 'Maar van jou weet hij alles.'

De president-directeur van de Eén-China Recreatie Club Beijing glimlachte en er verschenen kuiltjes in zijn wangen. Maar hij leek gespannen en zei niets.

Margaret merkte dat er een derde man binnengekomen was. Ze rekte zich uit om hem te zien, maar hij sloot net de deur achter zich en stond met zijn rug naar hen toe. Toen draaide hij zich om, en heel even laaide er hoop op in Margarets hart. Het was rechercheur Sun. En even snel doofde de vlam weer. Hij durfde haar niet eens aan te kijken. En ze wist dat ook híj een van de schurken was.

388

HOOFDSTUK TWAALF

I

Een gewapende bewaker van het Volksbevrijdingsleger, met de bontkraag van zijn lange groene jas omhoog, stond bij de achteringang van het ministerie van Staat en Openbare Veiligheid in het wachthuisje te klappertanden. Sneeuw verzamelde zich op zijn rode epauletten, op de glimmend zwarte klep van zijn pet en op zijn laarzen. Hij keek onbewogen naar Li en Tao, toen Li met zijn jeep de poort door reed en vervolgens rechts afsloeg, langs de gevel van de appartementencomplexen die voor ondergeschikte ambtenaren van Openbare Veiligheid en hun gezin bestemd waren. Het licht uit de ramen viel in gele rechthoeken over de sneeuw.

Li stopte voor het derde gebouw. Hij en Tao stapten uit en namen de lift naar de zevende verdieping. Vanuit het raam op de overloop kon Li de lichten van zijn eigen appartement in het gebouw voor hooggeplaatste ambtenaren zien, en hij wist dat zijn vader daar helemaal alleen op hem zat te wachten. Hij had hem al 48 uur niet gezien. En hij had geen flauw idee hoelang hij het nog zijn eigen appartement kon noemen. Maar dat deed er allemaal niet toe. Het maakte hem niets uit of hij morgen nog politieman of gewoon een burger was, of hij met Margaret getrouwd was of niet, of ze samen een appartement deelden of dat ze apart woonden. Het enige wat telde, was haar vinden voor ze haar zouden ombrengen.

Tao klopte hard op Suns deur en na enkele ogenblikken deed Wen open. Het viel Li onmiddellijk op hoe oud ze in die paar dagen leek te zijn geworden. Ze had donkere kringen onder haar ogen en rode vlekken op haar bleke wangen. Ze leek niet verbaasd hen te zien.

'Hij is er niet,' zei ze mat.

'Mogen we binnenkomen?' vroeg Li.

Ze ging zwijgend opzij en ze liepen langs haar heen, een klein halletje in. Ze deed de deur dicht en bracht hen naar een woonkamer met een verglaasd terras, dat uitkeek over de Zhengyiweg. Het was bijna net zo'n appartement als Li zoveel jaren met zijn oom Yifu gedeeld had. In de kamer stonden erg weinig meubelen, en tegen een van de muren stonden nog steeds pakkisten gestapeld. Midden op de vloer was er eentje gedeeltelijk uitgepakt. De inhoud ervan lag verspreid op de grond.

Wen droeg een strak hesje, dat de bolling van haar kind benadrukte. Ze stond met haar handpalmen op haar heupen, net boven haar billen, een houding die Li Margaret vaak had zien aannemen. Het was alsof er een elektrische schok door hem heen ging.

'Waar is hij?' vroeg Li.

Ze schudde haar hoofd. 'Geen idee.'

Hij keek haar een ogenblik nadenkend aan. 'Waarom begon je te huilen toen ik je belde?'

Ze zoog haar onderlip naar binnen en beet erop om te voorkomen dat ze weer ging huilen. 'Ik weet nooit waar hij is,' zei ze. Haar stem begaf het. 'Sinds ik hier ben, heb ik hem nauwelijks gezien.' Ze gebaarde met haar hand naar de pakkisten. 'Ik moet dit allemaal zelf doen. We hebben al dagen niet samen gegeten. Hij komt pas om twee, drie uur 's nachts thuis.' Ze kon niet voorkomen dat er snikken in haar keel opwelden. 'Net als in Kanton. Er is niets veranderd.'

'Hoe ging het dan in Kanton?' vroeg Li kalm.

Ze veegde nieuwe tranen weg. 'Hij was altijd weg, de halve nacht soms.' Ze haalde diep adem in een poging zichzelf onder controle te krijgen en ze keek omhoog naar het plafond, alsof dat haar misschien kon helpen. 'Als het een andere vrouw geweest was, dan zou dat misschien makkelijker voor me zijn geweest. Misschien kun je met een andere vrouw wedijveren.' Ze keek Li aan. 'Het was een gokker, sectiehoofd. Hij was er dol op. Hij kon geen weddenschap laten lopen.' Ze zweeg een ogenblik. 'Hoe kun je daarmee wedijveren?' Ze durfde hen daarop niet aan te kijken en liep naar het terras, met haar armen onder haar borsten gevouwen, in een gebaar van zelfbescherming. Ze ging voor het glas staan en staarde naar buiten, de besneeuwde duisternis in. 'Hij had vreselijke schulden. We moesten bijna alles verkopen. En toen, toen hij die baan hier kreeg, dacht ik dat het misschien een nieuwe start zou zijn. Hij beloofde het me... voor de baby.' Ze liep de kamer weer in en schudde hulpeloos haar hoofd. 'Maar er veranderde niets. Hij gedraagt zich zo raar, ik ken hem helemaal niet meer. Ik weet niet of ik hem ooit wel gekend heb.'

Haar beschrijving van een jongeman van wie hij ooit gedacht had dat die een jongere versie van zichzelf was, schokte en verbijsterde Li. Het was niet de Sun Xi die hij kende of dacht te kennen, de rechercheur die hij de hand boven het hoofd had gehouden en had aangemoedigd. En hij was zelfs nog meer geschokt door het feit dat hij hem zo verkeerd beoordeeld had. Hij keek naar Tao. Had hij het ook mis gehad wat het zijn plaatsvervanger betrof? Wat had commissaris Hu ook alweer tegen hem gezegd? *Loyaliteit is niet iets wat met de baan komt, die moet je verdienen.* Hij had beslist niets gedaan om Tao's loyaliteit te verdienen. Misschien was hij per slot van rekening toch niet geschikt om leiding te geven.

Tao zei tegen Wen: 'Als je zegt dat hij zich raar gedraagt, wat bedoel je dan?'

Haar adem stokte en ze gooide wanhopig haar handen in de lucht. 'Ik vond een opgevouwen stukje papier in een van zijn jaszakken. Er stond een gedicht op. Het een of andere stomme gedicht, dat helemaal nergens op sloeg. Toen ik ernaar vroeg, werd hij razend. Hij griste het uit mijn hand en beschuldigde mij ervan hem te bespioneren.'

Tao fronste zijn wenkbrauwen. 'Wat voor gedicht?'

'Dat weet ik niet, gewoon een gedicht. Een paar dagen later vond ik het tussen de bladzijden van een boek op zijn nachtkastje. Ik zei toen niets, want ik wilde er niet weer van beschuldigd worden hem te bespioneren.'

'Is het er nog?' vroeg Li.

Ze knikte. 'Ik haal het wel.'

Ze kwam enkele ogenblikken later terug met een smoezelig, in vieren gevouwen, langs de vouwen versleten stuk papier. Ze stak het Li toe. Hij pakte het aan, vouwde het voorzichtig open en legde het op tafel. Hij en Tao leunden eroverheen. Het gedicht was in nette karakters geschreven. Het had geen titel en was aan niemand opgedragen. En zoals Wen al zei, sloeg het nergens op.

We lopen in de groene bergen, over smalle paden, door
    dalen en baaien,
Het water van de hoge heuvelen kun je horen murmelen.
Honderden vogelen blijven in de afgelegen bergen zingen.
Het is moeilijk voor een man tienduizend li te lopen.
Je wordt geadviseerd geen slechte reiziger te zijn
Die al hongerend en kou lijdend Kwan Shan elke nacht
    bewaakt.
Iedereen zei dat hij de piek van Wa Shan moest bezoeken.
Ik zal alle acht bergen van Wa Shan langsgaan.

Li was volslagen onthutst. 'Wat een waardeloos gedicht,' zei hij.

Tao zei kalm: 'Dat geldt voor alle triadegedichten.'

Li keek hem met half dichtgeknepen ogen aan. 'Wat bedoel je?'

'Het is een traditie, die min of meer in onbruik geraakt is,' zei Tao. 'Maar er zijn nog enkele triades die het gebruiken. Leden krijgen een persoonlijk gedicht, dat ze uit hun hoofd moeten leren. Ze kunnen erover ondervraagd worden, om hun identiteit te verifiëren.' Hij pakte het stuk papier. 'Maar ze worden verondersteld het te vernietigen als ze het eenmaal uit hun hoofd kennen.'

Met groeiend ongeloof luisterde Wen naar hun gesprek. 'Wat bedoel je, triades?' zei ze. 'Beweer je dat Sun Xi lid van een triade is? Ik geloof er niets van.'

Tao keek Li aan en haalde zijn schouders op. 'Na de overdracht van Hongkong was Kanton een van de eerste gebieden op het vasteland van China waar de triades weer naartoe verhuisden. Als Sun met gokken in financiële moeilijkheden geraakt was, zou hij voor een triade een uitstekende kandidaat zijn geweest om te rekruteren. En ook iets om trots op te zijn. Een rechercheur van politie.'

'Nu zelfs nog meer,' zei Li, 'nu hij in Beijing elitelid is van de centrale recherche aldaar.' Hij voelde zich misselijk, toen hij zich plotseling herinnerde wat Mei Yuan over hem gezegd had. *Hij liegt te gemakkelijk*, had ze gezegd. En hij was Suns mentor en vertrouwensman geweest. Hij had hem als de koekoek in het nest verzorgd. Door zijn persoonlijke afkeer van Tao had hij op alle verkeerde plekken gekeken. Hij durfde zijn plaatsvervanger nauwelijks aan te kijken. 'Ik vermoed dat ik je een verontschuldiging verschuldigd ben,' zei hij.

'Waar hebben jullie het over?' Wen was bijna hysterisch. 'Hij is geen lid van een triade, hij kan geen lid zijn!'

Tao besteedde geen aandacht aan haar. Hij zei tegen Li:

'Verontschuldigingen zijn nu niet belangrijk, commandant. We moeten dr. Campbell vinden.'

II

Een klein lampje op een bijzettafeltje ergens dichtbij zorgde voor het enige licht in de kamer. Fleischer had het plafondlicht uitgedaan. 'Mijn ogen zijn naarmate ik ouder word steeds gevoeliger geworden,' had hij onnodig uitgelegd.

Toen leunde hij over haar heen, alsof hij haar beter wilde bekijken. Hij had een warm, vriendelijk gezicht, vaderlijk. Hij was met zijn gladde grijze haar en korte zilvergrijze baard net een oude familievriend. Betrouwbaar en sympathiek. Tot je zijn ogen zag. Toen hij in het licht naar voren leunde, had Margaret er recht in gekeken, en ze bedacht dat ze in haar leven nog nooit zulke kille blauwe ogen gezien had.

Ze begon nu moeite te krijgen zich te concentreren. Om de paar minuten overviel haar een bijna ondragelijke kramp en ze was bang dat ze, nog steeds aan haar stoel gebonden, ter plekke zou bevallen.

Fleischer merkte niets van haar pijnlijke toestand en ze kreeg de indruk dat hij haar wilde imponeren, zich zat op te doffen voor iemand die wellicht zijn genialiteit op waarde kon schatten. Hij leek ook de anderen in de kamer niet op te merken. President-directeur Fan en rechercheur Sun, die zich ergens net buiten het licht van de lamp ophielden, waren vage gedaantes, en Margaret kon zelfs door haar pijn heen voelen hoe ongeduldig ze waren. En de arme Dai Lili. Ze telde gewoonweg niet mee. Een proefkonijn. Een mislukt experiment. In elkaar gezakt op haar stoel jammerde ze zacht.

'We hadden er bij elkaar zeven uitgezocht,' zei Fleischer. 'We zorgden ervoor de belangrijkste disciplines te vertegenwoordigen: sprint, de langere afstanden, een zwemmer, een gewichtheffer en een wielrenner. Stuk voor stuk hoorden ze bij de beste vijf van hun respectievelijke sport. Getalenteerd reeds, maar noodzakelijkerwijs nog geen goudenmedaillewinnaars. En daar ging het om. Ze moesten goed zijn om mee te beginnen.' Hij stapte rusteloos in en uit het licht, door zijn eigen virtuositeit gedreven.

'En wat deed je met hen?' vroeg Margaret. Ze deed haar hoofd naar achter en dwong zich op hem te concentreren.

'Ik maakte hen beter,' zei hij trots. 'Ik produceerde de eerste genetisch gemanipuleerde winnaars in de geschiedenis van de atletiek. Genetische manipulatie van mensen.' Hij zweeg een ogenbik en grijnsde. 'Wil je weten hoe ik het deed?'

En dat wilde Margaret, ondanks haar pijn en de hachelijke situatie waarin ze verkeerde. Maar verdomd dat ze dat Fleischer zou laten blijken. Dus zei ze niets en keek hem alleen maar uitdagend aan.

'Natuurlijk wil je dat,' zei hij. 'Je denkt dat ik dat niet weet?' Hij trok een stoel uit de duisternis in de kring van licht. Hij draaide hem om, zodat hij er schrijlings op kon zitten en op de leuning kon leunen. Hij keek Margaret aandachtig aan terwijl hij sprak. 'Alle doping die die idiote atleten op de hele wereld gebruiken om hun prestaties te verbeteren, zijn synthetisch. Na-apers. Het enige wat ze kunnen, is proberen datgene te evenaren wat het lichaam van de beste, natuurlijke atleten ter wereld helemaal zelf doet. Echte testosteron en menselijk groeihormoon, die voor spieren en kracht zorgen. Endogene epo, die zuurstof aan vermoeide spieren levert. Dat maakt winnaars, dat maakt kampioenen.' Hij haalde zijn schouders op. 'In elk geval is het tegenwoordig moeilijk om ongemerkt doping te nemen. Hier in China pakten ze het na alle gênante zaken in de jaren negentig met harde hand aan. Het is nu illegaal om atleten doping te verschaffen. Een atleet die schuldig aan doping bevonden wordt, staat hier vier jaar uitsluiting te wachten. Voor zijn coach kan dat wel vijftien jaar zijn.' Hij grijnsde weer. 'Dus moeten we ietsje slimmer zijn, want tegenwoordig kunnen ze te allen tijde testen. Als je een verboden product gebruikt hebt, kun je dat met een kennisgeving van slechts 24 uur van tevoren, godsonmogelijk uit je systeem krijgen. Dus doe ik twee dingen.' Hij stak een vinger op. 'Ten eerste programmeer ik het lichaam zo dat het op een natuurlijke manier produceert wat het nodig heeft. Als je hardloopt, verhoog ik het testosteron. Als je lange afstanden loopt, verhoog ik de epo. Als je aan gewichtheffen doet, verhoog ik het groeihormoon.' Hij stak een tweede vinger op. 'En ten tweede, als ze je willen testen, programmeer ik je lichaam zo dat het overtollige vernietigd wordt.'

Margarets adem stokte toen ze weer een wee kreeg en ze vroeg zich heel even af of Fleischer dacht dat ze dat misschien uit bewondering voor hem deed. Ze regelde haar ademhaling en voelde het koude zweet op haar voorhoofd uitbreken. 'Hoe?' slaagde ze erin te vragen.

'Ah,' zei Fleischer. 'De 64 duizend dollar-vraag. In dit geval misschien wel de 64 miljóen dollar-vraag.'

'Ik veronderstel dat deze atleten er daarom in toestemden proefkonijn te zijn? Voor het geld?'

'O, ten dele wel ja, doctor, maar alleen ten dele. Je moet jezelf afvragen waarom een atleet wil winnen. Waarom verdragen ze al die verpletterende pijn en al dat harde werken, al dat bloed, zweet en die tranen? Tenslotte deden ze dat lang voor de geldelijke beloningen het financieel de moeite waard maakten.' Hij zweeg zo lang dat ze tijd genoeg had om over die vraag na te denken. En toen beantwoordde hij die voor haar. 'Verwaandheid, doctor. Zo simpel is het. Een wanhopige behoefte aan zelfrespect of het respect van anderen. Roem, faam. En ze maken er totaal doelbewust jacht op.' Hij grinnikte. 'Dus, snap je, het was niet moeilijk om hen over te halen. Tenslotte beloofde ik hun wat ze allemaal wilden. Als een god kon ik winnaars van hen maken. Of niet. Aan hen de keuze. Maar het was onweerstaanbaar.'

'Alleen voor valsspelers,' zei Margaret.

Fleischer reageerde verontwaardigd. 'Ze speelden niet vals. Ze namen geen doping. Ik manipuleerde hen genetisch, zodat ze beter werden. Op een natuurlijke manier. Het is de toekomst, doctor, dat moet jij toch weten. De verhoging van de menselijke prestaties door middel van genetische manipulatie. En niet alleen bij atleten. We spreken hier over alle aspecten van het menselijk leven. Gezondheid, intelligentie, lichamelijke mogelijkheden. Weldra zullen we allemaal een pilletje kunnen slikken om ons op alle mogelijke manieren te verbeteren. Medicijnen om in plaats van de zieken degenen die gezond zijn genetisch te behandelen. En er kan een vermogen mee verdiend worden. Gezonde mensen kunnen werken en voor hun medicijnen betalen. Ze leven langer dan zieke mensen, dus kunnen ze ook langer hun medicijnen kopen. Zieke mensen worden beter of gaan dood. Het is het een of het ander, maar ze houden op met het kopen van medicijnen. Gezonde mensen worden beter en beter, zoals mijn atleten.'

'Echt waar?' Margaret was niet onder de indruk. 'Zes zijn er dood. Er zijn weinig lijken die een wedstrijd winnen.'

Fleischer fronste zijn wenkbrauwen en schudde haar ongewenste observatie van zich af als een irritant insect dat rond zijn hoofd zoemde. 'Een foutje,' zei hij, 'dat we kunnen rechtzetten.'

Margaret groef haar vingernagels in de palmen van haar handen om te voorkomen dat ze flauwviel. Met een geweldige inspanning zei ze: 'Je hebt me nog niet verteld hoe je het gedaan hebt.'

De glimlach verscheen weer op het gezicht van de Duitser. 'HERV,' zei hij.

Margaret fronste haar wenkbrauwen: 'HERV?'

'Je weet wat HERV zijn?'

'Natuurlijk.'

Hij was zichtbaar verheugd. 'Het is zo heerlijk eenvoudig, doctor, ik krijg er kippenvel van elke keer als ik eraan denk. Ongeveer één procent van het menselijk genoom bestaat uit endogene retrovirussen. Ik koos de variant HERV-K, omdat bekend is dat die functionele genen draagt. Het was makkelijk zat om stukjes HERV-K uit bloedmonsters te isoleren en om die stukjes dan te vermeerderen door ze in een bacterie te klonen. Volg je me nog?'

'Maar net.' Margarets stem was niet meer dan een gefluister, maar haar hersenen deden het nog volop, en ze voelde zich op de een of andere manier onweerstaanbaar aangetrokken tot Fleischers ijzig blauwe ogen en het bijna hypnotische behagen dat hij in zijn eigen genie schepte.

'Ik ben in staat het gekloonde HERV te manipuleren, daarin genen met een unieke promotor vast te leggen die de hormoonproductie kan stimuleren. In sommige gevallen stimuleert de promotor het lichaam van de atleet om verhoogde hoeveelheden testosteron te produceren, of menselijk groeihormoon. Bij anderen stimuleert het een verhoging van de hoeveelheid epo. Het hangt ervan af of we de snelheid van een sprinter of de kracht van een gewichtheffer willen verhogen, of het uithoudingsvermogen van een afstandloper of wielrenner.' Hij leunde verder naar voren in het licht. 'Wist je dat epo de prestatie tot op veertien procent kan verhogen? Veertien procent! Dat geeft een atleet een fenomenale voorsprong. Als je lange afstanden loopt en al tot de beste vijf van de wereld hoort, word je onverslaanbaar. Elke keer win je.'

Ondanks alles vond Margaret het concept zowel fascinerend als gruwelijk. Maar nog steeds begreep ze niet alles. 'Maar hoe? Hoe werkte het, hoe deed je dat?'

Hij schoot in de lach. 'Ook dat was eenvoudig. Ik spoot

ze met hun eigen HERV in. Simpelweg een injectie, en het gemanipuleerde retrovirus bracht de nieuwe genen regelrecht naar het chromosoom.'

Margaret schudde haar hoofd. 'Maar als deze atleten plotseling een overmaat gaan aanmaken van een bepaald hormoon dat je geprogrammeerd hebt, krijgen ze daar een overdosis van. Ze zouden eraan sterven.'

Dat vond Fleischer ontzettend leuk. Hij schoot in de lach. 'Het spijt me, doctor. Maar je denkt vast dat ik ongelooflijk stom ben.'

'"Stom" is niet het woord dat ik zou gebruiken om jou te beschrijven,' zei ze. Ze deed haar best het oogcontact te bewaren.

Zijn glimlach verdween langzaam. 'De genen kunnen aan- en uitgezet worden,' snauwde hij. 'Als je wilt dat ik technisch word, de hormoonpromotor wordt door een chemische stof geïnitieerd, die op zijn beurt herkend wordt door enzymen die op de promotor inwerken om het mRNA te synthetiseren voor de aanmaak van het proteïnehormoon.'

'Je kunt zo technisch zijn als je wilt,' slaagde Margaret erin droogjes te zeggen. 'Maar dat betekent niet dat ik het begrijp.'

Fleischer glimlachte daarop zelfvoldaan. Hij had weer het overwicht. 'Dan zal ik het eenvoudig voor je houden. De ene chemische stof activeert het gen, de andere schakelt het weer uit. En een derde chemische stof activeert weer een tweede HERV.'

'Wat is de functie van dat tweede HERV?'

'De derde chemische stof zorgt ervoor dat het enzym protease in het tweede gemanipuleerde HERV het overtollige hormoon letterlijk opeet. Het kan à la minute geactiveerd worden, zodat de aanwezigheid van toegenomen hormoon in het systeem niet opgespoord kan worden. Heel eenvoudig, want het is er niet meer.' Hij maakte een geringschattend gebaar met zijn hand. 'Zuiver een verfijning, want uiteindelijk kunnen het IOC en hun stomme testinstanties niet zeggen dat een natuurlijk geproduceerd, endogeen hormoon doping is.'

Margaret liet een nieuwe golf van pijn over zich heen spoelen. Daarna probeerde ze zich weer te concentreren. 'Dus zorgde je ervoor dat deze zeven atleten zelf juist dat hormoon produceerden waarvan ze in hun speciale discipline het meeste profijt hadden. En ook de mogelijkheid het à la minute uit hun systeem te spoelen, zodat ze nooit van dopinggebruik beschuldigd konden worden.'

'Zoals jij het zegt, klinkt het wel duivels eenvoudig. Wil je niet weten hoe ze de hormoonproducerende genen aan en uit konden schakelen?'

'Dat heb ik zelf al bedacht,' zei Margaret.

'O ja?' Fleischer was verbluft, misschien ietwat teleurgesteld.

'De flesjes aftershave en parfum.'

Zij glimlach werd iets minder enthousiast. Ze had zijn vuurwerk gestolen. 'Je bent een heel slimme vrouw, nietwaar dr. Campbell? Inderdaad, de verstuivers werken als een gas. De atleet hoeft alleen maar te sprayen en te inhaleren, en de unieke chemische samenstelling van elke geur wordt door de longen opgenomen en stuurt zo de vereiste boodschap naar het bestemde gen. Hormoon aan, hormoon uit.'

'En het mondwater?'

'Die zet de destructieve protease ertoe aan het overtollige hormoon op te eten.' Hij ging rechtop op zijn stoel zitten en straalde triomfantelijk naar haar. 'Genetisch gemanipuleerde winnaars. Met praktisch de garantie dat ze elke keer eerste worden.'

Vanuit de diepte van haar ellende keek Margaret hem aan, met in haar blik iets wat bijna haat was. 'Wat ging er verkeerd?'

Zijn gezicht betrok en al zijn zelfvoldane ijdelheid verdween ogenblikkelijk. 'Dat weet ik niet,' zei hij. 'Nou, niet precies. Het geïntroduceerde en het endogene HERV recombineerden op de een of andere manier met elkaar. Er gebeurde iets wat we nooit hadden kunnen voorzien. Een nieuw retrovirus, dat de microscopische slagadertjes van het hart aanviel.' Lange tijd was hij in gedachten verzonken en hij staarde daarbij in de verte. Toen, bijna alsof hij zich realiseerde dat hij nog publiek had, zei hij: 'Natuurlijk wisten we dat in het begin niet. Alles ging zo goed, al onze atleten wonnen. We hielden hen uiterst nauwlettend in de gaten. En toen, plotseling, viel onze wielrenner zonder enige waarschuwing dood neer. Natuurlijk wist ik onmiddellijk dat er een probleem was. Maar het laatste wat we wilden was wel dat iemand lijkschouwing op hem verrichtte. Dus regelden we het dat hij bij een "ongeluk" omkwam. Het lichaam werd uit de lijkkist gehaald nog voor het in het crematorium verbrand werd, en zo konden we onze eigen lijkschouwing verrichten. Toen ontdekten we de verdikking van de microvasculatuur.'

'En je wist dat je retrovirus dat veroorzaakt had?'

'Nee, niet onmiddellijk. Pas toen de drie sprinters van het estafetteteam ziek werden nadat ze griep gehad hadden, begon ik het verband te zien. We wisten dat de wielrenner griep had gehad vlak voor hij dood neerviel. Toen besefte ik dat het retrovirus door het griepvirus geactiveerd werd en dat er niets was wat we konden doen. We hielden alle drie atleten in onze kliniek, waar ze een paar dagen na elkaar stierven. Een lijkschouwing op een van hen, nadat hij "gecremeerd" was, bevestigde mijn vrees helemaal.'

'Dus nog voor iemand anders erachter kon komen, besloot je je van de rest van je proefkonijnen te ontdoen.'

'Het risico was te groot.' Ze schrokken allebei toen Fan Zhilong het licht binnenliep. Ze waren beiden vergeten dat er nog anderen waren. Hij zei: 'We konden het ons natuurlijk niet veroorloven dat een van onze atleten bang werd en ging praten.'

Margaret keek hem vol walging aan. Ze zag alleen zijn dure kapsel en zijn maatpak, zijn gemanicuurde handen en zijn aanmatigende, zelfverzekerde onkwetsbaarheid. 'En jij financierde dit allemaal?' Hij knikte bij wijze van bevestiging. 'Waarom?'

'Waarom?' Hij leek zich te amuseren over wat hij duidelijk een domme vraag vond, en de kuiltjes verschenen in zijn wangen. 'Omdat ik een gokker ben, dr. Campbell. Wij hier zijn allemaal gokkers. En zoals alle gokkers jagen we het onmogelijke na in het leven. Absolute zekerheid.' Zijn hooghartige glimlach reikte niet tot aan zijn ogen. 'En er bestaat nauwelijks een veiligere weddenschap dan eentje op een atleet die gegarandeerd wint. Ons kleine experimentje hier in China, in de genetische manipulatie van mensen, zou alleen maar het begin zijn geweest. Als dat geslaagd was, zouden er overal op de wereld atleten geweest zijn die zich met niet al te veel overredingskracht bij onze winnaarsclub aangesloten zouden hebben. Een lidmaatschap dat garant staat voor succes. De beloningen zouden mogelijk in de miljoenen hebben kunnen lopen. Tientallen, misschien wel honderden miljoenen.'

'Alleen bestaat er niet zoiets als absolute zekerheid, nietwaar dr. Fleischer?' Margaret richtte haar minachting op de Duitse doctor en zag dat hij plotseling een stuk ouder leek. Door al Fans gepraat over "zouden" en "als" zag hij misschien ten slotte in dat het allemaal voorbij was. 'Je moet wel erg trots op jezelf zijn. Jonge atleten in Duitsland er met een foefje toe brengen doping te nemen, waardoor ze doodgingen of invalide werden. En vervolgens de hebzucht en onzekerheid van jonge Chinese atleten uitbuiten om je krankzinnige idee van een genetisch gemanipuleerde wereld na te streven. Alleen maar om hen en passant te vermoorden. Ook in de wetenschap bestaat er niet zoiets als absolute zekerheid. Tenzij je denkt dat je God bent. Alleen goden worden verondersteld onfeilbaar te zijn, toch?'

Fleischer keek haar lange tijd zuur aan. Toen stond hij langzaam op uit zijn stoel. 'De volgende keer lukt het me wel,' zei hij.

'Ik ben bang dat er geen volgende keer zal zijn,' zei Fan. En Fleischer draaide zich verbaasd om toen Fan een klein pistool uit zijn binnenzak haalde en recht in het gezicht van de oude man schoot.

Lili gilde toen Fleischer even naar achter wankelde. Er stroomde bloed uit de plek waar vroeger zijn neus zat. Toen viel hij op zijn knieën en viel hij voorover op de grond. Margaret schrok bijna nog meer van het gegil dan van het schot. Ze was vergeten dat Lili er was. De jonge atlete had gedurende het hele gesprek geen kik gegeven.

Fan stapte kieskeurig achteruit om te voorkomen dat hij Fleischers bloed op zijn schoenen kreeg. Hij keek Margaret aan. 'De politie is veel te dicht bij de waarheid,' zei hij. 'We moeten ál het bewijs vernietigen.' En hij richtte zijn pistool op Margaret en schoot weer. Margaret kneep haar ogen stijf dicht, terwijl ze zich schrap zette tegen de schok van de kogel. Maar ze voelde niets, alleen het oorverdovende geluid van het tweede schot in de beperkte ruimte galmde door haar hoofd. Er was een ogenblik van stilte en verwarring, en ze deed op tijd haar ogen open om Lili met stoel en al voorover op de grond te zien vallen. Het grootste deel van haar achterhoofd was weg.

Margaret voelde dat ze de controle over haar lichaam en geest begon te verliezen. Ze wilde gewoon dat het allemaal voorbij was. Maar Fan had niet echt haast.

'Ik veronderstel dat je vriendje zich gaat afvragen wat er met je gebeurd is,' zei hij zacht. 'Misschien denkt hij wel dat je gewoon van gedachten veranderd bent wat betreft het huwelijk en dat je terug naar Amerika bent gegaan. Misschien kan het hem ook niets schelen. Maar één ding is wel

zeker, hij zal je nooit vinden. Dus zal hij het nooit weten.'
Hij draaide zich om en knikte naar Sun, die zich nog steeds
buiten de lichtkring ophield. 'Jij doet het.'

Sun deed een stap naar voren. Hij zag er bleek en
geschokt uit. 'Ik?'

'Ik hoef meestal niet iets twee keer te vragen,' zei Fan.

Zonder haar aan te kijken haalde Sun zijn wapen uit
een holster, die hoog onder zijn leren jasje vastgemaakt was,
en hij richtte dat onzeker op Margaret. Ze keek hem recht
aan, terwijl de tranen stilletjes over haar wangen rolden.
'Heb in elk geval de moed me aan te kijken, Sun Xi,' zei ze.
En ze zag de angst en verwarring in zijn ogen toen die
omhoogschoten en haar aankeken. 'Ik hoop dat je kind, als
het geboren is, trots op je is.' Gesnik welde op in haar keel,
waardoor ze kortstondig van haar spraakvermogen beroofd
was. Ze ademde in, terwijl ze een poging deed zichzelf
onder controle te krijgen, vastbesloten haar zegje te doen.
'En ik hoop dat je mij ziet, elke keer als je hem aankijkt, en
dat je je mijn kind herinnert.'

'Schiet op, zeg!' snauwde Fan ongeduldig. Sun draaide
zich om en schoot Fan een kogel midden in diens voorhoofd. Fan had nauwelijks tijd om zich te verbazen. Hij was
dood voor hij de grond raakte.

Sun wendde zich weer tot Margaret. Hij schudde zijn
hoofd. En door haar eigen tranen heen zag ze dat hij ook
huilde. 'Ik nooit geweten het zo zou zijn,' zei hij zielig. 'Het
mij spijten. Het mij spijten.' Hij tilde zijn wapen weer op en
Margaret wilde haar ogen sluiten, maar ze kon het niet. En
ze zag dat hij de loop op zichzelf richtte en die als een zuur-
stok in zijn mond stak. Ze deed nu haar ogen dicht en het
gebulder van het schot vulde haar hoofd, en toen ze weer
keek, lag hij op de grond. Er lagen vier dode mensen om
haar heen. Een bittere geur vulde de koude lucht en ze werd
overrompeld door een overweldigende pijn. Ze wilde
alleen nog maar dat ze ook dood was.

Door het raam dacht ze de lichten van het dorp in de verte te zien twinkelen. Maar ze wist dat het te ver was. Ze zouden haar geroep nooit horen. Ze keek naar beneden en zag dat de bovenkant van haar spijkerbroek bloeddoorweekt was. En ze wist dat ze niet veel langer hoefde te wachten.

III

Li was uitgeput tegen de tijd dat hij en Tao terug waren op Sectie Een. Lichamelijk en geestelijk. Hij was ergens zijn stok kwijtgeraakt en het lopen zonder steun ging hem moeilijk af. Hij was in zijn leven nog nooit zo wanhopig geweest, hij gaf het bijna op. Het leek allemaal zo hopeloos. Het was misschien twee, drie uur geleden dat ze Margaret meegenomen hadden uit de Verboden Stad. De kans dat ze nog leefde was zo klein dat hij die niet eens overwoog. Hij zou gehuild hebben als hij dat kon. Voor Margaret, voor hun kind, voor zichzelf. Maar zijn ogen bleven halsstarrig droog, vol met het zand van mislukking.

Zijn kantoor voelde troosteloos en leeg, en onder het verblindende tl-licht aan het plafond ontbeerde het elk comfort. Tao zei: 'Ik haal wat thee en kijk of er nog ontwikkelingen zijn.' Hij vertrok en Li liet zich in zijn stoel vallen om het puin te overzien dat nu elke centimeter van zijn werkzame leven bedekte. Een leven dat nu ver weg leek, een leven dat iemand anders toebehoorde.

Boven in het postbakje 'in' lag het gefaxte verslag van dr. Pi van het Centrum voor Vaststelling van Concreet Bewijs. In de tweeënhalve centimeter haar van Jia Jing had hij een registratie van een aantal regelmatige concentraties menselijk groeihormoon gevonden. Maar het was geen synthetisch surrogaat. Het was natuurlijk hormoon, door zijn eigen lichaam geproduceerd, in hoeveelheden die ver boven de gewone concentraties uitstegen, en vervolgens weer tot normaal niveau daalden, of zelfs daaronder. Gedurende twee maanden, met korte tussenpozen.

Li liet het rapport weer in het postbakje vallen. Het was nauwelijks belangrijk meer dat hij wist waarom de hoofden van de atleten kaalgeschoren waren, dat ze op de een of andere manier concentraties endogeen hormoon produceerden om hun prestaties te verhogen. En dat iemand al hun haar afgeknipt had om dat feit te verhullen. Zonder Margaret deed niets op de wereld er nog toe.

Op dat moment zag hij de envelop in het postbakje 'interne post', met het kenmerkende rood-goud-blauwe embleem van Openbare Veiligheid op de flap, en hij wist dat die van het kantoor van de commissaris afkomstig was. Hij zat er lange tijd naar te staren. Hij was niet in staat, of onwillig misschien, de envelop te pakken en open te maken. Gewoon nog iets wat er niet meer toe deed. Vermoeid pakte hij hem uit het postbakje en scheurde hem open. Een cryptische bevestiging van de ontvangst van zijn ontslagbrief. Dus die had de commissaris toch bereikt. En de bevestiging dat hij met onmiddellijke ingang van al zijn taken ontheven was. Plaatsvervangend sectiehoofd Tao moest, tot zijn vervanging benoemd was, tussentijds de leiding van de sectie op zich nemen.

Li liet de brief uit zijn vingers glijden. Hij dwarrelde op het bureau. Hij vroeg zich af of Tao het wist. Of hij ontboden was of opgebeld, of dat er ook een brief van de commissaris in zíjn postbakje op hem lag te wachten.

Tao kwam met twee kommen stomend hete groene thee binnen en zette er een voor Li neer. Zijn blik viel op de brief en hij keek zijn baas aan. Li haalde zijn schouders op. 'Ik vermoed dat jij nu commandant bent.'

Tao zei: 'Blijkbaar heeft het kantoor van de commissaris de hele avond geprobeerd met mij in contact te komen, maar mijn mobieltje was kapot.' Hij grimaste. 'Er lag ook een brief op mijn bureau.'

Het ogenblik werd door een klop op de deur verbroken en Qian kwam binnen. Zijn gezicht was rood. 'Commandant, we kregen net een melding van het Bureau Openbare Veiligheid in Miyun. De dorpelingen van Guanling rapporteerden dat ze schoten gehoord hadden. Ze leken te denken dat die uit een vakantiehuisje net buiten het dorp kwamen.'

Li kon nauwelijks enige interesse opbrengen. 'Wat heeft dat met ons te maken?'

Qian was verbaasd: 'Guanling, commandant? Daar heeft Fleischer een vakantiewoning.'

En zodra de implicaties van Qians woorden tot hem doordrongen, vulden hoop en angst tegelijkertijd Li's hart. Hij keek Tao aan, die berustend zuchtte. 'Ik kan zeggen dat ik de brief pas morgen opengemaakt heb,' zei hij.

Li kwam onmiddellijk overeind. 'Ik wil iedere beschikbare rechercheur,' zei hij tegen Qian. 'Gewapend. Ik teken bij vertrek voor de wapens.'

Bijna de hele rit naar het stuwmeer sneeuwde het niet. Korte glimpen van de maan verlichtten een zilverwit landschap, en daartussen was de wereld in duisternis gehuld, zodat ze niets voorbij hun koplampen konden zien. Terwijl ze voorzichtig in konvooi door het dorp reden, verlichtten enkele flarden licht kortstondig de met sneeuw bedekte bergen verderop, met hun pieken, kloven en schaduwen. Achter bijna elk raam scheen licht, en tientallen dorpelingen stonden buiten op de bevroren paden die tussen hun huizen door liepen. Tussen een groepje donkere coniferen door zagen ze de blauwe zwaailichten van de plaatselijke politie, die het huisje omsingeld had. Ze hadden de strikte opdracht niet naar binnen te gaan.

De commandant van het plaatselijke bureau gaf Li een hand. 'Sinds we hier zijn hebben we daarbinnen geen geluid of beweging waargenomen, commandant,' zei hij met gedempte stem. Hij knikte naar een mooi gestroomlijnde, glimmend zwarte Mercedes bij de poort. 'De sleutels zitten nog in het contact.' Hij pakte een notitieboekje en begon het door te bladeren. 'Ik heb het nummer laten doorbellen. De Mercedes staat op naam van...' hij vond de naam, '... een man die Fan Zhilong heet.'

Het voelde net of er een strakke band om Li's borst werd aangetrokken. Hij was niet verbaasd, maar zijn gevoel van angst werd er niet minder om. Hij gebaarde dat Wu en Sang naar de verste kant van de poort moesten gaan. Wu haalde zijn pistool uit zijn schouderholster en schoot zijn sigarettenpeuk weg, maar bleef koortsachtig kauwen. Li zou gezworen hebben dat hij ervan genoot om in het echt mee te maken wat hij misschien in een film of in een Amerikaanse politieserie gezien had. Tao en Qian volgden hem naar hun kant van de poort en ze haalden allemaal hun wapen tevoorschijn.

Het was doodstil in het huis. Ze konden door de ramen niets zien, maar ergens binnen brandde een zacht licht. Er liepen verscheidene paren voetstappen van en naar het huis, gedeeltelijk bedekt door versgevallen sneeuw. En toen ze daar stonden te kijken begonnen de eerste vlokken van een nieuwe laag weer uit een zwarte hemel neer te dwarrelen. Li liep behoedzaam het pad af en gebaarde de anderen hem te volgen. Ze verspreidden zich over de tuin, terwijl de sneeuw als oude vloerplanken onder hun voeten kraakte. Maar zelfs toen ze het huis bereikt hadden, werd hun zicht belemmerd omdat de ramen vanbinnen beslagen waren.

Uiterst voorzichtig probeerde Li de deurkruk. Die gaf gemakkelijk mee en de deur gleed geluidloos van de klink. Hij knikte naar de anderen en na een uiterst korte aarzeling stormden ze schreeuwend naar binnen, terwijl ze iedereen die mogelijk binnen was, opdroegen met hun handen in het zicht op de grond te gaan liggen. Lopen van vuurwapens werden van links naar rechts gedraaid om de kamer te bestrijken. En bijna onmiddellijk viel iedereen stil. In snelle halen condenseerde hun adem in de ijskoude lucht, die doordrongen was van de kleverige geur van opdrogend bloed. Er lagen vier lichamen op de grond en er was een weerzinwekkende hoeveelheid bloed. Sun, Fan en Fleischer, en Dai Lili nog steeds vastgebonden aan de stoel, die opzij gevallen was. Li moest zijn uiterste best doen om niet over te geven.

Zijn ogen namen in verwarring het bloedbad op. Toen bleven ze rusten op een ineengezakte gedaante op een stoel. Het duurde even voor hij besefte dat het Margaret was. Haar gezicht zag spookachtig bleek, haar hoofd lag ietwat scheef, haar mond stond open. Vanaf haar middel naar beneden was ze bloeddoorweekt, en met een afschuwelijk gevoel van onvermijdelijkheid wist Li dat ze dood was.

IV

Iets daarbuiten probeerde binnen te komen. Iets zonder vorm of gestalte probeerde door de duisternis te dringen. Het was licht, en het was pijn, allebei tegelijk. Verwarrende gewaarwordingen die nergens op sloegen in een wereld zonder begin of einde. En toen was het er. Het verblindde haar, kwam vanachter de bescherming van haar oogleden, toen die van elkaar gingen om wat buiten was binnen te laten. Van ergens heel ver weg was de pijn die ze open gedwongen had, opeens heel dichtbij. Ziekmakend scherp. Ze hoestte en stikte bijna. Dat veroorzaakte een stekende pijn, die als de tanden van een vork door haar heen schoot. De wereld was nog steeds een waas. Alleen haar pijn was scherp. Ergens daarbeneden. Met grote inspanning bewoog ze haar hand, zachte katoen op haar huid, en ze verplaatste die naar haar buik, waar ze acht lange maanden haar baby gedragen had. Maar de bolling was verdwenen. Haar baby was er niet meer. Alleen de pijn bleef. En het borrelde in haar omhoog, om in haar keel te exploderen, een laag gehuil van smart.

Onmiddellijk voelde ze een hand op haar voorhoofd. Koel en droog op haar warme huid. Ze draaide haar hoofd om en er viel een schaduw over haar door tranen vertroebelde ogen. Het geluid van een stem. Laag en sussend. Een hand pakte de hare. Ze kneep haar ogen halfdicht en Li's arme, gekneusde gezicht zwom scherper in beeld.

'Mijn kind...' Haar stem ging in gesnik over. 'Ik heb mijn kind verloren...'

'Nee,' hoorde ze hem onverklaarbaar zeggen en ze deed erg haar best wijs te worden uit de wereld die van alle kanten op haar afkwam. Ze was in een kamer. Pastelroze. Een airco. Een raam. In de hemel erachter grijs licht. En Li. 'Het gaat goed met ons kind,' zei hij tegen haar, en ze kon het niet begrijpen. Hoe kon het goed met hun kind gaan als ze het niet meer droeg? Ze probeerde te gaan zitten en de pijn schoot als vuur door haar buik. Maar dat maakte alles op de een of andere manier duidelijker. Li glimlachte geruststellend.

'Hoe...?'

'Ze hebben je opengemaakt. Een keizersnede. Dat was de enige manier om de baby te redden. Ze zeiden dat het...' hij probeerde zich te herinneren wat ze gezegd hadden, '... abruptio placenta was. De moederkoek was ergens aan het loslaten en jullie tweeën waren bezig bloed te verliezen.'

Margaret slaagde erin te knikken.

'Ze zeiden dat het misschien jullie redding geweest is dat je vastgebonden op die stoel zat.'

'Waar is het?'

'Niet het.' Hij zweeg om het te benadrukken. 'Hij.' En er kon geen onzekerheid over de trots in zijn glimlach bestaan. 'We hebben een jongetje, Margaret.' En hij kneep haar in haar hand. Ze wilde lachen, maar in plaats daarvan kwamen tranen. Hij zei: 'Ze hebben hem meteen in de couveuse gelegd, omdat hij vier weken te vroeg was. Maar het is een sterke jongen, net als zijn vader.'

En van buiten de grenzen van haar bewustzijn kwam het geluidje van een baby die huilde, en ze dwong zichzelf langs Li te kijken. En daar zag ze haar moeder met een bundel zachte wol en katoen in haar armen. Ze leunde naar voren en legde de bundel naast Margaret op het bed. Margaret draaide haar hoofd en zag voor het eerst haar zoon. Een roze, gerimpeld gezichtje, dat hard huilde om hun te laten weten dat hij leefde.

Ze hoorde haar moeders stem. 'Het is precies zijn vader. Maar ja, alle baby's zijn lelijk.'

En ten slotte kon Margaret lachen, zodat er een nieuwe steek pijn door haar heen schoot. Haar moeder glimlachte. Margaret fluisterde. 'Dus je vindt het niet erg om een Chinees kleinkind te hebben?'

'Weet je, het is vreemd,' zei haar moeder. 'Ik zie hem niet als Chinees, het is gewoon mijn kleinkind.'

V

Li hoorde het verkeersrumoer op Xianmen Dajie toen hij de deur van het ziekenhuis uit kwam en het lange, smalle parkeerterrein opliep. Groepjes werklui hadden het de vorige avond met houten sneeuwschuivers sneeuwvrij gemaakt, maar 's nachts waren er weer enkele centimeters sneeuw gevallen. En de arbeiders van de vroege dienst waren er nog niet om het weer op te ruimen.

Maar op dit moment sneeuwde het niet en de eerste grijze vegen licht van de dageraad verschenen in het oosten. De wolken waren opgetrokken. De dag leek op de een of andere manier minder bedreigend, minder somber. Net als het leven. Li had de stok niet langer nodig, zijn stap had iets veerkrachtigs. Hij voelde zich vrij, van verant-woordelijkheid, van angst. Hij werd vervuld van een over-weldigend gevoel van blijheid.

Het parkeerterrein was verlaten. Er stonden slechts enkele auto's geparkeerd, die ongetwijfeld aan de consulte-rend geneesheren met de meeste dienstjaren toebehoorden – aangezien maar weinig anderen zich een eigen motor-voertuig konden veroorloven. In tegenstelling daarmee vochten honderden fietsen onder het besneeuwde golfpla-ten dak van de fietsenstalling met elkaar om ruimte.

Li knerpte voorzichtig over de bevroren sneeuw naar zijn jeep. De temperatuur was 's nachts gekelderd. Op de straat had zich een ijzige korst gevormd, die hij moest bre-ken door eerst zijn hiel neer te zetten. Zijn adem hing in kransen rond zijn hoofd en door al zijn euforie heen borrel-de vaag vanuit de duisternis twijfel op, die bleef knagen en onverwacht in zijn bewustzijn uiteenspatte.

In zijn hoofd kwam het beeld weer op van zichzelf met Tao en Qian in zijn kantoor. Ze bespraken de inbraak in de studio van de Amerikaanse fotograaf. Hij kon Qian horen zeggen: *Hij was daar de dag ervoor de boel gaan verkennen en had enkele foto's genomen voor referentie. Niets bijzonders. Niets waarvan je zou denken dat iemand dat zou willen stelen.*

En Tao antwoordde: *Nou, dat is iets wat we nooit zullen weten, aangezien hij ze niet meer heeft.*

O, toch wel, had Qian hem gezegd. *Blijkbaar had hij een set contactafdrukken gemaakt. Die heeft hij nog.*

Li vond de sleutels van de jeep in zijn zak en maakte de deur open. Hij klom op de bestuurdersplaats en staarde blind door de voorruit naar iets wat zijn ogen niet konden zien. Sun was niet bij dat gesprek geweest, dus hoe kon hij dat van die contactafdrukken geweten hebben?

Plotseling werd er een hand om zijn voorhoofd geslagen, dat naar achteren tegen de hoofdsteun gedwongen werd, waar het als in een bankschroef vastzat. En hij voelde het scherpe lemmet van een mes tegen de huid van zijn hals. Hij bevroor en wist dat het zijn dood zou worden als hij zich probeerde te bevrijden.

Hij hoorde de hete adem van Tao's stem in zijn oor. 'Ik wist dat je het vroeg of laat,' zei Tao, 'door zou krijgen.' Bijna alsof hij Li's gedachten kon lezen. 'Jij grote, arrogante klootzak. Je dacht dat Sun jouw beschermeling was, jouw jongen. Maar hij was van mij. Meteen al vanaf het begin. Altijd al.' Hij liet een klein, zuur lachje horen. 'En nu weten we het allebei, en jij moet sterven.'

Li voelde hoe de spieren in Tao's arm zich spanden. Hij keek in de achteruitkijkspiegel en zag in het ogenblik voor zijn dood Tao's gezicht, zijn ogen wijd open en enorm groot achter het donkere montuur van zijn bril. Hij voelde hoe het lemmet in zijn vlees sneed. En toen een gebulder, dat bijna oorverdovend was, en glas en rook en bloed vulden de lucht. En plaatsvervangend sectiehoofd Tao was verdwenen. Li merkte dat er bloed langs zijn hals liep en hij legde zijn vingers op de wond, maar het was maar een schrammetje. Hij draaide zich om en zag Tao op de achterbank liggen met zijn armen en benen wijd, met op het achterraam spetters bloed en hersenen en bot.

En in zijn verwarring hoorde hij plots een stem die hij kende. Hij draaide zich nog steeds in shock om en zag een gezicht. Kaken kauwden op een uitgekauwd stukje kauwgum. 'Kolere, commandant,' zei Wu. 'Ik kwam hier alleen maar om te kijken hoe het met doc Campbell en de baby ging. Ik zou gisteravond mijn wapen ingeleverd hebben, maar je was er niet om ervoor te tekenen.' Hij keek Tao vol walging aan. 'Klootzak,' zei hij met iets van genoegen in zijn stem. 'Ik hoef tenminste geen geld meer in de boetepot te stoppen.'

Lees ook de andere delen uit de reeks:

De vuurmaker / ISBN 90 453 0172 5

Het vierde offer / ISBN 90 453 0224 1

De moordkamer / ISBN 90 453 0146 6

De slangenkop / ISBN 90 453 0148 2

Het zesde en laatste deel verschijnt in juli 2006.